KB211461

아니면서

사랑도

사랑도 아니면서

1판 1쇄 찍음 2016년 10월 5일
1판 1쇄 펴냄 2016년 10월 12일

지은이 | 김제이
펴낸이 | 고운숙
펴낸곳 | 봄 미디어

기획·편집 | 김민지, 김지우

출판등록 | 2014년 08월 25일 (제387-2014-000040호)
주소 | 경기도 부천시 원미구 소향로17, 304(두성프라자)
영업부 | 070-5015-0818 편집부 | 070-5015-0817 팩스 | 032-712-2815
E-mail | bommedia@naver.com
소식창 | http://blog.naver.com/bommedia

값 9,000원

ISBN 979-11-5810-254-8 03810

사랑도 아니면서

김제이

장편 소설

contents

00

너, 그거 몰라? 건축학과 석준경, 울면서 고백하면 다 받아
준대.

1부
석준경

01
실연의 이유

이묵주는 엄청난 소음과 함께 등장했다. 당시 나는 디자인 하우스 설계 공모 준비로 인해 이틀 밤을 샌 상태였다. 어설프게 취한 척하는 세희를 데려다주고 돌아와 근 다섯 시간째 모형 만들기에 집중하고 있었다. 아주 작은 오차에도 모형은 쉽게 틀어졌고 나는 뜻대로 되어 가지 않는 작업에 한껏 예민해져 있었다.

시작은 단순한 말다툼 소리였다. 내가 살고 있는 오피스텔은 베란다 창 구조가 최악이었다. 이중으로 문을 꼭꼭 걸어 잠가도 방음이 잘 되질 않았다.

이사를 가려고 마음먹은 것은 오래전이었으나 일에 치여 미루다 보니 벌써 3년째 이곳을 벗어나지 못하고 있었다. 애초에 사무소와 가깝다는 이유 하나만으로 덜컥 계약을 해 버린 것이 잘못이었다.

"꺼져. 개자식아."

"내가 잘못했다니까."

"이거 놔."

새벽 3시. 쥐 죽은 듯 고요한 여름밤. 남녀의 목소리는 마치 에코처럼 오피스텔을 뒤흔들어 놓았다. 잠을 자는 사람을 깨울 정도는 아니었지만 깨어 있는 사람의 신경을 거스르기엔 충분했다.

나는 못 들은 척 애써 마음을 다잡았다. 10분. 20분. 그리고 30분. 오피스텔 앞 주차장에서 고막을 찢을 듯한 경보음이 울리기 직전까진.

오늘 저녁까지 무지막지하게 비가 왔었고, 덕분에 지상에 주차된 차라곤 경비 아저씨의 소형차와 자정을 넘어 들어온 내 차뿐이었다. 아저씨의 차엔 딱히 다른 경보 장치가 없었다. 그러니까 저 소린 내 차에서 나는 소리였다.

나는 모형 디자인 하우스의 지붕을 내던진 채, 차 키를 들고 나왔다. 우리 집은 5층이었다. 몽골인 수준의 시력은 아니더라도 지금 내 차 앞 유리에 처박힌 저것이 무엇인지는 아주 잘 보였다. 벽돌이었다. 뽑은 지 한 달도 안 되는 내 차에게 죄가 있다면 새벽에 치정 싸움을 하는 얼간이들 사이에 운 나쁘게 끼어 있었다는 것뿐이었다. 도착한 엘리베이터를 타고 현관을 통과했다.

"누나, 너 미쳤어?"

"나도 실수야. 너한테 던지려 그랬는데."

"진짜 왜 그래. 내가 미안하댔잖아. 어젯밤엔 술을 너무 많이 마셔서."

"어, 그래. 들었어. 취해서? 그럴 수도 있지."

근처에 가서 경보음부터 해제했다. 어둠 속의 남녀는 내가 등장하건 말건 여전히 싸움 중이었다. 나는 겨울날 눈 결정처럼 박살이 난 앞 유리를 확인하고 차에 기대어 섰다.

"누나도 좋았잖아. 그럼 된 거 아냐? 복잡하게 생각하지 말고……."

"좋아? 내가? 넌 되게 좋았나 봐요? 술김에 마음에도 없는 여자랑 자서?"

"에이 또, 서운한 소리 한다. 마음에 없긴, 누난 언제나 내 마음속 일등……."

"그럼 거기서 난 빼. 다른 여자들 사이에 복잡하게 끼어 있는 거 질색이니까."

목소리를 듣고 둘 중 하나가 이묵주라는 걸 알았다. 나는 다른 의미로 감탄했다. 이묵주가 우리 오피스텔에 이사 온 지 이제 반년. 이묵주가 남자와 있는 걸 딱 두 번 봤는데 두 놈 다 상태가 저따위였다. 이묵주의 취향이 거지 같은 건지 아니면 거지 같은 놈들만 이묵주에게 꼬이는 건지는 알 수 없지만 일단은 그랬다.

질척거리는 남자를 매몰차게 떼어 낸 이묵주는 휘청거리며 돌아섰다. 부는 바람에 옅은 향수 냄새가 났다. 멀쩡한 남의

13

차에 벽돌을 처박은 걸 봐서 취했을 거라 짐작했으나 맨정신이었다. 그럼에도 불구하고 이묵주는 코앞에 있는 날 보지 못한 채 부딪혔는데 나는 매가리 없이 튕겨 나가려는 그녀의 팔을 반사적으로 붙잡았다. 내 어깨에 얼굴을 들이박은 이묵주가 슬로우 모션으로 고개를 들어 올렸다.

"죄송합…… 미안."

말과는 달리 눈빛이 전쟁터에서 적군을 만난 군인처럼 표독스러웠다. 휘청이며 저만치 가는 이묵주를 붙잡기 위해 남자가 달려왔다. 둘은 옥신각신했다. 하지만 전쟁은 파괴력에 비해 허무하게 끝났다. 이묵주는 못 이긴 척 절 부축하는 남자에게 이끌려 오피스텔로 향했다. 나는 합의는 고사하고 현관 입구로 사라지는 두 사람을 그저 바라보고만 있었다. 날 보던 이묵주의 눈빛 때문이었다.

이묵주는 늘 나를 저런 눈으로 봤다. 12년 전 여름, 잔뜩 젖은 하복 차림으로 덜덜 떨며 내게 고백하던 그때, 그 고백을 고민해 보지도 않고 거절했던 그 순간 이후론 쭉 그랬다. 세상을 다 잃은 것처럼 무너져 내리던, 그러나 울기는커녕 새까맣게 투지에 타오르던 눈동자.

이묵주는 내가 고백을 거절했던 최초의 여자애였다.

이유는 단순했다.

날 보던 그 아이의 눈빛이 너무, 필사적이었기 때문에.

◈   ◈   ◈

이묵주를 만난 건 내가 고등학교 3학년이 되던 해 여름이었다. 고아였던 나는 당시 후견인인 강일중 검사의 집에 7년째 얹혀사는 중이었는데 이묵주는 그의 딸인 세희의 수많은 친구들 중 하나였다.

자수성가한 검사와 재력가의 외동딸 사이에서 태어난 세희는 매해 생일 파티를 성대하게 치렀다. 그날은 세희의 열일곱 번째 생일이었다.

시끌벅적한 바깥공기완 달리 나는 2층 맨 끝 내 방에 처박혀 때아닌 묵언 수행 중이었다. 그 집에서 날 학대했다거나 세희와 함께 사는 걸 들켜선 안 된다고 강요했다던가 하는 신파적인 이유였다면 내 성장 과정이 좀 더 있어 보였겠지만 단순히 성가셨다.

그맘때쯤의 여자애들은 시끄럽고 호기심이 많았다. 세희와 나의 관계는 거기에 불을 붙이기에 딱 좋은 주제였다. 다행이도 세희의 부모님은 개방적이었다. 피 한 방울 섞이지 않은 내가 제 딸과 함께 사는 걸 숨기지 않았다.

다만 거짓말은 약간 보탰는데 난 시정잡배의 아들에서 졸지에 양부모를 잃은 검사 친구의 불운한 아들로 탈바꿈해야 했다.

나는 이어폰으로 귀를 막고 볼륨을 최대한 올렸다. 끝을 뾰족하게 깎아 놓은 연필 중 하나를 쥐고 수학 문제집을 폈다.

15

수능이 얼마 남지 않았다. 지금 성적으로도 가고 싶은 학교는 충분히 갈 수 있었지만 이왕이면 꼬리가 아니라 머리통으로 들어가고 싶었다.

이묵주는 심각한 길치였다. 많은 방들 중에 하필이면 2층 구석의 내 방을 화장실로 착각하고 열어젖힌 걸 보면 그랬다.

나는 자꾸만 틀리는 수학 문제를 신경질적으로 되풀다가 문득 시선이 느껴져 고개를 들었다. 그리고 거기서 멍청히 얼어붙어 있는 이묵주를 맞이했다.

"왜?"

나는 이어폰을 빼고 물었다. 이묵주는 창백한 얼굴을 더 창백하게 물들이더니 말했다.

"아, 화장실."

"계단 내려가서 오른쪽."

용건을 끝내자마자 이어폰부터 다시 꽂았다. 뒤통수에서 느껴지던 시선은 조만간 사라졌다.

나는 사람들의 얼굴을 잘 기억하지 못했다. 그러나 희한하게도 이묵주의 얼굴만은 고작 한 번을 보고 기억했다. 가만히 두면 안개 속으로 사라져 버릴 것 같은 인상의 여자애였다.

이묵주는 그 뒤로도 종종 집에 찾아왔다. 당연하게도 늘 세희와 함께였다. 두 번째 마주치던 날 세희는 이묵주를 내게 이렇게 소개했다.

"인사해, 오빠. 여긴 묵주. 우리 반에서 나랑 제일 친한 애야."

이묵주는 솔직한 아이였다. 그때 세희를 쳐다보던 두 눈이 이야기하고 있었다. 무슨 헛소리야.

나는 눈치가 빨랐다. 폭력적인 아버지 밑에서 자라면서 사람의 분위기를 읽는데는 도가 텄는데 이묵주가 그리 티를 내지 않아도 충분히 알 수 있었다.

세희의 그 말이 거짓이라는 걸. 한눈에 봐도 세희와 묵주는 비커에 든 물과 기름처럼 겉돌아 보였다. 제일 친한 애? 설마, 제일 안 친한 사이겠지.

나는 이묵주가 왜 수많은 아이들 중 헛소리를 늘어놓고 친하지도 않는 세희를 따라 우리 집에 놀러 오는지 얼마 가지 않아 알게 되었다.

종종 같은 식탁에 앉아 밥을 먹을 때마다 조용히 따라붙던 시선. 학교에서 우연히 마주칠 때마다 수줍게 굳어지던 얼굴. 열아홉밖에 안 됐지만 나는 그런 시선에 익숙했고 그게 무얼 말하는지 너무나 잘 알고 있었다.

너는 나를 좋아해.

다른 여자애들처럼. 그렇지?

열아홉, 알맹이는 여전히 개망나니였던 나는 세희의 집에 함께 살게 되면서 사람 좋은 모범생 흉내를 냈다. 그건 나를 고아원에서 꺼내 준 세희 부모님에 대한 예의였고 생존을 위한 몸부림이었다.

죽은 어머니를 닮아 봐 줄 만한 얼굴과 부모를 잃은 고아라는 배경은 어른들의 연민과 여자애들의 음심을 동시에 자극했다. 방과 후나 쉬는 시간에 나를 따로 불러 고백하는 여자애들은 없었지만 그게 세희가 수를 썼기 때문이라는 것은 일찌감치 눈치채고 있었다.

세희는 허술했다. 이따금 나는 거실 휴지통이나 쓰레기봉투에서 분홍색 편지 봉투나 초콜릿, 선물 상자 같은 걸 발견했다. 전부 내게 온 것들이었다.

아마 세희 역시 알고 있었을 것이다. 이묵주가 나를 좋아하고 있다는 걸.

이묵주가 나를 좋아해서 이 집에 놀러 왔던 것처럼 세희 역시 이묵주와 함께 있는 날이면 티가 날 정도로 내게 친근하게 굴었다.

처음엔 일종의 소유욕이었을 것이다. 관심에도 없던 장난감을 친구가 갖고 싶어 하면 불현듯 버리기 싫어지거나 새삼스레 흥미가 생기는 그런 거. 어쨌든 세희는 평소엔 하지 않던 스킨십이나 얼토당토않는 부탁을 하기도 했는데, 나는 여느 때라면 거절했을 그것들을 모두 받아 주었다. 이묵주는 표정 없이 눈을 내리깔고 양 주먹을 꽉 쥐었다. 그때마다 하얀 손등에 파란 핏줄이 도드라졌다. 나는 그런 이묵주를 보는 게 좋았다.

이묵주가 집에 돌아가고 나면 세희는 늘 그렇듯 그 아이 이야기를 했다. 말이 이야기지 굳이 따지면 험담에 가까운 것들이었다.

묵주 엄마는 아파서 병원에 있대. 애들 말론 불치병이라 오래 못 산다고. 아빠란 사람이 병간호한다고 와 있는데, 여태껏 거들떠보지도 않다가 지금 나타난 거래. 보험 아줌마가 울 엄마한테 말하는 거 우연히 들었거든. 보험료 때문이라 그러더라. 아줌마 죽고 나면 묵주한테 보험료가 엄청 나올 거라고. 그동안 도박하러 돌아다닌다고 집구석엔 코빼기도 안 비치던 인간이 십몇 년 만에 나타나서 저런다고 엄청 욕하더라구. 오빠, 우리 묵주 어떡해? 엄마 죽고 나면 묵주 그런 사람이랑 같이 살아야 하는 거야?

수능을 앞둔 늦가을의 내 생일, 식탁 앞에서 이묵주와 나는 다시 만났다. 세희의 부모님은 세희의 생일날 그랬듯 왁자지껄한 파티를 열어 주고 싶어 했으나 내가 마다했다. 나 같은 놈이 태어난 게 뭐 축하할 일이라고.

죽은 어머니는 무슨 일이 있어도 내 생일상은 꼭 차려 주었는데, 나를 낳고 늘 힘들기만 했던 어머니를 생각하면 미역국을 떠먹는 것도 죄스러웠다. 어머니가 곁에 없는 지금도 그건 마찬가지였다.

세희의 아버지는 세희의 친구들 가운데 이묵주를 제일 마음에 들어 했다. 그들 중 가장 가난하고 가장 파란만장한 가정환경에서 자랐지만 가장 예의 바르고 모범생이었기 때문이었다.

6인용 식탁의 한 자리를 차지한 이묵주는 가정교육을 잘 받은 아가씨처럼 밥을 먹었다. 그럼에도 부담스런 표정은 숨기지 못했는데 세희의 부모님이 뭐라고 묻거나 칭찬할 때마다 석고상이 살아나 미소 짓는 연습을 하는 것처럼 어색하게 입술을 끌어 올렸다.

　나는 고개를 숙인 채 작게 웃었다. 입술 위로 이묵주의 시선이 따라붙었지만 눈을 맞추진 않았다.

　세희는 생일 선물이랍시고 고급 만년필을 줬다. 필기구에 관심 있는 사람이라면 누구나 갖고 싶어 할 만한 고가의 한정판 제품이었다. 이묵주는 선물 같은 건 준비하지도, 준비할 생각도 없었다는 양 굴다가 집에 가기 직전 상자 하나를 내밀었다.

　"나 주는 거야?"

　"네. 마음에 들지는 모르겠지만. 갈게요."

　목도리였다. 몇 군데 엉성한 구석이 있는 걸 봐선 기성품은 아니었다. 나는 집에서, 학교에서 홀로 앉아 열심히 목도리를 짜고 있는 이묵주를 상상했다. 엄청나게 안 어울렸다. 식탁 위에서 어색하게 미소 짓던 이묵주만큼이나.

　수능 시험을 치고 난 후에도 나는 빠지지 않고 등교했다. 집 안에 있으면 목줄이 감긴 망아지처럼 어딘가 불편했다. 마냥 좋은 아이인 양 연기하는 것도 힘들었다. 그날은 유독 추웠다. 이묵주가 선물로 준 목도리를 처음으로 하고 나오는데 세희가 그걸 갖고 싶어 했다.

　"어디서 난 거야? 진짜 예쁘다."

　"그래?"

　그럴 생각은 아니었다. 그런데 길모퉁이에서 나오던 이묵주를 본 순간 생각지도 않은 말이 튀어나왔다.

"그럼 가질래?"

"진짜? 그래도 돼?"

"어. 가져."

목도리를 풀어 건네자 세희는 마다하지도 않고 제 목에 감았다. 나는 눈처럼 차갑게 얼어 가던 이묵주를 모른 척 지나쳤다. 세희는 그걸 이묵주가 줬다는 걸 알았을지도 모른다. 마침 집에서 나오던 이묵주를 봤을지도 모른다. 하지만 가장 나쁜 건 나였다. 그 모든 걸 알면서도 세희에게 목도리를 줘 버린 나.

권력을 가진 사람이 얼마나 악마가 될 수 있는지 그 새싹을 보고 싶다면 당시에 날 보면 됐다. 단순한 감정만으로도 사람은 강자와 약자로 나뉠 수 있었다.

반년이 넘도록 날 좋아하는 이묵주는 약자였고 그런 이묵주를 알고 있는 나는 강자였다. 주인을 잘못 만난 애정은 그렇게 흉기가 됐다.

그 후에도 나는 열심히 흉기를 휘둘렀다. 책을 빌려준다는 핑계로 추운 겨울날 몇 시간을 기다리게 하곤 다음 날 잊어서 미안하다며 다정하게 웃었다.

세희와 함께 자전거를 타고 나갔던 이묵주가 다친 적이 있었는데 그 아이가 더 다쳤다는 걸 뻔히 알면서도 세희만 걱정하는 척했다.

피크는 이묵주 어머니의 장례식이었다. 눈이 퍼붓던 어느 날 이묵주의 어머니는 돌아가셨다. 부고를 들은 세희의 부모님은 가족 모두가 장례식장에 가기를 요했고 나는 군말 없이 따라나섰다.

짧은 인사가 오갔다. 세희는 인형처럼 앉아 있는 이묵주가 무색하게 기절할 것처럼 울더니 곧 딸을 걱정한 어머니에 의해 쫓기듯 집으로 떠나야 했다.

두 사람을 배웅하고 오는 길에 이묵주의 아버지를 보았다. 그는 누군가와 통화를 하고 있었는데 매우 화가 난 얼굴이었다.

"그러니까 왜 남편인 내가 받을 수 없냔 말이야. 내가 그 계집애 아빤데. 아직 미성년자잖아. 걔가 그 큰돈을 위험해서 어떻게 받아? 막말로 내가 애 아빤데 보험금 받아 딴짓하겠수? 형씨 좀 유도리 있게 삽시다."

더는 듣고 싶지 않아 돌아서던 순간 이묵주와 마주쳤다. 데스마스크처럼 굳어 있던 이묵주의 얼굴이 나를 보곤 새빨갛게 달아올랐다. 수치심에 피가 날 것처럼 붉어진 귀. 나는 이묵주를 지나치며 말했다.

"좋겠다, 넌. 저런 대단한 아버지가 있어서."

장례식장에 앉아 꾸역꾸역 처넣었던 음식들을 화장실에 가서 모두 게워 내고 세수를 했다. 고개를 들자 거울 속의 젖은 나와 마주쳤다. 두 눈이 죽은 아버지를 볼 때처럼 경멸과 멸시로 들끓고 있었다.

금방 끝날 줄 알았던 이묵주와 세희의 관계는 예상보다 오래 지속되었다. 해가 바뀌어 반이 갈라진 후에도 왕래는 계속

되었는데 웃긴 건 그들이 전보다 훨씬 친해 보인다는 것이었다.

그즈음 나는 이묵주에 대한 관심을 껐다. 이묵주 역시 나에 대한 감정이 이전 같지 않을 거라 생각했다.

대학교에 진학하면서 나는 여자애들을 사귀기 시작했다. 울면서 고백하는 여자애를 차마 거절할 수가 없어 받아 준 게 그 시초였다.

첫 여자 친구가 생긴 걸 우연히 알게 된 세희는 온 집 안을 발칵 뒤집어 놓았다. 그때 알았다. 세희의 소유욕이 이미 다른 종류로 발전하기 시작했음을.

애정 없는 관계는 그리 오래가지 못했다. 여자 친구는 울면서 사랑을 고백했듯 울면서 이별을 고했다. 나는 별다른 충격 없이 그걸 받아들였다.

그게 벌써 열 번째. 나는 같은 과정으로 다른 여자를 사귀었고 얼마 가지 않아 헤어졌다. 그때가 내가 대학교 2학년이 되던 해, 아마 6월 즈음이었을 거다.

내가 그날을 기억하는 건 그때가 축제 기간이었기 때문이다. 나는 과에서 차려 놓은 주점에서 강제로 안주를 만들고 있었다.

첫날엔 열 번째 여자 친구가 와서 종일 울다 갔고 두 번째 날엔 다섯, 여섯 번째 여자 친구가 나타나 연달아 깽판을 치고 갔다. 마지막 날엔 세희가 친구들을 데리고 놀러 왔다. 거기에 이묵주가 함께 끼어 있었다.

변태 같은 동기와 선배들은 교복 입은 여자애들의 존재를 두 팔 벌려 환영했다. 나는 그들 사이에서 여자애들을 빼내 구석 자리에 앉혔다.

"술은 안 돼. 전이나 먹고 가."

"아, 오빠. 딱 한 잔만. 응? 좀 있으면 수능 백일인데. 백일주라고 치면 되잖아."

"안 돼."

나는 답잖게 모럴이 투철한 편이었다. 그러나 우리 과엔 모럴 제로인 폭탄이 하나 있었으니, 막 제대한 고영민이었다. 형은 막걸리와 소주잔을 가져오더니 인원수만큼 따랐다. 다섯 잔이었다. 소주잔을 본 세희가 볼멘소리를 냈다.

"이게 뭐야. 개미 눈물도 아니고."

검사 아버지를 둔 열아홉 세희는 종종 클럽에 놀러 다녔다. 신분증 없이도 들여보내 주더라고, 다 내가 예뻐서 그런 거 아니겠냐며 자랑하듯 떠벌렸다. 나는 세희보단 이묵주에게 자꾸 눈이 갔다.

그날 이묵주는 상태가 아주 이상했다. 어딘가 아주 아파 보였는데 그렇게 생각한 건 나뿐만이 아닌 듯했다. 다른 아이들에게 소주잔을 모두 나눠 준 영민 형이 이묵주에겐 잔을 내려놓지 않고 물었다.

"넌 어디 아프냐? 얼굴이 왜 그래."

"아뇨. 멀쩡해요."

이묵주는 영민 형의 손에서 잔을 빼앗아 단번에 마셨다. 와,

대박. 이묵주. 여자애들 사이에서 감탄이 터졌다. 지지 않겠다는 듯 세희가 원샷했다. 그걸론 성에 차지 않는지 한 잔 더를 외쳤지만 영민 형은 브레이크를 걸 줄 아는 사람이었다.

"안 돼. 한 살 더 먹으면 그때 두 잔을 먹든 세 병을 먹든 너희들 마음대로 해."

주점은 9시 이후가 피크였다. 막걸리가 모자라니 가져오라는 명령을 듣고 밖으로 나섰다. 과방에서 박스 하나를 들고 나오던 참이었다.

밖에서 기름 튀는 소리가 들리기 시작했다. 비였다. 현관 앞에 서서 돌아가 우산을 가져와야 하나 그냥 뛰어야 하나 고민하고 있었더랬다.

비를 가르고 여자애 하나가 뛰어들어 왔다. 교복 차림. 하얀 얼굴. 어딘가 아파 보이는 표정.

"좋아해요."

이묵주는 다짜고짜 고백했다. 또렷한 목소리로. 젖은 어깨를 덜덜 떨면서.

고백을 그런 얼굴로 하는 여자애를 처음 봤다. 툭 건드리면 툭 하고 당장이라도 죽어 버릴 것만 같은 표정이었다.

"알아. 근데 난 너 싫어. 미안하다."

나는 입고 있던 후드를 벗어 이묵주의 머리에 덮어 준 뒤 박스를 들고 빗속을 뛰었다.

스치는 시야 너머로 이묵주가 언젠가처럼 주먹을 꽉 쥐었다.

25

쫄딱 젖어 도착한 주점에서 그 소리를 들었다.

"너, 그거 몰라? 건축학과 석준경, 울면서 고백하면 다 받아 준대."

이묵주는 울었을까. 뒤늦게 그게 궁금했다.

수안동 일가족 방화 살인 사건이 뉴스의 헤드라인으로 떠오른 건 다음 날이었다. 화면에 공개된 가해자의 얼굴이 익숙했다. 이묵주의 아버지였다.

정환 엄마, 뉴스 봤어? 뭐? 아, 그 방화 사건. 당연히 봤지. 돈 빌리러 갔는데 안 빌려줘서 그랬다며. 그것도 도박 자금 하려고. 쌍노무 새끼. 그런 인간들은 지 자식이 죽어 봐야 정신을 차리는데.

소문은 순식간에 퍼져 나갔다. 뉴스가 방영된 지 보름 무렵에는 발끝에 차이는 풀 한 포기까지도 이묵주가 그의 딸이라는 걸 알게 되었다. 하지만 아무도 다른 것엔 관심을 두지 않았다.

그가 이묵주와 살았던 건 고작 3년. 홀로 억척스레 딸을 키우던 이묵주의 어머니가 시한부 선고를 받고 난 뒤부터였으며 그의 관심은 홀로 남을 딸이 아니라 그녀가 수령할 고액의 보험료였다는 것 역시.

아이러니하게도 나는 그때부터 이묵주가 신경 쓰이기 시작했다. 동족 혐오의 반대 개념인 동족 연민의 발로인지 뭔지 모르겠으나 어쨌든 그랬다. 뉴스는 범인이 검거된 이후 나오는 게 보통이고 집에서 잡았다는 걸 보면 이묵주는 그날 이미 모든 걸 알고 있었다는 건데.

고백 받아 줄 걸 그랬나.

거지에게 적선을 하지 않고 지나친 뒤 내내 거지 걱정을 하는 심약한 아가씨처럼 나는 그날의 내 행동을 후회했다. 흡혈귀에게 피를 빨린 듯 창백하게 젖어 있던 이묵주의 얼굴이 떠올라 좀처럼 잠을 이룰 수가 없었다.

그러나 내 걱정이 무색하게 이묵주는 의연했다. 아니 세희의 말에 따르면 의연했다고 한다. 하지만 나는 그게 말도 안 되는 소리라는 걸 누구보다 잘 알았다. 피해자 가족이 학교에 찾아와 침을 뱉고 모든 사람이 손가락질을 하는데, 아니 사람이 죽었는데 어떻게 의연할 수가 있어? 의연한 척하는 것뿐이겠지.

세희는 다른 의미로 알 수 없는 성격의 소유자였다. 모든 애들이 이묵주를 살인자의 딸이라 욕하고 따돌릴 때 홀로 이묵주 편을 들었다. 얘네 아버지가 죽였지. 얘가 죽였어? 그 말을 무용담처럼 말하면서 세희는 날 보았다. 칭찬을 바랄 때의 눈이었다. 세희가 내 가정환경을 알기에 할 수 있는 행동들이었다. 반대로 다른 사람들이었다면 그래서 할 수 없었을 행동.

주말을 맞이하여 집에 놀러 온 이묵주는 내게 종이봉투 하나를 건넸다.

"뭔데?"

"옷."

봉투 안에는 내 후드 점퍼가 들어 있었다. 그날 이묵주에게 주고는 존재 자체를 잊어버리고 있었던 옷이었다. 나는 옷보다 이묵주의 상태에 관심이 갔다. 가뜩이나 마른 얼굴이 더 뾰족해졌다.

"괜찮아?"

되지도 않는 오빠 흉내를 내며 새삼스레 안부를 물었다. 이묵주는 언젠가 세희가 가장 친한 친구라며 절 소개했을 때 같은 얼굴을 했다.

"안 괜찮으면, 뭐. 사귀어 주게?"

벙 찐 나를 내버려 두고 이묵주는 세희의 방으로 들어갔다. 이묵주의 비웃음은 다른 의미로 충격을 주었다. 동정녀 마리아가 실은 동정녀가 아니었다는 루머를 들은 신도들의 심정이 이럴까. 나는 비틀린 이묵주의 입술을 되새기느라 그녀가 내게 반말을 했다는 것도 인식하지 못했다.

기말고사가 끝나고 방학이 시작되었다. 반강제로 엠티에 끌려갔다 와 만 하루를 잠만 잤다. 깨어났을 땐 점심때가 한참 지난 오후였다. 어제만 해도 맑았던 하늘은 그새 굵은 비를 토해 내고 있었다.

냉장고에서 꺼낸 우유 한 컵으로 끼니를 때우고 막 무덤에서 깨어난 좀비처럼 계단을 오르던 참이었다. 부산스레 빨래를 걷어 들어온 가정부 아주머니가 비를 털어 내며 말했다.

"어쩌나. 세희 우산 안 들고 갔는데."

이 정도 비쯤은 맞아도 될 만큼 세희는 건강했지만 얹혀사는 군식구가 그딴 말을 해선 좋을 건 없었다. 제가 다녀올게요. 나는 계단을 마저 오르며 군식구의 소일거리를 만들었다.

오늘은 야자를 하지 않는 날이라고 했다. 씻고 느지막이 집을 나서자 세희의 하교 때와 얼추 시간이 맞아떨어졌다. 비 오는 날 우산을 들고 교문 앞에 서 있자니 꼴이 우스워 보일 것 같아 곧장 안으로 들어갔다. 운동장 구석 등나무 벤치에 앉아 메시지를 찍어 보냈다. 5분도 되지 않아 세희는 중앙 현관 앞에 나타났다.

"이거 가져다주려고 여기까지 온 거야?"

"어."

"나 오늘 애들이랑 남아서 공부하기로 했는데. 잠깐 여기서 기다리면 약속 취소하고."

"뭐하러. 공부하고 천천히 와. 간다."

세희의 부모님은 세희와 내가 사이좋게 지내길 바랐지만 그건 순전히 오누이 같은 시점에서였다.

세희의 마음이 그 오누이에서 한참을 벗어나 있다는 걸 알게 된 이상 적당히 끊고 자르는 게 그들의 은혜에 보답하는 길이었다. 고아를 돕는 건 돕는 거고 딸은 딸이었다. 애지중지 키운 딸이 나처럼 개 같은 가정환경에서 자란 놈과 엮이는 건 누구에게나 달갑진 않을 일일 것이다.

부모는 아이의 거울이라고 했다. 나의 거울은 짐승보다 잔인했던 아버지와 그 아래에서 속수무책으로 짓밟히기만 했던 어머니였다.

허전하던 운동장은 금세 하교하는 아이들로 가득 찼다. 나는 옷에 빗물이 튀는 게 거슬려 선비처럼 사뿐사뿐 걷다가 날아온 참고서에 흙탕물 벼락을 맞았다. 무릎까지 치고 오른 얼룩에 짜증이 치민 낯으로 고개를 들자 익숙한 얼굴이 시야에 들어왔다. 이묵주였다.

"내가 틀린 말했어? 맞잖아. 너희 아버진 살인자, 넌 그 살인자 딸."

"그래서?"

"뭐?"

"그래서 나보고 어쩌라고."

이묵주는 우산도 없이 비를 쫄딱 맞고 서 있었다. 그 주위를 형형색색의 우산을 쓴 여자애들이 빙 둘러쌌다. 멀리서 보면 유치원생들이 재롱 잔치 때 곧잘 하는 부채춤의 한 장면처럼 보였다.

비는 거세졌다. 흙탕물에 처박힌 참고서에 적힌 이름 세 글자가 빗물에 보기 싫게 번지고 있었다. 이묵주. 나는 2만 원이나 하는 참고서가 더 젖기 전에 주우려 허리를 굽혔다.

"어쨌든 너희 아버지가 죽였으면 너도……."

웅성거리던 소음이 순간 잦아들었다. 고개를 돌린 나는 여자애들의 나무 장작처럼 마른 다리 사이에서 무릎을 꿇고 앉은 이묵주를 볼 수 있었다.

놀란 여자애들이 동시에 한 발 뒤로 물러섰다. 이묵주는 말했다. 여전히 물웅덩이 속에 무릎을 담근 채 빗물에 온통 젖은 얼굴로.

"살인자 아버지를 둬서 죽을죄를 지었습니다."

공손한 말과는 달리 눈빛은 독이라도 머금은 것처럼 적의에
차 있었다.

멀리 호루라기 소리가 들렸다. 체육 선생이었다. 아이들은
재빠르게 흩어졌다. 놀란 체육 선생이 달려와 이묵주를 일으
켰다. 괜찮으냐는 물음에 이묵주는 그렇다고 답했다. 입술이
파랗게 질려 있었고 모래에 뭉개진 무릎이 새빨갰다. 대머리
체육 선생은 쓰던 우산을 이묵주에게 건네주는 걸로 사건을
마무리 지었다. 우산은 누가 쓰다 버린 것마냥 날이 나가고 색
이 바래 있었다.

홀로 남은 이묵주는 턱에 흐르는 빗물을 훔칠 새도 없이 부
산스레 운동장부터 헤집고 다녔다. 무언가를 찾는 듯했다. 나
는 걸어가 비에 퉁퉁 불어 버린 참고서를 내밀었다.

"이거 찾아?"

그때 이묵주의 눈빛을 잊지 못한다.

수십 명의 여자애들 사이에 둘러싸여 무릎을 꿇었을 때도
변함없던 그 아이의 얼굴이 나 때문에 단숨에 무너져 내리는
것을 보았을 때, 그때 나는 처음으로 느꼈다. 넌 아직도 나를
좋아하는구나?

나로 인해 죽고 싶어질 만큼.

나는 이묵주의 손에 참고서와 내 우산을 쥐여 주곤 이묵주
의 손에서 고물 우산을 받아 돌아섰다. 이묵주의 자존심을 생

각했었다면 모른 척했어야 맞는 상황이었지만 이기적인 나는 날 위해 그 아이의 자존심을 밟는 걸 택했다.

고귀한 사랑은 볼 수 있는 종류가 아니었다. 그러나 저열한 나는 그걸 눈으로 확인해야 직성이 풀렸다. 설사 받아 줄 마음이 없다 해도.

이따금 이묵주와 마주쳤다. 집에서. 편의점에서. 서점에서. 골목에서. 그때마다 이묵주는 아무렇지 않게 인사했다. 마치 '그런 일들'은 아예 일어나지도 않았던 것처럼.

내가 졸업을 하고 독립을 하면서 이묵주를 볼 일은 거의 제로에 가까워졌다. 다만 세희를 통해 종종 소식은 들었다. 늦게 배운 고양이가 부뚜막에 올라간다더니 그렇게 남자를 만나고 다닌다고. 시험 치느라 몇 년이나 공부에 매달려서 그런지 가뜩이나 나쁜 성질머리가 더 더러워졌다는 둥. 그마저도 사무소를 차리고 일이 바빠지면서 뜸해졌다.

세희마저 이묵주에 대한 언급을 하지 않으면서 이묵주는 내 뇌리에서 점차 사라져 갔다. 그리고 마침내 나는 이묵주의 존재 자체를 완전히 잊을 수 있었다. 반년 전, 이사 떡을 돌리던 이묵주를 우리 집 현관에서 다시 보기 전까지.

"여기 살아?"

"어."

12년 만에 재회한 이들의 첫인사라기엔 참으로 심플한 대화였다.

　나는 여느 사이코패스 테스트의 사이코패스가 그랬다는 것
처럼 그 자리에 서서 건물에 불이 켜지길 기다렸다. 1층. 2층.
3층. 4층. 그리고 우리 집이 있는 5층을 넘어 6층. 엘리베이터
가 있는 복도 끝에서부터 불이 켜지기 시작했다. 그들은 네 개
의 현관문을 지나 멈춰 섰다. 601호. 바로 우리 윗집이었다.

　앞 유리에 박힌 벽돌도 빼지 않은 채 집으로 돌아왔다. 바
닥을 구르는 디자인 하우스의 지붕을 집어 들고 탁자 앞에 주
저앉았다. 윗집에서는 아무 소리도 들리지 않았다. 나는 망가
진 지붕을 제 모습으로 돌려놓느라 두 시간을 허비하고 그대
로 엎어져 잠들었다.

　잠에서 깬 것은 영민 형의 전화 때문이었다. 바닥에 너부러
진 채로 핸드폰을 더듬어 쥔 나는 형의 고함 소리에 지각을 했
다는 걸 깨달았다. 한 시간 이내에 도착하겠다는 말로 전화를
끊고 일어섰다.

　머리를 제대로 말리지도 못한 채 집을 나섰다. 품엔 반만
완성된 다자인 하우스 모형을 든 채였다. 1층에 내리고 나서야
잊고 있던 차의 상태를 상기했다. 이대로 위층으로 올라가 따
지는 것도 귀찮아서 경비실로 향했다.

　"석 대표! 석 대표! 마침 잘 왔어! 내가 좀 전에 봤는디 그
석 대표 차가 말이야."

　말을 꺼내기도 전에 경비 아저씨가 급히 뛰어나왔다. 이묵

주와 남자는 그때 나타났다. 이묵주는 어제 새벽과는 180도 다른 말끔한 모습이었다. 머리끝부터 발끝까지 흐트러진 곳이 하나 없어 무서울 정도였다.

나는 두 사람 앞을 막아섰다. 길을 가로막힌 두 남녀가 동시에 날 올려다봤다.

"뭐야?"

"차 주인."

처음 보는 사람에게 대뜸 시비조로 말을 건네는 남자에게 나는 내 정체를 알려 주었다. 턱짓을 따라 눈을 움직이던 남자의 얼굴이 찰나 굳어졌다.

누가 누구와 사귀건 내 알 바는 아니었지만 정말이지 어울리지 않는 커플이었다. 두 사람은 냉수 위 생크림처럼 겉돌았는데, 수녀님처럼 정갈해 보이는 이묵주와 달리 어리고 날티나는 남자의 외모가 한몫했다.

"그건……."

"처리하고 연락하면 전부 보상해 줄게."

당혹스러워하는 남자를 가로막고 나선 이묵주는 내게 명함하나를 내밀었다. 나는 명함 귀퉁이에서 그녀의 직업을 확인하고는 기가 차 웃었다.

청해중앙지방검찰청 형사1부 검사 이묵주.

앞 유리가 박살 난 차를 끌고 출근한 나 때문에 사무실엔 한바탕 소란이 일었다. 너 주변 건축 사무소랑 그렇게 척을 지더니 드디어 테러 당했구나, 부터 시작해서 그러게 내가 좀 적당히 하랬잖아. 너무 곧으면 부러진다. 근데 저거 뭐 던진 거예요? 적어도 벽돌 정도는 던져야 저 각이 나오는데.

형이고 동생이고 내 안위에는 아무 관심이 없었다.

"주말에도 출근하고 싶어?"

이번 달까지 마무리해야 하는 건만 다섯이었다. 내 말이 빈말이 아니라는 걸 누구보다 잘 아는 사무실 식구들은 군말 없이 제자리로 돌아갔다. 공동 대표인 영민 형만이 마지막까지 남아 사건의 전후에 대해 캐물었다. 나는 70% 이상 완성된 모형을 쓰레기통에 넣는 걸로 답했다.

"왜 그래 무섭게?"

"비틀렸어. 새로 해야 돼."

"그거 대충한다고 아무도 뭐라고 안 해. 아니, 것보다 모형 제작하지 말자니까. 우리에겐 컴퓨터가 있잖아. 수찬이한테 시키면 몇 시간 안에 끝날 걸 몇 날 며칠을."

"형."

"내가 걱정이 돼서 그래. 너 그거 병이야, 병. 아는 정신과 선배 있으니까 거기 상담……."

담이 들렸나. 어깨가 왜 이렇게 아파. 서랍에서 아크릴 커터를 꺼내는 날 본 형은 들으라는 듯 중얼거리더니 뒷걸음질로 방을 나갔다. 그리곤 깜빡 잊었다는 듯 다시 돌아와 내 속을 긁고 갔다.

"요즘은 정신과 상담받는 거 그거 흠 아니다? 혼자 가기 무서우면 나랑…… 너 그거 차창 네가 부쉈지?"

"어. 형도 부서지고 싶어?"

"아니, 아냐. 그래. 마저 해."

나는 일단 근처 카센터에 연락했다. 사무실 주소를 알려 주곤 출장을 요청했다. 10여 분 뒤 나타난 엔지니어는 차를 가져가며 적게는 100에서 많게는 200까지 생각하셔야 한다며 말을 아꼈다. 나는 청해지검 이묵주 검사님께서 내줄 수리비보다 내 시간이 중요했다. 다행히 퇴근 전까진 가능하다는 답을 들었다.

쓰레기통에서 찌그러진 모형을 다시 꺼냈다. 어디서부터 뭐가 잘못되었는지 꼼꼼히 되살폈다. 문제는 3층 바닥이었는데 정확히 이묵주와 양아치가 다투기 시작한 시각 만든 것이었다. 방음이 잘되는 집도 중요하지만 좋은 이웃을 만나는 것은 그보다 더 중요했다. 나는 피사의 사탑처럼 묘하게 기울어진 모형을 통째로 쓰레기통에 처박곤 다시 카센터에 전화를 걸었다.

"유리 말고 다른 덴 괜찮습니까?"

—아, 보닛에 상처가 약간 난 것 빼곤…….

"교체해 주세요."

—네? 그럼 비용이 많이 뛸 텐데요.

"상관없습니다. 조금이라도 이상 있는 곳은 전부 교체해 주세요."

전화를 끊고 나서야 재킷을 벗었다. 주머니에서 이묵주의 명함을 꺼내 다트 판에 붙였다. 이묵주는 그 차가 내 차라는 걸 알고 있었다. 퇴근길에 몇 번 마주친 기억이 있다. 벽돌을 처박은 건 둘째치고 하나도 미안해 보이지 않던 그 표정이 계속 거슬렸다.

나는 엿 먹이는 걸 즐기진 않았다. 하지만 어떻게 해야 엿을 잘 먹일 수 있는지는 누구보다 잘 알았다.

점심시간이 막 지났을 때 카센터에서 전화가 왔다. 견적은 300만 원 가까이 나왔다. 누가 봐도 과잉 청구였지만 이묵주 검사님께서는 따지지 못하실 거다. 그럼 어젯밤 술 취해 양아치와 치정 싸움을 하고 벽돌을 날린 그 전후 사정에 대해 구구절절 설명해야 할 테니까.

인생은 되로 주고 말로 받는 일의 연속이다.

종일 회의와 작업이 계속됐다. 시에서 주관하는 어린이 도서관 리모델링이 새 프로젝트였는데 담당자가 사람을 미치게 만들었다. 그는 콘센트의 위치와 전등의 디자인까지 문제 삼았다.

"이 의자 이거 너무 올드해 보이는데. 더 미니멀하고 아티스틱한 건 없어?"

"최대한 기능과 디자인을 고려한 겁니다. 아이들이 대상인데다 오래 앉아……."

"누가 그걸 몰라서 물어? 아니 이럴 거면 건축가가 무슨 필요가 있냔 말이야. 다들 쓰는 흔한 가구들 골라 진열하면 되는데. 내 말이 틀린가? 그래? 석 대표?"

그는 아까부터 강박적으로 딸깍거리던 볼펜을 테이블 위로 집어 던지곤 의자에 몸을 파묻었다. 나이에 비해 심하게 나온 배가 테이블 모서리에 닿아 구겨졌다. 의자 운운하기 전에 당신 몸부터 어떻게 하지 그래? 나는 머릿속으론 그와 의자를 함께 차 넘어뜨리는 상상을 하며 겉으론 웃었다.

"아뇨."

"그렇지? 내말이 맞지?"

"시정해 다음 미팅에서 다시 말씀드리겠습니다."

인사를 하고 돌아서자마자 웃음은 절로 지워졌다.

집 짓는 게 좋아 건축가가 됐더니 사람 상대하는 건 영업맨 저리 가라였다. 주로 큰 계약에 집중한 딕분에 클라이언트 대부분이 고위직이거나 부자이거나, 그게 아니면 공직자였다. 그들은 대개 나보다 나이가 많았는데 풋내기 건축가인 나를 지나가던 개 다루듯 쉽게 취급했다. 초면에 반말은 기본이었고, 술자리에 아가씨나 대리기사 부르듯 호출하는 경우는 일상다반사, 개중엔 제집 인테리어를 자매품으로 끼워 넣는 인간도 더러 있었다.

그때마다 나는 최대한 예의 바르게 거절하고 수습하느라 때 아닌 열연을 해야 했다. 이 건 하나 따면 커리어가 얼마, 이 계약에 우리 애들 월급이 몇 달친데. 중요한 건 그들이 내게 가져다줄 숫자였다. 당시의 엿 같은 내 기분이 아니라.

이번 어린이 도서관 건도 마찬가지였다. 시청 쪽 담당자인

공공시설 과장은 날 굴려 먹는 걸로 스트레스를 푸는 듯했다. 사람의 행동엔 그에 걸맞은 배경이 있기 마련이다. 과장치곤 건방이 하늘을 찔렀던 그의 아버지는 시의원에, 수억 원의 자산을 가진 재력가였다.

나는 미팅 첫날 그가 낙하산을 타고 시청에 불시착한 머저리라는 걸 알고 논쟁 자체를 포기했다.

머저리라 오히려 편한 점도 있었다. 대충 시정하겠다, 쪄 주곤 시공은 원래대로 해도 왜 제 말대로 하지 않았느냐고 캐묻고 따지는 경우 전혀 없었다. 당연했다. 그가 관심 있는 건 곧 지어질 도서관이 아니라 만만하고 어린놈 하나를 꺾고 밟아 뭉개는 일뿐이었으니까.

틈나는 대로 모형 작업을 계속했다. 야근을 하는 직원들과 저녁을 먹고 자정까지 남아 나머지 일을 계속했다. 사무실을 나섰을 땐 새벽 1시쯤이었다.

시동을 걸고 나서야 생각났다. 이묵주에게 비용 청구에 대한 연락을 하지 못했다.

집까지 거리가 반쯤 남았을 때 비가 쏟아지기 시작했다. 여름을 앞둔 요즘은 심심하면 비가 내렸다. 이묵주를 발견한 것은 오피스텔 초입이었다. 비가 내리는 길을 이묵주는 우산도 없이 걷고 있었다. 또 취한 건가. 나는 지하 주차장으로 향하려다가 이내 멈춰 섰다. 남자 때문이었다. 캡 모자를 눌러쓴 남자는 이묵주의 열 보쯤 뒤에서 떨어져 걷고 있었다.

방향을 틀어 오피스텔 입구에 차를 댔다. 현관에 서서 엘리베이터를 기다렸다. 얼마 가지 않아 이묵주가 등장했다. 당연한 것처럼 따라 들어온 남자가 날 보곤 당황해했다.

엘리베이터는 금세 도착했다. 연이어 올라탄 남자와 이묵주는 차례로 버튼을 눌렀다. 6층. 10층. 나는 누르지 않았다.

청해지검 형사1부 이묵주 검사님에게선 술 냄새가 났다. 어제보다 더하지는 않았지만 덜하지도 않았다. 비를 맞은 탓에 온몸이 젖어 있었다. 얄팍한 여름 블라우스에 속옷이 비쳐 보였다.

그날이 떠올랐다. 덜덜 떨면서 내게 좋아한다고 고백하던 이묵주.

나는 나를 알아보지도 못하는 이묵주에게 그때처럼 재킷을 벗어 걸쳐 주었다. 땅바닥만 세고 있던 이묵주가 고개를 꺾어 날 보았다. 취기로 흐리멍덩한 눈이 내 정체를 가늠하듯 찌푸려졌다.

"매일 이 시간에 퇴근해?"

이묵주는 뒤늦게 나를 알아본 것 같았다. 배시시 웃더니 아, 세희 오라버니라고 작게 중얼거렸다. 나는 이묵주가 다른 헛소리를 하기 전에 덧붙였다.

"강력 범죄가 새벽에서 동트기 직전에 가장 많이 일어난다는 건 검사님이 누구보다 잘 알고 있을 테고."

"뭐?"

어리둥절하던 이묵주의 시선이 그제야 엘리베이터 구석의 남자에게 향했다. 취한 와중에도 촉은 발동하는 모양이었다.

젖은 얼굴이 남자를 확인하고 일순 굳어졌다. 남자는 모른 척 딴청을 부렸다. 나무 꼬챙이처럼 마른 다리가 초조한 듯 덜덜 떨리고 있었다. 6층에서 문이 열리자마자 나는 이묵주와 함께 내렸다.

엘리베이터 계기판은 8, 9층을 올라가 10층에서 멈춰 섰다. 이묵주는 걸치고 있던 재킷부터 내밀었다.

"계좌 번호 주면 수리비에 세탁비까지 처리해 줄게."

아까보다는 취기가 가신 음성이었다. 나는 재킷을 받아 머니 클립을 꺼냈다. 견적서 뒷면에 펜으로 계좌 번호를 휘갈겨 쓰곤 명함과 함께 건넸다.

"세탁비는 됐고. 둘 중 하나만 해. 술을 먹고 싶으면 몸을 가누든가. 몸을 못 가누겠으면 술을 마시지 말든가."

기막혀하는 이묵주를 두고 돌아섰다. 엘리베이터 대신 계단 으로 향했다. 내려가지 않고 계단참에 섰다. 이묵주는 한참이 나 우두커니 서 있더니 집으로 향했다. 느긋하던 구두 소리가 점차 빨라졌다.

나는 이묵주가 문을 닫자마자 계단을 다시 걸어 올라갔다. 한 층을 오르기도 전에 아까 그 남자와 마주쳤다. 머저리 새끼 들은 어쩌면 이렇게 집요하고 단순한지. 나는 남자의 앞을 막 고 물었다.

"집을 잘못 찾아오셨나 봐요?"

"아, 네."

"누구 집? 아까 그 여자 집?"

모자를 눌러쓰던 남자의 낯빛이 얼어붙었다. 나는 황급히 계단을 뛰어 내려가려는 남자를 붙잡아 벽에 처박았다.

"목 부러지고 싶으면 소리 질러."

나는 범죄자를 혐오한다. 특히 여자나 어린아이를 대상으로 범죄를 저지르는 인간들은 죽어 마땅하다고 생각한다. 죄질 따위는 구분할 의미가 없다. 그냥 그런 마음을 품었다는 자체만으로도 갱생 불가 쓰레기들이었다.

남자를 끌고 오피스텔 밖으로 나왔다. 그 와중에도 버티는 걸 쓰레기 분리수거장 근처에 밀어 넣고 모자를 벗겼다. 가로등 불빛에 어렴풋이 비친 얼굴이 묘하게 낯익다 했다.

남자는 얼마 전 오피스텔 근처 독서실에서 여중생을 성추행하다 우연히 내게 얻어걸렸던 놈이었다. 경찰 인계 도중에 도망쳤던. 임용 고시생이라 했던가. 대한민국의 미래가 이렇게 아름다웠다.

나는 녀석을 딱 죽지 않을 만큼만 팼다. 잡자마자 경찰에 신고하는 게 정상이지만 그래 봤자 제대로 된 처벌도 받지 않을 테니까.

구둣발로 사타구니를 짓이기자 녀석은 땅을 치고 괴로워하며 울었다. 나는 도살장에 끌려간 돼지처럼 침을 흘리는 놈을 뒤로한 채 내 셔츠에 흙을 묻혔다. 정돈된 머리를 헝클어뜨리고 터진 입가를 깨물어 더 터뜨렸다. 부러 몇 대 맞아 준 탓에 연출하기는 쉬웠다.

바닥을 뒹굴던 녀석이 날 미친놈 보듯 쳐다봤다. 나는 녀석의 주머니에서 핸드폰을 꺼내 112에 전화했다.

"경찰서죠."

얼마 뒤 도착한 경찰들은 다 죽어 가는 녀석의 몰골을 보고 기함했다. 녀석은 나와 다툼 중에 계단에서 굴렀다고 변명하며 스스로 경찰차에 올라탔다.

경찰은 그게 거짓말이란 걸 알면서도 눈감아 주었다. 나를 잡아가 봤자 피차 피곤해질 게 뻔했기 때문이었다. 뭐로 잡아넣을 건데? 성추행 및 무단 가택 침입에 강간미수범 폭행죄로? 지나가던 개가 웃겠다.

집으로 들어가려고 보니 뒤늦게 모형을 들고 오지 않았다는 사실이 떠올랐다. 내일부터는 주말이었다. 사무실보다는 집이 일하기 편했다. 결국 회사로 돌아가 모형을 가지고 왔다. 월요일 전엔 완성시켜야 했다.

샤워를 하곤 다시 모형과 씨름했다. 아침 해가 뜨는 걸 보고 잠이 들었으니 아마 새벽 대여섯 시까진 그 짓을 하고 있었던 것 같다. 정신없이 잠든 와중에 휴대폰이 울렸다. 나는 바닥을 더듬어 액정을 확인했다. 모르는 번호였다. 무시한 채 계속 잤다. 그 후에도 휴대폰은 서너 번 더 울렸다. 나는 배터리를 뽑았다.

햇빛이 감은 눈을 무자비하게 찔러 대던 중에 초인종은 울렸다. 주말 아침부터 찾아올 가족이나 친족이 내겐 없었다. 보나 마나 입주민 회의를 알리려는 아주머니나 신문 배달원 혹은 종교인, 그것도 아니면 환청일 게 뻔해서 못 들은 척했다. 그러나 그들이라기엔 문밖의 불청객은 집요한 구석이 있었다. 나는 마지못해 현관으로 나가 문을 열었다. 그리고 심기가 매우 불편해 보이는 윗집 검사님과 조우했다.

"무슨 일이야. 아침부터."

"당신이야말로 뭐야?"

잠이 덜 깨 나른한 내게 검사님은 견적서를 내밀었다. 어젯밤 내가 친히 전달해 주었던 그 견적서였다. 청구서의 비고란엔 앞 유리와 보닛, 타이어 교체 비용이 일렬로 적혀 있었다. 총 3,204,000원.

"난 앞 유리창만 손댔잖아."

"손댄 곳만 망가지는 건 아니라서."

"그럼 타이어는?"

"검사님 난투극 덕분에 시간 낭비한 정신적 피해 보상비."

나는 대놓고 일부분 과잉 청구를 시인했다. 이묵주는 무척이나 당황하는 듯 보였다. 신경질적으로 치켜 올라갔던 눈초리가 순간 유순해졌다.

"입금은 일주일 안으로 해 줘. 난 검사님 같은 철밥통이 아니라 돈 300도 크니까."

잠은 이미 깨 버렸지만 여기서 이묵주와 씨름하며 시간을 보내긴 아까웠다. 잘 가라, 손만 흔들어 주곤 문을 닫았다. 거실로 들어서기 전에 초인종은 다시 울렸다. 하루 종일 그러고 서 있게 하고 싶은 마음이 굴뚝같았으나 그전에 경비실에서 호출이 올 게 뻔했다.

나는 짜증스레 문을 열어젖혔다.

"할 말 끝난 거……."

이묵주는 나를 밀치고 들이닥쳤다. 예상치 못한 상황에 나는 방금까지의 여유는 날려 버린 채 당혹스러워했다. 뒤늦게 정신을 차리고 따라 들어갔을 땐 이미 모든 상황은 끝나 있었다.

그녀는 거실 중앙 탁자로 가더니, 밤새 내가 만들어 놓은 디자인 하우스 모형을 발로 차 정확히 반 동강 냈다. 바닥으로 날아간 건물의 잔해에 피가 차게 식었다.

"뭐하는 거야? 지금?"

"건축가가 본업이면 부업은 사기, 폭행, 협박이야?"

제 손목을 잡아챈 날 올려다보며 그녀는 취조하듯 따졌다. 시선이 내 목과 쇄골 사이의 타투에 머물러 있었다.

"돈은 오늘 안으로 입금해 줄게. 수리비. 세탁비. 그리고, 정신적 피해 보상비."

연약한 어깨가 날 죽일 듯 치고 지나갔다. 벽에 기대선 나는 유유히 우리 집을 나가는 그녀와 거인이 짓밟고 간 것처럼 엉망이 된 디자인 하우스를 확인하곤 머리를 짚었다.

메시지는 약 5분쯤 후에 도착했다.

〈한국은행 입금 3,281,818원 이묵주〉

아까 무시하고 받지 않았던 휴대폰 번호로 첨부된 동영상도 함께였다.

화질이 좋았다. 그 어둠 속에서도 고시생을 밟고 있는 내 얼굴이 아주 잘 보였다.

o2
제비가 사는 곳

　어머니는 홀로 나를 낳았다. 아버지라고 추정되는 인간이
있긴 했으나 혼인 신고는 하지 않는 사실혼 관계였다. 그는 살
림에 보탬을 주기는커녕 심심하면 찾아와 어머니를 때렸다.
가끔은 나를 패기도 했는데 쪼그만 게 자길 무서워하지도 않
고 눈깔을 똑바로 뜨고 있다는 이유에서였다. 그러다 한 번은
깨진 소주병에 얻어맞은 적이 있다. 다행히 머리는 비켜 갔지
만 목덜미를 스무 바늘이나 꿰매야 했다. 윗집 검사님이 깡패
보듯 했던 제비 문신은 그 상처를 덮은 것이었다.
　이웃의 신고로 그는 경찰에 잡혀갔다. 하지만 늘 그랬듯 쉽
게 풀려났다. 분풀이를 이유로 폭행은 더 심해졌다. 어머니의
눈에 멍을 만들고, 발목을 부러뜨리고, 고막까지 나가게 했던
그의 폭력은 한 달에 한 번 연쇄 살인마가 휴지기를 갖고 살인

을 하듯 계속되었다. 내가 열한 살이 되던 봄. 어머니가 그 손에 맞아 죽을 때까지.

세상에는 태어나지 말았어야 할 인간들이 있다. 나는 내가 그런 인간들 중 하나라고 생각했다. 내가 아니었다면 어머니는 그를 떠날 수 있지 않았을까. 매년 우리 집 낡은 처마 밑에 둥지를 틀었다가 가을이면 훌쩍 떠나 버렸던, 그녀가 너희들은 날개가 있어 좋겠다며 부러워하던 제비처럼. 따뜻한 남쪽 나라로 훨훨.

✿   ✿   ✿

"요즘 바쁜가 봐. 통 얼굴 보기 힘드네."

"죄송합니다. 일이 밀렸어요."

청해지방검찰청 강일중 검사장은 세희의 아버지이자 내 후견인이었다. 고아가 된 내가 독립할 수 있을 때까지 거둬 준 장본인이자 든든한 조력자. 열한 살 때부터 서른이 넘은 지금까지 같이 지냈으니 친부보다 더 많은 시간을 할애한 사람이기도 했다. 나는 그의 집에서 머물면서 아들 노릇과 오빠 노릇을 했다. 하지만 그의 딸인 강세희는 오빠로 만족하지 못했는데 그게 문제의 시발점이었다.

"오빠!"

나보다 훨씬 바쁘신 분이 갑자기 점심을 같이하자기에 이상하다고 생각은 했었다. 검사실의 문을 열고 들어온 세희는 아버지와의 인사는 가뿐히 생략하고 날 껴안았다.

"진짜 치사하다. 내가 아까 문자할 땐 씹더니 아빠가 연락하니까 재깍재깍 달려오고."

"미안. 못 봤어."

"믿어 줄게."

나는 내 목을 껴안은 세희의 팔부터 기분 나쁘지 않게 떼어냈다.

"기껏 밥 사 준다고 불렀는데 어떡하나. 준경아, 내가 후배 검사랑 선약한 걸 깜빡했어."

"같이 먹죠."

은근슬쩍 자리를 피하려던 그가 멈칫 멈춰 섰다. 공중에서 아빠와 딸의 시선이 부산스럽게 오갔다. 주로 세희는 노려보고 그는 당황해 어쩔 줄 몰라 하는 식이었다. 세상의 모든 아버지가 전부 그 같다면 얼마나 좋을까.

"미리 예약해 놨어요. 아버지가 좋아하시는 걸로."

나는 아무것도 모르는 척 웃었다. 날 좋아하는 여동생과 보답을 해야 하는 그 사이의 균형을 잃지 않기 위해 택한 방법이었다. 치졸하고 나쁘다는 건 알고 있었지만 어쩔 수 없었다. 은혜 갚은 까치는 못 되어도 배은망덕한 제비 새끼는 되지 말아야 했으니까.

그는 선약이 있단 거짓말을 진실로 만들기 위해 전화를 했다. 졸지에 검사장과 그 딸 사이에 끼일 후배 검사가 안쓰러웠지만 그건 그분이 해결 볼 일이었다.

근처 식당 룸에 앉아 기다린 지 얼마 되지 않아 오늘의 희생양이 등장했다. 늦어서 죄송하다는 인사와 함께 나타난 검사님과 나는 동시에 얼어붙었다.

"뭐야. 묵주였어?"

미닫이문 앞에 선 이묵주를 보고 세희는 투덜거렸다. 그녀가 등장한 것에 대해 일말의 놀라움도 없었던 걸 보면 세희는 이미 이묵주가 검사가 되었단 걸 알고 있었던 모양이었다.

"늦어서 죄송합니다."

"아니. 일이 많으면 늦을 수도 있지. 이검이 요즘 좀 바쁜가."

상사의 급한 약속을 두말없이 오케이 해 준 부하 검사를 그는 두둔했다. 이묵주는 검사장 옆에 나란히 앉았다. 내 맞은편이었다.

"인사해. 이쪽은 이묵주 검사. 세희랑은 잘 알 테고. 이쪽은 준경이. 기억나? 어렸을 때 자주 봤을 텐데."

"아빠도 참, 치매도 아니고 기억하지. 얼마 됐다고 그걸 기억 못 해. 그치 오빠?"

"어. 오랜만이야."

"네. 그러게요."

우리는 그날 처음 재회한 사람처럼 연기를 했다. 눈치 빠르기라면 뒤지지 않을 그도, 그리고 세희도 전혀 알아채지 못할 열연이었다.

식사 시간은 소소한 이야기들로 흘러갔다. 이를테면

그래, 검시 결과는 나왔나. 네, 후두부 쪽과 안면의 상처로 인한 과다 출혈이 직접적 사인입니다. 세상 말세야. 어떻게 자기 아내를. 보나 마나 정신 병력이나 술 핑계 댈 거야. 대비하고 있습니다. 아빠는 무슨 그런 이야기를 여기서 하고 그래. 밥맛 떨어지게. 으, 끔찍해.

세희는 온 얼굴을 일그러뜨리곤 내게 기댔다. 나는 신경 쓰지 않고 밥을 씹었다. 문득 쓸데라곤 없는 것이 궁금했다. 혹 그 두 사람 사이에 아이는 없었는가. 그 애가 그걸 목격했는가 말았는가 하는.

식사가 중반에 이르렀을 때쯤 세희의 전화가 울렸다. 배우가 꿈인 세희는 요즘 한창 에이전시로 오디션을 보러 다녔다. 아마 거기서 연락이 온 모양이었다. 세희는 새 모이 주듯 먹던 밥을 내팽개치고 벌떡 일어났다.

"오빠. 아빠, 아 그리고 묵주도 미안. 다음에 내가 맛있는 거 쏠게."

세희가 나간 지 얼마 되지 않아 나의 후견인도 자리를 떴다. 존대를 하는 걸 보니 그보다 더 윗선의 호출인가 보았다. 그는 계산은 내가 할 테니 천천히 먹고 가란 말을 남기고 미닫이문 밖으로 사라졌다.

"뭘 믿고 그렇게 폭력적이신가 했더니 여전히 대단한 빽 때문이셨네."

이 순간만을 기다려 온 사람처럼 이묵주가 말했다. 나는 사실을 정정해 주었다.

"원래 그랬어. 티 내지 않았을 뿐이지."

졸지에 부모를 모두 잃은 나는 보육원에 맡겨졌다. 일가친척이라곤 없는 고아 신세였기에 당연한 결과였다. 고작 열한 살 어린아이에게 보육원은 약육강식의 정글과 다름없었다. 하지만 적어도 목숨 걱정은 안 해도 되었으니 그게 아버지가 있던 집보다 조금 나은 점이었다.

소문은 금세 났다. 보육원 선생들이 나에 대해 수군거리는 소리를 쥐처럼 숨어서 들은 아이들은 개미가 먹이를 나르듯 여기저기 말을 옮겨 댔다.

고아들 사이에도 계급은 존재했다. 사실이야 어쨌든 부모가 잠깐 맡기고 종종 찾아오는 아이들은 귀족, 그냥 버린 아이들은 평민, 마지막으로 갖가지 사건 사고들로 맡겨진 아이들은 천민에 해당됐는데 나는 그중에서도 최하위 계급에 해당하는 불가촉천민이었다.

나는 고아들 사이에서도 따돌림을 당했다. 아내를 죽이고 결국 그 자신도 아내에게 찔려 죽은 개호로 자식의 아들이었기 때문이었다. 나는 맞지 않기 위해 때렸고 살아남기 위해 짐승처럼 거칠어졌다.

지금은 검사장, 그때는 평검사였던 강일중을 처음 만난 건, 초등학교 4학년 겨울. 짱돌을 던져 내 뒤통수를 터뜨린 아이를 반쯤 죽여 놓고 있을 때였다. 한참 뒤에야 알았다. 그가 어머니 사건의 담당 검사였다는 걸.

"애는 없었어?"

"무슨."

"자기 아내 죽인 개새끼 사건 맡았다며."

평이한 어조로 욕을 내뱉는 나를 이묵주는 이상하다는 듯 쳐다봤다.

"그게 왜 궁금한데?"

"나한테도 그런 대단한 아버지가 있었거든. 아주 오래전에 뒈져 버렸지만."

세희의 집에서 독립하면서 나는 내 출생과 과거에 대해 더는 거짓말을 하지 않았다. 딱히 그 점이 흠이 된다고 여기지 않기도 했지만 그때마다 겪는 사람들의 반응이 재미있었기 때문이다.

대개 열에 아홉은 놀라워했는데 적어도 그들 눈엔 내가 애비 애미 없이 자란 자식, 그중에서도 살인자의 자식으론 보이지 않는다는 뜻이었다. 나는 그게 웃겼다. 고아나 살인자의 자식들은 자랄 때 이마에 낙인이라도 찍고 자란단 말인가.

이묵주는 알 수 없는 눈으로 나를 빤히 보더니 작게 웃었다. 비웃음이라기보단 쓴웃음에 가까웠다.

"자랑하듯 말하네. 아이는 없었어. 다행인지 불행인지 태어나기 전이라."

나는 반사적으로 떠올렸다. 맞아서 죽기 직전까지도 날 보호하려고 애쓰던 어머니. 장롱 속에 숨어 마지막으로 마주쳤던 어머니의 슬픈 눈빛. 그리고 12년 전 필사적으로 내게 고백하던 이묵주의 젖은 얼굴. 가라앉기 시작하는 기분을 바꾸기

53

위해 나는 자연스레 말을 돌렸다.

"참, 동영상 선물 잘 받았어. 이참에 직업을 바꾸는 건 어때?"

"육안으로 구분이 안 돼서. 누가 맞고 있는지 확인은 해야 했으니까."

"그리고?"

"뭐가?"

"확인까지 했으면서 왜 안 말렸어?"

동영상을 보고 난 그때부터 그게 내내 궁금했다. 영상 속의 나는 치기 어린 사춘기 남자애들의 린치와는 달리 명백히 살의가 있어 보였다.

"묵인하면 공범으로 취급된다는 건 검사님이 제일 잘 아시지 않나."

부러 빈정거렸다. 이묵주는 젓가락질을 멈추었다. 시선은 내가 아닌 반쯤 남은 밥그릇에 둔 채였다.

"그렇다고 쳐."

똥이 무서워서 피하나 더러워서 피한다 식의 동의였다. 논리적인 반박을 기대했던 나는 맥이 좀 빠졌다. 그사이 그녀는 재킷과 가방을 챙겨 일어났다.

"일이 밀려서 난 이만."

"네, 그러세요."

나는 고개를 까딱이는 걸로 배웅을 대신했다. 미닫이문을 열던 이묵주가 문득 돌아섰다. 남은 두부와 전으로 동양에서 제일 오래된 천문대라는 첨성대를 3분의 1쯤 세우고 있을 때였다.

"아버지에 대해 함부로 말한 건 사과할게. 근데 내가 입금한 돈 말이야. 설마 정말, 정신적 피해 보상비라고 생각하는 건 아니겠지?"

그 말이 무슨 뜻인지 이해하기도 전에 그녀는 밖으로 나갔다. 나는 이묵주의 얼굴만큼이나 정갈하게 놓인 수저와 식기를 보며 뒤늦게 웃었다.

뭐야 그럼, 그 새끼 패 준 값이라 이건가.

아랫집 건축가에게 매값을 지불하는 검사. 비폭력주의자 이묵주 검사님의 법은 아주 융통성이 있었다. 물론 본인에게만.

이튿날 검사장에게서 전화가 왔다. 그날 말했어야 했는데 세희 때문에 정신이 없어서 못 했다고. 오늘도 세희 이야기로 시작한 그의 용건은 다음과 같았다.

"검찰청 본관 로비 리모델링 건 준경이 네 사무소에서 맡아 주면 좋겠는데."

나랏일은 까다로웠다. 멀리 갈 것도 없이 요 근래 낙하산 머저리 케이스만 해도 알 수 있다. 단 한 명의 머저리가 얼마나 많은 사람들을 돌게 만드는지. 하지만 거기에 뒷배가 있다면 이야기는 달라진다. 나의 후견인인 검사장은 그 정도 머저리는 움직일 수 있을 정도의 권력자였다. 나는 그리하겠다 수

락했다. 경쟁이나 입찰로 정정당당하게 계약을 따내겠다는 순진한 발상은 드라마나 동화 속 주인공들에게나 가능한 것이었다.

검찰청 리모델링 건을 이야기하자 영민 형은 뛸 듯이 좋아했다.

"야, 그거 잘 만하면 우리 줄줄이 굴비 물겠다?"

그러나 기쁨은 아주 잠깐, 그로 인해 길어질 야근과 주말 근무를 가늠하곤 그는 금세 침울해졌다. 사람 낳고 돈 낳지, 돈 낳고 사람 낳냐.

나는 직원들과 영민 형, 그리고 나의 사기 진작을 위해 보너스를 지급했다. 월급의 200%에 해당하는 돈이었다. 입금액을 확인한 막내 수찬이가 달려와 물었다.

"선배, 이거 숫자 하나 잘못 쓴 것 같은데?"

"왜, 바꿔서 다시 넣어 줘?"

"아니. 아니, 아니야. 그럴 리가요."

그날은 오랜만에 정시 퇴근을 하고 저녁을 겸한 회식을 했다. 평소 내 욕으로 대동단결하던 그들은 날 칭찬하는 것으로도 모자라 인간이 안 하던 짓을 하면 죽을 때가 됐다던데 하며 내 건강까지 걱정해 주었다.

집에 오는 길에 은행에 들렀다. 홧김에 피해 보상비라며 받아 냈지만 그거 가져 뭐하나 싶었다.

나는 이묵주가 넣었던 금액을 반올림해 인출했다. 벽돌로 인해 교체한 유리값도 제하지 않은 원금이었다. 3,300,000원.

5만 원짜리로는 고작 예순여섯 장. 얄팍한 봉투를 주머니에 넣자니 기분이 요상했다. 고작 여기서 얼마 차이 나지 않는 이 봉투 하나의 무게가 한 달 동안 밤낮없이 일한 내 인생의 무게 같아서.

지하 주차장에 차를 대어 놓고 이묵주의 집이 있는 6층으로 향했다. 시간을 확인하니 이제 막 9시 반이었다. 조금 늦은 듯했으나 밖에서 봉투만 전해 주고 갈 테니 괜찮을 거라 생각했다.

벨을 두어 번 누르자마자 문은 열렸다. 다만 마중을 나온 사람이 이묵주가 아니었을 뿐이다. 나는 잠옷에 가까운 일상복 차림으로 날 마주하고 선 남자, 자세히 말하면 그녀와 치정 싸움을 했고 술김에 섹스했다는 그 남자애에게 물었다.

"묵주는 어디 갔습니까?"

"씻고 있는데. 왜요?"

말투에서 어린애들 특유의 적의가 느껴졌다. 나는 아랫집 남자에게 굳이 그녀가 씻는다는 이야기를 한 남자의 의도를 간파하고 웃음을 삼켰다.

"그럼 다음에 다시 오죠."

더 말을 섞어 봤자 시간 낭비일 것 같아 가려다가 이왕 온 거 여기서 끝내자 싶어 봉투를 건넸다.

"이거나 전해 줘요."

"뭔데요?"

"주면 알 겁니다."

57

집에 돌아오고 나서야 돈 봉투가 검사님에게 곧이곧대로 도착할지가 걱정됐지만 이내 지웠다. 날티가 나긴 해도 도둑질할 녀석으론 안 보였다. 그리고 머지않아 나는 내가 사람 보는 눈이 얼마나 없는지 깨닫게 된다.

이른 아침부터 어린이 도서관 건으로 머저리 낙하산을 만나고 나서 곧장 검찰청으로 향했다. 리모델링을 위해선 설계도 말고도 실물을 볼 필요가 있었다. 검사장을 만나러 종종 들렀던 터라 대략적인 모습은 알고 있었지만 보다 구체적인 정보가 필요했다.

로비 입구부터 시작해 야외 테라스까지 천천히 둘러봤다. 딱히 구조적으로 흠은 없었으나 창이 많지 않고 색채가 어두워 전체적으로 답답하고 무기운 인상이었다. 뭐 검찰청이란데가 원래 심리적으로 압박감을 주는 공간이긴 하지만, 요즘 검찰이 미는 모토인 '열린 검찰, 친근한 검찰'과는 상대적으로 거리가 멀어 보인다는 게 문제라면 문제였다.

자판기에서 음료수를 뽑아 로비 의자에 앉았다. 앉고 나서야 의자가 벽면을 보게 설치되어 있다는 걸 깨달았다. 면벽하고 반성하라는 건가.

나는 설계를 이따위로 한 건축가를 찾아 면벽 반성하게 하고 싶은 충동을 느끼며 핸드폰으로 찍은 사진들을 단체 메신저 창에 전송했다.

"검사 불러!"

"아주머니 여기서 이러시면 안 돼요."

"이러면 안 되는 게 어딨어! 빨리 담당 검사 부르라니까!"

"일단 진정하시고."

테라스에 파라솔 뭐냐. 편의점이야? 해수욕장이야? 멋있다 진짜. 야외의 무지개 파라솔 사진을 보며 자읖을 남발하는 영민 형의 메시지에 곡소리가 겹쳐 들렸다. 로비 현관 쪽이었다.

보안 요원들이 막고 선 이는 머리가 희끗한 60대 초반의 아주머니였다. 요즘에는 찾아볼 수 없는 구식 디자인의 정장과 아무렇게나 질끈 동여맨 파마머리가 그녀의 고된 생활을 짐작케 했다.

"새끼 죽인 애미가 어떻게 진정을 해! 나와! 나오기 전까진 나도 못 나가!"

강제로 잡아끄는 보안 요원을 밀어낸 아주머니는 로비 중앙에 드러누웠다. 지나가던 사람들이 호기심에 몰려들었다. 상황이 악화되는 걸 우려한 보안 요원들이 아주머니의 팔을 붙들었다. 꼭 반항하는 범인을 연행하는 형사들처럼 강압적이었다.

"그만두세요."

"검사님?"

그들을 저지한 것은 이묵주였다. 역시 정의로운 비폭력주의자 검사님다웠다. 나는 연달아 알림음을 내는 메신저를 무시한 채 그녀의 귀추에 집중했다. 상황은 순식간에 버라이어티해졌다.

누워 있던 아주머니가 이묵주를 보곤 튕겨 나갈 듯 일어선 것이다. 눈빛과 분위기가 심상치 않다 했다. 아주머니는 행인의 손에 들린 아이스커피를 빼앗더니 이묵주에게 퍼부었다. 모가 난 얼음들이 그녀를 때리고 바닥으로 쏟아져 내렸다.

"징역 7년? 심신이 미약해? 약을 먹었어? 약 먹고 뒈지고 싶은 건 나야. 최선을 다하겠다며! 최선을 다한 게 고작 7년이야?"

"죄송합니다."

"죽은 내 새끼 원통해서 어떻게 눈감으라고! 살겠다고 도망치는 내 새끼 잡아다가 기어코 죽인 놈이 그놈이야. 나는 아까워서 손도 못 댄 내 새끼를 그 무시무시한 칼로."

내 딸 살려 내! 내 딸 살려 내라고. 주름 하나 없는 이묵주의 블라우스 어깨를 틀어쥐고 아주머니는 숨이 넘어갈 듯 흐느꼈다.

"검사님 아버지가 살인범 이규식이었다며? 그래서 지금 범인 편드는 거야?"

자잘한 소음들로 웅성거리던 로비가 순식간에 싸늘해졌다. 이묵주는 긍정도 부정도 하지 않은 채 아주머니가 쏟아 내는 악다구니를 전부 받아 내었다. 멱살을 잡히고 욕을 먹고, 그러니까 '살인마의 자식새끼'라는 소리까지 들어야 했다. 상황이 정리되기까지는 30분이 넘게 걸렸다.

화를 내고 소릴 지르고 급기야는 울며 애원까지 하던 아주머니는 결국 탈진해 응급실로 실려 갔다. 이묵주는 구급대원에게 가족 연락처와 제 연락처를 알린 뒤 조용히 로비의 화장실로 사라졌다. 짜 맞춘 듯 입을 다물고 있던 사람들은 사방으로 흩어지며 속닥거렸다. 대부분 그녀의 아버지에 대한 이야기였다.

한참이 지난 후에야 이묵주는 모습을 드러냈다. 세수를 한 듯 젖은 머리카락에 눈가가 새빨갰다. 방금 있었던 일 따윈 잊어버린 것처럼 차분히 계단을 오르는 그녀를, 로봇처럼 차가운 표정과는 달리 피가 나도록 세게 거머쥔 작은 주먹을 나는 말없이 지켜보기만 했다.

가끔 그대로 사라져 버리고 싶을 때가 있다. 세상 사람 모두가 나의 적인 것만 같을 때. 내 존재 자체를 부정당하고 또 부정하고 싶을 때. 살겠다고 낭떠러지 끝에 간신히 매달려 있는데 손 내밀어 줄 사람이라곤 보이지 않을 때. 이묵주에겐 바로 지금이 그때일지도 모른다는 생각이 들었다. 언젠가 내가 그랬던 것처럼.

회사에 돌아와서도 일이 손에 잡히지 않았다. 빽에 밀려 물을 먹어야 했던 첫 설계 공모 이후론 실로 오랜만에 겪는 주의력 결핍이었다.

책상 앞에 앉아 노트북을 켰다. 검색창에 이규식을 쳤다. 벌써 10여 년이 지난 일인데도 기사는 떠올랐다.

인면수심 살인자 이규식 무기징역 선고
수안동 일가족 방화 살인 사건 피의자 구속

수안동 일가족 방화 살인 사건 현장 검증 실시, 시종일관 담담한 모습

세 번째 기사를 읽던 중에 전화가 왔다. 세희였다.

—나 에이전시 계약했다는 거 들었지? 모레 밤에 친구들이랑 파티 있는데 파트너 데리고 가야 하거든. 이번에도 오빠가 해 줘.

아이는 부모를 선택할 수 없다. 그러니까 난자와 정자가 만나 착상이 되는 그 순간부터 누군가의 불행은 정해져 있는 걸지도 몰랐다.

저녁때쯤 검찰청 로비의 이전 도면을 메일로 전송받았다. 어째서 파라솔은 무지개 빛깔로 했고 무엇 때문에 로비 의자는 면벽 수행을 하게 설치했는지 묻고 싶었지만 참았다. 공간을 최고의 디자인과 최상의 실용성을 갖추도록 설계하는 건 건축사의 몫이었지만 그 두 가지를 난도질하는 건 클라이언트들의 몫이었다. 대체 검찰청 관계자 누구의 취향인지 모르겠으나 금을 똥으로 만드는 것도 재주지 싶다.

다른 인력들은 여태 하던 어린이 도서관과 디자인 하우스 설계에 집중시키고 검찰청 로비 건은 일단 나 혼자 시작하기로 했다. 다른 계약에 비해 비교적 간단한 작업인 데다 기한이 넉넉했기에 가능한 일이었다.

샌드위치로 허기만 면하곤 밤 10시쯤 퇴근을 했다. 씻곤 쉴

틈도 없이 도면을 분해하듯 뜯어고치다 휴식 삼아 잠시 외출했다. 바람도 쐬고 마트에 들러 떨어진 식재료도 샀다.

우리 오피스텔은 400㎡ 크기의 정원이 있었다. 색다른 것 없이 어디서나 볼 수 있는 평범한 구조였지만 오피스텔에 정원이 달려 있는 것 자체가 드문 경우였으므로 다들 좋아했다.

이제 곧 12시, 한밤중의 정원은 고요했다. 머리나 식힐 겸 맥주나 한 캔 마시고 들어갈 계획이었다. 나보다 먼저 자리를 차지하고 있는 사람이 있었다.

"이리 와. 흰눈아."

이묵주는 바닥에 쪼그리고 앉아 수풀을 향해 손짓했다. 화단 앞에는 고양이 사료와 물이 담긴 그릇이 나란히 놓여 있었다.

상대가 누구든 식사 시간을 방해하는 건 취미에 없었으므로 기척을 죽였다. 하지만 봉투 안의 캔이 문제였다. 쨍강, 알루미늄이 서로 부딪히며 낸 소음은 조용한 밤공기를 흔들어 놓기에 충분했다.

놀란 고양이가 수풀 속으로 도망쳐 들어갔다. 이묵주가 고개를 들어 날 보았다. 경계를 늦추지 않은 자세였다. 고양이였다면 아치처럼 등을 곧추세우고 뾰족하게 귀를 접어 넣은 모습이었을 것이다.

"변태 하나 낚는 걸로는 모자랐나 봐요? 검사님."

가로등 빛에 비친 내 얼굴을 확인한 이묵주는 그제야 긴장을 풀었다. 나는 걸어가 그녀 뒤편 벤치에 앉았다. 벤치 가장 자리엔 빈 맥주 캔이 이미 두어 개 올라와 있었다.

범죄에 취약한 타입이라고 생각했다. 야밤, 인적 드문 정원 구석에서 취한 채 고양이 밥을 주고 있는 여자. 겁이 없는 건지 아니면 사람을 믿는 건지.

그저 미수에 그쳤지만 그런 일을 겪고도, 그리고 직업상 그리 수많은 범죄자들을 보고도 이 시간에 이러고 있다는 게 신기했다.

"그러는 당신은 한 놈 패 준 걸로는 성에 안 찼나 보지."

일어난 이묵주가 봉투에 빈 캔을 챙겨 넣으며 대꾸했다. 나는 웃으며 캔 맥주를 땄다. 볼일은 끝났다는 듯 서둘러 돌아서는 그녀에게 말했다.

"나도 사과할게."

예상 밖의 내용이었는지 그녀가 걸음을 멈추고 돌아봤다.

"수리비 과잉 청구한 거. 돈은 돌려줬지만 그래도 미안하다는 말은 해야지 싶어서."

"돈?"

"나한테 입금한 3,281,818원. 반올림해서 3,330,000원, 네 남자 친구한테 줬어."

의아함이 깃든 얼굴이 석고상처럼 굳어졌다. 나는 그 양아치 자식이 제 애인의 돈을 중간에서 가로챘다는 걸 그때야 알았다.

"설마 못 받았어?"

"아니. 받았어. 그럴 필요까지 없는데, 어쨌든 고마워."

좀 전의 표정을 보지 못했더라면 그 말을 믿었을지도 모른다. 직업적인 이유 때문인지 이묵주 검사님은 포커페이스를 쉽게 되찾았고, 연기를 곧잘 했다. 다만 아까 그 아주머니에게 커피 세례를 맞고 돌아섰을 때처럼 주먹은 힘껏 말아 쥔 채였다.

이묵주는 그 길로 자리를 떴다. 나 역시 맥주 한 캔을 비우고 일어섰다.

집에 돌아오자마자 환기를 위해 베란다 문부터 열어젖혔다. 괜스레 답답한 맘에 끊은 담배 대신 사탕 하나를 물고 난간에 기대섰다. 답답한 건 나뿐만이 아니었던 모양이었다. 방금 전 헤어진 이묵주의 목소리가 베란다 위쪽에서 들렸다.

깜빡해? 그걸 지금 변명이라고 하는 거야? 넌 대체 날 뭘로 보는 건데? 돈이 필요하면 차라리 말을 하질 그랬어.

통화 중인지 들리는 음성은 그녀뿐이었다. 나와의 대화에선 상상할 수 없을 정도로 감정적인 어조였다.

뒷이야기가 궁금하긴 했지만 도둑고양이처럼 훔쳐 듣는 것도 취향은 아니라 거실 안으로 자리를 피했다. 스피커 버튼을 잘못 누른 것 같았다. 짧은 침묵을 가르고 남자의 목소리가 들렸다.

—나 좋아한다는 거 다 뻥이지?

"무슨 소릴 하는지 모르겠네. 내가 네까짓 걸 뭐라고 좋아해?"

—누나 거짓말 진짜 못하는 거 알아?

"백승우."

—그럼 그날 왜 반항 안 했어? 몸 못 가눌 정도로 취한 거 아니었잖아.

"그만하자. 그 돈 됐으니까 그냥 먹고 떨어져. 이만 끊……."

—우리 사귈까.

그녀가 무슨 대답을 했는지는 알 수 없다. 내가 들은 건 거기까지였다.

❀   ❀   ❀

9시부터 파티가 있다던 세희는 6시가 되기도 전에 사무실로 찾아왔다. 양손엔 간식과 커피를 잔뜩 든 채였다. 부족한 것 없이 자란 나의 여동생은 남에게 베푸는 걸 좋아했다. 가끔 그 해맑음이 타인의 상처를 헤집어 놓는다는 걸 모른다는 게 단점이었다.

"아이고, 공주님 오셨어요?"

"네, 공주님 오셨어요. 왕자님도 계셨네요."

영민 형은 세희를 친동생처럼 예뻐했다. 그리고 아주 잘 다루었다. 나는 무책임하지만 형에게 세희를 떠맡긴 채 하던 일에 몰두했다.

사무실 곳곳을 돌아다니며 커피와 컵 과일을 나누어 주고 궁금한 걸 캐묻던 세희는 손님용 소파 구석에서 찌그러져 잠이 들었다. 할리우드 스타가 키우는 고양이처럼 아무 걱정이

66

없는 모습이었다.

9시 정각에 세희를 깨워 파티 장소로 향했다. 젊은 애들의 핫 플레이스라는 모 클럽이었다. 시끄럽고 어두운 곳을 싫어하는 내겐 상극인 공간이었다. 그러나 이 역시 검사장에게 은혜를 갚는 방법 중 하나라고 생각하면 못 참을 것도 없었다.

"말했지. 우리 오빠."

세희는 뭍에 나온 고래마냥 의욕 없어 보이는 나를 이리저리 끌고 다니며 소개했다. 나는 가벼운 미소로 인사에 답했다. 스테이지에선 세희처럼 마르고 기다란 애들이 한데 얽혀 해파리처럼 춤을 추고 있었다.

"어 뭐야. 저기 저 여자, 묵주 아냐?"

바에서 병맥주를 가져온 세희가 내 어깨를 치며 어딘가를 가리켰다. 이묵주가 이런 곳에 있을 리 없다고 확신하면서도 내 눈은 어느새 세희의 손가락을 따라갔다. 그러나 스테이지 어디에도 이묵주는커녕 이묵주의 머리카락 한 올도 발견할 수 없었다. 그럼 그렇지. 나는 이유도 모른 채 안도하며 세희의 말을 부정했다.

"잘못 본 거겠지."

"아니 거기 말고."

답답하다는 듯 세희는 날 바 쪽으로 돌려세웠다. 동시에 칵테일을 받은 여자가 내 쪽으로 돌아섰다. 이묵주였다. 메추리 둥지에 홀로 끼어 있는 제비 새끼를 본 느낌이었다. 이질적이었다.

내가 아는 이묵주는 홀로 이런 곳에 드나들 타입이 절대 아니었다. 나처럼 반 억지로 끌려왔다면 또 몰라. 아니나 다를까, 이묵주의 곁에는 그 녀석이 함께였다. 이름이 뭐랬더라. 그러니까.

"백승우 저 자식이 말하던 누나가 묵주였나."

아, 그래 백승우.

아는 사람이냐는 내 물음에 세희는 오늘만을 기다려 왔던 사람처럼 백승우 욕을 하기 시작했다. 저놈이 모델계의 카사노바라느니. 강아지처럼 순진한 얼굴로 이 여자 저 여자 다 꼬시고 다닌다느니. 이제 드라마 출연도 한다는데 뜨기만 하면 아주 여자들을 시간마다 갈아 치울 인간이라느니. 마지막으로 속삭이듯 덧붙인 말이 그중 최악이었다.

"원 나잇 밥 먹듯이 하고 다녀. 여기서 쟤랑 안 잔 애 찾는 게 더 빠를걸. 물론 오빠 바라기인 나는 빼고."

이묵주는 왜 저딴 놈을 좋아하는 걸까. 순수하게 궁금했다. 어제 백승우와의 통화에서 이묵주는 '내가 너 같은 걸 왜 좋아하느냐'고 발뺌했지만 내가 봐도 그건 새빨간 거짓말이었다. 어느 여자가 술김에 자신과 섹스했다는 놈을 용서해 주고, 집에 찾아오는 걸 내쫓지 않고, 돈을 가로채도 경찰에 신고하지 않을까. 하물며 다른 사람도 아닌 비폭력주의자 이묵주 검사님께서?

세희는 친구들에게 이끌려 스테이지로 향했다. 절대 몰래 도망가지 말라는 당부를 몇 번이나 한 후였다. 나는 사람들 눈에 띄지 않는 구석에 서서 클럽 내부를 관찰했다. 겉으론 있어 보일지 몰라도 화재나 재난 시엔 여기 있는 사람 모두가 몰살당할 수 있는 무식한 구조였다.

멀지 않은 곳에 이묵주가 보였다. 마시던 병맥주를 내려놓은 이묵주는 백승우에게 귀엣말을 하더니 자리를 떴다. 파우더 룸이나 화장실 쪽이었다.

흥미진진한 사건은 그때부터 일어났다. 그녀가 자리를 비운 그 짧은 사이 백승우가 다른 여자에게 손을, 정확히 말하자면 입술을 대기 시작한 것이다.

키스는 진했다. 보통의 연인들도 다른 사람들 앞에선 저런 식으로 하지 않을 딥 키스였다. 때마침 이묵주가 인파를 헤집고 나타났다. 나는 어떻게 할까 5초간 고민하다 일단 그녀의 앞을 가로막았다. 이묵주는 갑작스레 진로를 차단한 나를 의아한 듯 올려다보았다. 키가 딱 내 입술까지 왔다.

"검사님이 이런 데도 다닙니까."

시끄러운 음악에 내 목소린 금세 묻혔다. 그녀는 번쩍이는 조명 사이로 눈을 찌푸려 가며 내 얼굴을 확인했다. 그리곤 힘없이 웃었다. 또 이 인간이야, 하는 눈이었다.

"검사는 이런 데 다니면 안 돼?"

목소리는 들리지 않았지만 입 모양으로 유추하자면 그랬다. 나는 장애물 넘듯 나를 통과해 지나치려는 이묵주를 붙잡았다. 이유야 어쨌든 그 꼴을 보게 하고 싶진 않았다.

그러나 타이밍이 좀 어긋났다. 이묵주는 내게 손이 잡힌 채

69

백승우가 다른 여자와 입술을 문대고 있는 장면을 코앞에서 목격해야 했다. 입가에 맺혀 있던 웃음이 새벽안개 걷히듯 사라졌다.

"남자 취향이 별로네. 검사님."

엿 같아진 분위기도 깰 겸 농담과 진담을 섞어 던졌다. 이묵주는 정색은커녕 웃으며 동조했다.

"그러게. 열일곱 살 버릇 서른하나까지 가나 봐."

그녀는 뒤도 돌아보지 않고 클럽을 나갔다. 따라 나갈 생각은 아니었다. 그저, 눈을 어지럽히는 공간과 도무지 순환이라곤 되지 않는 공기가 끔찍했을 뿐이다.

이묵주는 클럽에서 몇 걸음 떨어진 골목 계단에 우두커니 앉아 있었다. 나는 올라가 그녀의 몇 계단 아래 섰다. 멀리 있을 때는 모르겠더니 가까이 서니 보였다. 잘 익은 석류처럼 새빨갛게 달아오른 눈가와 뺨. 술이 원인이라기엔 젖은 얼굴이 걸렸다.

"헤어지는 게 낫지 않아?"

이묵주는 들은 척도 하지 않았다. 땅에 귀중품이라도 떨어뜨린 사람처럼 바닥만 하염없이 쳐다보고 있었다.

"알면서 이용당하는 거야? 아니면 몰라서 속는 거야? 뭐 둘 다 등신이긴 마찬가지지만."

여태껏 무반응이던 마른 등이 그제야 들썩였다. 우는 건가, 잠시 당황했지만 다행히 웃는 거였다. 이묵주는 소리 내 웃었다. 가을날 마른 낙엽이 굴러가는 소리 비슷했다.

"뭘 사귀었어야 헤어지지. 나 쟤랑 아무 사이도 아냐. 술김에 한 번 잔 거? 그게 뭐라고."

그녀도, 그리고 나도 고작 맥주 몇 병에 취해 있었다. 그게 아니고서야 그녀가 이런 사적인 이야길 내게 할 이유도, 내가 그런 충동적인 일을 저지를 일도 없었다.

이묵주는 가방을 들고 천천히 계단을 내려갔다. 나는 몇 걸음 뒤에서 그녀를 따라 걸었다. 중심을 잡기 힘든지 비틀거리는 걸 뒤에서 붙잡았을 때였다. 계단 아래에서 다른 여자들과 노닥거리고 있는 백승우가 보였다.

짙은 어둠 속에서도 눈이 마주쳤다는 걸 느꼈다. 나는 중심을 잡느라 내게 기댄 이묵주를 끌어안듯 당겼다. 고맙다는 말을 하던 그녀가 순간 당황하며 몸을 굳혔다. 나는 고개를 숙여 그녀에게 입 맞췄다. 시선은 저만치 백승우에게 둔 채로.

엿을 먹이고 싶었던 것 같다. 등신같이 당하기만 하는 이묵주를 대신해서. 그래, 굳이 말하자면 평소엔 혐오해 마지않는 오지랖의 발로였다.

하지만 그 오지랖은 예상했던 것과 달리 영 다른 방향으로 영향을 미쳤는데 나는 얄팍한 가로등 불에 비친 처연한 얼굴의 이묵주가 예쁘다고 생각했고 어느 순간 키스 그 자체에 몰두해 버렸다.

애초에 왜 이 여자에게 입을 맞추었는지조차 까맣게 잊어버릴 정도로.

정신을 차린 이묵주가 날 밀어냈다. 나는 손쉽게 밀려나 주었다. 그녀는 입술을 문대며 불만을 토로하려다 뒤늦게 계단 아래 백승우를 발견하곤 멍해졌다. 나는 귓속말로 내 키스를 해명했다.

"복수는 이렇게 하는 거야."

그럼 조심해서 가요. 이묵주 검사님.

03
그거 알아?

클럽으로 돌아가지 않고 택시를 잡아탔다. 혹시나 날 찾을 세희에겐 메시지로 먼저 돌아가겠다 일렀다. 볼멘 답이 연달 아 도착했지만 원래 이런 인간이니 그러려니 하는 것 같았다.

집에 도착하자마자 씻지도 않고 침대에 쓰러졌다. 여러 가 지 생각들로 머리가 복잡했는데 더 고민하기도 싫어 억지로 잠을 청했다. 그리고 다음 날 아침, 일어나자마자 후회했다.

왜 그랬을까. 이묵주가 등신같이 이용당하든, 그 자식이 이 여자 저 여자 다 자고 다니는 걸레든, 이묵주가 하필 그런 쓰 레기 새끼를 좋아하든. 그게 나랑 무슨 상관이라고.

얼음물을 마시고, 샤워를 하고, 식탁에 앉아 우유에 퉁퉁 분 시리얼을 씹을 때까지도 짜증은 가라앉지 않았다. 그러다 문 득 그런 생각이 들었다. 나보다는 이묵주가 불쾌해도 훨씬 더 불쾌했을 거라고. 말이야 바른 말이지, 어제 내가 한 짓거리는 성추행범으로 당장 잡혀가도 할 말이 없는 짓이었다. 뺨 한 대도 때리지 않고 고이 보내 준 이묵주에게 되레 감사의 인사라도 해야 할 상황이었다.

3분의 1쯤 남은 시리얼을 개수대에 처박았다. 앞으로의 일을 상상하니 있던 입맛도 떨어졌다.

평소보다 10분쯤 일찍 집에서 나왔다. 여느 때와 다름없이 엘리베이터를 기다리던 나는 열린 문 앞에서 잠시 멈칫했다. 여태껏 단 한 번도 마주친 적 없던 이묵주가 그 엘리베이터 안에 있었다.

피하는 것도 우스워서 그냥 탔다. 어제 일 때문인가. 우리 둘 사이에 어색한 침묵이 내려앉았다. 어쨌든 일을 저지른 건 나니까 사과 역시 내가 먼저 해야 맞았다. 이묵주를 만나고 나선 어째 계속 사과만 하는 것 같다. 나는 쓴웃음을 지으며 운을 띄웠다.

"어젯밤 일은⋯⋯."

"취하셨겠죠."

이묵주는 내 입에서 나올 다음 문장이 뭔지 뻔히 예상된다는 듯 말을 잘랐다.

"사과 안 해도 돼. 나도 취했고 당신도 취했으니까. 쌍방 과실로 쳐."

나쁠 것 없는 제의였다. 어찌 보면 쌍수 들고 반겨야 마땅했다. 그런데 기분이 아주 저조해졌다. 이묵주를 처음 봤던 그

74

날, 백승우가 이묵주에게 했던 변명이 떠올랐다.

"내가 미안하댔잖아. 어젯밤엔 술을 너무 많이 마셔서."

졸지에 백승우와 똑같은 급의 쓰레기가 된 기분이었다. 엘리베이터가 1층에 섰다. 이묵주는 인사도 없이 내렸다. 나는 지하 주차장으로 가기 위해 닫히는 문을 도로 열고는 이묵주에게 말했다.

"안 취했다면."

복도를 울리던 청명한 구두 소리가 순간 멎었다.

"내가 취한 게 아니었다면 어쩔 건데."

왜 그랬을까. 아침나절 한 의미 없는 질문을 사무실에 도착한 이후에도 똑같이 반복해야 했다. 대체 왜.

"준경아."

백승우 그 쓰레기 같은 새끼랑 같은 취급을 당하면 좀 어떻다고.

"석준경."

이묵주 눈엔 난 10여 년 전 그때부터 지금까지 변함없이 개새끼일 텐데 새삼스레.

"석 대표님? 야, 인마."

영민 형이 제도용 자로 책상을 여러 번 두드린 후에야 나는 내가 여태껏 딴생각 중이었다는 걸 깨달았다.

시계를 보니 벌써 한 시간이 훌쩍 지나 있었다. 무려 한 시간이나 이묵주 생각을 하고 있었단 거야? 나는 티 나지 않게 한숨을 삼켰다. 거꾸로 쥐고 있던 펜슬을 아무렇지 않은 척 고쳐 쥐고 대답했다.

"어, 왜?"

"너 무슨 일 있냐?"

"일은 무슨."

"아니야. 분명 무슨 일 있는데."

"없으니까, 가서 하던 일이나 마저 하세요."

가만히 뒀다간 내 입에서 무슨 소리든 나오게 할 사람이라 억지로 등을 떠밀었다.

형은 문밖으로 나가면서까지 신신당부했다. 너 고민 있으면 다른 사람 말고 꼭 나한테 말해. 꼭 나한테 말해야 돼. 나는 성의 없이 고개를 끄덕였다. 네네.

자리로 돌아와 앉았다. 잊고 싶지만 결코 잊히지 않는 출근길의 일이 다시 떠올랐다.

"취한 게 아니었다면 어쩔 건데."

이묵주는 돌아봤다. 잠시 당황한 빛이 스쳤으나 아주 잠깐이었다. 그다음이 문제였는데 나는 머리와 입이 연결된 멍청이처럼 충동적으로 지껄였다.

"맥주 한 병에 취할 정도로 샌님은 아니거든 나. 너도 그런 것 같은데, 아니야?"

엘리베이터 문이 닫히기 전 보았던 이묵주가 자꾸 아른거렸다. 뒤통수를 맞은 표정이었다면 그나마 나았을 텐데. 세상 최고의 또라이를 본 듯한 얼굴이었다. 하긴 내가 생각해도 또라이 같은데 남은 어떻겠어.

나는 기껏 쥔 펜을 던지듯 놓고 머리를 짚었다. 술김에 그랬다는 최고의 변명거리를 제 입으로 뒤집어 버린 정신 나간 나를 어디든 매달아 놓고 패 주고 싶은 심경이었다. 취한 게 아니었다면 대체 키스는 왜 한 건데? 복수? 언제부터 네가 남의 복수를 대신해 줄 만큼 박애주의자였다고.

대체 왜…….

복잡한 머릿속을 헤집고 떠오르는 단 하나의 가정을 나는 어이없어하며 지웠다. 아마 어제 마셨던 술이 오늘 아침까지 분해되지 않아 취한 상태로 주정을 했던 거라고, 그것 말곤 다른 이유가 있을 턱이 없다고. 어딜 가나 술이 문제라고. 도망치듯 결론을 내곤 이묵주를 치워 버렸다. 내 머릿속에서. 눈에서. 그리고 마음에서.

오전엔 내가 영민 형의 등을 떠밀었지만 오후엔 영민 형이 내 등을 떠밀었다. 형은 내 책상에서 그림판이 되어 있는 도면을 발견하곤 낯빛이 창백해졌다. 마치 내성적인 아이를 둔 어머니가 온통 까만색으로 칠해진 스케치북을 발견했을 때의 모습 같았다.

나는 그렇게 내 사무실에서 쫓겨났다. 아무것도 하지 말고 푹 쉬고 오라며 형은 문틈 사이로 머리를 내밀고 차 키를 집어 던졌다. 하는 수 없이 차에 올라타 시동을 걸었다.

무념무상의 상태로 운전을 하다 시야에 들어오는 익숙한 건물에 이건 또 무슨 신종 미친 짓인가 싶었다. 손에 베일 듯 날카로운 자태로 태양을 반사시키고 있는 저 건물은 다름 아닌 검찰청이었다.

며칠 전부터 내내 검찰청 리모델링 건에 매달려 있어서 그런가 보다, 단순히 생각했다. 온 김에 한 번 더 둘러보고 가는 것도 나쁘진 않을 것 같아 주차장에 차를 대고 로비로 향했다.

30분 정도 둘러보며 지난번 왔을 때 미처 캐치하지 못했던 결점들을 체크했다. 이를테면 찾기 힘든 승강기의 위치나 미끄러지기 쉬운 바닥재 같은 것들이었다. 일을 끝낸 다음에는 의자에 앉아 면벽 수행을 하며 쉬었다. 아무것도 하지 않고 멍청히 앉아 있자니 왜 의자를 이따위로 벽에 처박아 놨는지 약간은 이해될 것 같기도 했다.

"야, 박검 그거 들었어?"

"뭐? 형사부 이검?"

"어, 그 이규식 딸이라는 거."

"너도 몰랐지?"

"솔직히 살인자 딸이 검사 할 거라고 누가 상상이나 했겠냐."

"그런 거 보면 우리나라 법조계 고리타분하다 해도 은근히 개방적이야."

당당하게 남의 뒷담을 까고 있는 이들은 이묵주와 같은 검사들이었다. 옛 어른들은 여자들이 말이 많다 증거 없는 속설들을 만들어 후손에게 전했지만 내가 보기엔 남자들이 여자들보다 훨씬 말이 많았다.

특히 상대방이 자신보다 능력이 출중하거나 잘났을 때 그들의 뒷담화 능력은 빛을 발했는데, 다른 걸로는 이길 수 없을 때 드러나는 열등감의 표출이었다.

잘나신 검사님들의 면면을 한 번씩 확인해 주고 검찰청을 나왔다. 집에 도착했을 때는 오후 3시가 좀 넘어 있었다. 어차피 사무실에서 한 스케치는 버려야 할 것 같아 새 도면을 꺼내 놓고 다시 시작했다.

물 한 모금 먹지 않고 꼬박 대여섯 시간을 작업에 착수했다. 세부적인 디테일을 제외하고 60% 이상은 완성한 상태였다.

머리나 식힐 겸 지난 생일 선물로 받았던 와인을 꺼내 들고 베란다로 나왔다. 내일은 비가 올 모양이었다. 밀려드는 밤바람에 비릿한 흙냄새가 섞여 났다.

마땅한 안주도 없이 와인을 병째 몇 모금 마셨을 때였다. 윗집에서 불현듯 비명 소리가 났다. 익숙한 음성이라는 걸 깨닫기도 전에 몸이 먼저 반응했다.

나는 와인을 바닥에 내려놓고 집을 뛰어나왔다. 복도를 나설 때만 해도 평소와 다름없던 걸음은 계단을 오르면서 점차 빨라졌다.

이묵주는 제집 문 앞 복도에 우두커니 서 있었다.

"뭐야? 무슨 일 있어?"

"아니, 별일 아냐. 그냥 좀 놀라서……."

그렇게 말하는 그녀의 얼굴은 금방 개어 놓은 시멘트 반죽처럼 파랗게 질려 있었다. 나는 그녀를 밀어내고 반쯤 열린 현관 안으로 들어섰다.

집 안이 엉망이었다. 태풍이 이곳만 휩쓸고 지나간 것처럼.

도둑인가, 아니면 스토커? 어쩌면 직업상 생길 수 있는 원한 관계일지도 몰랐다. 너무 짐작 가는 곳이 많아 탈이었다.

"일단 경찰에……."

돌아선 나는 잠시 말을 멈추었다. 이묵주는 아무렇지 않다는 듯 언제나처럼 꼿꼿이 서 있었는데, 하염없는 떨리는 손끝만은 미처 감추지 못했다.

나는 주머니에서 핸드폰을 꺼내 112를 눌렀다. 그리고는 다른 손으로 이묵주의 손을 잡아다 쥐었다.

경찰은 금세 도착했다. 얼굴이 낯익다 했더니 지난번 고시생 사건 때 보았던 그 순경들이었다. 우리는 함께 집 안으로 들어갔다. 그들은 이 방과 저 방을 오가며 상태를 살피고 사진을 찍었다. 그리고는 이묵주에게 혹시 사라진 물품은 없는지 있다면 무엇인지 알려 달라고 했다.

이묵주는 힘없이 고개를 끄덕이며 침실로 들어갔다. 거실과 서재 이곳저곳을 오가던 그녀의 발이 무언가를 발견한 듯 우뚝 멈추었다. 탁자였다. 노트북 옆에는 거대한 서류가 쌓여 있었는데 다른 곳이 엉망인데 비해 그곳만은 바람 하나 지나가지 않은 것처럼 흐트러짐이 없었다. 마치 그 물건이 중요하다는 걸 알고 있었던 양.

그녀의 표정이 변했다. 안도와 혐오와 실망이 뒤섞인 얼굴이었다.

다행인지 불행인지 도난 된 물품은 없었다. 딱히 범인의 행적이라고 볼 만한 흔적도 나오지 않았다. 별다른 소득 없이 경찰은 물러섰다. 순찰을 더 강화하겠다는, 그리고 무슨 일이 생기면 언제든 연락하라는 당부를 남긴 채였다. 이묵주는 수고하셨다는 말로 그들을 배웅했다.

백승우는 불현듯 들이닥쳤다. 막 집을 나서려던 경찰과 나는 그 자리에서 불청객을 맞이했다.

"웬 경찰이야? 도둑이라도 들었어?"

"아냐. 아무것도."

"아무 일도 아닌데 경찰이 왜 와 있어?"

백승우는 경찰과 나를 밀치고 집 안으로 들어가더니 호들갑스럽게 다시 나와 이묵주를 살폈다. 다친 덴 없어? 대체 무슨 일이야? 불안해서 오늘 여기서 잘 수 있겠어? 나랑 같이 우리 집에 갈래? 말투가 지극히 연극적이었다. 연기의 연자도 모르는 내가 느낄 수 있을 정도로.

"누구시죠?"

수상하다 느낀 경찰이 백승우의 정체를 물었다.

"아, 저는……."

"아는 동생입니다. 바쁘신데 붙잡고 있어 죄송합니다. 문제 생기면 다시 연락드릴게요."

이묵주는 냉정하다 싶은 어조로 백승우의 말을 잘라냈다. 여태껏 의기양양하던 녀석의 뺨에 순간 불쾌감이 어렸다.

"짐 챙겨. 나랑 우리 집 가자."

엘리베이터가 경찰들을 삼키기 무섭게 백승우는 이묵주의 손을 잡아끌었다. 그녀는 천천히, 그리고 단호하게 녀석에게서 손을 뺐다. 그리곤 날 보며 말했다.

"아니. 오늘은 이 사람 집에서 신세 지기로 했어."

"누나?"

"피곤하니까 이만 가자, 오빠."

❀　　　❀　　　❀

도어록을 풀기도 전에 이묵주는 자신의 거짓말을 사과했다.

"미안. 불편하겠지만 한 시간만 신세 질게."

"그걸로 되겠어?"

"어?"

"도둑 든 걸로 위장해서 저런 짓 할 정도면 하루는 거뜬하게 기다릴 것 같은데?"

내가 이 정도로 예리할 거라곤 생각지 못했는지 이묵주는 멍한 표정이었다.

"어떻게 알았어?"

"다른 건 다 엉망으로 만들어 놓은 도둑이 네 일거리만 소중히 모셔 놨길래."

아는 사람일 거라 생각했고 그중에 저런 유치한 짓 할 새끼는 백승우밖에 없을 거란 확신이 섰다. 짜 맞춘 듯 등장한 타이밍이나 어색한 제스처가 의심을 더했다.

"우리 아버지만큼 대단한 애인 두셨네요."

"그런 건 눈치가 빠르면서 다른 건 모르시네."

"뭐가."

"말했잖아. 애인 아니라고."

제가 마음보단 머리가 앞서서요. 그녀는 집 안으로 들어서며 제 머리를 두어 번 툭툭 두드렸다.

나는 소파로 이묵주를 안내했다. 손님 접대를 할 일이 드물다 보니 그 흔한 음료수조차 없었다. 찰나의 고민 끝에 와인 셀러에서 새 와인을 따 머그컵에 건넸다. 컵 안의 내용물을 확인한 그녀가 기막혀했다.

"나 알코올중독 아니거든."

"와인이 술인가. 물이지."

베란다에서 먹다만 와인을 가져와 거실 탁자에 앉았다. 뾰족하게 깎아 놓은 연필을 새로 꺼내곤 장식용으로 놓아둔 텔레비전 리모컨을 뒤로 건넸다.

"심심하면 봐."

침묵이 어색했는지 이묵주는 리모컨을 받아 들곤 텔레비전을 켰다. 타이밍이 기가 막혔다. 마침 고정된 채널에선 새로 방영한다는 미니 시리즈의 예고편이 한창이었는데 백승우가 주인공이었다.

"네 짝사랑이라고 하기엔 좀 유별나다고 생각하지 않아?"

면벽 수행하게 만든 의자를 창가 쪽으로 옮겨 그리며 물었다. 세희는 백승우가 여자라면 사족을 못 쓰는 바람둥이라고 했다.

하지만 바람둥이에게도 특별한 여자는 있는 법이었다. 자신과 잤던 여자가 다른 남자와 키스했다고 해서, 그 여자들 집에 전부 저딴 짓거리를 하진 않았을 테고. 그 말인즉슨.

"나한테 제 엄마를 겹쳐 보는 것뿐이야. 그걸 애정이라고 착각하는 거고."

"넌?"

"나?"

"착각하는 거 아니냐고."

"그럴지도 몰라. 아니, 이제 그래야지."

대화는 거기까지였다. 이묵주는 침묵했고 나는 뼈대를 만든 도안에 창과 문을 만들기 시작했다. 스케치를 거의 완성했을 때쯤에야 기지개를 켜고 바로 앉았다.

문득 등 뒤가 너무 조용해 봤더니 이묵주는 소파에 기댄 채 잠들어 있었다. 시간은 벌써 자정을 훌쩍 넘긴 후였다. 깨운다 해도 엉망이 된 그 집에서 잘 수는 없을 것 같았다.

나는 그녀의 목에 조심스레 쿠션을 받쳐 주고 담요를 가져와 덮어 주었다. 그리고는 기척을 죽여 집 밖으로 나왔다. 혹시나 하는 마음에서였으나 역시나 백승우는 내 예상대로 그곳에 있었다.

"뭐해? 남의 집 앞에서 도둑고양이처럼."

나는 한숨을 쉬며 벽에 기대섰다. 비상계단에서 담배를 피우고 있던 백승우가 날 보곤 다가왔다.

"당신이야말로 뭐하는 거야?"

"내가 뭘."

"순진한 여자 데리고 뭐하는 짓이냐고."

"내가 뭘 했는데?"

백승우는 할 말이 많지만 하지 않겠다는 듯 입을 다물었다. 아마 제 입으로 내가 이묵주와 키스했다는 소리를 하고 싶지 않은가 보았다. 나는 모른 척 다음 말을 기다렸다. 백승우는 신경질적으로 담배를 끄더니 복도 너머 화단으로 내던졌다. 간접흡연에 민감한 주민회장 아주머니가 알면 기함할 만한 짓이었다.

"어쨌든 사람 가지고 놀 생각이면 그만둬."

"싫은데."

"뭐?"

"싫다고. 기다려도 이묵주 안 나오니까 이만 가라."

나는 도어록 소리에 혹 이묵주가 깰까 부러 잠그지 않은 문고리를 돌려 문을 열었다. 막 들어가려던 순간 백승우가 내 어깨를 틀어쥐었다.

"좋아하지도 않는 여자랑 키스하고 집에 들이고. 당신 쓰레기야?"

태어나 처음 듣는 쓰레기란 소리에 불쾌하기는커녕 웃음이 났던 건 그 말을 한 사람이 백승우였기 때문이다. 나는 고개를 돌려 한껏 일그러진 녀석을 마주했다.

"너도 쓰레기잖아."

"같은 쓰레기라도 난 종류가 다르지."

차라리 펄쩍 뛰며 화를 냈다면 귀여웠을 것이다. 그러나 제가 쓰레기라는 걸 너무나도 잘 알고 있는 백승우는 뻔뻔한 낯짝에 닳고 닳은 미소를 띠곤 폭로했다. 그딴 짓거리를 하고도 이토록 당당할 수 있는 이유.

"난 이묵주가 좋아하는 쓰레기니까."

백승우의 얼굴을 이렇게 가까이서 찬찬히 뜯어본 것은 처음이었다. 나는 묘한 기시감을 느끼고 울어야 할지 웃어야 할지 몰랐다.

녀석은 나와 닮아 있었다. 열아홉 무렵, 치기로 가득했던 석준경. 텅 빈 눈빛이나 유약한 턱선 같은 게 그랬다. 모성 본능을 자극하는 얼굴.

침묵이 길어지자 백승우는 자신만만해졌다. 나는 그때의 나를 다시 만난다면 해 주고 싶었던 말을 했다.

"뭔가 착각하나 본데."

"……"

"쓰레기는 쓰레기일 뿐이야. 끝은 하나지. 버려지는 거."

잘 가라. 이묵주가 좋아하는 쓰레기.

한 방 먹여 주긴 했으나 홀가분한 기분은 아니었다. 거만한 눈빛으로 자신은 이묵주가 좋아하는 쓰레기라 말하던 백승우와 이묵주가 날 좋아하는 걸 알면서도 모른 척 상처 줬던 열아홉의 못된 내가 기름종이를 대고 그린 듯 겹쳐 보였다.

이묵주는 소파에 구겨져 곤히도 잠들어 있었다. 불편하게 자고 있는 게 마음에 걸렸으나 그렇다고 침실까지 옮겨 주지는 못했다.

이묵주는 예민했다. 설사 안아 든다 해도 침실에 가기도 전에 깰 게 분명했다. 공주님처럼 안아 든 상태로 마주쳐도 어색하지 않을 만큼 우리가 살가운 사이는 아니었다.

아침에 일어났을 땐 이묵주는 이미 떠난 상태였다. 소파 한쪽에 정리해 둔 쿠션과 담요만 아니었다면 어제 일이 꿈인지 현실인지 구분이 안 될 정도로 흔적도 남기지 않았다.

나는 이묵주가 머물렀던 소파를 잠시 보다 부엌으로 들어섰다. 습관처럼 생수를 꺼내 마시다 멈칫했다. 늘 텅 비어 있던 식탁 위에 샌드위치 두 조각이 나란히 놓여 있었다. 흔한 인사를 담은 쪽지도, 고맙다는 메시지도 없었지만 누구의 작품인지는 뻔했다.

나는 생수병을 놓고는 맨손으로 샌드위치를 들어 깨물었다. 그다지 많은 시간이 지나진 않은 모양이었다. 토스트 안에 넘치도록 차 있는 에그 스크램블이 아직 따뜻했다.

완성된 스케치를 챙겨 출근했다. 나보다 일찍 나와 있던 영민 형이 내 안색을 살피더니 앞을 가로막았다.

"너 어디 잠깐만 다녀오면 안 되겠냐?"

"아침부터 어딜?"

"검찰청이나. 어, 검찰청이나. 그게 아니면 검찰청?"

"장난칠 시간 없으니까 좀 비켜 주시죠?"

"나도 장난치는 거 아니거든요. 지금 네 방에 세희……."

속삭이듯 건넨 이름에 그제야 나는 왜 형이 내게 외출을 종용했는지 알아챘다. 하지만 새삼스럽다 싶었던 것도 사실이다. 세희가 제집 오가듯 사무실을 들락거리는 게 하루 이틀 일도 아니었고 더군다나 내가 그런 세희를 귀찮아하지만 별다르게 신경을 쓰지 않는다는 것도 다들 알고 있었다. 피할 만큼 업무에 지장을 주진 않을 텐데, 오늘따라 왜 오버냐고 생각했더랬다.

"오빠, 나 할 말 있어. 빨리 들어와."

나는 아무 생각 없이 세희가 있는 내 방으로 향했다. 세희는 문을 닫곤 블라인드를 내려 창을 가렸다. 그때라도 형의 말을 들었었더라면 오랜만에 좋았던 기분이 그렇게 엿 같아지지는 않았을 텐데.

"나 귀찮게 하는 열정으로 다른 걸 해 보는 게 어때?"

"나한테 자꾸 못되게 말할 거야?"

"그 열정으로 다른 걸 해 보는 게 어떠세요? 아가씨."

"오빠!"

가방을 내려놓고 데스크에 도면을 펼쳤다. 인화한 로비 사진을 아크릴 칠판에 자석으로 붙이기 시작했다.

"어젯밤에 묵주랑 있었다며? 묵주가 오빠 윗집 산단 거, 왜 말 안 했어?"

미끄러진 자석이 사진 한 장과 함께 바닥으로 곤두박질쳤다. 사람이든 물건이든 열에 하나는 불량품이 꼭 끼어 있기 마련이었다. 나는 불량 자석은 데스크 옆 휴지통에 버리고 새 자석을 꺼냈다.

"너도 나한테 묵주 이야기 안 했잖아."

"그건⋯⋯."

"아침은 먹었어?"

"말 돌리지 마. 다 듣고 온 거니까."

나는 웃었다. 오늘이 되기 전 이 이야기를 부지런히 전해 날랐을 참새 새끼 한 마리가 떠올라서였다. 어디서 어디까지를 말하고 뭘 덧붙였을까. 뭐 그다지 궁금하지는 않았다.

"다 들었으면 알겠네."

"오빠!"

"소리 낮춰. 여기 사무실이야."

"오빠 늘 그래! 내 생각은 눈곱만큼도 안 해!"

"어."

"석준경!"

"말했지. 나 너 여자로 안 보인다고."

"나는 오빠가 남자로 보이는 걸 어떡해."

마주한 세희의 눈엔 어느새 눈물이 가득 차올라 있었다. 툭 건드리면 금방이라도 아이처럼 울음을 터뜨릴 기세였다. 어릴 적엔 이보다 더 자주 울었었다. 처음엔 당황했었고 그 뒤엔 울리지 않기 위해 늘 신경을 곤두세워야 했다. 그 집에 있을 땐 늘 그랬다.

"여자로 보이게 해 주면 되는 거야?"

"강세희."

"그럼 지금 그렇게 만들어 줄게."

세희는 핸드폰과 가방을 데스크 저쪽으로 집어 던졌다. 그리고는 입고 있던 린넨 티셔츠를 벗어 던졌다. 얄팍한 슬리브리스 너머로 메마른 상체가 드러났다. 나는 그것마저 벗어 버리려는 세희를 손목을 잡아 막았다.

"다 벗어도 똑같아."

한마디였다. 고작 내 그 한마디에 세희는 드디어 울기 시작했다.

"오빠가 나한테 어떻게 이럴 수 있어! 우리 아빠가 오빠한테 어떻게 했는데! 내가 어떻게 했는데!"

"옷 입어."

"이럴 줄 알았으면 그때 아빠한테 너 데리고 오라고 하지도 않았어. 내가 졸라서 데려온 거야! 다 내 덕분이라구! 아무것도 모르면서! 석준경 넌 아무것도 모르면서!"

나는 동요하지 않았다. 아무것도 모른다는 세희의 말과는 달리 모든 걸 알고 있었기 때문이다.

그날 검사장의 등 뒤에서 날 보던 여자아이. 후원만을 해 준다고 했던 처음의 말과는 달리 그의 집에서 살 수 있게 됐다는 며칠 뒤의 통보.

분이 가시지 않는다는 듯 세희는 데스크의 물건을 이리저리 밀어 떨어뜨리곤 도면을 구겨 던져 버렸다. 나는 그런 세희를 말리지 않고 그저 지켜보았다. 유리관 안에 장식해 놓은 프라모델이 벽에 부딪혀 박살이 났다. 때아닌 소란에 사무소 식구들이 안으로 들이닥쳤다.

"대체 무슨 일이야 이게."

영민 형이 막내 수찬이와 함께 세희를 데리고 나갔다. 나는 유리 조각들 사이에서 도면을 주워 데스크에 펼쳤다. 흰 종이 위로 붉은 핏물이 묻어나는 걸 보고 나서야 손가락을 벴다는 걸 알았다.

망가진 스케치를 원상 복구시키고 도면 작업을 하느라 한나절을 꼬박 보냈다. 사무실 식구들은 누구도 세희를 입에 올리지 않았다. 저녁 8시쯤 전화가 왔다. 검사장이었다.

검찰청 안 그의 사무실에서 우린 만났다. 그는 저녁을 함께 하길 원했지만 거절했다. 굳이 불편한 마음으로 밥을 먹어 몸을 혹사시키고 싶진 않았다.

자리에 앉자마자 그는 우스갯소리부터 했다. 어려운 말을 꺼내기 전 분위기를 환기시키기 위한 일종의 습관이었다.

"우리 세희가 속 많이 썩이지? 걔가 어렸을 때부터 준경이 너를 너무 좋아해서."

테이블엔 찻잔이 셋이었다. 둘은 검사장과 내 것. 하나는 이미 다녀간 손님의 것이었는데 테두리에 묻은 립스틱의 색이 익숙했다. 분홍과 빨강의 중간. 세희였다.

"저도 좋아합니다."

"알지. 네가 우리 세희 아끼는 거. 내 말은 조금만 다르게 봐 주면 안 될까, 하는 거야."

"전에도 말씀드렸지만 세희는 여동생 그 이상, 그 이하도 아니에요."

"준경아."

한계였다. 나는 자리에서 일어나 인사했다. 격앙되어 나오려는 목소리를 가까스로 짓눌러 오늘 그와 세희에 대한 내 감상을 말했다.

"여태껏 키워 주신 건 감사하게 생각합니다. 하지만 그런 식으로 은혜를 갚길 바라셨다면 진즉에 제 다리를 부러뜨려 놓으시지 그러셨어요."

그로서는 내 말이 충격이었을 것이다. 목에 제비를 그려 넣은 반항을 하긴 했지만 그 외에는 그의 기대에 부응하기 위해 속된 말로 엘리트 코스를 밟아 왔다. 말대꾸를 한 적도 세희와 다툰 적도 없었다. 하지만 이제 더 이상은 그럴 수 없을 것 같았다.

문을 열고 나오자마자 밖에 서 있던 이묵주와 맞닥뜨렸다. 그녀가 내 이야기를 들었느냐 말았느냐는 중요하지 않았다.

단지 이곳에서 조금이라도 더 빨리 벗어나고 싶을 뿐. 나는 눈인사도 없이 그녀를 지나쳤다.

경기 전 강제로 약물을 주입당한 경주마처럼 날뛰던 감정은 10층의 계단을 내려오는 동안 서서히 가라앉았다.

좀 더 에둘러 말할 걸 그랬다고.

돌처럼 굳어진 검사장의 얼굴을 떠올리며 나는 금세 후회했다.

아픔은 면역이 되지 않는다. 하지만 참는 법은 익숙해질 수 있었다. 어릴 적 그랬던 것처럼 내 속에서 나를 하나씩 죽이기만 하면 됐다.

억울해하는 나. 수치스러워하는 나. 화를 내고 싶은 나. 울고 싶은 나.

그리고, 살아 있는 나.

더 이상 마시지 않겠다고 했던 술을 나는 또 마셨다. 이번엔 소주였다. 맥주는 잘 취하지 않았다. 홀로 포장마차에서 두 병을 마시고 집으로 돌아와 오피스텔 정원에서 다시 한 병을 땄다.

명예퇴직을 종용받은 중년 남자마냥 넋을 놓고 앉아 있다가 언젠가 이묵주가 고양이 밥을 주던 것이 생각나 편의점에서 고양이 캔을 하나 사 왔다.

"흰둥아."

아까부터 부스럭거리는 풀숲을 향해 이름을 불렀다. 고양이는 야옹, 야옹 울어 대기만 할 뿐 쉽게 얼굴을 보여 주지 않았다.

"고양이도 사람 차별하네."

"흰둥이가 아니라 흰눈이."

머리 위에서 떨어지는 목소리에 고개를 들었다. 언제 왔는지 이묵주가 등 뒤에 서 있었다.

"흰눈아."

그녀가 부르기 무섭게 고양이는 밖으로 나왔다. 팔과 다리가 오동통한 점박이 고양이였다. 언젠가 라디오에서 들은 적이 있다. 길고양이가 통통한 것은 살이 찐 게 아니라 아파서라고. 염분 가득한 쓰레기들을 먹고 소화를 시키느라 힘이 들어 그런 거라고.

그러나 대부분의 사람들은 눈으로 보이는 것만으로 사물을 판단했다. 알맹이 따위는 생각할 여유도 생각하고 싶지도 않은 것이다.

나는 허겁지겁 캔을 먹기 시작하는 고양이와 곁에 쪼그려 앉아 고양이를 지켜보는 이묵주를 지켜보았다.

"어떻게 검사가 됐어?"

알콜은 뇌와 혀를 마비시켰다. 전과 후는 잘라 먹고 본론만을 입 밖으로 냈다. 이묵주는 당황하지 않고 되물었다.

"그러는 당신은 어떻게 건축사가 됐어? 고아 주제에."

내가 하고 싶었던 말이 사족으로 따라붙었다. 나는 웃었다. 굽혀 세운 무릎에 침침한 눈을 한 번 비비고 대꾸했다.

"살인자 새끼라는 소리 듣기 싫어서. 그 애비에 그 아들, 그 럴까 봐."

피 터지게 노력했다. 어린 나이에도 고아원에선 '평범'이라 는 단어 자체가 사치라는 걸 깨달았다.

후원을 받게 되어 그의 집에 살기로 결정된 그 순간 마음먹 었다. 어떻게든 그의 마음에 들어 독립하기 전까진 도움을 받 기로.

그들은 날 가족처럼 대해 주었다. 늘 고맙고 감사했다. 하지 만 진짜 가족은 아니었다.

그들은 몰랐다. 못 먹겠다는 말을 하지 못해 억지로 밥을 삼켜 종종 체했던 어린 나를. 그의 가족 행사마다 죽은 어머니 와 그녀를 죽인 아버지를 떠올리며 인형처럼 웃다 뒤돌아 고 통스러워했던 나를. 그의 집에 들어간 열한 살 이후론 단 한 번도 울지 않았던, 아니 울지 못했던 나를.

"이럴 줄 알았으면 그냥 깡패 새끼가 될 걸 그랬어."

늘 외로웠다. 하지만 티를 낼 순 없었다. 살아남으려면 보다 독해져야 했다. 뭐든지 혼자 감당하는 건 생각보다 힘든 일이 었다. 괴로웠다.

"취했어. 이만 가서……."

"그거 알아?"

흐릿한 시야 너머로 걱정스런 얼굴의 이묵주가 보였다. 흰 둥이처럼 크고 예쁜, 그러나 상처가 가득한 눈. 딱딱하지 그지 없는 말만 내뱉어서 되레 아파 보이는 입술. 늘 고고하게 세우고 있지만 손대면 부러질 것처럼 연약한 목.

"널 보면 꼭 나를 보는 것 같아서."

온몸에 힘이 빠졌다. 나는 독배를 마신 왕처럼 가슴을 쥐고
이묵주에게로 쓰러졌다.

"여기가, 너무 아파."

04
파이트클럽

　술에 취했을 때 몇몇 사람의 문제는 필름이 끊기는 것이 아니라 모든 걸 빠짐없이 기억하는 것이다. 나 역시 그랬다.

　어젯밤 나는 이묵주와 경비 아저씨에게 이끌려 집으로 돌아왔다. 아이고, 요즘 석 대표 무슨 안 좋은 일 있어? 술을 왜 이렇게 마셔. 경비 아저씨의 혀 차는 소리. 정신 차리고 도어록 비밀번호만 좀 말해 봐. 이묵주의 한숨 소리. 날 침대에 고이 눕혀 주곤 가려는 이묵주의 손목을 잡았던 것까지 모두 기억났다.

　그때 내가 뭐라고 했더라.

　"샌드위치 맛있었어. 또 해 줘."

그 뒤론 기억이 나지 않으니 잠든 게 분명했다. 이왕 잠이 들 거였으면 좀 더 빨리 들 것이지. 왜 그딴 개소릴 하고 잠든 거야. 나는 침대에 엎드린 채 머리를 붙잡았다. 요즘의 나는 이상했다. 정확히는 이묵주를 만나고 난 뒤로 이상해졌다.

나는 12년 전의 내가 그랬듯 그걸 동족 혐오와는 정반대인 동족 연민의 반응들이라고만 생각했다. 고아. 불우한 가정환경. 살인자 아버지. 그곳에서 악착같이 살아남으려고 품었던 독. 그렇지 않고서야 설명할 수가 없었다. 오로지 이묵주에게만 느끼고 있는 이 감정.

"널 보면 꼭 나를 보는 것 같아서. 여기가 너무 아파."

등신에도 등급이 있다면 나는 그중에서도 최상급이었다. 제 마음 하나도 모르는 상 등신.

뒤늦게 확인한 휴대폰은 부재중 연락으로 점철되어 있었다. 지분율은 90%로 세희가 1등, 7%로 검사장님이 2등, 나머지 3%는 사무소 식구들이 각각 차지했다.

'오빠, 미워'로 시작한 세희의 메시지는 마지막에 이르러 '내가 잘못했어. 오빠, 어제는 머리가 어떻게 됐었나 봐. 내가 빌게. 나 찾아가도 얼굴 안 보여 줄 거지?'로 마무리됐다. 나는 어, 라고 단답하곤 침대를 빠져나왔다. 머리가 복잡할 때는 몸을 쓰는 게 최고였다. 샤워를 끝내자마자 우유 500ml를 들이켜곤 저지를 챙겨 입었다. 보름만의 체육관 행이었다.

고등학생 때부터 다니기 시작한 체육관 파이트클럽은 전 복싱 세계 챔피언이자 지금은 60대 배 나온 아저씨인 김지만 선수가 운영하는 곳이었다. 낡고 허름하고 다 쓰러져 가는 건물 꼭대기 층에 위치해 있는데 겨울엔 춥고 여름에는 더웠다. 건축 사무소를 열자마자 공짜 리모델링을 제안했으나 아저씨는 거부했다. 권투의 핵이라는 헝그리 정신 때문이었다. 여름에 시원하고 겨울에 따뜻하면 그게 뭐 놀러 온 거지 뛰러 온 거야? 지금은 수요를 맞추기 위해 복싱과 각종 격투기를 함께 가르치고 있지만 수입은 여전히 시원치 않은 듯했다.

"나 왔어요."

녹이 슨 새시 문을 열어젖히고 탈의실로 직행했다. 답은 없었으나 그러려니 했다. 체육관에 있을 때보다 없을 때가 더 많은 사람이었다.

탈의실이라고 거창하게 말은 했지만 문 한 짝과 사물함이 전부였다. 샤워는 김장할 때나 보는 빨간 고무대야에 바가지로 물을 퍼 썼다.

보름 전까지만 해도 투명해 속이 들여다보이던 유리가 촌스러운 필름으로 뒤덮여 있을 때부터 이상하다고 생각은 했다. 인기척이 들려 확인을 위해 문을 열려는 나를, 어디서 튀어나왔는지 모를 관장님이 붙잡았다.

"안에 사람 있어."

"늘 있었잖아."

"여자 회원이야."

듣고도 믿을 수가 없었다. 한때 격투기가 다이어트로 유명해지면서 새로 생긴 신식 체육관만 수 곳이었다. 거길 다 놔두고 여길 찾아왔다고?

"이번엔 또 무슨 장난이야. 오랜만에 왔다고 나 놀리시려 그러나 본데."

"거짓말은 무슨! 진짜야. 보름쯤 됐고 직업이……."

불신에 가득 찬 나를 믿게 하기 위해 관장님은 설명을 시작했지만 그럴 필요가 없어졌다. 삐걱거리는 문을 열어젖히고 나타난 사람이 다름 아닌 이묵주였기 때문이다.

기막혀하는 나를 보며 놀란 듯 굳었던 그녀는 곧 표정을 풀고 물었다.

"속은 좀 괜찮아?"

그녀와 나보다 더 충격을 받은 이가 있었으니 바로 관장님이었다. 어떻게 아는 사이냐고 꼬치꼬치 캐묻던 그는 이웃사촌, 그것도 같은 오피스텔의 윗집과 아랫집이라는 말을 듣고 나서야 질문을 멈췄다.

탈의실로 들어가 옷을 갈아입고 나왔다. 이묵주는 샌드백 앞에서 몸을 푸는 중이었다. 잘못해서 샌드백에 맞으면 100m는 족히 날아갈 만큼 가냘픈 자태였다. 주먹질을 한다고 해서 다른 이에게 타격을 줄 수 있을 것 같진 않았다.

"아는 사이면 잘됐네."

내가 나오길 기다렸다는 듯 관장님은 글러브를 던져 주며 말했다.

"검사님 파트너 해 줘."

"그럼 글러브가 아니라 미트*를 주셔야죠."

"누가 가르치래. 스파링 상대해 달라고."

말도 안 되는 제안이었다. 내 키는 180이 훌쩍 넘었고 이묵주는 크게 봐 줘야 겨우 165가 넘어 보였다. 아니 애초에 키와 몸무게로 나눌 만한 상대가 아니었다. 나는 남자고 이묵주는 여자였으니까.

"아침부터 술 드셨어? 왜 그래 오늘."

"술 냄새는 너한테 나. 초보 아니야. 격투기 한 지 오래됐 대."

"그래도."

"양심에 찔리면 적당히 하든가."

"양심이 문제가 아니라……."

거부할 틈도 없이 링 안으로 떠밀려 들어갔다. 얼마 가지 않아 이묵주가 줄을 넘어 안으로 들어왔다. 아무리 좋게 생각 하려 해도 어처구니가 없는 상황이라 공이 울리고도 한참을 그 자리에 서 있었더랬다. 그러다가 맞았다. 날아온 이묵주의 주먹에.

적당히 하려는 나를 상대로 이묵주는 필사적이었다. 계속 피하기만 하다 또 맞고, 또 맞고, 또 맞았다. 입술이 터지는 순

---

*미트:선수들을 훈련시킬 때 코치가 끼는 장갑.

간 아차 싶었다. 그러나 여자를 때릴 수는 없었다. 얼핏 바라본 링 밖에선 전 권투 챔피언이자 파이트클럽 관장 김지만 씨가 체육관 월세 문제로 건물주와 전화로 다투고 있었다. 제한 시간이 지났다. 그러나 공은 울릴 사람은 용무가 바빴다.

처 맞고 있는 와중에 감탄하는 것도 웃기지만 이묵주는 발차기가 예술이었다. 가느다란 다리에서 어떻게 그런 힘이 나오는지 모를 정도였다.

나는 관람객처럼 그걸 구경하다가 그 다리에 걸려 넘어졌다. 착지를 잘못했는지 발목 인대가 꺾이는 느낌이 들었는데 기분 탓이려니 했다. 그 틈을 타 이묵주가 내 위로 올라탔다. 땀 냄새에 다른 향기가 훅 섞여 났다.

"나한테 원한 있어?"

"아니."

"그럼 적당히 하지."

"싫은데?"

"뭐?"

날아온 주먹은 정확히 내 뺨을 쳤다. 피할 생각을 못 했던 나는 그걸 고스란히 맞아야만 했다. 터진 입안에서 비릿한 피 맛이 올라왔다. 한 대는 몰라도 두 대는 맞고 싶지 않았다. 나는 두 번째로 날아오는 이묵주의 주먹을 막아 내고 등을 안아 넘어뜨렸다. 중심을 잃고 넘어진 이묵주의 위로 올라탔다.

위에서 내려다본 이묵주는 더 작고 여렸다. 새빨갛게 달아오른 뺨, 동그란 이마엔 땀에 젖은 앞머리가 여기저기 달라붙어 있었다. 나는 이 와중에도 빠져나오려고 발버둥 치는 이묵주의 가는 허리를 허벅지로 결박했다. 움직일 수 없다는 걸 알게 된 그녀가 분하다는 듯 날 노려봤다.

"여자는 안 때려."

"맞아 죽어도?"

"죽일 거야?"

"내가 왜 당신을 죽여."

"죽일 거 같던데."

"못 죽여. 그걸 아니까 나 봐준 거잖아."

넓지도 좁지도 않은 링 안이 이묵주와 내 숨소리로 가득 찼다. 우리는 아무 말도 하지 않은 채 서로를 바라보고만 있었다.

"거 좀 봐주면 어때서! 사람으로 태어났으면 다들 그렇게 사는 거지! 그렇게 알고 끊어. 아, 알았다니까!"

관장님이 전화 통화를 끝냄과 동시에 공이 울렸다. 근 30분 만이었다. 그녀와 나 사이를 묶고 있던 팽팽한 긴장감도 그 순간 거짓말처럼 깨어져 나갔다.

이묵주는 글러브를 먼저 빼낸 다음 맨손으로 내 허벅지를 쳤다. 나는 그제야 그녀의 위에서 내려왔다. 글러브를 벗어 던진 채 쓰러지듯 주저앉았다.

관장님은 링 안으로 들어와 파김치가 된 우리를 향해 외쳤다. 아까보다 한껏 상쾌해진 표정이었다.

"아이스크림 먹을 사람! 내가 쏜다!"

월세 동결에 대한 축하의 의미로 관장님은 회원들에게 아이스바를 하나씩 돌렸다. 나는 링 바닥에 드러누운 채 아이스바를 깨물었다. 차가운 게 들어가니 조금 살 만해졌다. 이묵주는 아이스크림을 입에 물고 일어났다. 나는 이묵주를 따라 몸을 일으켰다. 아까 접질린 발목이 아팠지만 운동을 하다 보면 가끔 있는 일이니 대수롭지 않게 여겼다.

"씻고 가. 망봐 줄 테니까."

"아니. 집에 가서 씻으면 돼."

"거울부터 보고 말하지 그래."

온몸이 땀범벅이었다. 이대로 저지를 입고 가기도, 그렇다고 새 옷으로 갈아입기도 찝찝한 상태였다. 마라톤을 한 것처럼 달아오른 제 얼굴을 본 이묵주는 얌전히 탈의실로 사라졌다. 샤워장은 탈의실 안쪽에 있었다.

나는 문 앞에 주저앉아 남은 아이스크림을 먹었다. 점심때가 가까워지자 속속 등장하는 남자 회원들을 죄다 돌려보냈다. 그들은 불평 없이 체육관 아무 곳에서 훌떡훌떡 옷을 갈아입었다. 상황 탓인지 이묵주는 20분이 채 되지 않아 나타났다. 비치된 용품을 사용했는지 꽃향기가 아니라 싸구려 우유 비누 냄새가 났다.

나는 아이스바의 막대를 쓰레기통에 던져 놓고 일어섰다. 미리 벗어 두었던 후드를 든 채 티셔츠를 벗어젖혔다. 젖은 머리를 말리던 이묵주가 그런 날 잠시 보고 섰다.

"안 나가?"

"몸 좋은 거 자랑하려고 그런 거 아냐? 난 그런 줄 알았는데."

이묵주는 미동이라곤 없이 날 위아래로 훑었다. 소를 키우는 농장 주인이 1등급 한우를 판별할 때처럼 메마른 눈빛이었다.

씻고 나왔을 때 이묵주는 여전히 체육관에 있었다. 관장님과 대화 중이었는데 내가 짐을 챙겨 나오자마자 대화는 종료되었다. 덕분에 우리는 집까지 동행하게 되었다. 오피스텔까지는 걸어서 약 15분. 결코 멀진 않은 거리였으나 어젯밤 술주정을 한 내 입장에선 아주 멀게 느껴질 거리였다.

우리는 나란히 걸었다. 여느 때라면 보폭이 큰 내가 맞춰야 했겠지만 좀 전부터 시작된 발목의 통증 때문에 절로 속도가 맞춰졌다. 시간은 이제 11시. 바람이 많은 날씨였다. 여기저기서 갖가지 냄새가 날아들었다. 나무 잎사귀 냄새. 빵 냄새. 남자 스킨 냄새. 그리고, 비누 냄새.

체육관에 비치된 비누는 근처 슈퍼 주인 할머니가 하나에 1000원, 있는 놈 더 내라고 열 개 11000원에 파는 싸구려 우유 비누였다. 늘 쓰던 비누였지만 그 비누에서 이렇게나 좋은 향이 나는 줄은 몰랐다. 나는 덜 말라 젖은 이묵주의 머리카락을 무심코 바라보다 시선을 돌렸다. 하필 샌드위치 가게였다.

나는 샌드위치를 좋아하지 않는다. 빵보다는 밥이 좋았다. 하지만 굳이 거기서 시선을 떼지 못했던 건 어젯밤 술에 취해

105

내가 했던 짓거리가 불현듯 떠올랐기 때문이었다.

"샌드위치 맛있었어. 또 해 줘."

이묵주는 그걸 전혀 다른 뜻으로 해석한 것 같았다. 나와 내 시선이 맞닿은 샌드위치 가게를 확인하더니 방향을 틀었다.

"점심 먹고 가. 내가 살게."

이묵주는 프렌치토스트를 나는 치킨 샐러드를 골랐다. 야밤에 샌드위치 타령을 하고 샌드위치 가게를 쳐다보기에 데리고 왔더니 샌드위치가 아니라 샐러드를 주문하는 나를 이묵주는 의아하게 바라보았다. 나는 무시한 채 먼저 나온 음료를 마셨다. 라임이 들어간 모히또는 시원했지만 쓸데없이 달았다.

주문한 음식을 아르바이트생이 가져다 날랐다. 프렌치토스트에선 계피 향이 심하게 났다. 나는 샐러드를 한입 먹고는 물었다.

"운동은 언제부터 했어?"

"대학 들어가고 나서부터. 왜?"

"난 또. 직업 때문에 배우나 해서. 검사들이 싸울 일은 없지 않나."

상상과 현실은 달랐다. 총을 들고 조직의 보스와 싸우거나 격투기 선수나 쓸 법한 기술로 피의자를 검거하는 건 영화나 드라마에서나 보는 일이었다. 내가 아는 검사는 매일 산더미

같이 쌓인 서류와 씨름하고 야근을 밥 먹듯이 하며 술을 엄청 자주 마셨다. 검사장과 내 앞의 이묵주가 그랬는데, 특히 술을 많이 마신다는 점은 일상처럼 사체를 접하고, 또 주로 강력 범죄를 담당하는 형사부의 특수성도 없진 않지 싶었다.

"아무것도 안 하는 것보단 하나라도 배우는 게 나아. 길 가다 기분 나쁘면 칼질하는 세상이니까."

이묵주는 무미건조하게 말했다. 하긴 걸핏하면 강간하고 살해하고 매장하는 이곳에서 그녀가 하는 일이란 게 강간당하고 살해당하고 매장당한 여자들을 보는 것이었다.

눈을 감지도 못한 채 죽어'가던 어머니가 떠올랐다. 왜 신은 좀 더 여자들을 강하게 만들지 않았을까. 그랬다면 세상은 지금보다 훨씬 아름다웠을 텐데.

점심을 먹는 동안 우리는 소모적인 이야기들로 시간을 때웠다. 어젯밤 술 취해 내가 지껄였던 말들이나 며칠 전 클럽 골목에서 키스한 일 따위는 누구도 입에 올리지 않았다. 별일 아니라는 듯 모른 척했지만 사실은 이묵주도 나도 알고 있었다. 그 이야기를 꺼내면 이웃사촌, 첫사랑으로나마 남아 있는 우리 관계가 다른 의미로 많이 달라질지도 모른다는 걸.

"다리 다쳤어?"

집으로 돌아가던 길. 횡단보도를 앞두고 그녀가 문득 물었다. 많이 절지도 않았는데 용케 눈치챈 걸 보니 검사는 검사구나 싶었다.

"조금 삐었어."

"설마 아까 나 상대해 주다가 그런 거야?"

"어."

예의로나마 고갤 젓기 마련인데 대놓고 너 때문이라는 날 보며 이묵주는 답잖게 당황했다. 신호등이 초록불로 바뀌었다. 나는 도로로 내려서며 혼잣말처럼 덧붙였다.

"누가 누굴 봐줘야 하는 건지 모르겠네."

오피스텔 초입에 들어설 때까지 이묵주는 나를 설득했다. 요지는 뼈를 다쳤을지도 모르니 병원에 가자는 거였다. 나는 굳이 따지자면 검사님 때문도 아니고 이 정도는 찜질 몇 번 하면 나을 테니 신경 쓰지 않으셔도 된다고 했다. 그러나 그녀는 포기를 몰랐다.

"신경 쓰고 싶지 않아서 병원 가자는 거야."

괜히 검사가 아니었다. 이묵주의 주장을 듣고 있자니 당장이라도 병원에 가야 할 것 같은 기분이 들었다. 상황을 일단락시킨 건 난데없이 등장한 세희였다.

"오빠!"

세희는 오피스텔 앞에 주차된 외제 차에서 모습을 드러냈다. 100m 뒤에서도 눈에 띄는 빨간 차를 나는 미처 알아보지 못했는데, 평소였다면 있을 수도 없는 일이었다.

"아침부터 어디 갔다 와? 운동 갔다 와?"

세희는 어제의 패악질 따윈 기억에서 지워 버린 사람처럼 살가웠다. 강도가 다르긴 했으나 늘 비슷한 패턴이었다. 세희는 사과하고 나는 받아 주는. 안 보고 말거나 끊을 수 있는 인연이 아니었기에 이게 최선이었다. 나는 하루라도 빨리 세희가 날 포기하기를 바랐다. 내가 배은망덕한 제비 새끼가 되기 전에.

"그러는 넌 아침부터 무슨 일이야."

"내가 무슨 일이 있어야 보는 사람인가. 나 요리 학원에서 도시락 만드는 거 배웠거든. 그래서 오빠 주려고 아침부터…… 어, 묵주도 있었네."

"어, 안녕."

어쩌다 보니 내 뒤에 숨어 있던 이묵주가 나와 인사했다. 동시에 세희가 내 팔짱을 꼈다. 눈에 빤히 보이는 수작이라 여태껏 그러려니 했는데 오늘따라 그게 영 불편했다. 이묵주도 불편하긴 마찬가지인 것 같았다. 난 먼저 갈게. 옛 친구이자 상사의 딸에게 손을 몇 번 흔들더니 서둘러 걸음을 뗐다.

나는 부러 몇 분간 시간을 끈 뒤 오피스텔로 들어섰다. 이묵주의 집인 6층에 멈춰 있는 엘리베이터를 아래로 불러 올라 탔다.

세희는 아침나절 참새처럼 쉴 새 없이 조잘거렸다. 평소엔 신경도 쓰지 않았던 수다가 귀에 거슬렸던 건 아마 내 기분이 그다지 좋지 못했기 때문일 것이다.

"근데 왜 둘이 같이 와?"

"같은 체육관 다녀."

"진짜? 그것도 모르고. 괜히 또 오해할 뻔했네."

무슨 영문인지는 모르겠으나 세희는 모든 게 착각이자 제

오해였다는 걸 스스로 알아낸 것 같았다. 나로서는 나쁘지도, 그렇다고 딱히 반갑지도 않은 일이었다.

1년 만에 우리 집을 방문한 세희의 감상은 다음과 같았다.

"오빠 이렇게 살면 병 안 걸려?"

생활감이라곤 없이 살풍경한 집 안의 모습 덕분이었다. 세희뿐만이 아니었다. 내 집에 처음 온 사람들은 다들 그랬다. 이 정도면 병이야, 병. 장식이라곤 없이 가구 몇 개만 달랑 있는 거실을 본 영민 형은 기함을, '헐, 나 여긴 무슨 박물관인 줄' 서재에 진열된 수십 개의 프라모델과 모형을 목격한 막내 수찬이는 외계인이라도 만난 듯 눈을 홉떴었다. 놀라지 않은 이는 오로지 한 사람뿐이었다. 이묵주.

"이리 와. 식기 전에 먹어. 나 완전 잘 만들었다고 아주머니한테도 칭찬받았다?"

"밥 먹고 왔어."

호들갑을 떨며 도시락을 펼치던 세희가 동작을 멈췄다.

"꼭 그렇게 찬물을 끼얹어야 돼?"

"짜증 낼 거면 그냥 가."

"다리는 왜 절어? 다쳤어?"

"좀 삐었어."

세희는 집요한 구석이 있었다. 그게 다름 아닌 '나'에 관한 것이라면 특히 더했다. 하루 종일 피곤하게 시달릴 바에야 병원에 다녀오는 게 나을 성싶었다.

나는 그 길로 병원 응급실로 향했다. 찜질 몇 번에 나을 거라는 내 예상은 완전히 빗나갔다.

"보름쯤은 고생하셔야 할 것 같은데요."

의사는 내 발목에 힘주어 붕대를 감았다. 하필 오른발이었다. 당분간 운전하긴 글렀다는 생각에 멀쩡하던 머리가 아팠다. 클라이언트고 협력 업체고 심하면 하루에도 몇 번씩 만나러 돌아다니는 게 일인데. 천진난만한 세희는 기쁜 낯을 숨기지 못했다.

"내가 아침저녁으로 데려다줄게. 나 시간 엄청 많아."

"됐어. 오지 마."

"오빠!"

그럼 집까지만 바래다주겠다는 세희를 물리고 택시를 잡아 탔다. 창을 열고 꼭 해야 했지만 미처 하지 못했던 말만 급하게 건넸다.

"아버지께 그날 일 죄송했다고 전해 드려. 간다."

석고가 아닌 붕대로 고정한 것뿐이었지만 무지 불편했다. 하루가 지나자 통증은 더 심해졌는데 병원에서 처방받은 약을 먹지 않고는 욱신거려 못 견딜 정도였다. 오늘이 출근하지 않아도 되는 일요일이라는 게 그나마 위안이었다.

초저녁에 누워 아침까지 잠들었다가 분리수거를 하는 날이라는 오피스텔 안내 방송에 눈을 떴다. 지난 일주일간 쌓인 재활용품이 벌써 한 상자였다. 일주일쯤 더 내버려 둔다고 무슨 일이 생기진 않았다. 그저 내가 그 꼴을 견디지 못하는 게 문제였다. 독감으로 앓아누웠을 때도 식은땀까지 흘리며 쓰레기는 제때 갖다 버렸던 나니까. 그래, 이 정도면 병일지도.

품에 상자를 안고 절뚝거리며 엘리베이터로 향했다. 때마침 도착한 엘리베이터 안에는 나처럼 재활용품을 든 이묵주가 있었다. 시야로 직선상에 있는 내 턱 끝을 향해 있던 그녀의 시선은 곧 붕대가 감긴 발목에 이르렀다. 문이 닫힙니다.

"찜질 몇 번이면 낫는다고 하더니."

이묵주는 책망하듯 말했다. 그러게. 나는 민망해 웃었다.

됐다고 했는데도 그녀는 부득불 내 분리수거까지 손수 해 주었다. 두 분 많이 친해지셨나 봐. 티격태격하는 우리를 보며 경비 아저씨는 사람 좋게 웃었다.

분리수거를 끝낸 우리는 다시 엘리베이터에 올랐다. 어쩐 일인지 이번에도 단둘뿐이었다. 5층과 6층을 차례로 누른 그녀가 문득 떠올랐다는 듯 물었다.

"이번에는 청구 안 해?"

"뭘."

"치료비."

그녀는 눈빛으로 내 다리를 가리켰다. 쿨한 타입이라고만 여겼건만 의외로 이묵주는 어린애처럼 유치한 면이 있었다.

"밥 얻어먹었잖아. 그걸로 퉁 쳐."

"사람이 너무 변하면 죽을 때가 된 거라는데."

혼잣말치곤 소리가 컸다. 나는 잘못 들었나 싶어 이묵주를 보았다. 눈이 마주치자 그녀는 입을 다물었다. 방금 전의 말은 하지도 듣지도 못했다는 뻔뻔한 얼굴이었다. 나는 불이 들어온 5층 버튼을 눌러 껐다. 어리둥절해 있는 이묵주를 향해 웃었다.

"그럼 밥 한 번 더 해 주든가. 창창할 때 요절하긴 싫으니까."

거절할 거라는 내 예상과 달리 이묵주는 제집으로 날 데리고 갔다. 지난번 백승우의 작품 이후론 들어가 본 적이 없었으니 제대로 된 방문은 오늘이 최초였다.

내가 생각했던 이묵주 검사님과 윗집 여자 이묵주 사이에는 많은 차이가 있었다. 일단 집이 그랬다. 난 그날 그 모든 걸 백승우가 어질러 놨다고만 믿었었는데.

"집이 좀 더러워. 바쁠 땐 치우기가 힘들어서."

책과 서류들로 난장판이 된 탁자 주변은 둘째치고 왜 옷가지가 행거가 아닌 거실 소파에 걸려 있는지. 화장실에 있어야 할 수건이 왜 책장에 있으며, 책장을 놔두고 책은 왜 텔레비전 옆에 쌓여 있는지 이해 불가였다. 나는 다른 의미로 어지럼증을 느꼈다.

"안 바쁠 땐 치우긴 해?"

"몰라. 안 바빠 본 적이 없어서."

욕실에서 손을 씻고 나온 그녀는 부엌에 나는 거실에 섰다. 삐뚤게 정리된 책장의 책을 무심코 똑바로 꽂다가, 아 여긴 우리 집이 아니지 정신을 차리고 소파에 앉았다. 문득 그런 의심이 들었다. 그날 백승우가 탁자 주변만 빼놓고 어지른 게 아니라 다른 덴 다 그대로 둔 채 탁자 주변만 정리해 놓고 간 건 아닐까 하는 의심. 그 의심이 확신으로 굳어진 것은 파일을 주우려는 날 막은 이묵주의 말 때문이었다.

"어, 건드리지 마. 안 그래 보여도 순서대로 놔둔 거라."

나는 서류를 있던 자리에 고이 내려놨다. 검시서였다. 피해자 나이 스물여덟. 사인 흉부 압박 질식사. 신체 전반에 흉기에 의한 자상 스물여덟 군데. 억울했는지 눈도 감지 못한 여자의 사진에서 나는 반강제로 시선을 뗐다.

"이런 거 매일 보면 가위 안 눌리나."

"가위는 다른 쪽이 눌려야지. 그렇게 만들어 놓은 살인자 새끼."

그녀는 냉장고에서 부산스럽게 식재료들을 꺼냈다. 혹시나 또 샌드위치를 만드는 건 아닌가, 신경을 곤두세우고 있던 나는 밥솥의 밥을 확인하는 그녀를 보고 마음을 놓았다.

"왜 하필 검사였어?"

그날 듣지 못했던 대답을 나는 새삼스레 다시 물었다.

사람이 직업을 선택할 땐 어떻게든 이유가 붙기 마련이다. 특정한 직업군은 더 그랬다. 내가 나만의 세계를 만드는데 희열을 느껴 건축을 택했다면 이묵주가 검사를 택한 이유 역시 따로 있을 것이다. 이를테면 사회 정의 실현. 신분 상승. 범죄자 타도 같은. 그러나 그녀의 대답은 영 다른 것이었다.

"사람으로 살고 싶어서."

왜 그때 그날 일이 떠올랐는지는 모를 일이었다. 집 주위로 몰려오던 경찰차. 차갑게 굳어 실려 나가던 시체 두 구. 피투성이가 되어 울기만 하던 어린 나를 보며 수군대던 동네 사람들도.

그럼 나도 건축사 말고 검사가 될 걸 그랬다고, 우스갯소릴 뱉으려는 순간 그녀는 덧붙였다. 자조 섞인 목소리였다.

"근데 쉽지가 않네. 사는 게."

❀   ❀   ❀

오랜만에 악몽을 꿨다. 레퍼토리는 늘 그렇듯 어머니가 죽던 그날이었다. 날씨. 장소. 냄새. 등장인물. 현실과 무서울 정도로 닮은 꿈속에서 한 가지 다른 게 있다면,

"너 이 새끼. 네가 어떻게 나를."

아버지를 찌른 사람이 어머니가 아니라 나라는 것뿐이다. 장롱 속에서 뛰쳐나온 내 손엔 새파란 식칼이 들려 있고 아들에게 죽임을 당한 아버지는 피 끓는 목소리로 웃는다.

"그럼 그렇지. 누가 내 새끼 아니랄까 봐. 너도 똑같아. 나랑 똑같은 짐승 새끼."

나는 그 소리가 듣기 싫어 아버지 목을 조르다가 늘 잠이

115

깼다. 그리곤 가장 먼저 양손부터 확인한다. 혹시나, 피가 묻어 있진 않은지.

새벽 5시였다. 일어난 후에도 나는 한참을 침대에 엎드려 있었다. 아무래도 어제 보았던 검시서 속 시신이 꽤나 충격이었나 보다 생각했다. 매일같이 그런 걸 보고도 담담한 이묵주의 멘탈이 새삼 위대하게 느껴졌다.

샤워를 하곤 출근할 채비를 했다. 집구석에서 이러고 쓸데없이 시간을 보낼 바엔 나가서 도면이라도 하나 더 보는 게 효율적이었다.

다리를 핑계 삼아 입기 편한 저지에 후드 티, 운동화 차림으로 집을 나섰다. 습관적으로 주머니에 넣은 차 키를 확인하곤 조금만 더 조심할 걸 새삼스레 후회했다.

오피스텔 입구에서 이묵주와 만났다. 미련을 버리지 못해 운전석 근처에서 얼쩡대던 중이었다. 그녀는 자신만만하게 손부터 내밀었다.

"운전할 줄 알아. 데려다줄게."

그때 차 키를 주지 말았어야 했다.

능숙하게 차를 빼 도로로 나온 이묵주 검사님은 벌써 15분째 직진 중이었다. 직진만 하면 다행이게. 그 와중에 속도는 또 레이서급이었다. 나는 손잡이를 잡고 안전벨트를 확인했다. 다친 건 발목만으로 충분했다.

"속도 낮춰."

"얼마나."

"더. 더더. 그거 액셀러레이터인 건 알지?"

4차선 교차로에서 신호를 받아 정차하는 사이 그녀는 고백했다. 운전면허를 딴 건 기억도 나지 않는 대학 신입생 시절이고 정식으로 도로로 나온 횟수는 연수를 합쳐 오늘이 두 번째라고. 하지만 그보다 더 심각한 문제는 그녀가 여전히 길치라는 사실이었다. 이묵주는 지도를 잘 못 봤다. 내비게이션도 예외가 아니었다. 몇 번째 직진만 하고 있는 까닭이 거기에 있었다.

"정말 나한테 원한 없어?"

"말 걸지 마. 돌아가려면 이번엔 진짜 우회전해야 하니까."

신호가 바뀌었고 그녀는 힘차게 핸들을 꺾었다. 여태껏 운전하며 단 한 번도 들어 본 적 없는 타이어 찢어지는 소리가 났다. 내비게이션이 몇 번이나 했던 말을 억양 없이 반복했다.

경로가 변경되었습니다. 목적지까지 예상 시간 20분.

평소엔 30분이면 남을 거리를 한 시간이 넘어 도착했다. 나는 이묵주가 사이드브레이크를 건 후에야 긴장을 풀었다. 그녀가 운전하는 차 안에 있던 한 시간이 수학여행에서 고장 난 롤러코스터에 매달려 있던 20분보다 더 지옥 같았다.

인사할 겨를도 없이 이묵주는 택시부터 잡아탔다. 그리고는 막 회사 안으로 들어서는 내게 외쳤다.

"퇴근하고도 데려다줄게. 나중에 봐."

택시 타고 갈 테니 오지 말라는 내 말은 입 밖으로 나오지도 못했다. 나는 그녀가 몰던 차만큼이나 빠른 속도로 사라지는 택시를 보다가 마침 담배를 피러 나온 영민 형과 맞닥뜨렸다. 형은 때아닌 저지 차림의 나와 내 다리를 뒤늦게 확인하곤 물고 있던 담배를 떨어뜨렸다.

"야, 너 다리 왜 그래? 세희가 그랬냐?"

감금당했어? 다리 부러뜨리디? 야 요즘 애들 무섭다. 오지랖 대마왕 고영민은 내 뒤를 졸졸 따라다니며 의심을 증폭시켰다. 덕분에 사무실 전체가 난리였다. 누가 감금당했는데요? 세상에. 형, 괜찮아요? 세희 누나 성미에 그냥 넘어가진 않을 거라 생각했어. 막내 수찬이로도 모자라 조용히 있던 아르바이트생 다미까지 합세했다. 안전 이별하세요. 이런 일이 자주 일어나야 우리나라 남자들도 여자 무서운 줄 알지.

"체육관에서 다쳤어."

나는 사실을 말해 모두를 실망시켰다. 그중에서 가장 실망한 사람은 다미였다. 역시 우리나라는 아직 멀었어.

발목 덕분에 협력 업체 및 클라이언트와의 미팅은 영민 형이 도맡아 해야 했다. 나는 오랜만에 지옥에서 벗어났다. 특히 도서관의 그 머저리 낙하산을 만나지 않아도 돼서 너무 행복했다. 영민 형의 고통 따윈 내 알 바 아니었다.

오후 6시. 그래픽 작업이 된 평면도를 층별로 확인하면서도 내 신경은 온통 창밖에 쏠려 있었다. 데리러 온다고 멋대로 통보하고 간 윗집 검사님 덕분이었다. 검사는 칼퇴근과는 거리가 먼 직업이었다. 그저 말뿐이라는 걸 알면서도 혹시나 했다. 간단한 야식을 먹고 다른 프로젝트의 조감도를 수정하는 사이

118

두 시간은 훌쩍 흘렀다. 이묵주에게서는 아직도 소식이 없었다.

하루 종일 책상에 붙어 있었더니 통증이 심해졌다. 이만 갈 생각으로 짐을 챙겨 방을 나오는데 손님용 테이블에 세희가 앉아 있었다.

"언제 왔어?"

"아까. 방해될까 봐 밖에서 기다렸어. 나 착하지?"

데려다주겠다며 세희는 날 부축했다. 작업 중이던 수찬이가 의심스런 시선으로, 다미는 기대에 찬 눈으로 우리를 응시했다. 나는 그들을 실망시키기 위해 세희의 팔을 풀고 홀로 걸었다.

세희는 차를 가져오지 않았다고 했다.

"오빠 차로 데려다주고 난 택시 타고 가면 돼."

싸울 기력도 없어 나는 차 키를 찾아 주머니를 뒤졌다. 이묵주에게 키를 받지 않았다는 걸 그때 깨달았다.

"왜? 차 키 사무실에 두고 왔어? 내가 가져올게. 어디? 책상? 칠판?"

"아니. 거기 없어."

"그럼 어디……."

때마침 맞은편에 정차한 택시에서 이묵주가 내렸다. 그녀는 2차선 도로를 무단 횡단하며 건너왔다.

"미안. 깜빡했어."

그녀의 손에 들린 키를 본 세희의 표정이 샐쭉해졌다. 어째서 내 키를 이묵주가 가지고 있는지, 그걸 돌려준다며 여기까지 찾아온 이유는 뭔지, 둘이 그만큼 친한 사이였는지 가늠하느라 아주 바빠 보였다.

한 박자 늦게 세희의 존재를 알아챈 이묵주의 뺨이 일순 굳어졌다. 그러나 그녀는 지우개로 낙서를 지우듯 쉽게 표정을 바꾸곤 인사했다.

"세희도 있었네. 난 이제 가 볼게."

나는 충동과는 거리가 먼 인간이었다. 짧게는 일주일, 길게는 보름 전부터 스케줄을 체크해 둬야 직성이 풀렸고, 계획된 일은 꼭 그날 끝내야 했다. 쇼핑은 가야 할 곳에서 꼭 사야 하는 것만 샀으며 약속 없이 내 시간을 침범하는 사람들을 혐오했다. 그러니까 내가 이묵주를 붙잡은 건 당연한 수순이었다. 오늘 아침 이묵주는 날 데려다주겠다고 약속했고, 난 그녀를 기다렸으며 어찌 됐든 이렇게 찾아왔으니까.

"같이 가."

그녀와 세희가 동시에 날 돌아봤다. 두 사람 모두 의문이 가득한 눈빛이었는데, 나는 당연한 걸 왜 궁금해하느냐는 듯 말했다.

"집에 가는 길이잖아. 따로 가는 게 더 웃기지 않나."

나는 세희에게 차 키를 건넸다. 아까까지 데려다주겠다고 고집 아닌 고집을 부리던 세희는 정작 차 키가 손에 들어오자 어이없어했다.

"나보고 운전하라구?"

120

"어. 데려다준다며."

"그래도 이건 아냐. 오빠. 내가 무슨 기사도 아니고."

"내가 할게."

아침나절 악몽이 떠오른 나는 저지하려 했다. 그러나 이묵주는 이미 운전석에 앉은 후였다. 세희는 뭐가 그리 좋은지 생글생글 웃으며 뒷좌석 문을 열었다. 나는 문을 잡아 막곤 앞좌석을 가리켰다.

"넌 앞에 타."

"왜?"

"묵주가 기사야?"

차가 출발하자마자 나는 안전벨트부터 맸다. 사무소에서 집까지 40분 정도가 걸린 것 같다. 아침에 비하면 20분이나 단축된 시간이었다.

세희는 희게 질린 낯으로 내렸다. 이 정도면 무면허 운전 아니냐고 이묵주에게 따졌다. 이묵주는 미안하다고 사과했다. 하나도 미안하지 않은 표정이었다.

차 한 대가 미끄러지듯 곁에 와 선 건 그때였다. 수많은 빈자리를 놔두고 굳이 왜 여기다 주차를 하나 했다.

"카풀이라도 하는 거야? 왜 다 거기서 내려?"

새까맣게 선팅된 차창이 열리더니 낯익은 얼굴이 드러났다. 백승우였다.

"무슨 일이야?"

이묵주는 짜증을 숨기지 않고 물었다. 차에서 내린 백승우는 그녀의 어깨부터 부드럽게 감싸 안았다.

"무슨 일은. 나 오늘 드라마 첫 방이잖아. 누나랑 같이 보려고."

"그걸 왜 나랑 같이 봐."

이묵주는 미련 없이 백승우의 팔을 떼어 냈다. 백승우는 손에 든 봉투를 흔들며 우는 얼굴을 만들었다. 누나랑 먹으려고 누나 좋아하는 와인도 잔뜩 사 왔는데. 그녀의 손을 다시 끌어다 잡으며 녀석은 날 보았다.

"아, 그럼 우리 넷이 보는 건?"

이묵주가 녀석을 쏘아봤다.

"이상한 소리 그만하고 집에……."

"그러죠."

눈에 빤히 보이는 도발이었다. 그럼에도 불구하고 기꺼이 놀아나 줬던 것은 상대가 백승우였기 때문이다.

"역시 오빠는 다르네."

"넌 입 좀 다물어."

"키스해 주면."

"우린 먼저 갈 테니까 신경 쓰지 말고."

"같이 봐."

나는 충동적인 게 싫다. 하지만 지루한 건 더 싫고, 누군가에게 지는 건 더더욱 싫어한다.

그런데 오늘 그보다 더 싫은 게 생겼다.

"뭐?"

"나도 좋아하거든. 그 와인."

백승우.

나는 저 새끼가 싫다.

05
멈출 수 없어

같이 보자는 거였지 내 집에서 보자는 소린 아니었는데. 엘리베이터는 5층에 섰고 나는 내 집 도어록을 풀어야 했다.

이묵주는 어울리지 않게 자꾸만 내 눈치를 봤다. 백승우와 나를 붙여 놓는 게 영 불편한 모양이었다. 좀 더 자세히 말하자면 자신과 백승우의 관계를 모두 알고 있는 나와 아무것도 모르면서 자꾸 내 속을 긁어 대는 백승우. 둘 사이에 있는 것이.

"집은 주인 닮는다더니. 인간미라곤 없네."

백승우는 내 기분을 엿 같이 만드는데 사력을 다하는 중이었다. 이미 존재만으로 엿 같다는 걸 알면 그런 의미 없는 노력은 하지 않을 텐데. 말해 주기 싫어 그냥 내버려 뒀다.

잔을 꺼내기 무섭게 이묵주가 일어섰다. 어릴 때부터 손가락 하나 까딱하지 않고 살아왔고 앞으로도 그렇게 살아갈 세희는 그제야 다가와 그녀에게서 잔을 받아 갔다.

"내가 할게."

드라마가 시작하기 전까진 아직 30분이나 남아 있었다. 백승우는 다른 봉투에서 생 초콜릿과 치즈, 크래커를 꺼내 탁자에 올렸다. 누나 좋아하는 거잖아. 나 일부러 거기까지 사 왔어. 굳이 하지 않아도 될 부연 설명을 꼭 붙이면서.

대화는 백승우와 세희가 주도했다. 주로 백승우가 뭘 물으면 이묵주가 단답하고, 세희가 또 다른 걸 내게 물으면 내가 답하는 패턴이었다. 백승우는 그러면서 이묵주를 만졌다. 머리카락을 넘겨 주거나 손을 끌어 잡거나 등을 두드렸는데, 그녀는 공기가 닿았을 때처럼 무반응이었다. 나는 묘하게 치솟는 짜증을 누르느라 와인을 마셨다. 무언가에 익숙해지려면 같은 일을 적어도 수십 번은 반복해야 했다. 녀석에게 익숙한 이묵주가, 나는 그래서 싫었다.

달콤한 와인은 갈증을 불러왔다. 절뚝이며 부엌으로 가서 생수를 마시고 있자니 세희가 따라왔다.

"저 둘, 생각보다 잘 어울린다. 그치 오빠?"

"그러네."

"물 마시고 싶으면 말하지. 다리도 아프면서."

벨은 그즈음 울렸다. 다리가 아픈 나를 대신해 세희가 뛰어나갔다.

"누구세요?"

"준경아. 하나밖에 없는 내 준경아. 아까 세희 또 찾아왔었다며? 너 무사한지 보러 왔, 어? 세희야, 네가 여기 왜 있어?"

"그건 내가 할 말이야. 다들 우리 오빠 집엔 웬일이야?"

현관 밖엔 영민 형과 수찬이, 그리고 다미가 나란히 서 있었다. 술 냄새가 진동했다.

네 명에 불과했던 백승우 첫 드라마 상영회는 그렇게 일곱으로 늘어났다. 천하의 백승우도 꽐라가 된 건축 사무소 제비꼬리 직원들은 감당하지 못했다. 연예인이라고 얼굴을 만져 대고, 했던 사인을 또 해 달라고 하고, 양손으로 악수를 청하자 혼란스러워했다. 나는 그 틈을 타 서재로 피신했다. 보고 있기 힘들었다. 사인받을 용지를 찾느라 어질러지는 탁자를, 초콜릿 가루로 범벅이 된 거실 바닥을, 쏟아진 와인에 젖어 가는 카펫을. 그 꼴을 더 감상하고 있다간 백승우보다 그들을 먼저 어떻게 해 버릴 것 같았다.

서재 인테리어를 할 때 첫째로 중요한 걸 고르자면 바로 방음이었다. 그러나 내 서재는 전혀 방음이 되질 않았다. 대체로 작업은 사무실에서 했고 금방 떠날 집에 공을 들이고 싶지도 않았다.

노트북을 부팅하고 이어폰을 꽂았다. 음원 사이트에 접속해 최근 들었던 음악을 재생시켰다. 섹시한 얼굴을 안타깝게도 가릴 수밖에 없었다는 모 히어로 영화의 OST*였다. 볼륨을

---

*영화 데드풀(Deadpool, 2016) OST 중 Deadpool rap.

최대로 올렸다. 그래서 미처 듣지 못했다. 노크 소리와 인기척을.

진지한 작업은 어불성설이라 손에 잡힌 A4 용지에 연필로 낙서를 시작했다. 한옥 집이었다. 아담한 돌담이 집 주변을 감싸고 있고, 바람이 불면 기와 아래에서 풍경이 우는. 고막을 터뜨릴 듯 울리고 있는 음악과는 어울리지 않는 집이었지만 내 머릿속에선 늘 떠나지 않는 집이었다.

죽은 어머니가 살고 싶어 했던, 그러나 단 하루도 살아 보지 못하고 떠났던 집.

왼쪽 이어폰이 귀에서 빠져나갔다. 그때서야 내 방에 나 말고 다른 이가 있음을 알아챘다. 고개를 들자 손에 이어폰 반쪽을 든 이묵주가 서 있었다.

"화장실이라면 여기서 나가서 오른쪽."

나는 이묵주를 처음 봤던 때를 떠올리며 설명했다. 이묵주는 고개를 저었다.

"피신 왔어. 여기 있어도 되지?"

그녀는 이유를 말하지 않았지만 무엇 때문인지 대충 예상은 됐다. 이어폰을 빼자마자 엄청난 소음이 들렸다. 특정한 사람의 목소리였는데 대개 우리 사무실 식구들 것이었다. 나는 이어폰을 빼고 스피커로 음악을 재생시켰다. 대화는 편히 할 수 있을 만큼 볼륨을 낮췄다.

"왜 그랬어?"

서재 귀퉁이, 내 오른쪽에 있는 작은 소파에 앉아 그녀는 물었다. 그녀가 뭘 묻는지 알면서도 나는 모른 척했다.

"뭘."

"다음부턴 그냥 무시해. 일일이 상대하면 당신만 피곤해져."

주어는 쏙 빼놓았지만 그녀도 나도 그게 문밖의 누군가를 지칭하는지 알고 있었다. 나는 한옥 기와에 색을 입히며 대꾸했다.

"무시하지 못하는 건 너잖아."

"뭐?"

"나 아니었으면 지금쯤 어디서 뭐하고 있을 것 같은데?"

이묵주는 대답이 없었다. 뺨으로 시선이 머무는 게 느껴졌다. 나는 미안해하지 않았다. 싸우려고 한 말도 아니었고 내 예상은 분명 99.9% 들어맞았을 테니까. 그녀는 동그마니 끌어모은 무릎에 턱을 괬다. 그리곤 자연스럽게 말을 돌렸다.

"저런 건 만드는데 얼마나 걸려?"

가느다란 손가락이 데스크 귀퉁이의 건물 모형을 가리켰다. 그녀에게 수리비 과잉 청구를 했던 다음 날, 그녀가 들어와 발로 으깨 버린 그 모형이었다.

"밤새서 매달리면 보름, 늦으면 한 달."

"그럼 그땐……."

"열흘째. 왜? 갑자기 미안해지기라도 했어?"

"조금. 근데 당신도 잘한 건 없잖아."

이묵주는 무성의하게 사과했다. 나는 기가 차 웃었다. 하긴 피차일반이긴 했다. 시작은 그녀였으나 거기에 불을 붙인 사람은 나였다. 손바닥도 마주쳐야 소리가 났다. 그렇게 따지면 이묵주와 나는 대단히 잘 맞는 손바닥들이었다.

대화는 거기서 끊겼다. 침묵을 음악이 메웠다. 서재 곳곳을 눈으로 훑기만 하던 이묵주가 책을 봐도 되냐고 물었다. 나는 그러라고 했다.

그런데 그녀의 관심을 끈 책이 하필 위험지역에 있었다. 높이는 그녀가 팔을 뻗으면 쉽게 닿을 정도였지만 하나를 빼면 전부를 무너뜨릴 수도 있는, 부실 공사 중인 건물의 매가리 없는 철근 지지대 같은 책. 왜 하필.

"잠깐만, 조심……."

내 말에 그녀가 돌아섰다. 손엔 이미 그 책을 꺼내 든 후였다. 중심을 잃은 주변의 책들이 도미노로 쓰러지기 시작했다. 나는 일어나 이묵주를 감싸고 주저앉았다. 굽힌 등 위로 책들이 소나기처럼 쏟아져 내렸다.

바닥에 눕다시피 앉은 그녀는 놀랐는지 얼굴이 희게 질렸다. 나는 조용해진 주변을 확인하곤 고개를 들었다.

"그러니까, 조심하라고 했……."

이묵주가 내 머리를 감싸 안은 건 그다음이었다. 나는 순식간에 그녀의 가슴에 얼굴을 묻은 상태가 됐다. 놀라 당황한 내 뒤통수로 작은 충격이 느껴졌다. 곧 책 하나가 어깨를 스쳐 바닥으로 곤두박질쳤다. 얇지만 무게감이 있는 사진집이었다.

이묵주는 더 떨어질 게 없다는 걸 확인한 다음에야 날 안은 손에 힘을 풀었다. 나는 느리게 얼굴을 들어 그녀를 봤다. 긴장이 풀려 상기된 뺨. 벌어진 입술에서 흘러나온 숨이 달콤했다. 와인과 초콜릿 냄새였다.

"괜찮아? 다친 덴 없어?"

와인은 고작 한 잔을 마신 게 다인데. 난 지금 제정신이고 너무 멀쩡한데. 나는 눈앞의 이묵주에게 입을 맞추고 싶단 생각을 했다.

저 가느다란 목을 쥐고, 입술을 가르고, 혀를 집어넣으면 넌 어떤 표정을 할까.

사람과 짐승이 단 하나 다른 게 있다면 본능을 억누르는 이성이 있다는 것이다. 그런 이유로 차마 그녀에게 키스하지 못했다. 백승우와 똑같은 쓰레기가 되고 싶진 않았다. 그제야 나는 알아챘다. 복수해 준답시고 이묵주에게 입을 맞추고 다음 날 술김에 한 짓이 아니었다고 굳이 해명한 이유.

"안 괜찮으면?"

"어?"

까만 눈동자에 순식간에 근심이 어렸다. 나는 그런 이묵주를 내버려 둔 채 일어섰다. 다행히 발목엔 별다른 무리가 가지 않은 것 같았다. 그녀는 무너진 책을 정리하며 내 발목을 계속 걱정했지만 나는 다른 게 더 걱정이었다.

좋아지기 시작했다.

12년 전 죽을 것 같은 얼굴로 고백하는 걸 필사적이라는 이유로 차 버렸던 여자애.

지금은 나 아닌 다른 남자를 좋아하고 있는,

이묵주가.

언제부터인가, 하는 고민은 몇 분 늦게 서재로 달려온 두 사람 덕분에 일단락됐다. 바닥을 수놓고 있는 책과 책장 정리 중인 우리를 본 세희는 내 발목에 앞서 다른 걸 먼저 물었다.

"근데 왜 둘이 여기 같이 있는 거야?"

세희를 뒤따라 온 백승우도 마찬가지였다.

"누나가 왜 여기 있어?"

우리는 대꾸 없이 책을 꽂았다. 백승우는 이묵주를 데리고 나가려고 했지만 거절당했고 세희는 탐탁지 않아 하면서도 정리를 도왔다.

서재를 원상태로 되돌려 놓고 거실로 나온 나는 눈앞에 펼쳐진 신세계에 이게 꿈은 아닌가, 잠시 현실도피를 했다. 사무실 식구들은 술 냄새를 풍기며 노숙자처럼 잠들어 있었고 그 주변은 완전 초토화 상태였다.

"뭐부터 치우면 돼?"

히스테릭한 내 상태를 눈치챈 듯 이묵주가 물었다. 두 눈이 붕대를 감은 내 발목에 가 있었다. 대충 해석을 해 보자면 네 다리로 치우긴 글렀으니 내가 도와줄게, 비슷했는데 나는 사양했다.

"됐어. 가. 세희 너도 가고."

"아냐 오빠, 난 남아서……."

"그럼 다미만 데려다줘."

"어? 에이, 나 힘없어 오빠. 다미 무거운데 나 혼자 가기는 좀."

"내가 갈게."

이묵주는 성큼성큼 걸어와 늘어진 다미를 부축했다. 지켜보던 백승우가 다가와 그녀를 도왔다. 세희는 이때다 싶어 더 버틸 구실을 만들었지만 나는 두 사람과 세희를 함께 내보냈다.

"늦었어. 가서 자."

나는 주정뱅이가 된 고영민, 한수찬과 거실에 남았다. 성질 같아선 둘을 더러워진 카펫에 돌돌 말아 창밖으로 던져 버리고 싶었지만 참고 침실로 들어왔다. 뒤늦게 이묵주 생각이 나 창밖을 확인했다.

세 사람은 오피스텔 앞 도로에서 택시를 잡고 있었다. 10여 분 만에 겨우 잡은 택시에 그들은 먼저 다미를 태웠다. 세희가 따라 탔다. 시간이 늦어 고요한 도로엔 다시 이묵주와 백승우만이 남았다. 신경이 곤두섰다.

먼저 등을 보인 건 그녀였다. 백승우는 그녀를 붙잡더니 힘 주어 끌어안았다. 자의식 과잉인가. 멀리서 본 백승우의 시선이 우리 집을 향하는 것처럼 느껴졌다.

질척거릴 거라는 내 예상과 다르게 백승우는 마침 도착한 택시를 잡아타고 쿨하게 떠났다. 이묵주는 그 자리에 망부석처럼 서서 백승우가 떠난 자리를 한동안 쳐다보고 있었다.

나는 방으로 들어와 침대에 엎어졌다. 열아홉, 어렸던 그때의 이묵주도 저렇게 날 보고 있었을까. 온통 젖은 채 울지도 못하고.

"좋아해요."

하고 많은 사람들 중 과거의 나를 부러워하게 될 줄은. 그 말을 듣던 그때에는 미처 몰랐다.

다음 날, 일어나기 무섭게 나는 거실로 향했다.

세상모르고 취침 중인 주정뱅이들부터 깨웠다. 손으로 흔드는 것도 사치 같아 멀쩡한 왼발로 걷어찼다. 눈을 뜨자마자 내 얼굴을 본 영민 형과 수찬이는 기함했다. 뭐야. 네가, 형이 왜 여기 있어?

여기 우리 집이거든.

빨리 사라져 줬으면 하는 내 맘과는 상관없이 그들은 씻고 아침밥까지 꾸역꾸역 차려 먹었다. 배웅을 빙자해 둘을 좋아 보내며 통보했다.

"나 일주일간 재택근무."

구두를 신던 공동대표 고영민 씨는 그런 게 어딨냐고 그럼 나보고 그 낙하산 또 만나란 소리냐고 비명을 질렀지만 무시하고 문을 걸어 잠갔다.

실은 아픈 발목은 그저 핑계, 마음을 정리할 시간이 필요했다. 몰랐다면 모를까. 알게 된 이상 이묵주에 대한 호감을 앞으로 어떻게 처리할지 결정해야 했다.

감정에 질질 끌려다니는 건 아무것도 모르는 사춘기 애들이나 하는 짓이었다. 어른이 되어 닳고 닳은 나는 뭐든 가능했다. 그 싹을 잘라 버리는 것도, 물을 줘 키우는 것도. 모두 내가 결정할 몫이었다.

한 주 내내 일만 하며 보냈다. 타이밍이 참 신기한 게 여태껏 본의 아니게 자주 마주쳤던 이묵주를 지난 일주일간 단 한 번도 만나지 못했다. 엘리베이터는커녕 분리수거를 하러 나간 오피스텔 공터, 편의점이나 마트 주변, 심지어는 정원에서도 뒷모습은 고사하고 목소리조차 들을 수 없었다. 나는 한창 노트북 앞에 앉아 있다 바람을 쐴 겸 베란다로 나왔다가 습관처럼 이묵주를 찾는 나를 깨달았다. 심지어는 매번 이 짓을 하고 있는 시간도 이묵주가 늦은 퇴근을 하고 돌아오는 딱 그즈음이었다.

마지막으로 여자 친구를 사귀었던 때가 대학교 2학년 초여름이었다. 기간은 한 달. 물론 그만큼 좋아했던 상대도 아니었다.

같은 과 선배였는데 눈물을 뚝뚝 흘리면서 고백하는 걸 거절하지 못해 받아 줬다. 죽은 사람 소원도 들어 준다는데 산 사람 소원을 못 들어 줄 게 뭐냐는 심리에서였다.

이전의 여자들도 엇비슷했다. 내가 먼저 좋아하고 고백한 적은 전무했는데 아마 그건 내 성장 배경과도 관련이 있지 않을까 싶다. 아버지 손에서 죽어 가던 어머니를 보고 자랐고, 또 내 앞가림하기에도 벅찼던 당시의 나는 누군가를 좋아할 만한 여유가 없었다.

문제는 그렇게 나와 사귀었던 여자들이 다들 불행해졌다는 거였다. 처음엔 세상을 다 가진 것처럼 기뻐하다가도 시간이 지나면 자주 우울해했고 결국엔 먼저 이별 통보를 했다. 나는 붙잡지 않았고 그때마다 욕을 먹었다. 따귀나 물세례는 덤이었다.

그렇게 거절을 하지 못해 받아 주고 헤어지자면 두말 않고 헤어져 주고. 매 학기마다 그 짓을 반복하다 보니 2학년 즈음에는 건축학과 여자애들 3분의 1과 사귄 꼴이 됐다.

날 좋아한다는 여자애들은 어째서 죄다 울며 고백을 하는 건지 늘 궁금했었다. 그 이유를 알게 된 건 이묵주가 내게 고백하던 날, 주점에서 한 여자애가 술 취해 했던 말 때문이었다.

"너, 그거 몰라? 건축학과 석준경, 울면서 고백하면 다 받아 준대."

사실이었다.

나는 우는 여자에게 약했다. 아버지로 인해 눈물 마를 날이 없었던 어머니의 잔상은 내 유일한 약점이었고 그게 떠오르면 도저히 거절을 할 수가 없었다. 죄책감 때문이었다.

소문 탓인가. 손가락으로 꼽기 힘들 만큼 많은 수의 여자애들이 지금껏 울면서 내게 고백했다. 나는 그 고백을 전부 받아 주었다.

그러니까 이묵주는 내가 고백을 거절했던 최초의 여자였다.

울지 않고 내게 고백했던 최초의 여자이기도 했다. 그러나 내가 그녀의 고백을 거절한 건 그 때문이 아니었다.

나는 그 아이가 두려웠다.

나를 집어삼킬 만큼 무거웠던 그 아이의 마음이.

필사적인 그 아이의 눈을 보면서 문득 그런 생각이 들었었다. 이 아이의 불행과 행복이 어쩌면 모두 내게 달려 있을지도 모른다는 오만한 생각.

여태껏 밥 먹듯이 상처를 준 주제에 나는 우습게도 이묵주가 불행해지는 건 싫었다. 더 정확히 말하자면, 그 불행의 원인이 내가 되고 싶진 않았다. 몇 번의 시답지 않은 연애 경험 끝에 나는 확신하고 있었다. 나와 얽히는 여자들은 전부 불행해진다는 걸. 아버지를 만났던 어머니가 그랬듯이.

그날 이후 나는 여자들의 눈물 어린 고백을 받아 주지 않았다. 아니 모든 고백을 거절했다. 내가 이런 새낄 좋아했다니 믿고 싶지 않을 정도로 쓰레기처럼 굴었는데 그때마다 그녀들은 연기가 아니라 진짜 울었다.

우는 여자들을 보는 건 예나 지금이나 힘들었다. 하지만 하나는 위안이 됐다. 시간이 약이라고 그들도 이묵주처럼 나 따윈 금방 잊을 테고, 언젠가 좋은 사람을 만날 테고, 적어도 나로 인해 불행해지지는 않겠지. 나 같은 새끼는 그냥 혼자 살다 죽는 게 여자들을 위해서도 날 위해서도 좋았다.

내 몸엔 아버지의 피가 흘렀다.

한 여자를 상처 주고, 울리고, 고통스럽게 하고 끝내는 죽여 버린 짐승의 피가.

내려다보는 걸로 부족했던 나는 결국 밖으로 나왔다. 하릴 없이 화단에 기대 취미에도 없는 달구경만 하길 한참, 멀리 가 로등 아래로 이묵주가 모습을 드러냈다. 장을 보고 온 건지 양 손에 마트 봉투가 하나씩 들려 있었다. 처음 보는 하이힐 차림 이었는데, 세 걸음을 걷곤 한 번씩 멈춰서 발뒤꿈치를 살폈다.

허리를 꼿꼿이 세운 채 정면만 보고 걷던 그녀가 문득 걸음 을 멈춘 것은 오피스텔 현관을 앞두고서였다. 숨을 시간도 없 었지만 숨을 생각도 아니었다.

"뭐해. 거기서."

고개를 삐딱하게 기울이고 이묵주는 물었다. 드러난 달빛에 비친 얼굴이 별처럼 눈부셨다.

순간 나는 직감했다.

나는 너를 좋아하게 되겠구나.

내가 널 불행하게 만들지도 모른다는 두려움. 아니, 언젠가 날 집어삼킬 것 같았던 네 마음보다 훨씬 더.

❀   ❀   ❀

다친 지 보름째가 되던 날 이제 붕대를 풀어도 된다는 진단 을 받았다. 뼈가 참 가지런하시네요. 혹시나 해 다시 찍은 엑스레이 사진을 보며 젊은 여자 의사는 내 뼈 칭찬을 했다.

자유를 얻고 나서 가장 좋은 점은 이젠 운전을 할 수 있게 됐다는 것이었다. 두 발로 멀쩡히 출근한 나를 본 영민 형이 버선발로 뛰쳐나왔다.

"이젠 괜찮대? 운전해도 된대?"

양 뺨엔 화색이 가득했는데, 그건 내 다리가 나아서가 아니라 더 이상 내 대신 머저리 낙하산을 만나지 않아도 된다는 사실 때문이었다.

재택근무를 하느라 미처 처리 못 했던 업무를 해치우는 사이 하루가 훌쩍 흘렀다. 10시, 늦은 퇴근을 하는데 문득 체육관에 두고 온 짐들이 떠올랐다. 로커 안에서 썩어 가고 있을 옷들을 생각하니 도저히 그냥 갈 수가 없었다.

체육관 건물 앞에 차를 잠시 세워 두고 편의점에 들렀다. 간식과 음료수를 가득 사 들곤 어두컴컴한 계단을 걸어 올라갔다.

파이트클럽의 정식 운영 시간은 새벽 5시부터 밤 10시. 그러나 체육관 문은 24시간 열려 있었다. 귀중품이나 훔쳐 갈 물건도 없을뿐더러 격투기 선수들이 상주하는 체육관을 털어 갈 간 큰 도둑은 그보다 더 없을 거란 자신감에서였다.

오늘 역시 문은 열린 채였다. 당연히 누군가가 있겠거니 안으로 들어선 나는 곧 우두커니 멈춰 섰다. 체육관 구석에서 제 몸만 한 샌드백을 치고 있던 이묵주가 인기척을 느끼고 돌아봤다.

상기된 얼굴로 이묵주는 입술만 몇 번 벙긋거렸다. 인사를 하고 싶었으나 차오르는 숨이 막는 듯했다. 나는 먼저 인사했다. 며칠 전 그녀가 그랬던 것처럼.

　"거기서 뭐 해? 혼자."

06
그때처럼

샌드백을 끌어안고 있던 이묵주는 휘청거리며 걸어와 링 앞 마룻바닥에 주저앉았다. 온몸이 땀에 푹 절어 있었다. 나는 봉투에서 차가운 생수 한 병을 꺼내 내밀었다. 고마워. 그녀는 답했다. 여전히 숨이 찬 음성이었다.

"패고 싶은 사람이 생겼나 봐?"

뚜껑을 딸 힘도 없나 보았다. 자꾸 헛손질을 하길래 답답해 뚜껑을 열어 다시 건넸다. 그녀는 물을 먼저 마시곤 웃었다. 바람 빠지는 소리가 났다.

"나."

누가 나 좀 때려 줬으면 좋겠어. 혼잣말처럼 덧붙이는 말에 자조가 섞여 있었다.

"여자는 안 때려."

"내가 여자야?"

"그럼 남자야?"

이묵주는 날 빤히 보더니 이내 내 발목으로 시선을 옮겼다.

"발목 풀었어?"

축 처져 있던 목소리가 순간 높아졌다. 나는 사 온 간식을 냉장고에 넣고 캔 맥주 몇 개를 가져와 그녀의 곁에 앉았다.

"스파링이라면 사양할게."

"그럴 힘도 없어."

반쯤 언 맥주는 손이 시릴 정도로 차가웠다. 나는 캔 하나를 먼저 따 그녀의 앞에 내려놨다. 다른 캔으로 상기된 뺨을 식히고 있던 그녀가 날 봤다.

"왜."

"생각했던 것보다 되게 친절하네, 석준경."

아무렇지 않은 척했지만 간지러워 죽는 줄만 알았다. 애초에 칭찬받는 것에 면역이 없기도 했고 그걸 말하는 대상이 이묵주였기에 더 그랬다. 나는 그녀가 내 칭찬을 더 하기 전에 말을 돌렸다.

"그러는 넌 갈수록 겁이 없어지네. 야밤에 여기서 뭐해."

"졌어."

재판에서. 그녀는 조그맣게 덧붙였다.

맥주 한 캔을 단숨에 비운 이묵주가 이야기했다. 10대 성폭행 사건을 하나 맡았다. 누가 봐도 계획적인 성폭행이었는데 범행 당시 피해자와 피의자 모두가 술에 취한 상태였고 그 때

141

문에 피해자 진술에 신빙성이 사라지면서 화간으로 가능성이 기울었다. 더불어 피의자는 우울증 약을 복용 중이라 심신미약이 적용됐다. 결론은 집행유예에 정신과 치료 병행.

"무슨 놈의 법이 술 마시면 봐주고 약 먹으면 봐주고. 더 재밌는 게 뭔 줄 알아? 돈 있고 빽 있으면 또 깎아 줘."

느릿하던 어조는 끝으로 갈수록 과격하고 빨라졌다.

"법이 무슨 시장터 에누리야? 개새끼들."

깨물어 새빨개진 입술로 이묵주는 욕을 내뱉었다. 서른이 훌쩍 넘은 어른 여자가 그런 식으로 욕을 하는 건 처음 들었다. 그럼에도 불구하고 상스러움보단 안쓰러움이 앞섰다. 그 말을 하는 그녀의 표정 때문이었다. 수몰되어 가는 집을 눈앞에서 목격한 사람처럼 황망하고 절망적인 눈빛.

나는 이묵주가 생각보다 세상을 긍정적으로 봐 왔다는 사실에 놀랐다. 사람과 정의를 믿고 있었다는 사실에 놀랐고 법이 만인에게 평등하다는 일말의 희망을 가지고 있었다는 사실에 놀랐다. 살인자의 딸이라고 손가락질받으며 세상의 온갖 부조리란 부조리는 홀로 겪고 자라 왔을 그녀가.

"그걸 이제 알았어?"

나는 빈 캔을 구겨 쓰레기통에 던져 넣었다.

"난 여섯 살 때부터 알았는데."

나와 어머니가 그 인간에게 맞는다는 걸 알면서도 묵인하던 이웃들. 신고했을 때만 나타날 뿐 곧 대수롭게 여기지 않고 떠나던 경찰들. 반에서 무언가 없어지면 제일 먼저 날 의심했던,

그것도 모자라 고작 여덟 살 아이에게 손부터 올리던 담임선생. 똑같이 잘못해서 싸웠지만 홀로 맞고 홀로 반성문을 써야 했던 그날 깨달았다. 세상이 나에게만 이토록 무서운 건, 내가 나쁘기 때문이 아니라 힘이 없고 가난하기 때문이라는 걸.

곧은 시선이 옆얼굴로 느껴졌다. 나는 그녀에게 캔 맥주를 새로 따 주며 웃었다.

"사는 건 쉬워. 사람처럼 살기가 힘들 뿐이지."

이묵주는 공허하게 웃더니 맥주를 들이켰다. 겨우 두 캔을 비웠을 뿐인데 그녀의 양 볼은 화산처럼 달아올랐다. 아마 격한 운동 후 이완되지 않은 상태에서 마신 술이 곧장 흡수된 것 같았다.

"궁금한 게 있는데."

그녀는 풀리려는 눈을 애써 떠올리며 날 보았다. 흘린 땀이 소금이 되어 맺힐 것처럼 속눈썹이 길었다. 나는 반쯤 마신 맥주를 내려놓고 그 눈을 마주했다. 흘러내린 앞머리를 빨개진 손끝으로 쓸어 올린 그녀가 느릿하게 입을 열었다.

"그때, 안 취했다면서. 근데 왜 나한테 키스한 거야?"

내가 그렇게 만만해 보였나. 혼잣말처럼 중얼거리는 이묵주의 미간에 주름이 잡혔다. 사춘기에 막 접어들어 세상에 불만이 가득한 고등학생 같은 표정이었다. 기껏 묻었던 일이 다시 수면으로 떠오른 꼴이었지만 나는 당황하지 않았다.

"진짜 몰라서 묻는 건가."

내게 특기 아닌 특기가 하나 있다면 그건 거짓말을 아주 잘

한다는 것이었다. 언젠가부터 적당히 거짓말을 하면 사는 게 훨씬 수월해진다는 걸 알게 됐다. 크게는 이묵주의 마음을 알면서도 모른 척했던 것부터 사소하게는 클라이언트에게 연하장을 쓸 때 존경하는 선생님께, 라고 붙이는 것까지. 특히 위기를 모면할 때 거짓말은 아주 유용하게 쓰였다. 바로 지금과 같은 때.

"너 하는 짓이 답답해서. 등신 같아서."

졸지에 욕을 먹은 이묵주의 눈이 동그랗게 치떠졌다. 나는 묘하게 상처 받은 듯한 이묵주를 모른 척하며 일어섰다.

"그만 마시고 가자."

여차하면 튀어나올 것 같은 뒷말은 남은 맥주 한 모금과 함께 씹어 삼켰다.

지금도 그래.

별 같잖은 핑계를 붙여서라도 키스하고 싶어.

"복수는 이렇게 하는 거야."

그때처럼.

취한 이묵주는 제대로 걷지도 못했다. 계단을 못 디뎌 헛발질하는 걸 부축해 데리고 내려왔다. 대리 기사를 부를 생각이었으나 건물 앞 도로엔 내 차는 없고 견인 안내문만 덩그러니 붙어 있었다. 하는 수 없이 택시를 잡아탔다.

오피스텔에 도착해서는 경비 아저씨의 도움을 받았다. 엘리베이터로 이묵주를 부축하며 아저씨는 넌지시 물었다.

"이웃사촌치고는 너무 자주 만나는데. 석 대표, 검사님이랑 무슨 사이야?"

"무슨 사이긴요. 아랫집 윗집 사이죠."

곧이곧대로의 대답에 아저씨는 야릇한 미소를 지으며 내 옆구리를 찔렀다.

6층, 열린 엘리베이터 밖으로 내려선 나는 집까지 안 데려다줘도 되겠냐는 아저씨를 보내곤 이묵주를 껴안다시피 해 601호로 향했다. 그리고 거기서 마주쳤다. 비밀번호가 안 맞는지 도어록을 몇 번이나 누르고 있던 백승우와.

이묵주와 나를 본 백승우는 빠른 걸음으로 다가왔다.

"술 마셨어? 나한테 전화하지."

나 같은 건 보이지도 않는다는 듯 녀석이 그녀에게 물었다. 그 소리에 눈을 뜬 이묵주가 피식 소리 내 웃었다.

"내가 왜 너한테 전화를 해?"

"취했구나, 누나."

"누가 네 누나야?"

부축하려는 백승우의 손을 이묵주는 짜증스레 쳐 냈다. 여태껏 미소를 유지하던 녀석의 얼굴에 드디어 균열이 갔다.

"요즘 왜 그래? 진짜."

"너야말로 왜 그래? 너랑 내가 무슨 사이라고?"

황당함에 일그러지는 백승우의 표정을 보는 순간 웃음이 터지려는 걸 참았다. 녀석은 애써 페이스를 찾곤 이묵주를 달랬다.

"설마, 나 질투하게 하려고 그러는 거야? 아니면 다른 여자 만나고 다녀서 복수하려고?"

"질투? 복수?"

다물려 있던 이묵주의 입술이 벌어지더니 조소가 새어 나왔다. 배를 잡고 뒹굴고 싶은데 그러지 못해 아쉽다는 투였다. 나는 웃느라 아래로 처지는 그녀의 허리를 힘주어 끌어안았다. 백승우의 눈빛이 날카로워졌다.

"누나 일단 들어가서……."

"그것도 좋아하는 사람한테나 하는 거지. 난 이제 너 안 좋아해, 승우야. 됐어?"

이묵주는 나를 밀어내고 휘청휘청 걸어가 도어록을 풀기 시작했다. 나는 그녀를 쫓아 곁에 섰다. 말 없는 우리 뒤를 시니컬한 목소리가 따라붙었다.

"진짜가 나타났으니 스페어는 꺼지라 이거야?"

비밀번호가 틀렸습니다. 몇 번을 헛손질하던 이묵주의 손가락이 허공에서 굳었다. 나와 눈을 맞춘 백승우는 보란 듯이 입꼬리를 끌어 올렸다.

"그래. 나도 처음엔 누나 안 좋아했어. 그냥 나 좋아하는 것 같길래 장단 맞춰 준 것뿐이야. 근데 누나도 진짜 날 좋아한 건 아니었잖아?"

"너 지금 무슨……."

"처음엔 몰랐는데 자꾸 보니 알겠더라."

돌아선 이묵주의 뺨이 무서울 만큼 창백해졌다. 동시에 백승우가 날 향해 한 걸음 다가왔다.

"그렇게 닮았어? 이 새끼랑?"

주변의 모든 소리가 한꺼번에 증발했다. 어림짐작하는 것과 확인 사살을 당하는 것은 차원이 달랐다. 나는 순간 숨을 쉬는 것도 잊을 정도로 놀랐는데, 전혀 모르고 있었던 사실도 아니건만 처음 알게 된 사람마냥 가슴이 내려앉았다.

백승우는 의기양양하게 대답을 기다렸다. 잦아드는 촛불처럼 약해진 이묵주의 숨소리가 먼저 침묵을 깨뜨렸다. 이묵주는 말했다. 고등학교 시절 미술실에서 보았던 석고상처럼 온기 없는 얼굴. 미처 몰랐었던 연인의 비보를 들은 사람처럼 비통한 목소리로.

"어. 닮았어. 그래서 버리는 거야. 내 취향이 문제라는 걸 이제 알았거든."

백승우에게 한 그 말은 반대로 날아와 내 가슴에 꽂혔다. 이묵주는 술이 완전히 깬 것 같았다. 단숨에 도어록을 풀더니 뒤도 돌아보지 않고 집 안으로 들어가 버렸다. 복도엔 나와 백승우 둘만이 남았다. 일그러진 얼굴에 애써 웃음을 띤 백승우는 끝까지 위악을 부렸다.

"다른 건 당신이 먼저였을지 몰라도 키스하고 섹스는 내가 먼저야. 모르지? 이묵주가 흥분하면 어떤 얼굴을 하는지. 이쯤 되면 스페어가 진짜보다 낫지 않아?"

나는 대구 없이 백승우를 지나쳐 집으로 돌아왔다. 닫힌 현관문 안에 기대서서 이묵주를 생각했다. 백승우와 섹스를 먼저 했다는 이묵주가 아니라 날 닮았기 때문에 백승우를 버리는 거라는, 취향이 문제라는 걸 이제 알았다는 이묵주.

천장에 들어왔던 센서 등이 소리 없이 나갔다. 나는 컴컴한 어둠 속에서 실소했다.

그때 네 기분이 이랬겠구나.

고백을 하지 않았음에도 차인 느낌이었다. 기분이 아주 끔찍했다. 피비린내와 죽음의 냄새가 가득했던 집 안에 홀로 남겨졌었던 그날처럼.

❂   ❂   ❂

꿈을 꾸는 주기가 예전보다 짧아졌다. 세 달에 한 번꼴로 나타나던 그와 어머니는 얼마 전부터 한 달에 한 번, 보름에 한 번, 요즘은 일주일에 한 번꼴로 나를 찾아왔다. 과거의 사람과의 만남이 자극이 된 탓일까. 이묵주를 만나고 나서부터 악몽은 좀 더 자주, 좀 더 구체적이 되어 갔다.

혼란스러운 것은 꿈의 내용이었다. 처음엔 내 기억과 정확히 일치하던 꿈은 횟수를 거듭할수록 다른 방향으로 전개되었다. 짐승 같은 아버지는 어머니를 폭행하고 어머니는 그가 오기도 전에 날 장롱 속에 가둔다. 거기까진 마찬가지였다. 그러나 이번엔 그 뒤가 완전히 달랐다.

나는 어머니의 비명을 듣고 장롱 속에서 뛰쳐나왔다. 그리곤 그에게 맞아 멍투성이가 된 몸뚱어리로 그의 앞을 막아섰다.

모든 것이 마치 현실처럼 생생했다.

그에게 밀려 부엌 식탁에 처박히듯 넘어지던 나. 때마침 식탁에서 굴러떨어지던 과도. 쓰러진 어머니의 목을 짓밟던 그. 식은땀으로 범벅이 된 손바닥에서 느껴지던 서늘한 촉감.

과도를 쥔 나는 그를 찌른다. 그는 고통스러워하며 어머니에게서 떨어져 나간다. 나는 어머니에게 달려가 괜찮으냐고 묻는다. 고개를 끄덕이던 어머니의 눈에 순간 공포가 어린다.

머리 위를 덮치던 새까만 그림자.

나를 팽개친 그가 어머니의 목을 조른다. 새파랗게 질려 가는 어머니의 얼굴. 나는 정신병자처럼 주변을 훑는다. 바닥에 떨어뜨린 과도를 발견하고 피투성이 손으로 그걸 다시 움켜쥔다. 어딘지 확인할 겨를도 없이 칼을 박는다. 뺨에 튀어 오르던 미지근한 피. 그는 허리를 붙잡고 쓰러진다.

나는 울면서 어머니를 부른다.

그러나 어머니의 뺨엔 생기가 돌아오지 않는다.

피를 뒤집어써 괴물이 된 내 손에서 어머니는 칼을 빼앗아 쥔다.

"엄마가 죽인 거야. 엄마가."

나는.

눈물범벅으로 나는.

눈물범벅으로 깨어난 나는.

"너 이 새끼. 네가 어떻게 나를."

"결국 너도 나랑 똑같아. 나랑 똑같은 짐승 새끼."

✦ ✦ ✦

장마가 시작됐다. 발바닥에 달라붙는 기분 나쁜 습기. 하늘
에선 이른 아침부터 안개비가 내렸다. 물리치료를 받으러 오
라던 의사의 말을 무시한 벌인가, 걸을 때마다 다친 발목이 욱
신거렸다.

평소보다 일찍 일어나 오래도록 샤워를 하고 집을 나섰다.
어젯밤 꿈 때문이었다. 코가 아플 정도로 선연하던 피비린내
는 깨고 나서도 한동안 날 따라다녔다.

"오늘은 다들 출근을 일찍들 하시네."

비에 떨어진 나뭇잎을 쓸어 담던 경비 아저씨가 날 보곤 인
사를 건넸다.

"비가 와서 차 막힐까 봐 그런가. 과자 회사 다니는 아가씨
도 그렇고, 검사님도 그렇고."

"언제 나갔죠?"

"누구? 아, 검사님? 한 30분쯤 됐나."

만나서 뭘 어쩔 수 있는 상황이 아닌데도 나는 이묵주의 행방부터 물었다. 그리곤 좁힐 수 있는 시간 차가 아님을 깨닫고 안도했다. 악몽을 꾼 나는 신경이 날카로워졌고, 신경이 날카로워진 나는 이성보다는 본능이 앞섰다. 이묵주를 붙잡고 또 어떤 개소리를 지껄일지 몰랐다.

사무실에 도착해서는 일만 했다. 평소보다 말이 없어진 나를 본 식구들은 알아서 내 방 출입을 삼갔다. 물론 영민 형만은 예외였다. 형은 마시고 싶지도 않은 코코아를 한 컵 가득 타 와서는 날 툭 쳤다.

"너 요즘 이상하다. 연애하냐?"

일에는 헛다리만 짚는 사람이 내 문제에는 쓸데없이 정곡을 찔렀다. 연애하고 있긴 하지. 짝사랑도 연애라고 할 수 있다면. 나는 사실을 말하는 대신 코코아를 되돌려 주었다.

"너 먹으라고 타 온 거야."

"난 단 거 안 먹어. 구역질 나."

"말을 해도."

"그럼 먹고 토할까?"

마지못해 돌아선 형은 다시 돌아와 내 머리를 까치집으로 만들어 놓고 갔다.

"너 또 잠 못 잤지? 형의 사랑은 못 마셔도 밥은 챙겨 먹어라."

이런 날 대개 끼니를 거르는 나를 알기에 하는 말이었다. 나는 영민 형의 지시를 받은 다미와 수찬이에게 억지로 끌려가 점심을 강제 급여당했다.

회사에 두 사람을 데려다주곤 검찰청으로 차를 몰았다. 검사장에게 꼭 물어볼 말이 있었다. 그는 당시 어머니 사건을 담당했던 검사였다. 웹 검색을 했더니 '아내 살해'라는 단 하나의 키워드만으로 수만 건의 기사가 떴다. 10여 년도 더 된 사건을 거기서 걸러 내는 건 불가능해 보였다.

사거리에서 유턴해 검찰청 주차장 근처로 진입했다. 하지만 더 이상은 앞으로 나아갈 수 없었다. 건물 주변을 피켓을 든 수십 명의 사람들이 에워싸고 있었다. 마치 시위라도 벌이듯 구호를 외치면서.

살인자 이규식의 핏줄 이묵주는 사직하라.

살인자의 딸이 검사가 웬 말이냐.

피해자보다 가해자 편에 서는 검찰.

플래시가 터지고 기자들이 인터뷰를 했다. 불쾌한 기시감에 온몸의 피가 소용돌이치듯 돌았다. 나는 주차장 입구에 차를 대어 놓은 채 내렸다. 주차 요원이 따라붙었지만 뛰기 시작하는 나를 잡진 못했다.

"이게 무슨 난리야."

"내 말이. 지금 이검 검사장 호출 갔댄다."

"좀 심하긴 한데 욕할 수도 없는 게 너 같으면 살인자 딸한테 사건 맡기고 싶겠냐?"

"그건 그렇지. 근데 다른 사람도 아니고 이묵주잖아. 걔가 얼마나 독종인데."

"하긴. 이번 주만 해도 3일 밤낮을 샜잖아. 회의하다가 매번 코피 터지고."

"그럼 뭘 하냐. 우리만 알지, 정작 저 사람들은 아무것도 모르는데."

로비를 지나쳐 엘리베이터로 뛰었다. 검사장이 있는 10층으로 오르는 시간이 억겁보다 더 길게 느껴졌다. 복도를 달려 코너를 돌았을 때 마침 닫혀 있던 사무실 문이 열리더니 이묵주가 나왔다.

나는 반사적으로 걸음을 늦췄다. 이묵주는 분명히 나를 보았다. 그러나 일면식도 없는 사람처럼 스쳐 지나갔다. 찰나임에도 내 눈엔 모든 게 박혀 들었다. 꾹 깨문 입술. 굳어진 눈가. 힘주어 쥐느라 빨개진 손끝 같은 것들이.

나는 이묵주를 따라가지 않고 열린 검사장실로 들어갔다. 그녀에게 묻는 것보단 그를 통해 듣는 게 나을 것 같았다.

"어, 준경아. 무슨 일이야?"

한숨을 쉬던 그가 일어나 나를 맞았다. 나는 인사를 하곤 소파에 앉았다. 로비 리모델링 때문에 왔노라 거짓말을 했다. 때마침 완성된 조감도도 핸드폰에 저장되어 있었다.

초조한 마음을 억누른 채 설명을 시작했다. 가장 문제인 공사 비용을 마지막으로 이야기하고 최대한 맞춰 주겠단 답변을 받았다.

"근데 밖이 좀 시끄럽네요."

"아, 그렇지."

"묵주 때문인 것 같던데."

"어. 대체 어디서부터 어떻게 퍼진 건지 모르겠어."

생각만 해도 골치가 아프다는 듯 그가 머리를 짚었다.

"저쪽 저러는 것도 이해가 되고, 그런데 이쪽은 죄가 없고."

"그럼."

"최대한 중재한 게 지방 발령이야."

말이 지방 발령이지 실은 좌천이나 마찬가지였다. 다시 돌아올 가능성은 제로. 그걸 말하는 검사장도, 들어야 했던 이묵주도 누구보다 잘 알고 있었을 것이다.

검사장실을 나온 나는 이묵주의 사무실 앞까지 찾아갔다. 그러나 차마 노크는 하지 못한 채 되돌아왔다. 처음 검찰청에 오려고 했던 목적은 이미 잊어버린 후였다. 넋 놓고 걷다 보니 복도 끝이었다. 바람이 불어 고갤 들었다. 테라스 정원이 눈앞에 있었다.

유리 너머로, 로비와 같은 무지개 파라솔을 재회하고 감탄하기 전에 난간에 아슬아슬하게 선 이묵주를 발견했다. 칼에 대여섯 번은 찔린 듯 아파 보이는 눈이 향하고 있는 곳은 검찰청 현관 쪽이었다. 피켓을 든 시위대가 있는 자리.

나는 거대한 추에 짓눌린 양 처져 있는 이묵주의 등을 뒤로 한 채 복도를 돌아 나왔다. 보고 싶지 않았다. 나와 마주친 이묵주가 비참해하는 것도. 혹은 아무렇지 않아 하는 것도. 전자는 이묵주가 여전히 나를 좋아한다는 걸 확인할 수 있을 테지만 그녀가 상처 받는 건 싫었고, 후자는 나를 더 이상 좋아하지 않는다는 걸 확인 사살당해야 했기에 싫었다.

구질구질하게 덧붙였지만 결론은 하나였다. 이기적인 나는 내가 아픈 게 싫었다. 이묵주의 고백을 거절했던 12년 전이나, 지금이나.

사무실에 도착해 노트북을 열고 나서야 검사장을 찾아갔던 이유를 상기했다. 차라리 잘되었다 싶었다. 나는 아내 살해란 키워드로 수십 개 떠 있는 창을 한꺼번에 종료했다. 노트북을 닫고 도면을 펼쳤다. 아무것도 생각하고 싶지 않을 때는 아무 생각이 없게 만들면 됐다.

그러나 약발은 여섯 시간 만에 떨어졌다. 나는 늦은 퇴근을 하고는 뭐에 홀린 사람처럼 다시 검찰청을 찾았다. 노동량과 근무 조건을 보면 3D 업종에 속한다는 검사들이 있는 검찰청 건물은 야밤에도 대낮처럼 밝은 빛을 뿜어냈다. 구석에 위치한 쓰레기장에는 아까 시위단이 들고 있던 피켓이 구겨지고 부서진 채 처박혀 있었다.

살인자 이규식의 핏줄 이묵주는 사직하라.
살인자의 딸이 검사가 웬 말이냐.

나는 검찰청 로비에 앉아 이묵주를 기다렸다. 운이 좋으면 만나는 거고 아니면 마는 거고. 면벽 수행을 하면서 자질구레한 스케치들을 반복했다. 어린이 도서관 마당에 만들어질 놀이터. 어머니가 살고 싶어 했던 한옥. 내가 가지고 싶은 집. 그

리고,

아까 보았던 이묵주.

나는 한 시간 만에 이 면벽 구조가 집중력을 향상시키는데
아주 도움이 된다는 걸 깨달았다. 독서실 책상이 모두 벽에 붙
어 있는 형태를 하고 있는 것과 비슷한 원리였다. 목이 말라
자판기에서 생수 한 병을 뽑아 마시고 있을 때 익숙한 실루엣
이 눈에 들어왔다. 수고하셨습니다. 로비의 보안 요원에게 인
사를 건네는 음성에는 힘이라곤 없었다.

나는 고작 한 모금을 마신 생수병을 쓰레기통에 넣고 이묵
주의 뒤를 밟았다. 예민한 이묵주는 의외로 이런 데에 둔했다.
아니면 아침나절의 충격이 너무 컸던가.

이묵주는 걷고 또 걸었다. 버스 정류장을 지나치고 지하철
역도 지나쳤다.

이묵주가 처음 멈춰 선 곳은 잊을 만하면 있는 도넛 전문점
이었다. 이묵주는 그곳에 들어가 도넛을 다섯 개나 먹었다. 맛
있어하거나 행복해하는 표정은 아니었다.

다음은 케이크 가게였다. 이묵주는 거기에서도 조각 케이크
를 세 개나 먹었다. 단걸 혐오하는 나는 그저 보는 것뿐인데도
속이 다 아렸다.

그녀가 세 번째로 샌드위치 가게에 들렀을 때 먹구름이 밤
하늘을 뒤덮기 시작했다. 이묵주는 샌드위치를 주문했다. 그
렇게 먹었는데도 배가 부른 얼굴이 아니었다.

가게를 나온 이묵주는 다시 걷기 시작했다. 여태껏 걸어왔

던 방향과 정반대인 검찰청 쪽이었다. 멀뚱히 서 있던 나는 놀라 샌드위치 가게로 뛰어 들어갔다. 주문하시겠습니까. 하는 수 없이 먹지도 않을 샌드위치를 두 팩이나 샀다. 좀 전의 이묵주가 주문해 먹었던 그 샌드위치였다.

하염없이 걷던 이묵주는 아주 잠깐 멈춰 섰다. 지하도 입구에서 구걸 중인 노인 앞에서였다. 그녀는 가방에서 지갑을 꺼내더니 통째로 노인의 바구니에 집어넣었다. 놀란 노인이 쳐다보았지만 그녀는 이미 자리를 뜬 뒤였다. 나는 내 지갑에서 현금을 잡히는 대로 꺼내 노인에게 건넸다. 그리고 이묵주의 지갑을 돌려받았다.

무거워진 하늘이 견디지 못하고 비를 뿌리기 시작했다. 검찰청 앞에 도착한 이묵주는 거대한 검찰청 건물만 하염없이 올려다보고 서 있었다. 어린아이가 장난감 가게에서 사고 싶은 인형을 올려다보듯 애절한 시선이었다.

검찰청 건물을 등지고 돌아서며 이묵주는 웃었다. 매가리라곤 하나 없는 텅 빈 미소였는데 그걸 본 나는 등이 선뜩했다. 말릴 새도 없이 그녀는 도로로 내려섰다. 횡단보도가 있는 것도, 그렇다고 차량 통행이 적은 곳도 아니었다. 한밤중에 6차선 도로를 무단 횡단하는 미친 여자에 놀란 운전자들이 신경질적인 클랙슨을 울려 댔다. 나는 도로로 뛰어들었다. 막 중앙선을 지나치는 이묵주의 팔을 붙잡아 돌려세웠다.

"너 미쳤어? 지금 뭐하는……."

머릿속은 비명을 지르는데 나는 병신처럼 아무 말도 하지 못했다.

이묵주가 운다.

아이처럼 얼굴을 일그러뜨리고, 세상을 다 잃어버린 사람처럼.

나는 아무것도 해 줄 수가 없어서 그냥 그 비를 함께 맞고 서 있었다.

힘주면 바스러질 것 같은 이묵주의 손목만은 꼭 쥔 채로.

07
사랑한다고 말해

멀리 경찰차의 불빛이 반짝거리는 걸 보곤 도로를 빠져나와
차에 탔다. 반항할 거란 예상과 다르게 이묵주는 순순했다.

여분으로 가지고 다니던 슈트 재킷을 건네주곤 약하게 히터
를 틀었다. 차를 타고 집으로 가는 30여 분 동안 이묵주는 침
묵했다. 굳게 입을 다문 채 빗방울로 번진 창밖만 하염없이 바
라보았다. 나는 자꾸만 이묵주에게 가려는 신경을 다잡고 운
전에 집중했다. 비를 맞아서인지 핸들을 잡은 손이 미끄러웠
다.

오피스텔 앞 빈자리에 주차를 하고 들어와 엘리베이터를 탔
다. 이묵주는 5층과 6층을 차례로 눌렀다. 나는 그녀의 집이
있는 6층을 다시 눌러 취소시켰다. 이묵주가 이건 또 무슨 짓
이냐는 듯 나를 봤다. 나는 그녀를 보지 않고 말했다.

"혼자 있기 싫어서 그래."

자물쇠를 건 것처럼 다물려 있던 그녀의 입술은 그때 처음 열렸다.

"난 혼자 있고 싶어."

이묵주는 6층을 눌렀다. 나는 지지 않고 다시 버튼을 눌러 취소했다.

"혼자 있게 해 줄게."

그녀가 내 주장에 반박을 하려던 참에 엘리베이터 문이 열렸다. 5층입니다. 결국 나는 이묵주를 집에 데려오는 데 성공했다. 이묵주는 장식용 인형처럼 거실에 우두커니 서 있었다. 나는 욕실에서 타월을 가져와 그녀에게 건넸다.

"감기 걸려. 일단 씻어. 욕실은 저쪽……."

"왜 나한테 잘해 줘?"

베란다 창만 바라보고 있던 그녀가 불현듯 나를 돌아보며 물었다.

"불쌍해서? 아님 등신 같아서? 자살이라도 할까 봐 걱정돼?"

이성적인 척했지만 이성을 잃은 말투였다. 고요하던 눈동자가 격랑을 맞은 배처럼 거칠게 흔들리고 있었다. 이묵주를 알아 온 지 10여 년이 지났지만 이토록 무방비한 모습은 처음 보았다. 나는 놀랐지만 놀라지 않은 척 부엌으로 향했다. 포트에 물을 올리며 대답했다.

"아니. 전부 아냐."

"그럼 갑자기 왜⋯⋯."

"좋아서."

"뭐?"

"나 너 좋아해."

그 말은 아주 자연스럽게 흘러나왔다. 마치 오랜 연인과 밤을 보낸 후 아침나절 건네는 장난스런 키스처럼, 충동적이었지만 후회되지는 않았다.

이묵주는 말이 없었다. 나는 그녀의 반응이 궁금했으나 차마 돌아보진 못했다. 물이 끓는 사이 머그컵 두 개를 꺼내 식탁에 올렸다.

이묵주는 자리를 뜨는 걸로 답을 대신했다. 나는 현관으로 향하는 그녀의 앞을 막아섰다.

"어디 가."

"집에."

"왜?"

당연한 걸 묻는 나를 이묵주는 미친놈 보듯 바라보았다. 나는 이왕 미친놈이 된 거 더 미친 짓을 해 보기로 했다.

"너 진짜 바보구나?"

"뭐?"

"내가 너 좋다잖아. 이용하다 버려. 백승우 하는 거 못 봤어?"

한 번 터진 말은 끝을 모르고 정도를 벗어났다. 흥분으로 달아올랐던 이묵주의 뺨이 서서히 굳어 갔다. 그녀는 물었다.

고요한 눈으로 정말이지 모르겠다는 듯이.

"내가 왜 그래야 하는데?"

잘못된 걸 알았다면 다시 돌아가야 하는데 나는 그게 영 잘 되지 않았다. 12년 전이나 그리고 지금이나. 결국 난 고장 난 브레이크를 단 자동차처럼 낭떠러지로 내달리는 걸 택했다.

"스페어보단 진짜가 낫지 않아? 키스도 섹스도 내가 백승우 보단……"

주먹이 날아왔다. 오래 운동을 했다는 말이 거짓은 아닌지 여린 주먹은 격투기 초보인 남자들의 것보다 훨씬 매웠다. 맞아 짓씹은 입안에서 쇠 비린내가 났다. 나는 피 맺힌 입술을 닦을 생각도 않고 고개를 들었다. 그리고 분노로 창백해진 이묵주와 눈이 마주쳤다. 혐오와 실망과 연민이 뒤섞인 눈빛.

"넌 12년 전이나 지금이나 똑같아. 개새끼."

이묵주는 왔던 걸음을 그대로 나를 지나쳐 사라졌다. 잦아든 빗소리 너머로 현관문이 닫히는 소리가 엄청 크게 들렸다. 때마침 식탁 위 전기 포트가 물이 다 끓었다는 신호음을 냈다. 나는 터진 입가를 짜증스레 닦아 내곤 포트 전원을 껐다. 식탁에 나란히 놓인 머그잔 두 개를 보자 뒤늦게 웃음이 터졌다.

개새끼라니, 가문의 영광이네.

그러나 나는 개조차도 못 되는 모양이었다. 고작 그 비를 맞고 개도 안 걸린다는 여름 감기에 걸린 걸 보면.

잠깐 깨는 시간을 제외하곤 종일 잠만 잤다. 폭발 직전 화산에 가까워진 것마냥 온몸이 뜨거웠다. 기절하듯 잠이 들 때마다 꿈을 꿨는데 예의 그 악몽이었다. 나는 살기 위해 아버지란 인간을 찌르고 어머니는 죽어 가면서도 내 죄를 뒤집어썼다. 짧은 꿈은 내가 일어날 때까지 몇 번이고 반복되었다. 병충해를 입은 거목처럼 쓰러지던 그. 어머니의 눈가에 고여 있던 피눈물. 씻어도, 씻어도 가시지 않던 두 손의 피비린내까지. 끔찍하리만치 생생했다.

비틀거리며 거실로 나와 병째로 물을 들이켰다. 흐릿하던 시야가 또렷해지자마자 보인 것은 거실 한가운데를 뒹구는 타월이었다. 나보다 더 젖었던 이묵주가 뒤늦게 생각났다. 파랗게 질려 있던 뺨과 빨갛게 얼어 있던 손끝.

차라리 잘된 일이라고 나는 자위했다. 나와 있어 봤자 이묵주는 상처 받을 뿐이니까. 브레이크 없는 차를 타고 내일이 없는 것처럼 내달리는 건 나 혼자로 족했다. 가슴이 답답하고 열이 나고 죽을 것 같았지만, 그건 전부 감기 때문이었다. 이묵주가 다신 날 보지 않을 거라는 불안감 때문이 아니라 빌어먹을 여름 감기 때문에.

나는 상비용으로 사 둔 감기약 서너 알을 빈속에 삼키곤 침대로 걸어갔다. 쓰러지듯 누워 이불을 뒤집어썼다. 잠이 들면 나는 또 그를 죽일 테고, 죽어 가는 어머니를 살리지 못해 발버둥 치겠지만 그건 꿈일 뿐이니까.

왜 나는 현실도 꿈도 전부 이렇게 지옥 같을까.

아, 어쩌면 내가 어디든 지옥으로 만드는 걸지도 모르겠다.

감기는 끈질겼다. 벌써 일주일째 결근 중이었다. 때아닌 병치레에 놀란 사무실 식구들이 문병을 오길 원했으나 마다했다. 급한 일 있으면 메일로 보내. 집에서라도 하면 된다는 내 말에 영민 형은 욕을 했다.

"아서라. 그 정신에 일하면 나중에 수정하는 게 더 걸려. 방학이 잖아. 아르바이트생 하나 더 쓰마."

나는 이불을 돌돌 말고 소파에 쓰러졌다. 문득 시간을 보니 아침 7시가 조금 넘어 있었다. 이묵주 출근하는 시간인데. 이불을 뒤집어쓴 채 베란다로 향했다. 여름의 해는 빨리도 떠올랐다. 사흘 만에 쬐는 햇볕에 손차양을 하며 밖을 내다봤다. 간밤에 누가 토를 해 놓았는지 경비 아저씨가 호스를 끌고 물청소를 하고 있었다.

이묵주는 아저씨가 청소를 끝내고 야쿠르트 아주머니께서 배달하러 오시는 8시까지도 나타나지 않았다. 나는 실내로 들어가 커튼을 쳤다. 암막 기능이 탁월한 커튼은 금세 거실을 어둠 속으로 밀어 넣었다. 소파에 우두커니 앉아 이묵주를 생각했다.

"넌 12년 전이나 지금이나 똑같아. 개새끼."

일주일 전 그딴 식으로 저열한 고백을 하지 않았더라면. 아니, 12년 전 내가 네 고백을 받아 줬더라면. 아니, 그가 어머니를 죽이지 않았더라면. 아니, 나 같은 건 태어나지 않았더라면.

좋았을 텐데.

너도. 나도. 그리고 어머니도.

까무룩 잠이 들어 일어났을 땐 사위가 깜깜했다. 벽시계를 확인했더니 밤 9시였다. 해야 할 일도 하고 싶은 일도 없어 다시 자려는데 초인종이 울렸다. 죽은 척 앉아 있다 불현듯 마음이 바뀐 까닭은 혹시 문밖에 이묵주가 와 있을지도 모른다는 기대 때문이었다. 물론 그럴 리는 없겠지만.

"왜 이렇게 전화 안 받아? 내가 얼마나 걱정했는지 알아?"

세희는 양손에 짐을 한가득 들고 서 있었다. 예상은 했지만 실망은 어쩔 수 없었다. 나는 세희의 손에서 봉투를 받아 들곤 앞장서 들어갔다.

"불은 또 왜 이렇게 꺼 놓고 있어?"

들어오자마자 세희는 전등부터 켰다. 나는 태양을 보고 놀란 흡혈귀처럼 흠칫했다.

"보나 마나 굶고 있을 것 같아서 왔어. 먹고 싶은 거 있어? 먹고 싶은 거 없으면 일단 죽…… 잠깐, 오빠 살 빠진 것 좀 봐."

식탁에 봉투를 내려놓은 내 뺨으로 가느다란 손이 다가왔다. 나는 무심결에 고개를 틀어 피했다. 장식장 유리에 비친 세희의 얼굴이 일순 굳어졌다. 완전히 인간 선인장이 따로 없었다. 가까이 오는 여자들은 전부 상처투성이가 되니.

"입맛 없어. 아버지 걱정하시겠다. 집에 가."

"내 걱정은 안 돼?"

얼결에 툭 쏘아 놓고 세희는 제가 더 안절부절이었다. 내 표정을 살피는 눈이 주인 눈치를 보는 강아지마냥 안쓰러웠다.

"일주일 동안 오빠 못 봐서 죽는 줄 알았단 말이야. 겨우 만났는데 보자마자 가란 소리나 하고. 나 진짜 서운해."

"세희야."

"알았어. 죽 만들어 줄게 먹어. 오빠 다 먹는 거 확인하면 그때 갈게. 가지 말라고 해도 갈 거니까 걱정 마."

세희는 고집스레 부엌으로 들어갔다. 더 말려 봤자 싸움만 나겠다 싶어 밖으로 나왔다. 늦은 샤워를 하고 소파에 기대 텔레비전을 켰다. 하필 미니 시리즈가 방영될 시간이었는지 까만 화면에 백승우의 얼굴이 떠올랐다.

줄거리도 모르는 드라마를 반쯤 봤을 무렵, 세희가 쟁반에 죽을 담아 가지고 왔다. 버섯과 당근 같은 게 들어간 야채죽이었다.

"수저 들 힘은 있어?

내 앞에 내려놓던 수저를 세희는 다시 거두어 갔다. 온몸이 먹여 주고 싶다고 말하고 있었지만 모른 척 수저를 받아 스스로 떠먹었다. 티 나게 낙심하는 걸 외면하며 물었다.

"쟤랑 나랑 닮았어?"

"쟤? 누구?"

"백승우."

"뭐? 누가 그래? 누구야? 그런 말도 안 되는 소릴 한 인간이."

오빠가 백배, 천배, 만 배 낫지. 아니다, 비교 불가야. 말했잖아. 쟤는 완전. 아, 입에 올리기도 싫어. 세희는 진심으로 기막히다는 표정이었다. 그 말은 들은 나는 이묵주보다 세희에게 백배, 천배, 만 배 잘해 주었다는 것을 깨달았다.

"누구야? 여자야? 어떤 여자가 그래?"

세희는 끈질기게 물었지만 나는 침묵하고 말을 돌렸다.

"죽 맛있다."

"진짜? 요리 배운 보람이 있네. 다음엔 다른 것도 해 줄게. 뭐 먹고 싶은 거 있어?"

신이 난 세희는 좀 전의 질문 따윈 이미 잊어버린 듯했다. 나는 소금을 많이 넣은 건지 짠 죽을 마저 떠 넣었다. 텔레비전 속에선 여자 주인공이 백승우에게 물을 퍼부으며 소리쳤다.

"아프니? 난 더 아팠어."

오랜만에 출근 준비를 했다. 완벽히 나은 건 아니었지만 집에 있어 봤자 딱히 더 나아질 것 같지도 않았다. 나 때문에 클라이언트들과 협력 업체를 오가며 깨지고 있을 영민 형이 걱정되기도 했다. 부러 새벽같이 나왔건만 오늘도 이묵주는 보지 못했다.

시동을 걸고 막 주차장을 빠져나오는 도중에 전화가 왔다. 세희였다.

—별일 없으면 오늘 가서 아침 해 줄까?

"나 출근해."

—어? 벌써?

"일주일이나 쉬었어."

—그럼 저녁은?

"일이 밀려서 야근해야 돼."

—또 또, 철벽 친다. 나 아빠한테 오늘 재밌는 소식 하나 들었는데, 그럼 말 안 해 줘."

"뭔데?"

다른 때 같았으면 그럼 말하지 말라고 잘라 냈을 걸 굳이 물었던 이유는 그 이야기의 진원지가 검사장이었기 때문이다. 불안한 예감이 들었다. 그게 이묵주의 소식일지도 모른다는, 그것도 좋은 쪽은 아닐 것 같다는 예감.

세희는 저녁을 같이 먹겠단 약속을 하기 전에는 말하지 않겠다고 고집을 부렸다. 나는 그러마 했다. 어차피 야근이라 먹어도 사무실 식구들과 함께 먹게 될 테니 데이트는 아니었다.

―다른 게 아니라 묵주 말이야.

세희가 그 이름 두 글자를 발음했을 때, 그 순간부터 내 맥박은 조금씩 빨라지기 시작했다. 그사이 스포츠카 한 대가 굉음을 내며 앞으로 끼어들었다.

"묵주가 왜?"

―지방 발령 났다는 소리 아빠한테 들었지?

"어."

―근데 걔 지방 안 간대.

"그럼?"

이른 새벽, 도로는 텅 비어 있었다. 그러나 스포츠카는 마치 나를 놀리듯 코앞에서 곡예 운전을 했다. 차선을 이쪽에서 저쪽, 저쪽에서 다시 이쪽으로 옮겨 가며.

―사표 냈대.

끼이익. 아스팔트 위에 타이어로 그림을 그리며 스포츠카는 급정차했다. 전방엔 횡단보도도, 그렇다고 무단 횡단하는 사람이나 개, 고양이도 없었다. 나는 브레이크 대신 액셀러레이터를 밟았다. 멈춰 있던 스포츠카의 범퍼와 내 차의 보닛이 그대로 충돌했다.

아픔을 느낄 새도 없이 안전벨트를 풀고 나왔다. 스포츠카 운전석에선 고작해야 스물서너 살로 보이는 애새끼가 뒷목을 잡고 내리고 있었다.

"야, 안전거리 유지 몰라? 정차를 했으면 알아서 차를 세워야……."

나는 녀석을 지나쳐 열린 스포츠카의 운전석에 들어섰다. 시퍼런 불빛을 깜빡이고 있는 블랙박스부터 빼내 밟아 깨뜨렸다.

"씨발, 지금 뭐하는 거야? 이거 기물 파손."

방심한 인간은 다루기 쉬웠다. 나는 주먹을 치켜드는 녀석을 차체 측면으로 처박았다. 힘에 눌린 녀석이 순간 흠칫 찌그러 들었다. 딱 봐도 싸움 같은 건 모르고 자랐을 애송이였다. 나는 녀석의 손목을 잡아 열린 운전석 끝에 맞췄다. 핀이 나간 내 눈빛을 인지한 녀석이 거미줄에 걸린 벌레처럼 버둥거렸다.

"이거 안 놔? 너 우리 아버지가 누군 줄 알고."

"누군데?"

"우리 아빠 한마디면 너 같은 건……."

남의 아버지 신변이 뭐든 내 알 바 아니었다. 나는 열려 있던 운전석 문을 붙잡아 닫았다. 악. 문과 차체 사이에 손목이 낀 녀석이 비명을 내질렀다.

"문 열어, 씨발. 문 열라고. 개새끼야."

빠져나오기 위해 몸을 비틀던 녀석은 문을 잡은 내 손에 점점 더 힘이 들어가자 빌기 시작했다. 잘못했어요. 봐주세요. 다신 안 그럴게요. 나는 개처럼 침을 흘리는 녀석의 발끝을 툭 차며 속삭였다.

"다음에 또 이 짓거리 하다 걸리면, 그땐 더 좋은 차 타게
해 줄게."

휠체어.

"오빠도 몰랐구나. 하긴 걔가 뭐 떠벌리고 다니는 성격은 아
니지. 묵주 사표 낸 지 좀 됐대. 그 일 있고 다음 날 냈다는데. 어
제 보니까 오빠 윗집에 다른 사람 들어가던데. 설마, 묵주 이사 갔
어?"

보닛이 박살 난 차를 끌고 집으로 유턴했다. 오피스텔에 도
착해 내리자마자 6층으로 뛰어올라 갔다. 아침인데도 불구하
고 부산한 복도가 불안했다.

"이사는 언제 할 건지 미리 말씀해 주시면 저희 관리실 쪽
에서 다 처리를 해 놓을 테니까."

"네. 감사합니다."

"근데 이건 멀쩡한데 버리는 건가?"

"아, 그건 전 주인 거 같던데요."

"그래요?"

601호에서 경비 아저씨와 대화를 나누고 있는 사람은 낯선
여자였다. 나는 허탈함에 멍청히 섰다. 모든 게 꿈처럼 실감이
나질 않았다. 새 주인과 인사를 하고 돌아 나오던 경비 아저씨
가 날 보고 다가왔다.

"어, 석 대표? 여긴 웬일이야? 아까 출근한 거 아니었어?"

"볼일이 좀 있어서요. 근데 601호."

"검사님 집 내놨잖아. 설마, 몰랐어?"

정말 몰랐나 보네? 내 표정을 살핀 경비 아저씨는 본인이 더 놀라워했다. 난 다 아는 줄 알고 말 안 했지. 소득 없이 돌아가려던 나는 문득 시야에 걸린 물건 하나에 다시 멈춰 섰다.

"아저씨."

"어?"

"그거."

"아, 이거? 쓰레기봉투 하나에 덜렁 들어 있길래. 검사님 거라는데 완전 새 거야. 석 대표 가질 텨?"

나는 사소한 걸 잘 기억하는 편이었다. 죽기 전 어머니가 마지막으로 해 주었던 음식, 숨이 끊어지던 순간 그 인간의 옷차림. 처음 만났을 때 세희가 꽂고 있던 머리핀. 이묵주가 도서관에서 빌리려던 책 이름.

그날 나는 하고많은 우산 중에 하필 그 우산을 골라 쓰고 나갔었다. 세희의 아버지가 검찰청 행사에서 기념품으로 받아 왔던 검은 장우산. 기념품은 다 그 모양인지 우산 한 귀퉁이엔 촌스런 폰트로 제 몇 회 모모 기념식이라고 프린트가 찍혀 있었다.

아저씨가 내민 게 바로 그 우산이었다.

12년 전, 2만 원짜리 참고서를 찾느라 빗속을 헤매던 이묵주의 낡은 우산과 바꾸었던 내 우산.

아프다더니 이번엔 보닛이 박살 난 차를 타고 출근한 나를 보곤 사무실 식구들은 놀라 뛰쳐나왔다. 얼굴은 왜 그래? 뭐 조폭이라도 만났어? 대표님 뒤늦게 사춘기 왔나 봐요.

"어제는 출근한다더니 하루 종일 연락도 안 되고. 걱정했잖아, 인마."

"미안. 그럴 일이 있었어."

"아프면 좀 더 쉬지."

"아냐. 이제 멀쩡해."

실은 전혀 멀쩡하지 않았다.

어제 그길로 집에 돌아간 나는 우산을 탁자에 올려 둔 채 우두커니 몇 시간을 앉아 있었다. 뒤늦게 기다릴 회사 사람들이 생각나 휴대폰을 꺼냈다가 배터리가 나갔다는 걸 알았다. 충전을 위해 잭을 연결하자마자 벨이 울렸다. 세희였다.

—오빠. 괜찮아? 갑자기 전화 끊어져서 놀랐잖아. 아까 엄청 큰 소리 나던데 뭐 사고 난 건 아니지?

"사고는 무슨."

—다행이다. 오빠 우리 저녁 말인데.

"내일 먹자."

—응?

"오늘 말고 내일."

내 목소리가 평소와 다르단 걸 눈치챈 세희는 쉽게 수긍했다. 나는 통화가 끝나고 나서도 한참을 망설이다 이묵주에게 전화를 했다. 발신 자체를 거부한 모양이었다. 전화는 수화음

대신 인간미 없는 여자의 목소리를 전송했다. 지금은 전화를 받을 수 없어 소리 샘으로.

나는 가슴을 쥐었다. 뼈가 쪼개진 것처럼 속이 아렸는데 샤워를 하기 위해 옷을 벗고 나서야 그 원인을 깨달았다. 명치부근이 시퍼렇게 멍이 들어 있었다. 아마 그 머저리 새끼 차를 들이박을 때 핸들에 부딪친 충격 때문에.

그랬다면 얼마나 좋을까.

밥 먹듯이 했던 거짓말도 이젠 더는 안 먹혔다.

나는 이묵주 때문에 가슴이 아팠다.

이묵주가 버리고 간 우산 때문에. 다신 안 볼 것처럼 돌아서던 그 등 때문에. 경멸로 가득하던 눈빛 때문에. 끝내는 날 두고 제비처럼 훨훨 날아가 버린 이묵주.

너 때문에.

그 순간 들었던 후회는 단 하나였다.

"이럴 줄 알았다면 다리라도 부러뜨려 놓을걸."

뿌옇게 김이 서린 거울 속 내 목, 거기 사는 흉터투성이의 제비를 확인하고 나는 억지로 웃었다.

네 말이 맞아, 묵주야. 변함없이 난 개새끼네.

❂   ❂   ❂

밤새 악몽에 시달렸다. 꿈은 점차 더 선명해지고 생생해졌다. 깨고 나면 이게 현실인지 꿈인지 한동안 구분이 되지 않을 정도로.

머리의 기억은 지울 수 있어도 몸의 기억은 지울 수 없다는 말이 있다. 아침. 쓸데없는 생각들을 치워 버리기 위해 새삼스레 식기를 정리하던 나는 과도를 쥐고 얼어붙었다. 손바닥에 감기는 서늘한 감각. 잊고 싶은 꿈이 현실이 되어 되살아났다.

집을 나선 나는 곧장 검찰청으로 향했다. 로비는 이미 공사가 시작된 후였다. 소음은 엘리베이터 문이 닫히고 나서야 잦아들었다. 약속도 없이 사무실로 들이닥친 나를 검사장은 놀란 얼굴로 맞이했다.

"아침부터 웬일이냐, 준경아."

"저희 아버지."

나는 언젠가부터 돌림노래처럼 머릿속을 맴돌던 물음을 드디어 입 밖으로 꺼냈다.

"제가 죽였습니까?"

좀 쉬었다 가는 게 어떠냐는 검사장을 괜찮단 말로 진정시킨 후 사무실을 나왔다. 울음이 나와야 하는데 웃음이 새어 나왔다. 나는 충격으로 감각 중추가 마비된 사람처럼 숨죽여 웃었다.

"사내새끼가 고작 손목 하나 가지고."

"아 아버지는. 진짜 나 병신 될 뻔했어. 그 새끼 완전 사이코패스 같았다니까. 여튼 다시 만나기만 해 봐. 휠체어? 그땐 내가 그 새끼 휠체어 타게 만들 거야."

175

앞도 보지 않고 걷다가 타인과 부딪혔지만 사과하지 않았다.

"너 이씨, 눈깔을 어디다 뜨고."

"청 안에선 얌전히 굴어라."

막다른 골목에 다다르고 보니 테라스 정원이 나왔다. 나는 유리문 밖으로 나와 난간 앞에 섰다. 얼마 전 이묵주가 서서 아래를 내려다보던 자리.

"근본적인 사인은 심근경색이었어. 설사 네가 찌른 게 원인이었다 해도 죄책감 가질 필요 없다, 정당방위였으니까. 증거 인멸? 불법이란 걸 알았지만 담당 형사도 나도 묵인했다. 촉법소년*이라 처분이래 봤자 보호 감찰이 다였고 무엇보다 네 어머니가 죽어 가면서까지 쥐었던 칼 너한테 다시 쥐여 주고 싶지 않았다. 아마 나 아닌 누구라도 그랬을 거야."

넌 그때 여기에 서서 무슨 생각을 했을까.

그리고 어째서 난 지금 널 생각하는 걸까.

"엄마가 죽인 거야. 엄마가."

---

*촉법소년:만 10세 이상~14세 미만으로 형벌을 받을 범법 행위를 한 형사미성년자. 촉법소년은 범법 행위를 저질렀으나 형사책임능력이 없기 때문에 형벌 처벌을 받지 않는다. 대신 가정법원 등에서 감호 위탁, 사회봉사, 소년원 송치 등 보호 처분을 받게 된다. (출처—PMG 지식 엔진 연구소).

"그럼 그렇지. 누가 내 새끼 아니랄까 봐."

이묵주.
네가 틀렸어.
난 개새끼가 아니라.

"너도 똑같아. 나랑 똑같은 짐승 새끼."

살인자야.

2부
이묵주

08
네가 모르는 것

사표를 내고 도망치듯 이사를 한 이유는 검사라는 직업 자체에 회의가 들기도 했지만 실은 석준경이 두려웠기 때문이다. 그가 마치 인사를 건네듯 가볍게 날 좋아한다고 말했을 때, 거짓말처럼 뛰기 시작하는 가슴을 확인하고 깨달았다.

나는 여전히 그를 좋아하고 있다는걸.

열아홉 여름, 그에게 차이고 난 이후론 한동안 석준경의 석 자만 들어도 숨이 막혔다. 나는 그가 나에게 했던 어떤 나쁜 일들보다 '난 네가 싫다' 던 대답과 내 존재는 '울면서 고백하면 다 받아 준다는 여자들' 축에도 못 끼인다는 사실에 절망했었다. 여기서 발버둥 쳐 봤자 그가 나를 좋아할 확률은 제로라는 걸 납득하곤 그를 잊으려 노력했다. 그리고 잊었다고 생각했다. 12년 만에 그 얼굴을 다시 보기 전까진.

"그렇게 닮았어? 이 새끼랑."

백승우의 말을 듣고 나서야 나는 여태껏 만났던 남자들이 묘하게 석준경을 닮았다는 걸 알아챘다. 분위기나 얼굴, 말투. 그게 아니라면 손가락이나 웃음소리 같은 사소한 부분이라도 닮아 있었다. 충격이었다. 나는 지난 12년간 석준경의 그림자를 쫓아온 내 무의식에 놀라고, 그때나 지금이나 변함없이 요동치는 내 감정에 놀랐다.

키스도 섹스도 백승우보다 훨씬 잘할 거라는 개 같은 고백에 화가 나 뺨을 때리긴 했지만 집에 돌아와서는 후회했다. 못 먹는 감도 찔러 보는 마당에 먹을 수 있는 석준경을 왜 마다했나 싶어서였다.

그의 웃음이나 손짓 하나에 설레던 열아홉엔 종종 그와 키스하는 꿈을 꾸곤 했다. 얼떨결이지만 어쨌든 키스는 했고, 이제 섹스만 하면 그때 소원은 달성하는 건데. 이왕이면 떨지도 느끼지도 않고 목석처럼 있다가 돈까지 찔러 주고 나왔다면 좋았을 거다. 문제는 이젠 그럴 수 없다는 데 있지만.

나는 누구보다 나를 잘 알았다. 그와 몸까지 섞으면 돌이킬 수 없을 것 같았다. 진액처럼 고여 있는 이 감정은 다시 날 송두리째 집어삼킬 테고, 결국 상처 받는 건 이번에도 나일 테지.

더 이상 아픈 건 싫었다. 그래서 비겁하게 도망쳤다.

아버지도, 석준경도, 같잖은 법조인이 되어 갚으려던 죄책감도 모두 잊고 이젠 편안해지고 싶었다.

사람처럼 살 수 있게.

❖   ❖   ❖

태어나 처음 만끽하는 백수 생활은 의외로 체질에 맞았다. 이사 후 벌써 3일째, 나는 집 밖으론 단 한 발자국도 나가지 않고 있었다. 최소한의 생활 도구 외에는 이삿짐도 제대로 풀어 놓지 않은 상태였다. 어쩔 수 없었다. 새로운 집이 나면 거기로 다시 이사를 가야 했다.

나는 어떻게든 빨리 석준경의 윗집에서 탈출하고 싶었다. 그래서 매물 중 가장 빠른 시일 내에 이사할 수 있는 곳을 찾아 덜컥 계약부터 했다. 오피스텔과는 도보로 30분 정도 떨어진 신축 원룸이었는데, 이미 알고 있던 아주머니가 주인이라 계약서도 없이 일단 보증금을 내고 짐부터 옮겼다. 혹시나 이사하다 마주치면 어쩌나 하는 걱정이 무색하게 석준경은 보이지 않았다.

이사한 첫날은 모든 게 평온했다. 나는 휴대폰까지 꺼 놓은 채로 잠에 빠졌다. 석준경도, 죽어 나가는 사람들도, 실적으로 쪼아 대는 부장검사도, 앞에선 웃고 뒤에선 비웃는 동료도 없는 이곳이 내겐 천국이었다. 그러나 마음이 급했던 나는 한 가지를 간과했다. 오피스텔 주변에 사는 길 고양이 흰눈이.

흰눈이는 영리했다. 아침저녁으로 밥을 주면 미리 그곳에 와 기다리고 있었다. 가끔은 친구들과 함께 오거나 울면서 나를 부르기도 했다. 데려오고 싶었지만 오피스텔도 이곳 원룸도 애완동물은 키울 수 없었다. 나는 황급히 일어나 옷부터 챙겨 입었다. 요즘은 음식물 쓰레기통이 플라스틱이라 길 고양이가 먹이를 찾기 힘들었다. 꼬박 굶었을 게 뻔했다.

밖으로 나오자마자 미지근한 밤바람이 뺨을 스치고 지나갔다. 3일 만에 마시는 바깥 공기였다. 눈썹처럼 떠오른 초승달을 감상할 시간도 없이 택시를 잡아탔다.

오피스텔 앞에 내린 나는 가스 불을 끄고 오지 않은 주부처럼 그 자리에 우뚝 멈춰 섰다. 고양이 밥을 주러 오면서 정작 중요한 사료는 들고 오지 않았다. 하는 수 없이 근처 편의점에서 고양이 캔 몇 개를 샀다. 퇴근하는 석준경과 맞닥뜨릴까 걱정이 되긴 했지만 그건 추후의 문제였다. 나는 후드 모자를 뒤집어쓰고 좌우를 살피며 오피스텔 입구로 들어섰다. 그리곤 얼마 가지 않아 날 수상쩍게 여긴 경비 아저씨에게 붙잡혔다.

"스톱. 스톱. 이보셔. 여기 아무나 들어가는 그런 데 아니야. 가뜩이나 변태들 출현해 가지고 아가씨들이 불안해하는데."

나는 하는 수 없이 후드를 벗어젖히며 인사했다.

"안녕하세요, 아저씨."

아저씨는 놀라움과 반가움이 반반 섞인 눈으로 날 맞았다.

"어이고 이게 누구야. 검사님 아니야."

"저 이제 검사 아니에요."

아저씨는 내가 왜 더 이상 검사가 아닌지 무척 궁금해하셨지만 설명하기엔 너무 길었다. 나는 그저 앞으로 누가 내 행방에 대해 물으면 여기서 봤다는 말을 절대 하시지 말아 달라고 신신당부했다. 석준경에게도, 백승우에게도, 그리고 세희에게도.

"석 대표가 검사님 많이 찾았는데."

"그래요?"

"응. 말도 마. 아닌 척해도 내가 눈치가 백단이잖아. 첫날엔 충격 받았는지 안 그래도 흰 얼굴이 밀가루 뒤집어쓴 것마냥 허얘지더니 그 뒤로는 영 매가리가 없어 사람이."

"저 때문은 아닐 거예요."

여름이라 그런 걸걸요. 더위를 많이 타거든요. 무심결에 덧붙이려던 말을 나는 강제로 밀어 넣었다. 어쩌다가 석준경의 체질까지 이다지도 자세히 파악하게 된 건지, 스스로가 꼴사나웠다.

아저씨와 작별한 나는 정원으로 들어섰다. 풀숲 근처에 캔 몇 개를 따 놓고 흰눈이를 불렀다. 흰눈이는 한 시간이 훌쩍 넘어서야 나타났다. 왜 이제야 왔냐는 듯 긴 울음을 몇 번이나 울면서.

내가 버림받은 동물들에게 약한 이유는 그들에게서 나를 보기 때문이다. 태어나 아버지에게 버림받고, 우여곡절 끝에 어머니를 잃고, 끝내는 세상에 홀로 남겨지고만 나 같아서.

캔 하나를 허겁지겁 먹어 치운 흰눈이가 불현듯 귀를 마징

가처럼 곧추세웠다. 나 아닌 타인의 기척이 들렸단 뜻이었다. 오피스텔 현관 쪽으로 가겠거니 했던 발소리는 정확히 내가 있는 정원을 향해 가까워지고 있었다. 흰눈이가 황급히 풀숲으로 몸을 감췄다. 일어나 주변을 둘러본 나는 흰눈이를 따라 풀 사이로 뛰어들어 갔다. 찰나였다. 그토록 마주치고 싶지 않던 석준경이 정원 안으로 들어섰다.

나에게는 쓸모라곤 없는 능력이 하나 있다. 어디서든 석준경을 쉽게 알아보는 능력. 어둠이나 시야각, 거리 따위는 중요하지 않았다. 마치 여섯 번째 감각이라도 있는 사람처럼 나는 석준경을 곧잘 알아보았다. 물론 술에 취했을 때는 빼고.

그는 긴 다리로 휘적휘적 걸어와 정원 중앙 벤치에 걸터앉았다. 가로등 빛에 비친 얼굴이 여느 때보다 창백했다. 나는 무성한 풀들 틈에 숨도 쉬지 않고 쪼그려 앉아 있었다. 귓가에서 웅웅대는 벌레나 발밑을 기어 다니는 개미떼가 신경 쓰였지만 석준경에게 들킬 바엔 그들을 견디는 게 나았다.

비가 올 모양이었다. 부는 바람에 습기가 묻어났다. 자주 맡던 와인 냄새도 함께였다. 밤 9시. 석준경은 답지 않게 취해 있었다. 나는 의아했다. 술은 내 전매특허였다. 결벽증 환자 석준경이 아니라.

땅바닥만 훑고 있던 그가 순간 고개를 들었다. 평소엔 날카롭게 올라가 있던 눈이 오늘따라 힘없이 처져 있었다. 석준경은 그 눈을 하고 풀숲으로 한 걸음 다가왔다. 나는 흠칫 놀랐다가 이내 맥이 풀려 헛웃음이 터졌다.

"흰둥아."

나와서 나랑 놀자. 흰둥아. 취한 석준경은 동물 애호가가 됐다. 그는 절친한 친구를 부르듯 몇 번이나 흰눈이를 불러 댔는데, 조금 전 저녁 식사를 해결한 흰눈이는 이미 저만치 사라진 후였다. 나는 포기를 모르고 허공에다 고양이 이름, 그것도 틀린 이름을 중얼거리는 석준경을 조용히 지켜봤다. 문득 그때가 떠올랐다. 얼마 전 취한 석준경이 내게 쓰러지며 중얼거리던 그 말이.

"널 보면 꼭 나를 보는 것 같아서, 여기가 너무 아파."

무슨 뜻인지도 모르면서 가슴이 내려앉았었다. 그의 고백을 들은 지금에서야 조금 알 것 같다. 백승우가 소유욕과 사랑을 착각했듯 그는 동정과 연민을 사랑으로 착각했을 것이다. 내가 버림받은 고양이를 지나칠 수 없었던 것처럼 제 아버지와 비슷한 아버지를 둔, 어쩌면 자신도 받았을 세상의 손가락질을 지금까지 받고 있는 나를 모른 척 무시할 순 없었을지도.

어린 시절부터 반복되었던 그의 호의와 악의가, 그걸로 모두 설명됐다. 나는 석준경이 떠올리고 싶지 않은 과거의 기억을 꺼내는 열쇠이자 거울이었다. 보기 싫어 죽을 것 같은데 보지 않을 순 없는.

"흰둥이가 아니었나. 그럼 뭐였지?"

석준경은 진지하게 고민했다. 그리곤 들고 온 편의점 봉투에서 주섬주섬 뭔가를 꺼냈다. 고양이용 통조림이었다. 나는 그의 아버지가 내 아버지와 동류였다는 걸 알게 된 그날처럼 목이 아렸다. 내가 아는 석준경은 고양이 밥을 챙겨 줄 만큼 세상에 관심이 많지…….

그 기억은 마치 최면 상태에서 이야기를 풀어 놓는 것처럼 어렴풋이 새어 나왔다. 석준경이 내게 했던 못된 짓들에 떠밀려 뇌리 어느 한구석에 처박혀 있던 사건. 그에게 매번 당하기만 하다 결국 차였던 날에는 그날 내가 보았던 일이 실은 만들어 낸 상상이나 꿈은 아니었을까 현실을 부정하기도 했다.

열일곱 여름, 폭염으로 거리의 가로수들마저 시들했던 휴일 정오에 나는 공터 한 귀퉁이에서 석준경을 처음 보았다.

내가 아는 석준경은 자타 공인 우리 학교 공주님인 강세희와 함께 사는 오빠. 불우한 환경이 되레 환상이 될 만한 외모의 소유자이자 성적도 인성도 좋은 모범생, 또래 여자애들의 말을 보태자면 풀 한 포기도 이유 없이 뽑지 않을 것 같은 사람이었는데 바로 그 석준경이 사람을 때리고 있었다.

남자애들이 시답지 않게 개싸움 하는 것만 봤지, 그렇게 일방적으로 누군가 맞고 있는 장면을 목격한 건 처음이었다. 게다가 그 폭력을 행사하는 사람이 다른 누구도 아닌 석준경이라는 사실이 충격을 더했다. 그냥 지나가야지 하면서도 움직일 수가 없었던 건 그래서였다.

맞고 있는 이를 제외하고 그의 주변엔 두 사람이 더 있었다. 교복을 봐선 모두 우리 학교 학생이었는데, 무신경한 얼굴

로 사람을 반 죽여 놓는 석준경을 그들은 말리지도 못한 채 초
조하게 바라보기만 했다. '3 대 1이라니, 비겁하네' 라는 게 석
준경에 대한 내 첫 감상이었다. 다음 순간, 3 대 1 중 그가 1이
라는 걸 깨닫고 아연해했지만.

"내가 잘못했어. 다신 안, 씨발. 나 죽어. 제발."
"이 새끼 저기다 세워."
"우리가 잘못했어. 근데 그깟 개 한 마리 좀 건드렸다고……."
"네가 대신 맞을래?"

그가 가리킨 곳은 전봇대였다. 말이 통하지 않는다는 걸 깨
달은 듯 두 사람은 곤죽이 된 남자애를 전봇대로 데려가 세웠
다. 그는 바닥을 굴러다니는 돌 하나를 주워 들었다.

"뭐였더라. 배가 10점. 허리가 9점. 아, 얼굴이 10점이었나?"

석준경은 수학 풀이를 하듯 담담한 음성으로 점수를 운운
하더니 불쑥 바닥에서 무언가를 들어 올렸다. 개였다. 한 달은
넘게 떠돌이 생활을 한 듯 하얀 털이 짙은 회색으로 변해 버
린, 꼬리가 잘리고 다리를 저는 유기견. 체육복에 묻은 흙먼지
도 싫어한다는 석준경은 그 개를 가감 없이 쓰다듬고 만졌다.
고작 팔뚝만 한 개의 몸에는 매직으로 과녁이 그려져 있었다.
머리가 10점. 허리가 9점. 뒷다리는 8점.

"아, 머리가 10점이네."

"석준경 개새끼. 너 이거 학교에서 알면 너도 끝이야!"

입술이 피범벅이 되고 코가 주먹만큼 부어오른 남자애는 비명처럼 소리쳤다. 내가 당하고만 있을 줄 아느냐는 말은 다음 순간 멎었다. 그가 내던진 돌 때문이었다. 터진 이마를 붙잡은 녀석이 아이처럼 울음을 터뜨렸다. 석준경은 냄새 나는 혀로 자신을 핥아 대는 개를 끌어안곤 웃었다.

"칭찬 고맙다. 근데 벌써 울면 어떡해. 이제 시작인데."

나는 학교에서 늘 보던 모범생 석준경이 아니라 학교 밖 악마 같던 석준경에게서 눈을 뗄 수 없었다. 개의 몸에 과녁을 그려 돌팔매질을 했다고 똑같이 사람의 몸을 과녁 삼아 돌을 던지는 그에게.

끝까지 상황을 지켜보고 싶었으나 엄마의 병원에 가야 했기에 마지못해 자리를 떴다. 당시 나는 그가 그들 중 하나를 어떻게 한다 해도 모른 척할 용의가 있었다. 그러나 그들은 이튿날 팔이 부러지고 얼굴도 엉망이 된 꼴로 교무실에 나타났다. 어디서 싸움질했냐는 학생주임의 질문엔 계단에서 넘어졌다는 변명만 앵무새처럼 반복했다. 그리고 한 달 뒤, 반 전체를 초대한 세희의 생일 파티 날 그녀의 집에서 나는 그 개를 다시 만났다.

"우리 오빠 진짜 착하지 않아? 누가 버린 것 같다고 불쌍하다며 데려왔어."

나는 더러운 개를 진지한 표정으로 세심하게 목욕시켰을 석준경을 10여 년이 지난 지금 상상했다. 그래. 따지고 보면 그는 모두에게 나쁜 사람은 아니었다. 내게만 영락없이 나쁜 놈이었을 뿐이지.

그사이 석준경은 고양이 캔을 다섯 개나 땄다. 하나, 둘, 셋. 차례로 바닥에 캔을 내려놓던 그의 시선이 순간 어느 한곳에서 멈췄다. 조금 전 흰눈이가 해치우고 간 빈 캔이었다. 취기에 젖어 있던 눈동자가 거짓말처럼 또렷해졌다. 그는 벌떡 일어나더니 주위를 살피기 시작했다. 정원 이곳저곳을 헤집고 다니는 그를 보며 나는 잠시 긴장했다. 설마, 날 찾는 건 아니겠지. 자의식 과잉도 이 정도면 병이라고 스스로를 욕하던 참이었다. 벤치 앞에 선 그가 핸드폰을 꺼내 전화를 걸었다.

그러자 벨이 울렸다.

내 주머니에서.

자다 일어나 귀신과 마주친다 해도 지금만큼 놀라지는 않았을 것이다. 나는 내 핸드폰에서 울리는 벨 소리가 전화를 받으면 죽는다던 일본 공포 영화의 벨 소리보다 더 무섭게 들렸다. 어리둥절하던 석준경의 얼굴에 기적처럼 이채가 돌았다.

나는 황급히 핸드폰을 찾아 전원을 종료시켰다. 그러나 그는 이미 내가 숨어 있는 풀숲까지 다가와 있었다. 더는 안 되겠다 싶어 일어섰다. 냅다 뛰려는 순간, 미처 보지 못한 돌부리에 발이 걸렸다. 중심을 잃고 넘어지려는 나를 커다란 손이 잡아챘다.

좀 더 늦게 올 걸 그랬다는 후회와 묘한 안도가 시간 차로 마음을 어지럽혔다. 나는 돌아볼 엄두가 나지 않아 그 후에도 한참을 바닥만 쳐다보고 있었다.

"이묵주?"

그가 내 이름을 불렀다. 내가 제 눈앞에 있다는 걸 믿을 수 없다는 어투였다. 나는 날 안은 손부터 천천히 떼어 냈다.

"너……."

"고양이 밥 주러 잠깐 들린 거야."

나는 내가 왜 이런 걸 시시콜콜 이야기해야 하는지 몰랐지만 그래도 이야기했다. 석준경은 눈 한 번 깜빡이지 않고 그런 나를 쳐다보고 있었다. 아주 오래전엔 저 눈이 날 향하는 것만으로도 가슴이 떨렸었는데. 나는 밤하늘처럼 새까만 눈 속의 나를 모른 척하며 그를 지나쳤다.

"왜 그만둔 거야?"

등 뒤의 그가 다시 물었다.

"사람처럼 살고 싶다며?"

나는 돌아보지 않은 채 대답했다.

"남이사. 사람처럼 살든, 개처럼 살든."

아무렇지 않은 척 지껄이고 정원을 빠져나왔다. 평소와 다름없던 걸음은 오피스텔 입구를 통과하기 무섭게 빨라졌다. 나는 뒤에서 누군가 쫓아오기라도 하는 사람처럼 내달렸다. 정류장에 도착하자마자 마침 정차한 버스에 올라탔다. 이사한 원룸과는 정반대 방향으로 가는 버스였다.

턱 끝까지 찬 숨을 고르고 있자니 헛웃음이 터졌다. 나는 지금 실망이란 걸 하고 있었다. 그 이유는 둘이었는데, 첫째, 아무렇지 않을 거라 여겼던 석준경을 보는 일이 생각보다 힘들어서. 둘째, 석준경이 날 다시 붙잡지 않아서.

얼마나 더 상처투성이가 되어야 나는 당신이 싫어질까.

제발 좀 빨리 싫어졌으면 좋겠다.

다음 날 나는 석준경이 도저히 있을 수 없는 오전 시간에 다시 오피스텔에 들렀다. 경비 아저씨에게 좋아하시는 배즙을 뇌물로 드리며 흰눈이를 부탁했다. 사료는 아저씨 앞으로 배달시켰다. 흰눈이가 보고 싶을 땐 미리 아저씨에게 전화를 하고 석준경이 없는 대낮에만 잠깐씩 방문하기로 했다.

운 좋게 아침을 먹으러 온 흰눈이를 만난 후 집으로 돌아왔다. 하릴없이 멍청히 앉아 있자니 좀이 쑤셨다. 검사 시절엔 눈 깜짝할 새에 지나가던 시간이 백수가 되고 나니 왜 이렇게 가지 않는 건지. 야근을 할 땐 그리 쏟아지던 잠이 지금은 왜 이리도 오지 않는 건지.

일은 때려치웠어도 몇 년간 몸에 배인 습관은 어쩔 수 없었다. 나는 법전이나 판례를 뒤져 보며 시간을 죽였다. 그리곤 뉴스나 신문 기사에서 얼토당토않은 판결이 나는 걸 볼 때마다 석준경을 떠올렸다.

개 한 마리 때문에 사람을 피 곤죽으로 만들어 놓았던 열아홉 석준경. 내 뒤를 밟던 변태에게 죄책감 없이 주먹을 휘두르던 지금의 석준경. 그리고 어제, 잔뜩 취해서 고양이 밥을 챙겨 주던 석준경.

나는 얼마 전 핸드폰으로 찍어 둔 동영상을 재생시켰다. 엘리베이터까지 날 쫓아왔던 남자를 그가 신나게 패는 영상. 앵글이 석준경의 얼굴에만 고정되어 있었다. 가해자와 피해자 확인을 위해서라고 했지만 처음부터 난 변태의 신상에는 관심이 없었다. 그저 오랜만에 만난 석준경을 좀 더 자세히 보고 싶었을 뿐.

사람은 거짓말을 한다. 하지만 이번에도 증거는 거짓말을 하지 않았다.

❖　　　❖　　　❖

전화는 점심 무렵에 왔다. 깜빡 잠이 들었던 나는 무심결에 핸드폰을 받고 습관처럼 말했다. 네 형사1부 이묵주입니다. 아차해서 발신인을 확인하려던 참에 웃음소리가 들렸다.

—그래. 이검. 잠깐 청에 들러. 할 말 있으니까.

검사장이었다.

사표를 낸 지금은 더 이상 상사도, 다시 엮일 일도 없는 따지고 보면 남에 불과했기에 그의 부름에 응할 필요는 없었다. 그러나 나는 거절 않고 검찰청으로 향했다. 그가 할 말이 뭔지 궁금하기도 했지만 실은 검찰청이 그리웠다. 인간미라곤 보이지 않는 건물과 묘하게 사람을 짓누르는 그 분위기. 법 없는 세상이 야만적이라 했던가. 반대로 나는 법이 야만적이라 좋았다. 사람의 잣대로 사람을 죽이고도 벌을 받지 않는 유일한 직업. 그게 검사이자 판사였다.

로비는 공사 중이었다. 나는 두통이 올 때마다 종종 앉아 있곤 했던 로비 의자가 무참히 뜯겨 나가는 걸 보며 엘리베이터를 탔다. 로비 리모델링은 석준경의 사무실이 맡았다고 들었다. 답답한 걸 싫어하는 그는 저 공간이 마음에 들지 않았을 수도 있겠다. 그러나 나는 검찰청의 수많은 공간들 중에서 저곳이 가장 좋았다. 구석에 앉아 벽만 물끄러미 바라보고 있으면 마음이 편안해졌다. 보리수 아래에서 진리를 깨달았다는 석가모니처럼 열반에 이를 수 있을 것 같기도 했다.

"쉬는 김에 일 하나만 맡아 줄 수 있나 해서 불렀어. 대신 보수는 보장해 줄 수 있네."

간단한 안부 인사를 끝낸 검사장은 내게 명함 하나를 내밀었다. 국회의원 현창열, 명함의 주인을 확인하고 굳어진 나를 향해 그는 덧붙였다.

"본인 일은 아니고 그 집 아들이 또 사고를 친 모양이야. 어디서 누구한테 좀 맞았다는데. 내 참, 스물 넘었으면 제 앞가

림은 제가 할 것이지. 내 군대 **빼** 줄 때부터 알아봤어."

아는 변호사를 묻기에 날 소개했다고, 보나 마나 소송까진 가지도 않을 테니 조언 몇 마디 해 주고 수당이나 받아 가면 될 거라며 그는 부자의 돈을 날로 먹는 법을 손수 설명해 주었다.

"이검 번호 알려 줬으니까 연락 올 거야. 내키지 않으면 거절해도 돼."

그는 좋은 상사였다. 모두에게 그랬지만 내겐 유독 친절했는데 딸의 친구라는 타이틀이 발휘된 까닭이었다. 불우하기 짝이 없는 내 가정환경도 한몫했을 테고.

"참, 사직서는 휴직계로 바꿔 놨으니 그리 알아."

"검사장님."

"수당 받으면 술이나 한잔 사. 나가 봐."

마지못해 감사 인사를 건네고 검찰청을 나왔다. 나는 그의 호의 아닌 호의에 기쁘기보단 마음이 무거웠다. 그의 말대로 얼마간 쉬었다 돌아오면 지금 이 소란은 거짓말처럼 잠잠해져 있을 것이다. 하루에도 사람들의 이목을 끌 이슈는 몇 개씩 터졌고, 대중은 쉽게 불타올랐지만 그만큼 쉽게 사그라들었다. 그러나 내가 살인자의 딸이라는 건 변함없는 사실이었다. 누군가는 날 다시 수면 위로 끌어 올릴 테고, 나는 또……

"어? 묵주야."

회전문을 통과하고 있을 때 유리벽 너머에서 누군가 내 이름을 불렀다. 고개를 들자 반대편 문안에서 세희가 손을 흔들고 있었다.

우리는 검찰청 근처의 파스타 집에 마주 앉았다.

"잘됐다. 마침 저녁까지 시간 비어서 할 일도 없었는데."

세희는 날 만난 게 진심으로 기쁘다는 낯빛이었다.

"근데 묵주 너 검사 그만뒀다며? 여긴 웬일이야?"

"일 때문에."

"나는 오빠랑 저녁 약속 있거든. 사무실에 가 있자니 방해될 것 같아서 아빠한테나 가 보려고 했지. 근데 널 만났네?"

묻지도 않는 이야기를 세희는 구구절절 늘어놨다. 아마 날 붙잡은 목적이 이것인 듯했다. 세 살 버릇 여든까지 간다고, 열일곱 그때도 그랬었다. 쉬는 시간마다 '우리 오빠'인 석준경과의 일화를 자랑처럼 떠들곤 했는데 유독 내 앞에선 그 횟수가 잦았다. 마치 내가 그에게 딴마음을 품고 있다는 걸 아는 사람처럼.

"근데 너 요즘은 승우랑 연락 안 해?"

"어."

"설마 너희, 헤어진 거야?"

"헤어질 거나 있나. 사귀지도 않았는데."

나는 빈 웃음을 흘리며 파스타를 말았다. 우리 오빠도 파스타 잘 먹는데. 세희는 또 석준경 이야길 했다. 나는 샌드위치란 말에 인상을 쓰고 샌드위치 전문점에서 굳이 샐러드를 주문하던 석준경을 떠올렸다. 네 오빠는 파스타나 샌드위치 같은 밀가루 음식을 좋아하지 않는 것 같더란 얘긴 하지 않았다.

석준경이 밀가루를 싫어하든 말든 내가 무슨 상관이라고.

버스를 타고 가겠다는 나를 세희는 반강제로 차에 태웠다. 여기서 악을 쓰며 내리는 것도 꼴이 우스울 것 같아 얌전히 차를 얻어 타고 왔다.

"여기야 집이? 예전 오피스텔이랑 가까운 데 있네."

세희는 그 점이 탐탁지 않은 것 같았다. 차에 타기 전에 몇 번이나 원룸을 뒤돌아봤다. 대충 짐작하긴 했지만 세희가 날 데려다준 이유는 따로 있었다. 이를테면 내가 석준경에게서 얼마나 멀리 떨어져 있는지 확인하려고? 세희는 이런 짓을 곧잘 했다. 석준경에 대한 그녀의 마음을 알기에 딱히 기분이 나쁘진 않았는데 가끔 속이 비틀릴 때면 쏘아 주고 싶긴 했다.

석준경이 그렇게 좋아?

근데 어떡해. 그는 내가 좋다는데.

모든 걸 다 가진 강세희가 유일하게 가질 수 없는 게 있었으니 그게 바로 석준경이었다. 어쩌면 세희는 그래서 그에게 더 집착하는 건지도 모른다. 늘 포기하는 게 일상이었던 내가 여태껏 포기 못 했던 게 바로 석준경이었듯이.

"조심해서 가."

"응. 다음에 놀러 올게."

뻔한 빈말을 던져 놓고 세희는 사라졌다. 나는 형식적으로 손을 흔들어 주고 집으로 돌아왔다.

고등학교 때부터 지금까지 정말이지 이해 가지 않는 게 하나 있다. 결점이라곤 없이 자란 강세희 네가, 어째서 결점투성이인 날 라이벌로 생각하고 있는 건지. 나는 험난했던 석준경 짝사랑 일대기를 회상하곤 웃었다. 너는 적어도 그의 곁에는 있을 수 있었잖아. 난 등신같이 바라보는 것밖엔 못 했는데.

샤워를 하곤 선풍기 앞에 앉아 바람만 실컷 맞다가 습관처럼 텔레비전을 틀었다. 원룸은 방음이 시원찮았다. 옆집에 사는 예쁜 대학생 여자애가 남자 친구와 사랑을 나누는 소리가 아주 잘 들렸다. 채널은 돌리지 않은 채 볼륨만 높였다.

오늘 연예가 핫라인입니다. 떠오르는 신예 백승우 씨의 열애설인데요. 백승우 씨는 지난주 한 일간지에 상대 여배우 최지연 씨와 데이트를 하는 장면이 찍혀 화제가 됐습니다. 두 사람은 쿨하게 열애를 인정했는데요. 최지연 씨 나이가 백승우 씨보다 열 살이나 많은…….

정말이지 아무렇지도 않았다. 다만 취향은 어디 가지 않는구나, 란 생각을 했다. 백승우는 어린 나이에 어머니를 여의고 아버지와 살았다. 새어머니는 친어머니와 다름없이 잘해 준다고 얘기했지만 그래도 부족함은 채울 수 없었나 보다. 그 애가 만나는 여자들은 나를 포함해 전부 연상들이었다.

이튿날, 모르는 번호로 전화가 왔다. 상대는 국회의원 현창열 의원실이었다. 집구석에 있어 봤자 자학이나 석준경 생각밖에 하지 않을 게 뻔했던 나는 오늘 만날 수 있냐는 그들의 제의에 흔쾌히 응했다.

"어서 와. 내 이묵주라기에 이름만 듣고 남잔 줄 알았지. 이렇게 예쁜 여검사님일 줄 알았으면 좀 더 빨리 부를 걸 그랬어."

현창열 의원은 요즘 같으면 성희롱이라고 고소당할 말을 첫인사로 했다. 청와대 대변인이 해외에서 인턴을 성추행하는 나라였다. 이런 일쯤은 발에 차일 만큼 흔했다. 나는 최대한 빨리 본론만 이야기하고 빠지기 위해 먼저 운을 띄웠다.

"어떤 일로 부르셨는지 먼저 들을 수 있을까요."

"아 그게 그러니까. 내 아들놈이 말이야."

그는 잘난 아들이 밖에서 지랄을 하다 처 맞아 손목뼈가 부러져 왔다는 간단한 내용을 장장 30분에 걸쳐 설명했다.

"이게 법적으로 고소가 가능한가 해서 말이지."

"정확한 상황을 봐야 판단할 수 있을 것 같습니다."

"내 그럴 줄 알고 CCTV 영상을 따 오라고 했는데, 박 비서 어떻게 됐어?"

"한 시간쯤 걸린답니다."

파일이 도착할 때까지 다과나 들고 가라는 그의 호의를 나는 정중히 거절했다. 다음 약속은 영상을 확인하고 난 뒤 따로 연락하기로 하곤 서둘러 의원실을 나왔다. 국회의원 뒤나 봐주는 개 같은 검사 짓을 내가 할 줄이야. 사시에 합격하고 처음 검찰청 문턱을 밟던 그때는 상상조차 하지 못했다.

정오, 장마를 쫓아낸 하늘은 사람 하나쯤은 거뜬히 태워 죽일 만큼 강렬한 열기를 뿜어냈다. 나는 찜질방을 방불케 하는 정류장에 앉아 버스를 기다렸다. 일주일 만에 신은 구두는 또 다시 발뒤꿈치를 죄다 긁어 놨다. 가방에서 상비용 반창고를 꺼내 양쪽에 붙였다. 노란색 배경에 해맑은 표정의 펭귄이 날 보고 웃었다. 요즘 아이들이 무척 좋아한다는 만화 캐릭터였 다. 하필 편의점에 남은 반창고가 이것뿐이라 사긴 했는데, 이 걸 보니 왜 죄책감이 드는 건지 모르겠다.

곧 버스가 도착할 거라는 안내를 확인하고 일어서던 참에 메시지가 왔다. 의원실에서 보낸 동영상이었다. 나는 도로를 한 번 훑곤 동영상을 재생시켰다.

인적이 드문 4차선 도로였다. 외제 스포츠카 한 대가 빠르 게 앵글 안으로 잡혀 들었다. 스포츠카는 마치 곡예를 하듯 차 선을 넘나들며 운전을 했는데 그 뒤를 다른 차 한 대가 따라 달리고 있었다. 성가신지 차선을 바꾸려는 차 앞을 스포츠카 는 막아섰고, 다른 차선으로 가려는 걸 놀리듯 다시 막아섰다. 사고는 스포츠카가 급정차를 하면서 일어났다. 속도를 줄이던 뒤차는 무슨 영문인지 갑자기 속력을 높여 스포츠카를 들이박 았다. 명백한 고의였다.

뒤차를 볼 때부터 들었던 불안감은 운전자가 밖으로 걸어 나오면서부터 확실해졌다. 나는 군더더기 없는 동작으로 국회 의원 아드님을 차에 처박아 손목을 박살 내고 있는 남자를 멍 청히 응시했다. 화질이 좋지 않은 탓에 확인할 수 있는 건 전 체적인 실루엣뿐인데도 알 수 있었다.

정차했던 버스는 내가 탈 생각을 하지 않자 이내 정류장을 스쳐 지나갔다. 나는 재생이 끝난 핸드폰을 쥔 채로 머리를 짚었다. 잇따라 메시지가 도착했다. 아들 교육을 거지같이 시킨 국회의원의 비서에게서였다.

〈차량 번호 조회 결과 신상이 나오는데, 건축 사무소 제비꼬리 대표 석준경이랍니다. 아무래도 고소는 힘들겠죠?〉

09
틀린 그림 찾기

집으로 돌아가지 않고 근처 카페에서 몇 시간을 허비했다. 보고 또 보고, 또 봐도 별다를 것 없는 동영상을 다시 재생시켰다. 의원 비서에게는 미리 답 메시지를 보낸 후였다.

〈네. 폭행으로 고소를 할 순 있는데 아드님도 보복 운전으로 역고소되실 가능성이 큽니다.〉

이런 잔챙이의 도발에 응할 만큼 석준경은 충동적이지 않았다. 이것 말고 다른 어떤 일이 있었다면 몰라도. 나는 화면에 뜬 날짜를 확인했다. 내가 말없이 이사를 하고 난 뒷날. 나는 그것과 이것을 무심코 연결 짓다 고개를 저었다. 말도 안 되는 추측이었다. 내가 뭐라고.

커피를 다섯 잔이나 먹고 카페인 과다로 손이 떨릴 무렵에야 카페를 나섰다. 들어갈 때만 해도 밝았던 하늘엔 어느덧 짙은 어둠이 내려앉고 있었다.

한 일이라곤 사람 같지도 않은 인간들과 대화 몇 마딜 하고 동영상을 몇 번 본 것뿐인데도 진이 빠졌다. 나는 삭아 버린 파김치처럼 힘없이 집으로 향했다.

그 와중에도 머릿속엔 석준경이 뱅뱅 맴돌고 있었다. 화질이 좋지 않아 미처 확인할 수 없었던 그의 표정. 그가 대체 무슨 말을 했기에 잘나신 국회의원 아드님이 더러운 아스팔트에 주저앉았는지 그게 궁금했다.

"왜 내 전화 안 받아?"

걷고 있는 사람에게 자동차 라이트를 번쩍 쏘기에 이건 또 어떤 미친 새낀가 했다. 백승우였다. 사람 눈에 띄는 건 싫었는지 마스크에 선글라스까지 낀 차림이었다. 말 섞을 힘도 나지 않아 무시한 채 가던 길을 갔다. 누구완 다르게 백승우는 쫓아와 날 붙잡았다.

"사람이 말을 하는데 그냥 가?"

"너랑 할 말 없어."

"나는 할 말 많아."

백승우는 천진난만하게 웃었다.

"그 새끼랑은 요즘 안 만나?"

"어. 안 만나. 그러니까 너도 그만해."

"그럼 굳이 나 찰 필요 없잖아?"

"우리가 뭐 사귀기라도 했어? 잘난 애인 두고 뭐하는 짓이야."

"누나가 내 열애설도 봤어?"

세상 오래 살고 볼 일이라고 백승우는 좋아했다. 나는 미친 놈처럼 구는 백승우가 아니라 나를 탓했다. 내가 조금이나마 마음을 줬던 남자들은 어째서 다 이 모양인지.

"어차피 나도 세컨드였잖아. 누나도 내 세컨드……."

나는 백승우의 손을 뿌리쳤다. 그리곤 근처 분리수거장에서 버려진 아령을 주워 들었다. 내 전적을 알고 있는 백승우가 한 걸음 물러섰다. 나는 뽑은 지 얼마 안 돼 보이는 녀석의 차에 아령을 집어 던졌다. 유리창은 쉽게 박살 났다.

"내가 네 엄마 닮았댔지? 내가 돌아가신 네 어머니라면 차가 아니라 네 다리를 박살 냈을 거야. 퍼스트한테나 잘 해. 차이지 말고."

나는 돌아보지 않았고 백승우는 나를 붙잡지 않았다. 집에 도착하기도 전에 메시지 두 개가 연달아 떴다.

〈그거 알아? 나는 누나 세컨드였을지 몰라도 누나는 내 세컨드 아니었어.〉

〈다른 남자는 다 되는데 석준경은 만나지 마. 그 새끼 볼 때 누나 눈빛이 어떤지 알아?〉

곧 죽어 버릴 사람 같아. 그리고

〈그 새끼도 그래.〉

❋   ❋   ❋

아무것도 모르기에 할 수 있는 소리라고 생각하면서도 그 말은 한동안 내 주위를 떠돌았다. 적어도 반은 맞는 것 같다는 자조는 이틀이나 석준경 꿈을 꾸고 난 뒤에 들었다.

한 달이나 걸려 만든 목도리를 미련 없이 세희에게 주는 걸 보고서도 여전히 그가 좋았던 나, 네가 싫다는 소릴 듣고 맘이 돌아선 척했지만 여전히 그를 포기 못 했던 나. 무릎 꿇는 날 굳이 알은체해 자존심을 박살 낸 그보다 그가 쥐여 준 우산에 의미를 두던 등신 같던 나. 적어도 그때의 나는 그를 좋아하지라도 않으면 딱 죽을 것 같았으니까.

〈의원님께서 아드님 건으로 다시 뵙자고 하십니까. 내일 오전에 시간 어떠세요?〉

일주일 만에 의원실을 다시 찾았다. 아드님 건으로 날 불렀다는 현창열 의원은 더 이상 내가 필요치 않다는 의사를 가장 먼저 밝혔다.

"검사님 말따나 법적으로 움직이면 괜히 골치가 아파질 것 같아서 말이야."

"그럼 제 조언이 더는 필요 없으실 것 같으니 저는."

"아니. 필요해. 다른 방법으로 조져 놓을 생각인데 그게 범법이 되면 안 되지 않나."

대체 무슨 소릴 하는 건지 의아해하는 날 보며 그는 껄껄 웃었다.

"그놈이 검찰청 리모델링을 하고 있더라고. 알고 보니 검사장과 부자 빰치는 사이라더군. 그래도 어쩌겠어. 공은 공이고 사는 사인걸. 내 그 일부터 빼라고 했어."

가슴이 덜컥 내려앉았다. 충격이 가시기도 전에 의원 비서가 들어와 다른 걸 말했다.

"말씀하신 건 처리했습니다."

"그래. 앞으로 입찰이나 경쟁에서 그놈 사무소는 모조리 아웃시키라고 해."

"네."

"사실 이 정도로 할 생각은 없었는데. 글쎄 비서가 연락했더니 그놈이 사과는커녕 자길 보고 싶으면 직접 오라고 했다지 뭐야. 고소하고 싶으면 맘대로 하라고. 사람이 용서를 하려고 했는데 그렇게 나오면 안 되지. 그게 괘씸해서. 이래서 바닥부터 올라오는 놈들이 성공을 못 하는 거야. 뭣도 없는 주제에 자존심만 득달같이 세거든."

한 사람 인생을 짓밟는 일을 그는 개미를 죽이는 것보다 더 쉽게 이야기했다. 나는 동요를 감추느라 차를 들이켰다. 모 대학 총장에게 선물로 받았다는 최상급 녹차는 혀가 아리도록 썼다.

탁자 위를 구르고 있는 만년필에 우연히 시선이 닿았다. 석준경이 떠올랐다. 영혼이라도 판 모습으로 종이 위에 건물을 세우고 있던 어느 날 밤의 석준경.

"마음대로 들어가시면 안 됩니다. 이봐요."

비서가 나간 지 5분 여 만에 문은 다시 열렸다. 당혹스런 안색의 비서를 밀치고 들어선 사람은 다름 아닌 석준경이었다.

"당신입니까. 검찰청 리모델링 건⋯⋯."

분노로 차갑게 타오르던 눈빛이 나를 보곤 굳어졌다.

"이게 누구신가. 고귀하신 석 대표님께서 누추한 의원실까지 어인 일이야."

현창열 의원은 마치 그가 오길 기다리고 있던 사람처럼 노련하게 대응했다. 나는 떨리는 손을 누르며 찻잔을 내려놓았다.

"그럼 저는 이만 가 보겠습니다."

불이익을 당한 것보다 여기서 날 본 게 더 충격인 것 같은 석준경을 지나쳐 의원실을 나왔다.

딱히 잘못한 게 없는데도 도망치듯 걸음을 빨리했다. 코너를 도는 순간 누군가 어깨를 잡아챘다. 나는 현장을 적발당한 범인처럼 얼어붙었다.

"검사님, 괜찮으세요?"

목소리를 듣고 나서야 나는 그가 의원 비서임을 알아챘다. 창백한 낯으로 고개를 젓는 내게, 그는 봉투 하나를 내밀었다.

"사례금입니다. 약소하니 부담 갖진 말라고 의원님께서 전하시랍니다."

그리고 앞으로도 잘 부탁드린다고.

나는 넋 놓고 받았던 봉투를 급히 되돌아가 돌려줬다. 더 이상 의원님을 만날 일은 없을 거라는 거절도 함께였다. 처음부터 이 일은 맡는 게 아니었다는 후회가 걸음마다 가슴을 쳤다. 날 보던 석준경의 모습이 뇌리를 떠나지 않았다. 당신은 나한테 뭘 기대했길래 그런 얼굴을 하는 건지. 마치 사랑하는 연인에게 배신이라도 당한 듯한 표정이었다. 나는 당신의 연인도, 친구도, 그렇다고 가족도 아닌데.

버스에 올라타자마자 벨은 울리기 시작했다. 발신자는 석준경이었다. 주소록에선 지웠지만 안타깝게도 내 머리에선 지워지지 않은 번호.

나는 핸드폰을 무음으로 바꾸었다. 석준경은 마치 추심이라도 하는 사람처럼 끊임없이 전화를 걸어 댔다. 애써 모른 척했으나 가슴은 연신 불안하게 뛰었다.

〈너 지금 어디야.〉

〈이묵주.〉

메시지는 딱 두 통이 왔다. 더 이상은 전화도 메시지도 없었다.

집에 도착해선 옷도 갈아입지 않은 채 앉아 있었다. 무슨 일이 있어도 반드시 챙기던 끼니도 거른 채였다. 석준경을 짓밟으려는 현시창인지 현창열인지 하는 인간의 비열한 목소리가 거머리처럼 목덜미에 달라붙어 떨어지지 않았다. 머리가 아팠다.

대체 어쩌다 그딴 인간한테 걸린 거야.

그 생각을 하는 동안 시간은 잘도 흘렀다. 방 안이 깜깜해서 보니 벌써 한밤중이었다. 나는 뒤늦게 일어나 블라우스 단추를 풀었다. 막 두 번째 단추를 풀었을 때 초인종이 울렸다.

인터폰을 확인하지 않고 현관으로 향했다. 이사 문제로 중개인 아주머니로부터 방문하겠노라, 미리 연락을 받은 터였다.

"죄송해요. 매번 오시게……."

나는 있는 힘을 다해 미소를 쥐어짜다 입을 다물었다. 열린 문 너머엔 석준경이 서 있었다. 여태껏 봐 왔던 모습 중 가장 무서운 얼굴로.

들고나온 핸드폰이 울린 건 동시였다. 현실도피를 위해 전화를 받은 내 귀로 여기 서 있어야 할 아주머니의 목소리가 들렸다.

—혹시 누구 찾아갔어? 내가 잘 아는 건축 사무소 대푠데 이 검사님 집이 어디냐고 그렇게 캐묻잖아. 내가 검사님 집 구해 준 건 어떻게 알았는지. 어쨌든 너무 사정사정해서 모른 척할 수가 없었어. 미리 말 못 해서 미안해. 그게 나도 방금 만났거든. 석 대표는 둘이 아는 사이라던데, 맞아?

"네."

—다행이다. 그래도 혹시 무슨 일 있으면 나한테 꼭 연락해.

통화가 끝날 때까지 그는 여전히 그 자리에 조각상처럼 서 있었다. 나는 긴장을 가라앉히기 위해 애꿎은 핸드폰만 부서져라 쥐었다. 그의 얼굴을 마주하는 것만으로도 바다에 빠진 것처럼 숨이 차올랐다. 석준경은 내게 그런 존재였다.

"무슨 일이야?"

"네가 왜 그 인간들이랑 같이 있어?"

"그건……."

어디서부터 어디까지 설명해야 할지 몰라 잠시 꾸물거렸다. 그걸 무슨 뜻으로 생각한 건지 그는 차갑게 내 말을 끊어 냈다.

"아냐. 됐어. 갈게."

나는 그가 무언가 단단히 오해하고 있음을 깨달았다. 내가 현창열 국회의원의 등신 아드님 편에 서서 자신을 해하는데 동조하진 않았을까, 나아가 앞장서진 않았을까 하는.

터무니없는 가정은 아니었다. 다만 그가 간과한 것은 사리 분별을 못 할 정도로 그에게 악감정을 가지고 있진 않다는 사실이었다.

위기를 기회로 삼으란 말은 이럴 때 썼다. 나는 그의 오해가 풀리지 않기를 바랐다. 그림자처럼 달라붙어 떨어지지 않는 이 감정을 석준경이 앞으로도 알지 못하도록. 나는 날 찾아온 노력이 무색하게 차갑게 돌아선 그를 향해 말했다.

"맞아. 도와줬어. 고작 몇 시간에 검사 월급 딱 두 배 주더라. 일부러 그런 건 아니지만 일이 이렇게 돼서 미안. 당신도 알잖아. 세상일이 맘 같지 않다는 거."

그는 어느새 멈춰서 날 돌아봤다. 나는 그 시선을 피하지 않고 맞받았다.

"지금이라도 가서 무릎 꿇고 비는 건 어때? 혹시 알아? 그럼 봐줄지."

그는 화를 내는 대신 빈 웃음을 흘렸다. 그 웃음 하나에 나는 치부라도 들킨 사람마냥 귀가 달아올랐다. 왜 하필 그런 소릴 한 거냐고 스스로를 욕했다.

12년 전 그 일, 날 살인자 딸이라 욕하던 아이들 앞에서 오기로 무릎 꿇었던 일을, 그가 모른 척해 주지 않았다고 이제 와 떼쓰는 꼴이었다.

석준경은 말없이 등을 돌렸다. 조금씩 멀어지는 뒷모습을 나는 멀거니 쳐다보고만 있었더랬다.

그는 딱 세 걸음을 걷고 다시 돌아왔다. 너무 순식간이라 어찌할 새도 없었다. 거리가 너무 가깝다 느꼈을 땐 이미 입술이 맞닿은 후였다. 마네킹처럼 굳은 내 입술을 아프게 깨물었다 놓은 석준경은 날 보며 웃었다.

"여기까지 왔는데 그냥 가긴 억울해서."

깡패 새끼처럼 질이 나쁜 웃음이었다.

밤새 잠을 설쳤다. 새벽녘에야 겨우 잠들었다가 두 시간도 못 자고 다시 일어났다. 세수를 하느라 거울을 보고 나서야 입술이 터져 있다는 걸 알았다. 세면대 가득 찬물을 받아 놓고 얼굴을 밀어 넣었다. 사라져라. 사라져라. 제발 좀 사라져. 머리가 아득해지도록 숨을 참아 봐도 석준경의 잔상은 곁을 떠나지 않았다.

나는 그 어느 때보다 혼란스러웠다. 석준경이 어쩌면, 정말로, 날 좋아하고 있을지도 모른다는 생각이 들었기 때문이다. 그가 나와 똑같은 눈을 하고 있더라는 백승우의 마지막 말이 다시금 떠올랐다.

그래서, 그게 뭐?

설사 그의 마음이 진심이라 해도 변할 건 없었다. 불행과 불행이 만나면 두 배로 불행해지는 것처럼 죽을 것 같은 사람 둘이 만나면 두 배로 죽고 싶어질 뿐이었다. 나도 이젠 행복한 가정에서 자라 행복한 사람을 만나 행복해질 때도 됐다.

차오른 숨이 목을 틀어막아 기절하기 직전에야 세면대에서 얼굴을 뺐다. 사실은 석준경이 그랬으면 좋겠다는 생각, 나와 있어 봤자 개소리나 하고 깡패 새끼처럼 질 나쁘게 굴 테니 널 천사처럼 만들어 줄 사람을 만나 행복해지길 바란다는 속마음은 물과 함께 하수구로 흘려보냈다.

만약 내 아버지가 세희 아버지의 반이라도 닮았다면 어땠을까. 사리 분별은 못해도 아들은 끔찍하게 아끼는 현창열 의원이 석준경의 아버지였다면? 실현 불가능한 가정이 오늘도 가슴을 짓이겼다.

오후쯤 약속을 하고 검찰청으로 향했다. 검사장을 만나기 위해서였다. 그는 나를 보자마자 사과부터 했다.

"얘기 전부 다 들었어. 내가 미쳤지. 왜 이검을 그런 인간한테 소개시켜 줘선. 내 생각이 짧았어."

"아뇨."

"준경이 그놈은 하필 그런 망나니 자식한테."

아이고. 생각만 해도 골치가 아프다는 듯 그는 고개를 저었다. 눈가에 상심이 가득했다. 아들을 걱정하는 아버지 같은 눈빛이었다. 나는 그에게 현창열 의원실에서 들었던 모든 것을 이야기했다. 그는 이미 알고 있다는 듯 고개를 끄덕였다.

"가만히 있을 양반이 아니지. 아들놈이 어렸을 때부터 병치레를 유난히 해서 애정이 각별해."

"그럼 방법이 없는 건가요?"

"안 그래도 내 선에서 합의하려 했어. 근데 준경이 그놈이 부득불 알아서 할 거라고 하잖나. 그 자식 고집이 쇠심줄보다 더해. 아니 애초에 왜 그런 짓을 한 거야? 그리 침착하고 이성적인 놈이."

쉽게 합의해 줄 사람이었다면 애초에 남의 밥줄을 가지고 협박을 하지도 않았을 것이다. 현창열 의원은 권위 의식과 고지식함, 삐뚤어진 애정이 그를 뒷받침할 권력과 재력을 만나면 어떻게 되는지 알 수 있는 대표적 인물이었다. 그런 유의 인간들이 상대에게 원하는 반응은 대개 한 가지였다. 철저히 짓밟히는 걸 보는 것.

어젯밤 내가 미친 척 지껄였던 것처럼 석준경이 무릎이라도 꿇지 않는 한은, 아니 어쩌면 그 이상을 바랄지도 모르겠다. 길가의 잡풀을 밟는 것과 꼿꼿이 자란 나무를 쓰러뜨리는 건 쾌감 자체가 다를 테니까. 대체 석준경은 그들을 무슨 수로.

"일단 오늘 그 아들을 만나 보겠다고 해서 약속을 잡아 주긴 했는데."

"네?"

"어젯밤에 전화가 왔어. 만나서 해결할 테니 일단 만나게만 해 달라고."

아마 지금쯤 같이 있을 거야. 혹시나 해서 장소는 근처 카페로 해 놨어. 뭐 준경이 그놈 한 번은 실수해도 두 번은 안 하는 놈이니까, 알아서 잘 해결할 거야. 그 망나니 자식이 우리 준경이 건드릴까 그게 걱정이지. 그땐 나도 가만히 있진 않겠지만.

약속이 하나 더 있었던 걸 잊었단 핑계로 급히 검사장실을 나왔다. 내가 아는 석준경은 절대 누군가에게 당할 타입이 아니었다. 그러나 어젯밤 내가 했던 말이 마음에 걸렸다. 더불어 이번 일엔 석준경 그 자신뿐만이 아니라 그의 사무실 모든 사람의 목이 달려 있었다.

유동 인구가 많은 검찰청 대로변은 카페만 해도 여러 개였다. 나는 가장 가까운 곳부터 들어가 석준경을 찾기 시작했다. 열 군데가 넘는 카페 중 세 곳을 허탕 치고 네 번째 가게에 들어섰을 때 운 좋게 그를 발견했다.

그는 출입구를 마주한 채로 앉아 있었다. 건너편의 남자는 아마 현창열 의원의 아들 현동우일 것이다. 여느 때와 다름없는 무감한 얼굴을 보고서도 불안했던 나는 뭘 어찌할 작정도 없이 그가 있는 테이블로 향했다. 순간, 현동우에게만 꽂혀 있던 석준경의 눈이 거짓말처럼 내게로 움직였다. 잠시 놀란 듯했던 그의 입가에 곧 희미하게 미소가 떴다. 그리고 몇 초 뒤, 나는 벼락이라도 맞은 사람처럼 그 자리에 우뚝 멈춰 서야 했다.

마시던 음료를 놓고 일어선 석준경이 그 쓰레기 자식 앞에 무릎을 꿇었다.

대낮, 카페 바닥에 무릎을 꿇고 앉은 그에게 순식간에 시선이 몰렸다. 딛고 있는 땅이 바닥으로 꺼지는 기분이었다. 당장이라도 돌아서 나가고 싶었는데 단 한 발자국도 움직일 수가 없었다.

내 곁에서 머뭇거리던 서버가 현동우의 부름에 얼음물을 가져다줬다. 현동우는 꿇어앉은 석준경의 얼굴에 그걸 퍼부었다.

"그러니까 사람은 주제 파악을 해야 한다는 거야. 너 같은 새끼는 아무리 발버둥 쳐도 타고난 나 못 따라와. 애비 애미도 없는 고아 새끼 주제에 어딜 감히."

테이블 곳곳에서 한숨 비슷한 신음들이 터졌다. 나는 내가 여태껏 숨을 참고 있었다는 걸 그때 깨달았다.

"성의를 봐서 이번 일은 없던 걸로 해 줄게. 이런 게 노블레스 오블리주인 건 알지? 너 같은 새끼한텐 시간 쓴 것도 아까우니까 계산은 네가 하고."

현동우는 빌지를 바닥에 집어 던진 후 일어나 날 향해 왔다. 통로 중간에 선 나와 현동우의 어깨가 거칠게 부딪혔다.

"씨, 눈알을 어디다 달고 다니는, 잠깐 우리 어디서 만난 적 없어?"

나는 그를 무시한 채 손톱이 박히도록 주먹만 말아 쥐었다.

"귀머거리야?"

기분 나쁜 듯 나를 노려본 현동우는 그대로 카페를 나갔다. 뒤늦게 일어서는 석준경에게 서버가 호들갑스럽게 다가가 마른 타월을 건넸다.

"고마워요."

석준경은 아무렇지 않은 듯 젖은 얼굴을 닦아 냈다.

나는 뒤돌아 카페를 나왔다. 갈 곳도 없으면서 무작정 앞으로 앞으로만 걸었다.

계산을 하기 위해 나온 석준경이 나를 스쳐 지나며 속삭이던 말이 환청처럼 자꾸만 귀에 되울렸다.

"무릎 꿇으면 그땐 너도 나 좀 봐 줄래?"

✦   ✦   ✦

오랜만에 체육관에 들렀다. 말없이 발길을 끊은 게 죄송해서 아이스크림을 잔뜩 사 들고 들어갔다.

"어이구, 뭘 이런 걸 다 사 왔어?"

구석에서 졸다 뛰어나온 관장님은 기쁜 낯으로 편의점 봉투를 받아 들었다.

방학 특수가 통한 모양인지 평소엔 파리 날리기 바쁘던 체육관은 남자애들로 꽤 북적거렸다. 종종 봤던 애들을 제외한 나머지는 대놓고 날 흘끔댔다. 여자를 찾아보기 힘든 곳이니 그러려니 했다.

"근데 검사님은, 준경이 요즘 왜 그러는지 몰라?"

"네? 왜요?"

"아니. 요 근래 그놈 좀 이상해. 한 날은 쓰러질 정도로 샌드백을 치고 지랄을 해 대더니 다음 날은 링에서 자빠져 자고 있지 않나. 며칠 전엔 술까지 마시고 와선 또 그 난리를 떠는데. 나이 처먹고 뒤늦게 사춘기 온 것도 아니고. 내 참."

몸을 데우기 위해 줄넘기부터 했다. 하지만 집중을 하지 못한 탓에 스무 번을 넘기기도 전에 줄에 걸리기 일쑤였다. 15분쯤 그 짓을 반복하다 보니 짜증이 솟구쳤다.

"검사님은 정신을 어디다 두고 왔어? 요즘 다들 왜 그러냐. 더위 먹었나."

쭈쭈바를 입에 문 관장님이 주저앉은 내 어깨를 두드리고 지나갔다. 나는 애꿎은 물만 한 병 들이켜고 이번엔 샌드백 앞에 섰다.

"수고하십니다."

막 한 대를 때렸을 때였다. 익숙한 음성에 입구 쪽으로 시선을 던진 나는 되돌아온 샌드백에 밀려 넘어갈 뻔했다.

"누구쇼?"

"아, 전 준경이 사무소 동료 고영민이라고 합니다. 혹시 준경이 여기 있나요?"

"준경이를 왜 여기서 찾아. 그쪽 사무실에서 찾아야지."

"그게 아직 출근을 안 해서 직접 찾으러 나온 거거든요. 전화도 안 받고, 집에도 없어서."

"뭐야. 요즘 준경이 그놈 대체 왜 그런대? 진짜 무슨 일이 있나?"

"그러니까요. 회사 차리고 단 한 번도 이런 적 없는 놈인데. 꼭 세상 다 산 사람처럼 헛소리나 하고. 걱정돼 죽겠어요. 어, 검사님?"

피곤과 걱정에 찌든 고영민 씨는 샌드백 뒤에 숨다시피 한 나를 용케 찾아냈다. 나는 마지못해 나와 인사했다.

"안녕하세요."

"검사님도 여기 다니시는구나."

"네."

"검사님도 모르죠? 준경이 지금 어디서 뭐하고 있는지."

"네."

"하긴, 그걸 검사님이 알 리가 없지."

다른 곳도 뒤져 봐야겠다며 그는 바쁘게 체육관을 나섰다.

나는 그 뒤로도 한 시간 동안이나 헛짓거리를 하다가 관장님에 의해 퇴출당했다.

"운동할 때는 딴생각하는 거 아냐. 오늘은 이만 가. 괜히 다치지 말고."

씻지도 않은 채 땀범벅으로 집에 돌아가는 길에 샌드위치 가게가 눈에 띄었다. 배도 고프지 않았건만 나는 굳이 들러 음식을 포장했다. 언젠가 석준경이 먹던 치킨 샐러드와 라임 모히또였다. 음식을 받고 나서야 내가 무슨 짓을 한 거지, 정신이 들었지만 이미 주문한 것을 물릴 수도 없어 가지고 왔다.

올여름 햇볕은 유독 뜨거웠다. 그늘도 보이지 않는 거리를 걷고 있자니 누군가 정수릴 불로 지지는 느낌이었다. 아지랑이가 올라와 시야를 어지럽혔다. 무심코 전에 살던 오피스텔 골목으로 들어가려다 아차 하곤 뒷길로 빠져나왔다. 진짜 오늘 왜 이러나 모르겠다. 꼭 넋 빠진 사람처럼.

원룸 초입에 들어섰을 때, 사거리에서 제일 큰 건물 전광판에 시간이 떴다. 3시 20분. 가장 더운 때였다. 엘리베이터에 올라타 거울을 봤다. 웬 취객이 거기 있었다. 선크림을 제대로 바르지 않고 땡볕 아래 오래 노출된 결과였다. 가끔은 벌레에 물린 것처럼 두드러기가 돋기도 했다.

걸을 땐 몰랐는데 가만히 서 있자니 발끝에서부터 열이 올라왔다. 흐려지는 초점을 눈을 비벼 맞추곤 엘리베이터 밖으로 내려섰다. 복도형 원룸의 제일 끝이 우리 집이었다.

나는 우울증에 걸린 사람처럼 고개를 숙인 채 힘없이 걸었

다. 열다섯 걸음을 가면 고장으로 시도 때도 없이 울리는 소화
전이 나오고, 거기서 스무 걸음을 더 가면 우리 집 현관이 나
왔다.

그러나 나는 서른 보를 걷고 멈춰 서야 했다. 시야 끝에 걸
린 구둣발 때문이었다.

나는 그게 누구 것인 줄 뻔히 알면서도 모른 척 지나쳤다.
도어록을 열고 비밀번호를 눌렀다. 더위를 먹은 게 분명했다.
매일같이 누르던 번호가 갑자기 기억이 나질 않았다.

"생각해 봤어? 내 제안."

복도에 주저앉은 석준경은 나지막한 목소리로 말을 걸었다.
주름 하나 없는 바지에 그토록 증오하는 먼지가 묻건 말건 상
관없다는 태도였다. 나는 대꾸 않고 도어록 풀기에 집중했다.
엄마 생일, 내 생일, 광복절. 어느 것도 맞지 않았다.

"지금 여기서 무릎 꿇으면 나 봐 줄래?"

며칠 전과 똑같은 말을 석준경은 반복했다. 때마침 번호가
맞아떨어진 도어록이 소리를 내며 열렸다. 나는 안으로 들어
서며 대답했다.

"고영민 씨가 찾아. 연락해 줘."

발끝이 축축해서 보니 더위에 녹아내린 모히또가 흘러넘치
고 있었다. 눈물처럼.

다음 날 아침까지 집 밖은커녕 현관 근처에도 가질 않았다.
석준경이 아직도 그 자리에서 날 기다리고 있을까 봐. 혹은 미

련 없이 떠났을까 봐. 둘 중 무엇이 됐든 그게 가져올 파장이 두려워 그냥 보지 않는 걸 택했다.

잠깐 쪽잠이 들었다가 10시쯤 깼다. 비몽사몽인 채로 씻고 나와 굳게 닫힌 블라인드부터 걷었다. 환기를 위해 베란다 창을 열어젖힌 나는 근처에 주차되어 있는 여러 대의 차들 중에서 석준경의 차를 한눈에 알아볼 수 있었다. 심장이 아주 작게 쪼그라들었다가 한계치의 풍선만큼 크게 부풀어 올랐다.

석준경은 운전석 곁에 서서 담배를 피우고 있었다. 다시 만난 이후 많은 시간을 보낸 건 아니었지만 그가 흡연하는 모습을 보는 건 이번이 처음이었다. 나는 땅에 처박혀 있던 그의 시선이 기적처럼 날 향해 올라오기 직전에 황급히 돌아섰다. 우리 집은 4층이었다. 나는 4층의 높이에도 불구하고 석준경으로도 모자라 그의 차까지 쉽게 찾아내는 내 기억력과 시력을 탓했다.

기껏 올렸던 블라인드를 다시 내려놓고는 부엌으로 갔다. 냉장고를 열어 어제 넣어 두었던 모히또와 샐러드를 꺼냈다. 샐러드는 차갑고 퍽퍽했고 모히또는 얼음이 녹아 밍숭맹숭했다.

예민하고 까탈스러워 보이는 외모와는 다르게 석준경은 미식가가 아니었다. 그가 음식을 먹는 모습은 자동차에 휘발유를 주유하는 걸 볼 때와 느낌이 비슷했다. 연료를 주입당하는 인공지능 로봇이라면 상상이 가려나.

나는 반만 먹은 샐러드를 음식물 쓰레기통에 버리고 모히또는 개수대에 쏟아부었다. 보지도 않을 텔레비전을 켰다.

　오늘 낮 기온은 32도로 임산부나 영유아, 노약자분들은 낮 외출
은 삼가시는 게…….

　문을 꼭꼭 닫은 집 안은 금세 찜통이 되었다. 그러나 나는
선풍기를 틀지도 에어컨을 켜지도 않았다. 석준경은 지금쯤
갔을까. 갔겠지. 석준경을 생각하지 않으려고 다짐하기 무섭
게 나는 또 석준경 생각이었다.
　마음이, 가라앉았다.

❀　　　　❀　　　　❀

　〈의원님이 하실 말씀이 있으시다고 만나고 싶어 하십니다.〉

　현창열 의원 쪽에게서 메시지가 온 건 이틀 전이었다. 처음
엔 정중히 거절하는 답문을 보냈는데 그 뒤로는 그냥 무시했
다. 하지만 그는 끈질겼고 내가 무엇에 흔들리는지 아주 잘 알
고 있었다.

　〈석준경 씨 일 때문이라고 전해 달라고 하시는데요.〉

　나와는 상관없는 일이라고 했으면 될 걸, 나는 기어이 그의

초대에 응하고 말았다. 현동우 앞에서 무릎을 꿇었던, 아직까지 내 머릿속에 생생하게 남아 있는 그날의 석준경이 날 그렇게 만들었다.

불쾌한 기분으로 찾아간 의원실에는 그보다 더 불쾌한 인간이 함께 있었다.

"아, 어쩐지 낯이 익다 했어. 검사님이었구나."

"두 사람, 구면이야?"

"아버지, 봄인가 검찰청에서 내가 애 보고 예쁘다 그랬었잖아. 그리고 얼마 전에 석준경 그 새끼 만났을 때도 우연히 마주쳤었어."

현동우는 오래전부터 이미 나를 알고 있었던 모양이었지만 나는 그를 CCTV로 처음, 석준경을 무릎 꿇렸던 카페에서 두 번째로 보았다. 둘 다 절대 엮이고 싶지 않은 더러운 인상이었다.

"소개해 주려고 불렀는데 그럴 필요 없겠구만. 그럼."

"구닥다리처럼 소개는 무슨. 설마 아버지, 요즘 나한테 그 빌어먹을 선 타령 안 하더니 쟤랑 나 엮으려고 그런 거였어?"

"야 이 새끼야. 말 좀 가려서 안 하냐."

석준경에 대해 할 말이 있다는 현창열 의원은 주구장창 자신의 아들 현동우 이야기만 해 댔다. 나는 이 같은 장면이 무얼 뜻하는지 조금 전 현동우의 말에서 찾아냈다.

그러니까 소개팅. 선 같은 것. 나는 그의 의중을 파악하고 진심으로 웃었다. 감히 국회의원 아들의 짝으로 거론해 주신

걸 감사해야 할지, 누굴 개망나니 새끼랑 붙이려 그러느냐고
화를 내야 할지.

"나이는 내 아들놈이 어리지만 요즘 연상연하가 대세니까."

"왜 저에 대해선 안 물어보시죠?"

"이 검사는 빤하지. 내가 설마 그것도 안 알아보고 내 아들
소개……."

"그럼 제 아버지가 살인자라는 것도 아시겠네요."

들떠 있던 현동우의 표정이 찬물을 끼얹은 것처럼 싸해졌
다. 나는 두 부자의 입이 다물어진 틈을 타 일어섰다.

"용건 끝나셨으면 전 이만 가 보겠습니다."

순진하게도 나는 그날 이후로 그들을 볼 일은 더는 없을 거
라고 여겼다. 하지만 세상에 미친놈은 많았고, 그 미친놈 중엔
특이한 취향을 가진 인간이 한 명쯤은 있기 마련이었다. 현동
우가 바로 그 한 명이었다.

현동우는 집요했다. 하루에도 메시지를 몇 백 통씩 보내고
전화를 몇 십 번이나 했다. 스팸으로 돌리면 다른 번호로 걸었
다. 가끔은 집 앞까지 찾아왔는데 하루는 분리수거를 하러 나
왔다가 현동우를 보고 기겁해 다시 들어간 적도 있다.

그 이후로는 습관이 생겼다. 집을 나오기 전에 베란다로 먼
저 밖을 확인하는 것. 나는 매일같이 현동우가 있는지 없는지
살폈지만 가끔은 다른 사람을 찾기도 했다. 바로 석준경이었
다.

밤 9시, 밖에 아무도 없다는 걸 확인하자마자 마트에서 장

을 봐 왔다. 재수 없게 현동우와 마주칠까 봐 돌아오는 길엔 걸음도 빨리했다.

뛰다시피 코너를 돌아 골목 안으로 들어서는데 누군가 앞을 가로막았다. 놀란 나는 급히 멈춰 섰다. 당연히 현동우일 거라 생각하곤 한 걸음 물러서 쏘았다.

"한 번만 더 이러면 신고하겠다고 말씀……."

"무슨 신고?"

석준경의 얼굴은 어둠 속에서도 환히 빛났다. 나는 그가 일주일 전보다 훨씬 말랐다는 걸 그 찰나에 깨닫고는 경악했다.

"누굴 신고하겠단 소리야?"

걱정과 화가 뒤섞인 음성이었다. 나는 그가 입고 있는 셔츠마냥 새까만 눈동자를 피해 앞으로 걸었다. 보폭이 큰 그는 금세 나를 따라잡았다.

"아직 내 말에 대답 안 했어."

"대답할 의무 없어."

나는 내 손목을 움켜잡은 길고 단정한 손가락을 털어 냈다. 석준경은 다시 날 붙잡았다. 아까 거부했던 그 손가락들이 자연스럽게 내 양손에 얽혀 들었다.

"데려다줄게."

그는 내가 든 마트 봉투를 가져가려 했다. 나는 좋아하는 장난감을 뺏기지 않으려 떼쓰는 아이처럼 봉투 손잡이를 잡고 놓지 않았다.

"됐어."

"입구까지만."

"됐다니까."

들어가지 않으려는 걸 마구 쑤셔 넣었던 게 화근이었다. 얄팍한 봉투는 실랑이 몇 번에 바닥이 찢어지고 말았다. 기다렸다는 듯 빨간 자두가 알알이 굴러 나왔다.

석준경은 먼저 내게 봉투 두 개를 받아 바닥에 내려놓았다. 그리곤 무릎을 굽혀 자두를 줍기 시작했다. 그 꼴이 왜 그렇게 보기 싫었을까.

나는 매끈한 손이 더러워지는 걸 상관 않고 자두를 줍고 있는 석준경을 신데렐라를 학대하던 새 언니들처럼 기를 쓰고 노려보았다.

그는 아랑곳 않고 남은 봉투 하나에 자두와 나머지 물건들을 찬찬히 옮겨 담았다. 허용량을 초과한 봉투의 몸이 터질 듯 부풀어 올랐다. 나는 그가 그걸 가져오건 말건 자리를 떴다.

숨도 쉬지 않고 빠르게 걸어왔건만 어느새 석준경과 나는 원룸 입구에 나란히 서 있었다. 그는 품에 안고 있던 봉투를 손으로 고쳐 쥐었다.

"집 앞까지……"

"줘."

"무거워. 못 들고 가."

"누가 들고 간대?"

나는 석준경이 방심한 틈을 타 그의 손에서 봉투를 빼앗았다. 그리고 그걸 건물 화단 옆 쓰레기통에 통째로 처박았다.

그의 쪽으론 시선도 돌리지 않고 입구로 들어섰다. 등 뒤에서 그가 물었다.

"내가 그렇게 싫어?"

나는 대답했다.

"어. 싫어. 그러니까 나 좀 제발 내버려 둬."

싫다는 말을 들은 사람은 그인데 마치 내가 공격당한 것마냥 가슴이 뛰었다. 나는 도망치듯 엘리베이터로 향했다. 여전히 그 자리에 선 그가 혼잣말처럼 중얼거렸다. 웃는지 우는지 모를 애매한 목소리였다.

"거짓말이 늘었네. 전보다."

집에 도착하기 무섭게 냉장고에서 생수부터 꺼내 들이켰다. 급하게 마신 나머지 턱까지 흐른 물을 닦아 내지도 않은 채 급히 베란다로 갔다. 어둠 속에 쪼그려 앉아 석준경을 지켜봤다. 언젠가 그가 그곳에 서서 여기 있는지도 모를 나를 올려다보았듯이.

석준경이 내게 던진 돌은 생각 외로 아주 큰 파장을 일으켰다. 나는 여태까지의 결심이 무색하게 그에게 흔들렸다. 불행을 합쳐 봤자 두 배가 될 거라는 생각은 어느새 반이 될지도 모르지 않느냐는 자기합리화로 이어졌다.

나는 습관처럼 핸드폰에 저장된 영상 두 개를 재생시켰다. 화면 속 석준경은 무표정한 얼굴로 주먹질을 하고, 맞은 척 연기하기 위해 머리를 헝클어뜨리거나, 블랙박스를 깨부수고 타인의 손목을 분질렀다. 나는 첫 번째 영상을 확대시켰다. 일부러 맞아 터진 입술에 나도 모르게 시선이 고정되었을 때, 전화가 왔다.

보나 마나 현동우일 거란 생각이 들어 차단 버튼을 누르려던 나는 강세희라는 이름을 확인하고 멈칫했다. 세희가 나한테 무슨 일이지. 나쁜 짓을 한 것도 없는데 속이 찔렸다.

"여보세요."

─어, 묵주야. 나야.

"무슨 일이야?"

─아무리 우리 사이가 예전 같지 않기로서니 너무하네.

뜸 들이는 내가 답답했는지 세희는 곧장 말했다.

─내일 내 생일이잖아. 아빠가 오랜만에 다 같이 밥 먹재. 시간 있지?

"내일은 내가⋯⋯."

─너 백수잖아. 아빠가 미안하다고, 너 꼭 밥 먹이고 싶대. 7시. W호텔 라운지, 레스토랑.

그럼 내일 봐. 생일 선물은 따로 안 가져와도 돼. 제 할 말만을 전하곤 세희는 단칼에 전화를 끊었다.

그 순간 내 머릿속에는 기가 막히게도 단 한 가지 생각뿐이었다. 강세희가 말한 그 '다 같이'에 석준경도 포함되어 있을까.

❋   ❋   ❋

영원히 오지 말았으면 하는 날은 금세 왔다. 누가 납치해서 끌고 가는 게 아닌 이상은 가지 않아도 되었지만 나는 가는 걸 택했다. 며칠 전부터 갈대처럼 흔들리는 마음을 어쩌면 오늘은 정리할 수도 있을 것 같아서였다.

백화점에 들러 생일 선물을 샀다. 세희는 그냥 오라 했지만 모두가 손에 무언가를 들었을 때 홀로 빈손인 자의 심정을 사서 체험하고 싶지는 않았다. 호텔은 번화가에 있었다. 방향치인 나도 단번에 찾을 만큼 크고 화려한 건물이었다.

엘리베이터를 타고 라운지로 가는 동안 몇 번이나 마음이 바뀌었다. 지금이라도 돌아갈까. 말까. 갈등하는 사이 어느덧 최상층에 도착했다. 나는 형장에 끌려가는 사형수처럼 밖으로 내려섰다.

입구에서 직원이 찾으시는 분이 있느냐 물었다. 그러나 나는 그의 도움을 받지 않고도 금세 세희를 찾을 수 있었다. 세희네 가족은 레스토랑의 제일 오른쪽 테이블에 단란하게 모여 앉아 있었다. 전면이 유리창이라 야경이 바로 내려다보이는 곳이었다. 한 걸음을 뗀 나는 잠시 멈춰 섰다. 테이블의 의자는 다섯 자리. 그러나 앉아 있는 사람은 셋이었다. 석준경이 없었다.

안도와 실망이 차례로 속을 할퀴고 지나갔다. 나는 스스로의 반응에 어이없어하면서도 반사적으로 주변을 둘러보았다. 마치 석준경이 어디서 나타나길 바라는 사람처럼. 한눈에 보

이지 않을 만큼 넓은 레스토랑을 이쪽에서 저쪽 끝까지 살펴
댔더랬다. 불현듯 기다란 그림자가 등 뒤를 덮쳤다. 코끝을 스
치는 익숙한 향기.

"나 찾아?"

10
나는 여전히 당신을

놀란 나머지 눈앞이 다 아찔했다. 상황 파악도 못 하고 반가운 표정이라도 지었을까 봐 나는 뒤도 돌아보지 않고 세희가 있는 테이블로 향했다. 석준경은 정확히 한 보 뒤에서 나를 따라왔다. 걸음을 옮길 때마다 시원한 향기가 머리를 어지럽혔다.

"어떻게 두 사람이 같이 와?"

맞은편에 있던 검사장과 세희의 어머니가 먼저 우릴 맞았다. 돌아본 세희의 얼굴엔 반가움은커녕 불쾌감이 어려 있었다. 내 곁의 석준경 때문이었다.

"입구에서 만났어요. 죄송해요, 미리 오려고 했는데 일이 밀려서요."

"아냐. 제시간에 왔으면 됐지."

"안녕하세요."

"그래. 이검, 아니 묵주도 어서 와 앉아."

의자는 세희의 오른쪽으로 나란히, 두 자리가 마련되어 있었다. 나는 당연히 끝 쪽에 앉을 작정이었다. 그런데 석준경이 먼저 그 자리를 차지하는 바람에 당황하고 말았다. 당황한 건 나뿐만이 아닌 듯했다. 졸지에 그의 옆자릴 빼앗긴 세희의 뺨이 굳어졌다.

"뭐해. 앉아."

어쩔 줄 모르고 서 있는 내게 석준경이 의자를 빼내 줬다. 여기서 자리를 바꾸자고 말하는 것도 이상할 것 같아 모른 척 앉았다. 왼편에서 세희의 시선이 느껴졌다. 눈빛만으로 사람이 죽을 수 있다면 나는 진즉에 숨이 끊어졌을 것이다.

오래지 않아 전채 요리가 테이블에 세팅됐다. 입맛을 돋우기 위해 한입 크기로 만든 푸아그라였다. 나는 손가락 두 마디만 한 고기 완자를 보며 이만큼 간을 키우기 위해 억지로 사료를 삼켰을 거위들을 떠올렸다.

"준경이 너는 요즘 왜 이렇게 살이 빠졌어?"

"여름이라 입맛이 없어요."

"엄마는, 오빠랑 같이 산 세월이 얼만데 아직 오빠 체질을 몰라?"

"애는. 알지. 올해엔 유독 까칠해 보이니 걱정돼 그러는 거야."

혼자 살면서 끼니는 잘 챙겨 먹고 다니는 거냐고, 세희의 어머니는 물었다. 말투와 손짓마저 우아한 여자였다. 서양 귀족이 우리나라에 환생했다면 저런 모습이지 않을까 싶을 정도로. 나는 단란한 분위기를 망치지 않기 위해 푸아그라를 씹었다. 검사장이 빈 잔에 직접 와인을 따라 주며 대화의 방향을 돌렸다.

"현창열 의원 일은 잘 해결된 거야?"

잘 넘어가던 고깃덩이가 목구멍에 턱 걸렸다. 기침이 나올 것 같아 아무것도 하지 못하고 있는데 석준경이 티 나지 않게 제 물 잔을 내 쪽으로 밀었다.

"네, 뭐. 그건 걱정하지 않으셔도 돼요."

"그럼 다행이고."

"현창열 의원이 누군데? 오빠랑 무슨 일 있었어?"

"우리 딸은 몰라도 돼."

"만날 이래. 나만 왕따 시켜."

간신히 속을 진정시키고 있자니 문득 12년 전 그때가 떠올랐다. 그의 생일날 초대받아 함께 저녁을 먹었던 일. 그땐 남의 가족 사이에 끼어 불편하게 밥을 먹어야 한다는 사실보다 눈앞에 있는 석준경이 훨씬 더 신경 쓰였다. 너무 긴장해서 밥이 코로 들어가는지 입으로 들어가는지도 몰랐었는데. 등신처럼 표정 관리도 못 하는 날 보고 그는 웃었던가.

"생일 축하한다. 우리 딸."

"생일 축하해."

디저트 타임 직전에 불을 붙인 케이크가 들어왔다. 세희는 세상에서 가장 행복한 표정으로 초를 껐다. 각자가 가져온 선물이 전달됐다. 검사장은 차 키를, 세희의 어머니는 가방을, 나는 포장된 향수를 건넸다. 세희는 받은 건 옆에다 치워 둔 채 석준경을 재촉했다.

"오빠는 뭐 없어?"

그는 못 이긴 척 선물 상자를 세희에게 전했다. 신나게 포장을 뜯어 본 세희는 기막혀했다.

"세상에 가스총을 생일 선물로 주는 남자가 어딨어?"

"다른 건 다 있잖아, 너."

"오빠가 날 지켜 주면 될 걸 뭘 또 가스총까지. 확 쏴 버릴까 보다."

황당한 나머지 웃음이 터질 뻔했다. 진짜 웃었다간 세희가 그 총을 내게 겨눌 것 같아 꾹 참았다. 12년을 알아 왔지만 아직도 난 석준경을 잘 모르겠다. 생일 선물로 가스총을 선물하는 남자. 무슨 생각일까.

"준경이는 여자 친구 없니?"

"엄마!"

"아니, 준경이 정도면 없는 게 더 이상하잖아."

"적은 내부에 있다더니 엄마가 내 적이야. 안 그래도 오빠 안 넘어와서 죽겠는데 엄마까지 이럴 거야?"

"준경이가 싫다잖니. 넌 자존심도 없어?"

티격태격했지만 대화의 기저엔 석준경에 대한 애정이 깔려 있었다. 현창열 의원이나 세희의 어머니나, 세상의 부모들을 지켜보다 보면 결국 자식 이기는 부모는 없다는 걸 깨닫게 된다. 물론, 보험료 때문에 자식을 협박하고 결국 사람까지 죽인 내 아버지란 작자는 빼고.

무심코 건너본 유리창에 석준경와 세희가 비쳤다. 객관적으로 보나 주관적으로 보나 잘 어울리는 한 쌍이었다. 이미 가족이었지만 두 사람이 결혼해 '진짜' 가족이 된다면 그는 지금보다 훨씬 행복해질지 모른다. 나나, 어머니를 찔러 죽인 아버지에 대한 기억 같은 것 금세 잊혀질지도.

케이크는 세희가 좋아하는 딸기로 범벅이 되어 있었다. 나는 몇 수저를 뜬 뒤 화장실을 핑계 삼아 일어섰다. 빈속에 와인을 마신 탓인가, 평소 주량에 한참을 못 미치는 적은 양인데도 현기증이 일었다.

직원에게 몇 번을 물은 후에야 파우더 룸을 찾아 앉았다. 아무것도 하지 않은 채 거울 속의 나를 보면서 몇 분을 보냈다. 표정이 불행을 몰고 다니는 여자처럼 어두웠다. 억지로 웃어 봤다. 등신 같았다. 너 진짜 취했나 보다. 이묵주.

"야, 여기서 사진 찍으면 조명 때문에 진짜 잘 나온다니까."

"어디 봐. 진짜네? 어떻게 우리 둘은 못 찍나?"

핸드폰을 멀리 뻗은 여자 둘은 작은 액정 화면에 둘이 들어가기 위해 고군분투 중이었다. 나는 그들을 지나치려다 돌아가 물었다.

"사진 찍어 드릴까요?"

그저 사소한 일 하나에 그녀들은 아주 기뻐했다.

"정말요? 그럼 딱 한 장만 부탁드릴게요."

하나둘. 숫자를 세자, 그녀들은 사탕 하나에 행복해하는 어린애들처럼 귀여운 표정을 지었다. 예뻤다.

들어올 땐 분명히 외웠던 길을 파우더 룸을 나오기 무섭게 나는 잊어버렸다. 분명히 이쪽일 거라 확신하고 걸어왔는데 홀은 어디 갔는지 식재료를 쌓아 두는 창고가 나왔다. 밝고 화려한 홀과는 달리 조명이 어두웠다. 다행히 코너까진 길이 하나라 다시 돌아나가면 되었다. 그러나 나는 시도조차 하지 못한 채 발이 묶였다.

"길 못 찾는 건 여전하네. 이묵주."

석준경이 통로 중간에 서 있었다. 꿈처럼.

"비켜. 다들 기다려."

"뭐가 그렇게 불편해? 나 때문이야?"

그는 가려는 내 앞을 가로막았다. 나는 당연한 걸 묻는 그를 말없이 올려다보기만 했다.

"그럴 거면 오지 말지 그랬어? 나 올 거 뻔히 알면서 왜 왔어?"

석준경은 취조하듯 캐물었다. 높낮이 없이 침착한 목소리, 마주한 동공이 폐허처럼 잿빛이었다. 나는 지지 않고 따졌다.

"그러는 당신은 왜 왔는데? 세희가 나 초대했다고 말 안 했어? 서로 불편할 거 뻔히 알면서 굳이 왜…….."

"보고 싶어서."

"뭐?"

듣고도 믿을 수가 없어 되물었다.

"보고 싶어서. 너 보러 왔어."

엄마가 시한부 판정을 받았다는 걸 처음 알게 되었던 그날처럼 머릿속이 텅 비었다. 그사이 석준경은 내 코앞까지 다가와 있었다. 당황한 나는 한 보 뒤로 물러섰다. 반항한답시고 아무 말이나 내뱉었다.

"말했잖아. 나는 당신……."

싫다는 소리를 하기도 전에 성큼 거리가 좁혀졌다. 그는 반사적으로 뒷걸음질 치려는 내 허리를 붙잡아 안았다. 그리곤 잔뜩 움츠러든 내 어깨에 고개를 떨궜다.

밀어내야 한다고 생각하면서도 나는 차마 그를 밀어내지 못했다. 독에 마비라도 된 사람처럼 몸이 말을 듣지 않았다. 오랜만에 차려입은 블라우스 깃이 어느덧 축축해졌다. 그게 석준경의 눈물이라는 걸 깨달은 순간, 가슴이 내려앉았다.

타인의 기척이 들린 건 조금 뒤였다. 점점 가까워지던 발소리는 모퉁이에서 뚝 움직임을 멈췄다. 코너를 향해 있던 나는 곧 발소리의 주인과 마주쳤다. 세희였다.

세희는 사체를 처음 접한 새내기 형사마냥 참혹한 표정이었다. 마치 타이밍을 맞춘 것처럼 그가 속삭였다.

"싫어하는 게 당연해. 나도 내가 이렇게 끔찍한데, 누가 날 좋아하겠어."

뭐라고 퍼부을 줄 알았던 세희는 도망치듯 자리를 떠났다.

나는 그제야 석준경에게서 벗어날 수 있었다. 그는 알아서 팔을 풀고 내게서 떨어져 나갔다. 나는 젖어 있을 게 분명한 그의 얼굴을 외면한 채 급히 밖으로 빠져나왔다. 좀 전엔 그토록 헤맸던 길은 이상하리만치 단번에 찾아졌다.

"늙은이 둘만 놔두고 이렇게 자리 비울 거야?"

"죄송합니다. 길을 헤맸어요. 근데, 세희는요?"

돌아온 테이블엔 여전히 세희 부모님 둘뿐이었다.

"속이 안 좋은가 봐. 먼저 가서 쉬겠다더라고. 초대해 놓고 이렇게 돼서 미안하네."

말이 끝나기도 전에 석준경이 도착했다. 앞 유리에 비친 얼굴이 언제나처럼 무표정으로 돌아와 있었다. 좀 전에 내 어깨에 기대 울었던 사람이라고는 믿을 수 없을 정도였다.

"우리도 이만 가지. 묵주는 우리랑 같이 타고……."

"제가 데려다줄게요."

"아뇨. 저는."

"와인 안 마셨어. 데려다줄게."

"그래. 그러는 게 좋겠다. 요즘 세상이 얼마나 흉흉한데, 조심하는 게 좋아."

아무것도 모르는 세희의 어머니는 내 안위를 걱정했다. 하나밖에 없는 딸의 속을 뒤집어 놓은 원인이자 생애 최악의 생일을 선물한 나로선 그녀의 호의가 악의보다 더 두려웠다.

다 함께 레스토랑을 나와 엘리베이터를 탔다. 최상층에서 지하 주차장으로 내려가는 그 짧은 시간 내내 죄책감이 숨통을 조였다.

"그럼 우린 먼저 가 볼게. 조심해서들 들어가."

고급 세단이 주차장을 빠져나가기 무섭게 나는 돌아섰다. 금방 나왔던 출입구를 향해 다시 걷기 시작했다. 마지막으로 봤던 세희의 모습이 자꾸만 떠올랐다. 왜 난 그때 석준경을 바로 밀어내지 못했던 걸까. 그럴 수 없을 만큼 패닉 상태였다고 변명하고 싶지만 실은 할 수 없었던 게 아니라 하기 싫었던 건 아닐까.

"보고 싶어서. 너 보러 왔어."

나는.

사실 나는.

헤드라이트 빛에 고개를 돌렸을 땐 주차장임에도 속력을 줄이지 않은 차가 날 향해 돌진하고 있었다. 생의 미련 같은 건 없다고 생각했었는데 아이러니하게도 그 순간 겁이 났다. 피하려고 했지만 발이 떨어지지 않았다. 당황하는 사이 차는 급격히 가까워졌다.

나는 눈을 질끈 감았다. 찰나 누군가, 나를 감싸 안았다.

차가 급커브를 돌며 나는 소리, 무언가 큰 게 부서지고 찌그러지는 소리, 고무 타는 냄새가 차례로 주변을 장악했다. 멀리서 안전 요원들이 떼로 몰려왔다.

차는 직전에 방향을 틀어 기둥을 들이박은 상태였다. 운전자는 멀쩡히 걸어 나왔다. 아유, 술 냄새. 아저씨. 술 마셨어요? 안전 요원들의 기막히다는 한숨 소리가 연달아 들렸다.

"괜찮아?"

"……."

"이묵주?"

사고 때문인지 놀란 석준경의 가슴이 뛰는 게 느껴졌다. 나는 그런 그의 품에 안긴 채 고개를 들지 못했다. 그의 눈을 보면 12년 전 '석준경은 울면서 고백하면 다 받아 준대'란 소문을 듣고 충동적으로 고백했던 그날처럼, 무심결에 말해 버릴 것 같았다. 나는.

"싫어하는 게 당연해. 나도 내가 이렇게 끔찍한데, 누가 날 좋아하겠어."

나는 여전히 당신을 좋아해.

❀   ❀   ❀

내 상태가 멀쩡하다는 걸 확인한 석준경은 곧장 사고 운전자에게 걸어갔다. 얼핏 바라본 얼굴이 현동우의 손목을 부러뜨렸던 동영상에서처럼 차게 얼어붙어 있었다. 안전 요원들은 112에 신고를 한 상태였다. 멀지 않은 곳에서 사이렌 소리가 들렸다. 나는 얼결에 그의 팔을 붙잡았다. 그는 포박당한 맹수처럼 발을 멈췄다.

"피곤해. 데려다줘."

이유가 뭐든 석준경이 안 좋은 일로 타인의 입에 오르내리는 게 싫었다. 단지 그뿐이었다.

차에 타고 나선 자는 척 눈을 감은 채 시간을 보내고, 집에 도착한 후에는 인사도 없이 도망치듯 안으로 들어왔다. 와인 탓인가, 오랜만에 일찍 잠이 들었다. 꿈에 세희가 나왔다. 어째서인지 지금 얼굴에 옷만 12년 전 교복 차림이었다.

"난 적어도 너처럼 앞뒤가 다르진 않아. 아무것도 아닌 척, 관심도 없는 척하더니 뒤론 호박씨 까잖아, 너. 그때도 그랬어. 내가 오빠 좋아하는 거 뻔히 알면서 고백했지? 내가 그걸 모른 척한 건 네가 차였기 때문이야. 난 너 같은 애가 제일 싫어. 근데 왜 오빠는 너 같은 걸……."

느닷없이 울린 전화벨이 잠을 깨웠다. 무심코 통화 버튼을 누른 나는 다짜고짜 들려오는 욕설에 정신을 차렸다.

―씨발, 너 어젠 그 새끼랑 같이 들어오더라? 둘이 무슨 사이야? 잤어?

현동우였다. 마치 내 애인이라도 되는 양 구는 것보다 내가 어제 무슨 일을 했는지 알고 있다는 게 소름 끼쳤다.

―석준경 그 새끼는 듣자 하니 검사장 딸이랑 그렇고 그런 사이라던데. 설마 양다리 걸치는 거야? 그 새끼 애비도 살인

자라며. 살인자 자식끼리 무슨 동맹하냐.

헛소리를 지껄이는 걸 더는 듣고 싶지 않아 배터리를 뽑았다. 경찰에 신고할 거라는 협박은 국회의원 아버지를 둔 개망나니에겐 전혀 통하지 않았다.

벽시계로 확인한 시간이 아침 6시 반이었다. 참 부지런하기도 하네. 나는 기막힌 웃음을 흘리며 욕실로 들어갔다. 피곤해 그냥 잔 탓에 지우지 못했던 화장을 문질러 씻고 샤워를 했다. 석준경의 메시지는 정오 무렵 배터리를 다시 끼우고 나서야 확인할 수 있었다.

⟨정말 괜찮은 거 맞지? 아프면 말해.⟩

메시지를 보낸 시간이 새벽 3시였다.

아무것도 먹지 않은 채 우두커니 있다가 외출 준비를 했다. 저지 차림에 모자만 뒤집어쓰고 나와선 예의 그 샌드위치 가게로 갔다. 분명 샌드위치를 살 생각이었다. 그런데 정신을 차리고 보니 또 그놈의 치킨 샐러드와 모히또를 주문하고 있었다. 이대로 가면 샐러드는 냉장고에 처박힐 테고 미지근해진 모히또는 개수대로 직행하겠지.

반이라도 먹고 갈 요량으로 야외 테이블에 자리를 잡고 앉았다. 샐러드는 먹는 둥 마는 둥 하고 달아 빠진 모히또만 반쯤 마셨을 때 다미 씨를 만났다.

처음엔 알아보지 못했다. 그저 손님이겠거니 했는데, 주문을 하고 기다리던 그녀가 먼저 다가와 물었다.

"혹시 검사님, 맞죠?"

"네?"

"우리 그때 봤잖아요. 대표님 집에서."

인형처럼 예쁘장한 외모보다 허스키한 목소리를 듣고 알았
다. 그녀가 석준경 사무소의 아르바이트생이라는 걸.

"안녕하세요."

"그때는 취해서 몰랐는데 멀쩡한 눈으로 보니까 더 예쁘시
네. 부럽다."

세상은 불공평하다고, 어떻게 얼굴도 예쁜데 직업도 검사
일 수가 있냐고, 게다가 어떻게 주변 남자들도 다 잘생겼냐고.
부익부 빈익빈이야, 가진 자는 전부 가졌어. 다미 씨는 언젠가
술주정을 했던 것처럼 푸념을 늘어놓았다. 때아닌 칭찬 세례
에 나는 첫 재판에서 실수했을 때보다 더 창피함을 느꼈다. 그
걸 다 합쳐도 넘을 수 없는 흠이 하나 있다는 얘기는 차마 하
지 못했다.

"점심 드시러 오신 거예요?"

"네. 다미 씨는요?"

"아, 전 먹으러 온 건 아니고 사무실 식구들 거 살 겸, 아니
사실은 피신해 온 거예요."

"피신이요?"

"네. 지금 사무실 완전 난리예요. 그 세희인지 영희인지 걔
가 또 찾아와서 깽판 치고 있거든요."

지난번엔 막 윗옷까지 벗으면서 사무실 물건 다 부숴 놓더니, 오늘은 울면서 자기 좀 제발 봐 주면 안 되냐고. 아니 무슨 두 얼굴의 여자도 아니고. 대표님은 싫다고 싫다고 하는데 혼자서 좋다고 좋다고. 듣자 하니 그 여자네 집이 우리 대표님 후원해 줬다면서요. 대표님 불쌍해. 원래 되게 못되고 악마 같은 사람인데 그 여자한테는 빚 때문에 악마처럼 굴지도 못할 거 아니야.

"주문하신 샌드위치 나왔습니다."

"어, 저 이제 가 볼게요. 다음에 또 봐요."

시한폭탄을 던져 놓은 다미 씨는 포장된 샌드위치와 함께 사라졌다. 나는 어젯밤 끔찍한 눈빛으로 날 보던 세희를 떠올렸다. 날 찾아와 뺨을 치는 것보다 그에게 매달리는 걸 택한 그녀의 심정을 나는 조금이나마 이해할 수 있을 것 같았다. 지금 그녀에겐 석준경밖에 안 보일 테니까. 10여 년 전 내가 선물한 걸 뻔히 알면서 그 목도릴 목에 감고 온 널 봤을 때 내 심정이 그랬거든. 나는 가진 게 없어 너처럼 매달리지도 못했지만.

오랜만에 오피스텔에 들러 흰눈이를 만났다. 정원에 앉아 30분을 넘게 기다린 다음에야 흰눈이는 모습을 드러냈다. 사료를 주는 동안 풀숲에서 소리가 나 봤더니 다른 고양이 한 마리가 더 있었다. 나는 두어 걸음쯤 뒤로 물러섰다. 경계하던 까만 고양이는 천천히 걸어와 흰눈이와 함께 밥을 먹었다. 고양이 두 마리가 배부르게 밥을 먹고 사라질 때까지 나는 자리를 지켰다. 늘 돌봐 주지 못해 미안하고 불안했었는데.

다행이구나. 혼자가 아니라서.

경비실에 들러 오는 길에 산 빵과 음료를 드렸다. 아저씨는 뭘 이런 걸 사 오냐고 손사래를 치면서도 어린아이처럼 좋아했다.

"근데 요즘 석 대표랑은 진짜 안 만나?"

"좀 바빠서요."

"아니. 다른 게 아니라 그 양반이 요즘 부쩍 술을 많이 마셔. 지난번엔 거의 쓰러질 만큼 마셔 가지고 내가 집까지 데려다줬다니까. 검사님이 만나면 넌지시 물어봐. 혹시 무슨 일 있냐고."

실은 나도 느끼고 있었다. 요 근래 석준경은 평소와 달리 좀 이상했다. 관장님이 말했듯 사춘기 남자애마냥 충동적이다가도, 고영민 씨 말따나 세상 다 산 사람처럼 힘이 없고, 오늘 만난 다미 씨가 설명했듯 전체적으로 상태가 좋지 못했다. 마치 태풍의 눈 속에 있는 것처럼 불안한 평화였다. 그리고 얼마 가지 않아 나는 그를 가둔 태풍이 무엇인지 드디어 알게 되었다.

며칠 동안 잠잠하기에 방심했었다. 석준경 때문에 장보기를 실패했던 나는 다시 마트에 가야 했고, 오는 길에 근처에서 기다리고 있던 현동우와 재수 없게 맞닥뜨렸다.

"히키코모리야? 어떻게 사람이 집 밖으로 안 나와?"

놀란 것도 잠시, 시간 끌어 봤자 좋을 게 없어 무시한 채 가던 길을 갔다. 현동우는 잽싸게 차 문을 닫곤 쫓아와 날 붙잡았다.

"아니. 적당히 튕겨야지. 자꾸 이러면 재미없어."

"이거 놓죠."

"싫어. 너야말로 이제 그만⋯⋯."

나는 뒤꿈치로 그의 발등을 찍어 눌렀다. 긴장이라는 걸 모르고 있던 현동우는 악 소리를 내며 떨어졌다. 그 틈을 타 빠져나오려고 했지만 놈은 끈질겼다.

"여자라고 봐주니까 이게."

그 여자에게 한 방 먹은 현동우는 거칠어졌다. 무식하게 팔을 붙들더니 이번엔 날 제 차로 밀어 넣으려 했다. 나는 필사적으로 몸부림쳤고 그 바람에 마트 봉투를 놓쳐 버렸다. 기껏 봐 온 장은 이번에도 무용지물이 됐다.

힘으로는 남자를 이기는 게 무리라는 걸 격투기를 배우면서 오히려 더 실감하게 됐다. 나는 발버둥 치는 걸 멈추고 일단 그에게 끌려가는 척했다. 내 반항이 시들해진 걸 깨달은 현동우가 조금 부드러워졌다.

"그러니까 왜 이렇게 비싸게 굴어. 처음부터 얌전히 따라왔으면 좀 좋아?"

딱히 다른 계획이 있었던 건 아니었다. 뭐 어떻게든 수가 생기겠지. 그래도 국회의원 아들인데 사고 치겠어, 하는 안이함도 없잖아 있었다. 그러나 막상 열린 조수석 안으로 들어서려니 불안함이 밀려왔다. 사고 치면? 그땐?

"이 오빠가 예뻐해 주겠다잖아. 밖에 나가 봐, 나랑 못 자서
안달인 여자애들 널렸어."

안 되겠다 싶어 반항하려는 순간이었다. 헛소리를 지껄이던
현동우가 거칠게 보도블록 위로 처박혔다.

"씨발. 어떤 새끼가 감히…… 뭐야. 너 또 너야?"

대체 언제 온 건지 석준경이 바닥을 구르는 현동우 앞에 섰
다. 반가움보다는 불안함이 앞서 달렸다. 석준경의 눈빛 때문
이었다. 폐기물이라도 보듯 무감한 시선.

"무릎 한 번 꿇더니 실성했냐? 잘 봐. 현동우야. 네가 그때
무릎 꿇고 빌었던 현동……."

그는 대꾸 없이 현동우의 멱살을 붙잡더니 주먹을 날렸다.
고작 주먹질 두 번에 현동우는 죽을 것처럼 비명을 질러 댔다.
이거 완전 깡패 새끼 아냐. 아이고. 사람 죽네. 사람 죽어. 그
는 그런 현동우의 발목을 구둣발로 짓이겼다.

"미친 새끼야. 내 발목. 아 씨발. 부러져!"

"내가 그랬지. 다음에 만나면 휠체어 타게 해 준다고."

"야! 이 새끼 좀 말……."

시끄러운 소리에 주변에 있던 사람들이 몰려들기 시작했다.
망부석처럼 굳어 있던 나는 그제야 정신을 차리고 석준경을
말렸다.

"그만해."

"그때 그냥 차로 밀어 버릴걸."

"제발 그만……."

"아, 버러지 새끼 죽이는 것도 살인은 살인이지."

그 말을 하며 그는 날 보았다. 눈을 마주하는 순간, 가까스로 눌러 놓았던 불안이 봇물 터지듯 한 번에 터져 나왔다.

저런 눈을 본 적이 있다.

집단 괴롭힘을 참다못해 학교에 가 식칼을 휘둘렀던 중학생에게서.

딸을 성폭행한 놈을 찾아가 혼수상태를 만들어 놓은 중년 가장에게서.

폭력에서 아이를 구해 내기 위해 남편을 죽여야 했던 아내에게서.

그리고…….

"내가 죽였대. 그 인간."

동네 주민의 신고를 받은 경찰차가 주차장으로 들어섰다. 귀를 찢어 놓을 것처럼 우는 사이렌 소리를 들으면서 석준경은 웃었다. 제 실수로 모든 걸 잃어버린 사람처럼 아프게.

11
나쁜 버릇

　도착한 경찰들은 석준경을 지나쳐 현동우부터 일으켰다.
　"자꾸 이렇게 경찰 일 빼앗아 갈 겁니까."
　핀잔하듯 석준경에게 잔소리한 경찰은 수갑을 꺼내 현동우의 손목에 채우려 했다.
　"내가 아니라 저 새끼, 저 새끼가 나 때렸다니까."
　"맞을 짓을 하셨겠죠."
　"아 미치고 팔짝 뛰겠네. 진짜 저 새끼가."
　"반항하면 공무집행방해죄로……."
　"제가 때렸습니다."
　석준경은 스스로 말하고 스스로 경찰차에 올라탔다.
　"거봐, 내 말이 맞잖아!"
　어리둥절한 경찰들을 뿌리친 현동우는 우리 아버지가 누군

줄 아냐고, 너희들 다 잘라 버릴 거라고 고래고래 소리를 내질렀다. 그 난리 중에도 바지를 걷어 발목을 확인했다.

"합의 절대 없어. 나 저 새끼 콩밥 먹일 거야."

석준경과 나는 그렇게 경찰서로, 현동우는 아파 죽겠다며 지랄을 한 덕분에 구급차를 타고 근처 병원으로 실려 갔다. 아마 거기서 잘난 아버지에게 시시콜콜 일러바친 모양이었다. 도착한 지 얼마 되지 않아 경찰서로 전화가 왔다.

상해가 크지 않으니 별다른 문제는 없을 거라던 경찰관의 표정이 급속도로 어두워졌다.

"어쩌다가 그런 사람을 건드렸어요."

나는 '그런 사람'이 먼저 수 시간 날 스토킹했으며, 강제로 추행하려 했고, 납치하려 했다는 사실을 밝히지 않았다. 여기서 몇 번을 지껄여 봤자 국회의원 아들이라는 백그라운드를 가진 현동우에게는 스크래치 하나 주질 못한다는 걸 이미 경험으로 알고 있었기 때문이다.

경찰관이 묻는 답변에 석준경은 곧이곧대로 대답했다.

"왜 때렸습니까."

"맞을 짓을 해서요."

"보호자는."

"없어요. 고압니다."

"석준경 씨."

"어차피 풀어 줄 거 아니잖습니까. 피곤한데 그냥 들어갈게요."

그가 턱짓으로 가리킨 곳은 유치장이었다.

그 뒤로도 두 시간여 동안 경찰은 그를 설득했다. 그러나 여전히 소득은 없었고 결국 석준경은 그의 뜻대로 유치장에 인계됐다.

"어떻게든 합의하도록 해 보세요. 잘못하다간 진짜 콩밥 먹어요."

경찰이 제자리로 돌아간 후에야 나는 석준경 앞에 섰다. 계란으로 바위 치기란 걸 알면서 왜 그렇게까지 했느냐는 궁금증이나 고맙다는 감사 인사보다 먼저 물어볼 것이 있었다.

"아까 그거 무슨 말이야?"

내가 죽였다는 그의 말. 절망으로 가득하던 그 눈빛이 여기까지 오는 내내 뇌리를 떠나지 않았다.

그는 벽에 기대앉아 나를 보지도 않고 대꾸했다.

"말 그대로야."

"그러니까 그게 무슨……."

"똑똑하신 검사님이 왜 멍청한 척을 하시나."

"당신 정말."

"늦었어. 가."

더는 말 섞기도 싫다는 듯 그는 손을 내젓곤 찬 바닥에 모로 누웠다. 청결한 그의 침실과 비교하면 세균 덩어리일 텐데도 거리낌이라곤 없이 편안해 보였다. 나는 고집스런 뒤통수를 한동안 바라보다 돌아섰다. 경찰서를 나오기 전 석준경을 담당한 경찰에게 들러 부탁했다.

"최대한 합의하도록 해 볼 테니까, 며칠만 기다려 주세요."

"네. 근데 대체 왜 때린 겁니까?"

"그건 합의 후 말씀드리겠습니다."

인사를 하고 나와 하염없이 걸었다. 정신을 차리고 보니 목적지인 택시 승강장은 벌써 한참을 지나쳐 있었다. 머리가 복잡할 때면 무작정 걷는 이 습관은 고등학교 무렵 생겼다. 남는 건 피로와 물집밖에 없다는 걸 알고 고치려 노력했지만 쉽지 않았다. 이러다가 남쪽 끝까지 가겠네. 나는 억지로 웃었다. 기분은 여전했다. 추락만을 앞둔 사람처럼 아주 절망적이었다.

"내가 죽였대. 그 인간."

석준경의 가족사에 대해 알게 되면서 그의 어머니 사건 기록을 찾아본 적이 있다.

폭력 남편, 아내 살해. 아내와의 다툼 끝에 본인도 숨져. 열한 살 아들이 현장에 있었으나 생명에는 지장이 없음. A씨는 10여 년 전부터 상습적으로 아내와 아들을 폭행해 온 것으로 드러나, 최근에는 폭력의 정도가 심해져 피해자가 목숨에 위협을 느낄 정도였으며…….

아내는 목이 졸린 흔적이 있으나 직접적인 사인은 후두부

손상, 뇌진탕. 남편은 충격으로 인한 심근경색이 그 원인이라고 했다. 기록 어디에도 아들에 대한 언급은 없었다. 나는 마지막으로 확인했던 담당 검사의 이름을 떠올렸다. 강일중. 세희의 아버지, 지금은 검사장이 된 석준경의 후원자였다.

집 근처에 도착하고 나서도 안으로 들어가지 못한 채 주변만 뱅뱅 돌다 파김치가 되어 귀가했다. 전등과 텔레비전을 동시에 켜고 캔 맥주를 따 들이켰다.

이번엔 열애 중인 스타들의 현황을 알아보겠습니다. 대망의 첫 번째 연인은 얼마 전 열애 사실을 인정했던 화제의 연상 연하 커플 백승우, 최지연 씨입니다. 두 사람은 얼마 전 화보 촬영으로 동반 출국을 한 것으로 알려져 여전히 사랑이 건재함…….

브라운관엔 여배우 최지연과 그녀 곁에서 아이처럼 웃고 있는 백승우의 사진이 가득 들어찼다. 철 안 든 아이처럼 제멋대로인 탓에 걱정과 우환, 스트레스만 잔뜩 줬던 남자였지만 사람 보는 눈 하나만큼은 인정하지 않을 수 없었다. 정착할 상대로 결핍이라곤 없어 보이는 저 여자를 고른 것도, 늘 애정에 고파 했던 날 알아챘던 것도, 그리고…….

〈그 새끼 볼 때 누나 눈빛이 어떤지 알아?〉

〈곧 죽어 버릴 사람 같아.〉

〈그 새끼도 그래.〉

샤워도 하지 않은 채 땀범벅으로 소파에 쓰러지듯 누웠다. 칠흑처럼 깜깜해진 마음에는 단 한 가지 바람뿐이었다. 석준경의 그 말이 사실이 아니길. 그가 잘못 알고 있는 것이기를.

❁   ❁   ❁

이튿날, 일어나자마자 검사장을 찾아갔다. 타이밍이 어긋났는지 자리를 없기에 두 시간을 복도에서 기다렸다.

"이검, 웬일이야?"

반가운 기색이 역력한 그는 유치장에 있는 석준경에 대해선 전혀 모르고 있는 눈치였다.

"왜? 쉬고 있자니 좀이 쑤시지? 여론 잦아든 지 오래야. 덕분에 윗선에서도 생각이 바뀐 모양이야. 쉬고 난 뒤엔 형사부 말고 그런 일 안 엮이도록 다른 부서로⋯⋯."

슈트 재킷을 벗고 소파에 앉던 그가 내 표정을 보고 말을 멈췄다.

"얼굴이 왜 그래. 그사이 또 안 좋은 일이라도 생긴 건가."

나는 하룻밤 사이에 나를 잡아먹어 버릴 것처럼 커진 불안함을 애써 누르며 대답했다.

"확인하고 싶은 게 있습니다."

검사장의 비서가 타다 준 차를 나는 단 한 모금도 마시지 못한 채 사무실을 나왔다. 버튼을 눌러 놓곤 도착한 엘리베이터를 몇 번이나 그냥 보냈다. 내가 탈까 기다리던 사람들은 불러도 미동 없는 나를 확인하곤 짜증스레 문을 닫았다.

"법과 인정 사이에서 갈등 안 한 건 아니네. 사람을 해쳤으면 어쨌든 처벌을 받아야 마땅하지. 하지만 그때 준경인 고작 열한 살이었어. 담당 형사가 그러더군. 신고받고 출동했을 땐 피투성이가 된 준경이가 장롱 속에서 제 엄마를 끌어안은 채 덜덜 떨고 있었다고. 열한 살 어린애가 제 아버지를 찔렀어. 그런데 칼은 어째서인지 그 어머니 손에 쥐어져 있었지. 혹시 제 아들 지문이 남았을까 봐 손바닥으로 몇 번이나 문질러 닦은 흔적이 있었네. 다행히 아이는 사고 충격으로 기억이 없는 상태였지. 게다가 직접적인 사망 원인은 심근경색. 자네라면 어떻게 했겠나."

나는 열한 살, 고사리손으로 아버지를 찔러야 했을 어린 석준경을 생각했다. 죽어 가면서 칼을 찾아 쥐었을 그의 어머니의 심정을 생각했다. 그리고 지금에서야 모든 걸 알게 된 석준경의 마음을 생각했다.

석준경의 죄는 하나였다.

평범한 아버지를 가지지 못한 것.

검찰청을 나오면서 경찰서에 전화를 걸었다. 합의를 위해서란 설득 끝에 현동우가 입원해 있는 병원을 알아냈다. 마지못해 일러 주며 경찰은 제발 제 입에선 나왔단 말만 하지 말아 달라 부탁했다. 이 나이에 밥줄 끊기면 어디 가서 할 일도 없다고. 돈과 권력이란 게 이렇게나 좋았다. 다른 사람의 생계를 얼마든지 쥐고 흔들 수 있으니까. 피해자와 가해자를 바꾸는 것 따위는 일도 아니었다.

현동우는 VIP병실에 입원해 있었다. 병실 앞을 건장한 경호원 둘이 지키고 서 있었다. 당연하게도 출입은 불가능했다.

"지금 안 계십니다. 다음에 오세요."

거짓인지 진짜인지 알 길이 없어 기다리겠다고 했다. 경호원들은 난색을 표했다.

"여기서 이러시면 저희가 곤란해집니다. 일단 가셨다가 나중에 오시죠."

연이은 설득에 아랑곳없이 고집스레 버티고 섰다. 30분쯤 지났을까. 드디어 복도 저편에서 현동우가 모습을 드러냈다. 목발을 쥔 채 한쪽 다리에 깁스를 한 상태였다.

"발목 부러진 보람은 있네. 검사님이 다 찾아오고."

현동우는 나를 병실 안으로 데리고 들어갔다. 경호원들에겐 아무도 들여보내지 말라고 명령했다. 나는 오다가 잡히는 대로 산 꽃다발을 현동우에게 건넸다. 하필이면 빨간 장미였다. 그는 장미꽃을 받아 협탁에 올려놓곤 침대에 걸터앉았다.

"합의하러 왔나 본데, 말했잖아. 난 합의 안 한다고."

"제가 입을 열면 당신도 좋을 건 없을 텐데요."

"뭐라고 할 건데? 스토킹, 성추행? 그게 언론에 나가기나

할 것 같아? 그럼 이참에 나도 소문내지, 뭐. 일가족을 잔인하게 불태워 죽인 살인자의 잘난 딸년이 검사질을 하고 있다고."

게임에서 몬스터를 죽이듯 가벼운 어투였다. 나는 사 온 장미꽃을 그 예쁜 입안에 쑤셔 박고 싶은 걸 참고 물었다.

"원하는 게 뭡니까?"

"그건 다시 말하면 내가 원하는 건 다 들어 주겠단 소리로 들리는데."

나는 긍정의 의미로 침묵했다. 현동우는 미친놈처럼 낄낄 웃더니 일단 지금은 좀 씻고 싶다고 했다. 움직였다니 덥다고. 나는 현동우를 병실 안에 달린 욕실로 부축해 갔다. 욕조에 걸터앉은 그가 팔을 양쪽으로 벌렸다.

"옷부터 벗겨."

마지못해 가까이 다가가 단추를 풀었다. 환자복 상의엔 단추가 몇 개 없어 풀고 자시고 할 것도 없었다. 마지막 단추 하나를 남겨 뒀을 때, 현동우가 날 포개듯 끌어안았다.

"나랑 자 주면. 일단 지금 만족시키는 거 봐서 합의 생각해 볼게."

환자복 하의가 불룩하게 튀어나와 있었다. 나는 현동우를 밀어 욕조에 눕혔다. 고작 가슴 터치 하나에 그는 약이라도 한 것처럼 얼굴이 벌게졌다. 느리게 허리춤에 올라탄 나는 한 손으로 샤워기를 빼 들었다.

"영원히 재워 드리는 건 어때요?"

"그것도 좋…… 뭐?"

콕을 돌려 뿜어져 나온 냉수를 현동우의 얼굴에 퍼부었다. 졸지에 물세례를 당한 그는 뭍으로 나온 붕어처럼 팔딱거렸다. 나는 안에서 잠기도록 문을 닫은 채 욕실을 나왔다. 사 온 장미꽃은 쓰레기통에 처박았다. 어리둥절한 경호원들을 지나치며 뒤늦게 후회했다. 국화를 사올걸.

경찰서에 잠시 들렀다. 담당 경찰은 밥도 안 먹고 저러고 있다며, 매가리 없이 앉아 있는 석준경을 가리키며 혀를 찼다. 나는 유치장 앞에 서서 창살을 두드렸다.

"그런다고 안 죽어."

친절한 인사에 석준경은 무릎에 파묻고 있던 얼굴을 들어 올렸다. 까칠한 입가에 형식적인 미소가 떴다.

"어째 밖에서보다 더 자주 보네요. 검사님?"

"내일쯤 나올 수 있을 거야."

"무슨……."

"세상에서 당신이 제일 불행한 것 같지?"

그의 대답 따윈 듣지 않고 돌아섰다. 설득을 하랬더니 독설만 퍼붓고 가는 날 보곤 경찰은 울상을 했다.

세희는 원룸 주차장 그늘에서 날 기다리고 있었다. 그녀는 날 보자마자 뛰다시피 걸어왔다. 누구 하나는 쉽게 죽여 버릴 듯한 험악한 표정과 거친 걸음걸이였다.

"그게 무슨 소리야? 왜 우리 오빠가 경찰서에 있다는 건데?"

아침나절 검사장에게 한 이야기가 그새 세희에게까지 전해진 모양이었다. 그는 자기 선에서 힘을 써 보겠다 했지만 거절했다. 일단은 내가 먼저 해결해 보고 안 되면 그때 도움을 받겠다고. 따지고 보면 모두 나 때문에 생긴 일이었다. 제삼자에게까지 피해를 주고 싶지 않았다.

"문제가 좀 생겼어."

"무슨 문제?"

"걱정 안 해도 돼. 내일이면."

"내가 걱정 안 하게 생겼어? 사실대로 말해 봐. 너 때문이지? 너 때문에 우리 오빠 그렇게 된 거지?"

"미안."

미안하다면 다냐고, 널 다시 만나고 나서부턴 불행한 일들만 계속 생긴다고, 이럴 거면 그냥 나타나지 말지 그랬냐고, 재수 없게 왜 자꾸 우리 주변에서 맴도는 거냐고. 세희는 발작하듯 소리쳤다. 나는 아이처럼 발을 구르는 그녀에게 물었다.

"그럼 어떻게 해 줄까?"

"뭐?"

"그때처럼 무릎이라도 꿇어 줄까?"

12년 전 운동장에서 무릎 꿇었던 그날, 중앙 현관에서 너 나 보고 있었잖아. 죄인처럼 무릎 꿇는 날 보면서 넌 무슨 생각을 했어? 네가 사랑하는 오빠가 그런 날 지켜보고 있었다는 것도 알고 있었어? 가슴속에만 묻어 둔 채 12년이 지난 물음을 여전히 난 꺼내지 못했다.

"묵주 너……."

"진짜 미안한데 우리 이제 친구인 척 연기 그만하자. 너도 나 싫어하잖아."

"맞아. 나 너 싫어해. 아니 끔찍해. 그런데 우리 오빠가."

"너희 오빠가 뭐?"

세희는 눈물이 가득 고인 눈으로 날 쏘아보았다.

"그 얘긴 됐어. 우리 오빠나 당장 데려다 놔. 난 머리가 나빠서 뭐가 뭔지 모르겠는데 너는 검사니까 잘 알잖아. 자신 있으니까 우리 아빠 빽도 거절한 거겠지."

제 용건은 끝났다는 듯 그녀는 보도블록에서 내려섰다. 뾰족한 구두 굽이 바닥을 찍는 소리가 자못 신경질적이었다. 나는 리모컨을 눌러 차 문을 여는 세희를 향해 말했다.

"너희 오빠가 나 좋아한대."

감전이라도 당한 사람처럼 그녀는 멈춰 섰다.

"그리고 나도……."

"그만. 말하지 마. 듣기 싫어!"

세희는 쫓기듯 차에 올라타 주차장을 빠져나갔다. 홀로 남은 나는 피부가 아릴 만큼 따가운 태양 아래 한참을 서 있었다. 진짜 나쁜 년은 나였다. 어차피 겁이 나 가지지도 못할 걸 손에 쥐려고 남의 가슴에 서슴없이 칼을 박는 나.

현동우를 찾아가 깽판을 친 효과는 금세 나타났다. 현창열 국회의원은 이른 아침부터 전화를 걸어 날 깨웠다. 나는 가타부타 설명하지 않고 용건을 말했다. 몇 시에 갈까요?

약속 시간 30분 전엔 미리 도착하자, 가 내 인생의 철칙이지만 이번 현창열 의원과의 약속은 거기에 해당되지 않았다. 나는 부러 느지막이 준비하곤 한 시간 늦게 의원실에 도착했다.

"지금 사리 판단이 잘 안 되는 모양인데."

거만하게 소파에 앉은 그는 날 세상 물정 모르는 미친년 취급했다.

"일찍 와서 빌어도 모자랄 판국에 감히 날 기다리게 해?"

"사리 판단이 안 되는 건 의원님이신 것 같은데요."

"뭐가 어째?"

"누구처럼 애비 빽만 믿고 날뛸 정도로 멍청하진 않거든요. 제가."

나는 핸드폰을 꺼내 녹음 파일을 재생시켰다. 불과 어제 병원에서 현동우가 지껄였던 음담패설들이 고요한 의원실로 적나라하게 울려 퍼졌다. '나랑 자 주면'에선 적당히 여유롭던 현창열 의원의 표정은 '검사 된 거 보면 공부는 존나 잘한 것 같은데 섹스도 존나 잘하나?'에서 똥이라도 씹은 것처럼 일그러졌다.

그는 짜증스럽게 버튼을 눌러 파일을 껐다.

"이게 내 아들 목소리란 걸 어떻게 믿지? 요즘 기술이 얼마나 발달했는데."

"기자들도 같은 생각일지 궁금하네요."

"지금 이깟 녹음 파일 하나로 날 협박하려는 건가?"

"설마요."

나는 그간 현동우가 날 스토킹하면서 보냈던 문자 내역과 통화 녹음 파일. 현창열 의원이 손수 보내 줬었던 현동우 곡예 운전 CCTV 동영상을 차례로 내밀었다.

검사 일을 하면서 배운 것이 몇 가지 있는데, 그중 하나가 사람의 표정이란 생각보다 많은 말을 한다는 거였다. 여러 종류의 범죄자를 수백, 수천 번 상대하다 보니 저절로 알게 됐다. 뭔가 감추려 하는 사람의 시선이 어딜 향하는지, 감정의 동요에 따라 사람의 얼굴 근육이 어떤 식으로 떨리는지.

"한 시간 드리겠습니다."

화를 참느라 어금니를 악문 의원에게 깍듯이 인사하곤 의원실을 나섰다. 문을 닫자마자 무언가 박살 나는 소리가 복도 너머까지 들렸다. 무서울 정도로 닮은 부자였다. 폭력성과 비열함, 거기다 하나만 알고 둘은 모르는 멍청함까지.

택시를 잡아타고 경찰서로 향했다. 한 시간 안이라곤 했지만 언제 나올지 모르는 석준경을 무작정 밖에서 기다렸다. 그늘을 찾아 향나무 아래 서 있자니 뒤늦게 발이 아팠다. 치마가 더러워지건 말건 화단에 기대앉았다. 벌써 30분째였다. 그러나 나는 지루함은커녕 짜증조차 느끼지 못했다. 마치 10여 년 전 겨울, 벌벌 떨면서도 몇 시간이나 석준경을 기다리고 섰던 그날처럼.

그 후로 10분이 더 지난 후에야 석준경은 나타났다. 경찰서 유리문 사이로 나온 그는 마치 햇볕을 처음 접한 흡혈귀처럼 눈살을 찌푸렸다. 누군가를 찾듯 주위를 살피는 그를 보면서도 나는 선뜻 앞으로 나서지 못하고 있었다. 그러는 사이 눈에 익은 차 한 대가 경찰서 안으로 미끄러져 들어왔다.

"오빠!"

차 문을 열고 나온 세희는 멀뚱히 선 석준경을 끌어안기 바빴다.

"내가 얼마나 걱정했는지 알아? 어젯밤에 잠 한숨 못 잤단 말이야!"

"네가 어떻게 알고 여길 왔어?"

"지금 그게 중요해? 이거나 어서 먹어. 빨리."

세희가 내민 건 생두부였다. 석준경은 노골적으로 싫은 티를 냈다.

"나 비려서 이런 거 안 먹어."

"그래도 먹어. 원래 교도소 나오면 이런 거 먹는 거랬어."

왕자를 구하고도 말 못 하던 인어 공주마냥 숨어 있는 것밖에 못 하는 등신 주제에, 나는 그 모습을 보고 조금 웃었다.

"아빠가 오빠 데려오랬어. 빨리 가자."

"잠깐만."

"뭐가 잠깐만이야. 빨리."

두 사람은 평범한 남매처럼 실랑이했다. 나는 경찰서 정문을 뒤로한 채 후문을 향해 걸었다. 여느 때처럼 뒤꿈치가 아픈 걸 참고 한참을 걷다가 정류장에 도착하고 나서 알았다. 기껏 나아 가던 생채기가 다시 벌어져 피가 나고 있었다.

버스를 탄 나는 내려야 할 정류장을 지나쳤다. 종점에서 새 버스를 갈아타고, 차고지에 도착해 다시 새 버스로 갈아타고. 날 이상하게 여긴 기사 아저씨가 아가씨 괜찮으냐고 물을 때까지 그 짓을 반복했다.

정오가 훌쩍 넘어 집 앞 정류장에서 내렸다. 집으로 가려다가 밥통에 밥도 식재료도 없다는 걸 깨닫고 밖으로 나왔다. 이젠 단골이 되어 버린 샌드위치 가게로 향했다.

"치킨 샐러드랑 라임 모히또 맞으시죠?"

이젠 내 얼굴을 익힌 종업원은 주문하기도 전에 미리 되물었다. 아뇨. 나는 다른 걸 시킬 것처럼 거절해 놓고는 결국 또 고개를 끄덕였다.

"네. 그걸로 주세요."

나는 피가 나는 뒤꿈치를 해선 또 집까지 걸었다. 포장한 모히또 안의 얼음이 걸을 때마다 달그락거리는 소리를 냈다. 그늘을 찾아드는 사람들 사이에서 꿋꿋이 햇빛을 가로질렀다. 한참 만에 아까 내렸던 버스 정류장에 도착해 골목으로 들어섰다.

빼곡히 심어진 가로수 덕분에 인도는 계속 그늘이었다. 무성하게 자란 나뭇잎을 양산 삼아 걷던 나는 다음 순간 발을 멈췄다. 아스팔트에서 피어오른 아지랑이로 혼곤한 보도블록 저 끝에 신기루처럼 석준경이 서 있었다.

"등신같이 숨어 있으면 내가 모를 줄 알았어?"

무단 횡단하는 아저씨를 피하느라 급정거를 한 차 때문에

265

뒤따라가던 모든 차가 놀라 클랙슨을 울려 댔다. 그 소리에 지지 않겠다는 듯 매미 울음소리가 더 커졌다.

현기증이 나서 나는 눈을 감았다.

이 모든 게,

꿈은 아닐까.

❂　　　❂　　　❂

감았던 눈을 다시 떠도 석준경은 여전히 그 자리에 있었다. 상상도 못 했던 일이 눈앞에서 일어나자 나는 아주 당황했다. 동상처럼 얼어붙은 내게로 석준경이 걸어왔다.

"그냥 거기서 썩게 놔두지. 왜 꺼내 줬어?"

그는 모든 걸 다 아는 사람처럼 물었다. 말투는 거칠었지만 날 보는 눈빛은 전에 없이 다정했다. 12년 전엔 찾아보려야 찾아볼 수 없던 눈이었다. 언젠가처럼 연민과 멸시로 끓어오르는 시선이었다면 차라리 받아 내기 쉬웠을 것이다. 나는 다정한 석준경을 마주하는 게 힘들었다.

"나 때문이니까."

"그게 다야?"

"어. 그게 다야."

원래부터 그러려고 했던 것처럼 그를 지나쳐 걸었다. 보도블록이 휘어진다고 느꼈을 때쯤에는 이미 다리엔 힘이 풀린 상태였다.

"그럼 아까 경찰서엔……."

아득하게 멀어지는 그의 목소리. 시야가 암전되기 직전, 따뜻한 팔이 날 감싸 안았다. 이묵주. 묵주야. 석준경이 내 이름을 불렀다. 필사적인 음성이었다. 처음 들어 보는.

꿈속의 나는 열아홉 교복 차림이었다. 하염없이 비가 내리는 캠퍼스 안. 빗속으로 멀어지는 석준경의 매몰찬 뒷모습을 보면서 아, 또 그 꿈이로구나 깨달았다. 석준경에게 고백하고 일말의 여지도 없이 차였던 날.

그날 내가 충격을 받았던 것은, 그에게 차였단 사실 때문이 아니라 '울면서 고백하는 여자애들은 전부 다 받아 준다는 그'가 오로지 나만을 거절했기 때문이었다. 그저 소문이라고 믿고 위안 삼기엔 그가 자릴 비웠던 그 짧은 시간, 주점에서 들었던 증언들이 너무 많았다.

어제 석준경 옛날 여친들 찾아와서 또 깽판 쳤다며? 말도 마라. 진상도 그런 진상들이 없다. 아니 그러니까 애초에 좋아하지도 않는 여자애들을 왜 받아 주냐고. 울면서 고백하면 거절을 못 하겠다잖냐. 미친놈이야 하여튼. 평소엔 가슴에 칼도 안 박힐 만큼 차가운 놈이.

나는 그가 건넨 후드를 벗어 쥔 채로 건물 밖으로 나왔다. 그새 빗줄기는 더 굵어져 고작 한 걸음 만에 난 쫄딱 젖은 쥐새끼 꼴이 되었다. 내려가면서 본 그의 주점은 인산인해였다. 갑자기 내린 소나기 탓도 있었겠지만 반 이상이 여자 손님인

걸 봐선 그의 영향도 없진 않았을 것이다.

"주문받을게요."

"같이 술 마셔 주면 안 돼요?"

"한 잔에 10만 원. 그 정도 줄 수 있으면 마실게요."

그는 손님들과 웃고 떠드느라 방금 전의 내 고백 같은 건 안중에도 없어 보였다. 나는 방향을 틀어 캠퍼스 구석의 벤치로 향했다. 집에 가고 싶지 않았다.

아버지가 사람을 죽였을지도 모른다는 사실을 어젯밤에 알았다. 언제나처럼 술을 진탕 마시고 들어온 그는 거실 한구석에 구겨져 잠이 들었고 나는 방문을 잠근 채 오지도 않는 잠을 청하고 있었다. 대문 두드리는 소리가 났다. 동네 사람들이라 여기고 무시하기엔 이규식 씨, 이규식 씨 안에 있습니까, 하는 정중한 어투가 걸렸다. 불안함에 문을 열자 건장한 중년 남자들이 신분증을 내보이며 설명했다.

"경찰입니다. 이규식 씨 안에 있죠?"

그 뒤로는 일사천리였다. 나는 뭐가 뭔지도 모르고 우두커니 서 있었는데 딱 하나만은 정확하게 기억할 수 있었다. 인이 박인 듯 형사가 기도문처럼 읊어 대던 미란다원칙이었다.

"이규식 씨 당신을 수안동 일가족 방화 살인 사건의 피의자로 체포합니다. 당신은 묵비권을 행사할 수 있으며……."

나는 놀라지 않았다. 고작 보험금 때문에 엄마가 하루라도 빨리 죽길 바라던 그였다. 그러면 얼마든지 돈 때문에 사람을 죽일 수도 있었다. 그깟 돈이, 대체 뭐라고.

어두컴컴한 집에 홀로 있자면 그가 죽인 사람들이 자꾸만 눈에 보이는 것 같았다. 몇 명을 죽였는지, 어떤 사람들이었는지 알지 못했는데도 그랬다.

나는 도망치듯 새벽에 학교에 나와, 종례가 끝나도록 교실을 떠나지 못했다. 하필 오늘이 토요일이라는 게 원망스러웠다. 평일이었다면 자율 학습을 핑계로 자정까진 있을 수 있었을 텐데. 갈 곳이 없어 어물쩍거리던 나를 부른 사람은 세희였다.

"오늘 우리 오빠 학교 축제에 갈 건데. 너도 갈래?"

처음부터 고백할 작정은 아니었다. 그를 좋아했지만 그 때문에 더 이상 상처 받고 싶지 않았다. 그저 멀리서 지켜보는 것 그 이상, 그 이하도 아닌. 석준경에 대한 겁 많은 내 짝사랑은 딱 그 정도였다. 그러나 졸지에 살인자 아버지를 둔 나는 바다에 빠진 사람마냥 절박하게 타인이 고팠고, 하필 그때 옆테이블 여자들이 하는 말을 들었던 것이다.

"너, 그거 몰라? 건축학과 석준경, 울면서 고백하면 다 받아 준대."

무섭고 죽고 싶고 세상천지에 내 편 하나 없는데, 혹시나 그가 내 고백을 받아 준다면. 그게 마음 따윈 없는 빈껍데기라 해도 잠시나마 그를 내 곁에 둘 수 있다면.

살인자의 딸이라는 압박감과 공포 속에서 한 줄기 희망을 찾느라 나는 이성을 잃었다. 고작 반 잔 마신 술도 크나큰 용기가 되어 줬다. 마침 그는 심부름으로 주점을 떠난 상태였다. 나는 내리는 비를 뚫고 그를 쫓아갔다. 그리고 결과는 보시다시피.

"알아. 근데 난 너 싫어. 미안하다."

초여름인데도 꽤 오랜 시간 비를 맞고 있자니 몸이 떨려 왔다. 그럼에도 나는 그의 후드 점퍼를 걸치지 않았다. 쓸데없는 오기였다. 지금에 와 지킬 자존심이 어디 있다고.

마냥 내릴 것 같은 비는 어느 순간 멎었다. 시간은 흘러 벌써 10시가 넘었다. 먹구름이 낀 하늘엔 달도 별도 보이지 않았고 나는 여전히 그 자리에 앉아 있었다. 내일은 학교도 가지 않는 일요일인데 난 어디서 뭘 하고 있어야 하나. 앞으론 어떡해야 하나. 고백하길 잘했다. 차였으니 마음 정리하기도 쉬우니까.

당장 내일부터 펼쳐질 새까만 내 미래에 대한 걱정은 언제 나처럼 또 그에 대한 생각으로 이어졌다.

"새파란 고등학생이 여기서 뭐하세요?"

술 냄새가 풍겼다. 고개를 들자 그의 또래로 보이는 남자 서넛이 벤치를 둘러싸고 서 있었다. 나는 벙어리처럼 입을 다문 채 반응하지 않았다. 주정뱅이들에겐 어떤 말도 먹히지 않는다는 걸 살인자 아버지를 통해 이미 습득했기 때문이었다.

"어유. 다 젖었네. 안 추워?"
"그러게 말이야. 여기서 이러지 말고. 오빠들이랑 저기 가서 맛있는 거나 먹을까?"
"그래. 같이 가자. 일단 뭐라도 먹고 밤길 위험하니까 집엔 우리들이 데려다줄게."

나는 웃었다. 지금 누구보다 위험해 보이는 사람들이 위험할 테니 데려다준다는 소리를 한다는 게 우스웠다. 그들은 내가 웃자 바보처럼 따라 웃었는데 나쁜 짓을 벌이기엔 조금 멍청해 보였다. 나는 그들을 따라 일어섰다. 대학 캠퍼스 한가운데서 뭐 죽기야 하겠어, 란 생각이었지만 사실 죽어도 미련은 없었다.

걸음이 더디자 그중 키가 제일 큰 남자가 내 팔목을 붙잡았다. 힘 조절이 제대로 안 된 탓에 뼈가 아렸다.

"일단 저쪽에 가서 한잔만 하고. 원래 몸 데우는 덴 소주가 직빵…… 어, 석준경이 네가 여긴 웬일이냐?"

습관이란 게 참 무서웠다. 나는 석준경이란 이름을 듣자마자 땅에 처박고 있던 고개를 반사적으로 들어 올렸다. 본의 아니게 재회한 그는 아까 주점에서완 다르게 냉랭한 얼굴이었다.

"뭡니까? 쟤는?"
"아, 얘. 우리가 또 인정이 좀 많냐? 뭔 일인지 저기 저쪽에서 불쌍하게 쭈그려 앉아 있길래 우리가……."
"선배들이 뭐요? 따먹게?"

그는 여자보다 더 고운 입술로 천박한 소리를 내뱉었다. 모두가 흠칫 놀란 가운데 그만이 홀로 무표정이었다.

"야. 너 취했냐? 무슨 소리 하는 거야?"
"내 말. 우리도 양심은 있거든? 미성년자는 안 건드려."
"장난이었어요."
"무슨 장난을 그딴 얼굴로 쳐. 그나저나 여기까지 무슨 일이야?

272

술 안 날라? 얼굴마담이 있어야 술도 잘 팔리지."

석준경은 자연스레 남자와 내 사이에 끼어들더니 내 팔목을
잡은 남자의 손을 풀어 냈다.

"무용과 왔어요."
"진짜?"
"네."
"야. 그럼 진작 말했어야지!"

동태처럼 흐리멍덩하던 그들의 눈에 순식간에 총기가 돌았
다. 오빠들이 밥은 다음에 사 줄게. 미성년자는 얼른 집에 가.
위험해. 두서없이 인사를 늘어놓은 그들은 부리나케 자리를
떠났다. 석준경은 말없이 나를 쳐다보기만 했다. 이 와중에도
설레는 가슴이 기막혀서 나는 급히 돌아섰다. 계단으로 막 내
려서는 순간 팔이 붙잡혔다.

"감기 걸려. 택시 타고 가."

그는 젖은 내 손바닥에 돈을 쥐어 주곤 주점으로 올라갔다.
10만 원. 나는 택시비를 하기엔 큰 액수인 그 돈을 버리지도,
그렇다고 가지지도 못한 채 보고만 있었다. 그의 친절과 세심
함에 눈물이 다 날 지경이었다.

빗물 뚝뚝 흘리는 손님을 누가 태워 준다고.

그날 나는 두 시간을 걸어 집에 도착했다. 그리곤 독감에
걸려 주말 내내 끙끙 앓았다. 너무 아파 아버지가 죽인 사람들
에게 죄책감을 느낄 새도, 그가 보고 싶을 새도 없었으니 차라
리 다행이었다.

온몸을 휘감던 열기가 사라지자 정신이 들었다. 두통에 쑤
시는 머리를 짚곤 멍하니 천장을 보고 있자니 떠올랐다. 쓰러
지기 직전에 석준경을 만났었다는 걸.

나는 그 석준경 하나를 확인하기 위해 물먹은 솜처럼 무거
운 몸을 벌떡 일으켰다. 머리와 목에서 차가운 수건 두 개가
차례로 떨어져 내렸다.

그는 부엌에 서 있었다. 이사 온 원룸은 평수가 작아 어디
서든 다른 곳을 쉽게 확인할 수 있었다.

"일어났어? 몸은 좀 어때?"

그는 아침 인사를 건네는 직장인처럼 평범하게 내 안부를
물었다. 당신이 왜 여기 있느냐는 말을 하려고 보니 답이 이미
정해져 있었다. 내가 쓰러졌으니까.

에어컨을 세게 돌린 모양인지 거실 공기는 냉동고처럼 차가
웠다. 그 사이로 고소하고 따뜻한 냄새가 풍겼다. 부엌에서 끓
고 있는 죽이 출처였다.

"전에는 '비'더니, 이젠 '해'야?"

"무슨……."

"너 나쁜 버릇 하나 있잖아. 몸 혹사시키는 거."

그러면 마음이 조금 편해지나. 그럼 나도 써먹게. 그는 가볍게 덧붙이며 거실로 나왔다. 혼자 있을 땐 충분히 넓다고 생각했던 집이, 고작 석준경 하나로 가득 찬 기분이었다. 나는 다리를 바닥에 내려놓고 바로 앉았다.

"깨어났으니까 이제 가. 혼자 있을 수······."

그는 순식간에 다가와 이마를 짚었다. 커다란 손바닥에서 전해져 오는 냉기에 놀랄 새도 없이 커다란 손은 목으로 이동했다. 나는 황급히 그를 쳐 내곤 벌떡 일어났다.

"아직 뜨거운데."

블라우스 단추가 두어 개 풀려 있었다. 그는 열을 내리게 한답시고 열어 둔 것이겠지만 본의 아니게 노출을 한 나는 뺨이 달아올랐다. 그의 시선을 피해 비켜선 채 단추부터 잠갔다.

"왜 하필 여기야?"

시야로 짙은 그림자가 드리워졌다. 내리깐 시선으로 슬리퍼를 신은 그의 발끝이 보였다. 온몸을 덮칠 듯 풍기는 향기. 나는 아득해지려는 정신을 간신히 붙잡곤 애써 담담한 척 연기했다.

"왜 하필 여기냐니. 무슨 소린지 알아듣게 설명해."

말이 끝나기도 전에 거리는 한 뼘 더 좁혀졌다. 그는 내 귓가에 입술을 대곤 속삭였다.

"내가 꼴 보기 싫어서 도망쳤으면 찾을 수 없는 곳에 숨지. 머리카락 보여 주는 건 어떤 이유냐고 묻는 거야."

나는 옷깃을 쥔 채 바보처럼 굳어 버렸다.

"그건……."

너무 급해서 그랬노라고, 집 구하는 게 그렇게 쉬운 줄 아느냐고, 적어도 당신 때문은 아니라고. 갖가지 이유들이 머릿속을 떠돌았지만 전부 변명처럼 들릴 것 같았다. 나는 심문하다 정곡이 찔린 범죄자처럼 입을 꾹 다물었다.

"좋아해."

석준경의 목소리는 깃털처럼 가볍게 내려앉았다. 나는 귀를 의심했지만 차마 그를 올려다보지는 못했다. 깊은 물에 빠진 사람처럼 숨을 참고 애꿎은 주먹만 움켜쥐었다. 그는 그런 나를 조심스럽게 당겨 품에 안았다.

"너 아니어도 하루에 수십 번씩 죽고 싶어."

그러니까,

"이제 제발 그만 숨어라."

12
나의 반쪽

밀어내기도 전에 그는 스스로 떨어졌다.

"샐러드랑 모히또는 엎질러서 버렸어. 네가 그걸 사다 먹을
정도로 좋아하는 줄은 몰랐네. 시간 나면 같은 거 사 올게. 일
단 지금은 죽이라도 먹어. 맛은 보장 못 하지만."

나는 여전히 그 자리에 선 채 부산스럽게 부엌을 오가는 석
준경을 지켜보았다. 평소와는 달리 쓸데없는 말을 많이 하는
그의 귓가가 연지처럼 붉었다.

이상했다. 좋아한다는 고백을 들었을 때도 이 정도는 아니
었는데. 빨개진 귓불을 본 순간 가슴이 덜컥 내려앉았다. 차가
웠던 손끝과 발끝이 순식간에 뜨거워졌다.

"지금 먹을 거면……."

그와 눈이 마주치기 무섭게 달아오르는 얼굴이 느껴졌다.

나는 도망치듯 화장실로 향했다. 황급히 문부터 걸어 잠갔다.

"왜 그래? 어디 안 좋아?"

"……."

"이묵주. 묵주야?"

석준경은 문밖에 서서 몇 번이고 나를 불렀다. 나는 떨리는 목소리를 쥐어짜 간신히 말했다.

"씻으러 들어온 거야. 이제 그만 가."

"진짜야?"

"진짜야."

"알았어. 갈게."

긴 한숨이 얄팍한 나무 문을 타고 넘어왔다.

"혹시나 안 좋으면 전화해."

그는 잔소리 많은 부모처럼 당부했고 나는 기계적으로 그러 겠다 답했다. 얼마 가지 않아 현관문이 열렸다 닫히고 도어록 이 자동으로 잠기는 소리가 연달아 들려왔다. 나는 미끄러지 듯 바닥에 주저앉아 얼굴을 감싸 쥐었다.

뒤꿈치가 눈에 들어온 건 다음이었다. 생채기로 보기 싫던 양 뒤꿈치에 앙증맞은 반창고가 나란히 붙여져 있었다. 나는 기절한 내 발목을 잡아 연고를 바르고 만화 캐릭터가 그려진 반창고를 붙였을 석준경을 떠올렸다. 가슴이 간지러웠다. 열 아홉, 그의 생일날 식사 자리에서 날 보고 소리 없이 웃던 그 를 몰래 훔쳐보았던 그때처럼.

맛은 보장 못 한다는 석준경의 말과는 달리 죽은 먹을 만했다. 마치 자를 대고 자른 것마냥 가지런한 크기의 야채들이 그의 성격을 대변하는 것 같아 나도 모르게 웃다 정색했다.

인생은 새옹지마라더니 웃을 일 다음에는 울어야 할 일이 바로 생겼다. 살고 있는 원룸의 주인아주머니께 다른 사정이 생긴 것이다. 그녀는 이른 아침부터 찾아와 부탁했다.

"미안한데, 집 좀 빼 주면 안 될까? 이 집 1년 계약한다는 사람이 있어서. 내가 지금 목돈이 꼭 필요하거든."

"그게 저도 아직 다른 집이 구해지진 않아서…… 언제쯤 빼 드리면 되죠?"

"그 사람이 좀 급한 모양이야. 당장 내일이라도 비워 줬음 하는데 그건 검사님한텐 무리한 부탁이잖아. 최대한 빠르면 좋겠는데."

법을 다루는 일을 하면서도 계약서를 따로 쓰지 않았던 것은 그럴 필요가 없었기 때문이다. 애초에 이곳에 오래 머물 작정도 아니었고, 보증금과 월세라고 내긴 했지만 거저 사는 것에 가까웠다.

그녀가 돈도 되지 않는 나를 여기 살게 해 준 이유는 법률 문제로 고민할 때 적게나마 해 드렸던 조언에 대한 보답이었다. 내 사정이 있다고 그녀의 사정을 무시하는 건 누가 봐도 염치없는 짓이었다. 그녀를 보내고 이사할 곳을 찾기 시작했다. 근처 부동산을 전전했으나 이상할 정도로 매물이 없었다. 지난번 급하게 오피스텔을 나올 때보다 더 심했다. 다른 지역으로 가려면 갈 수 있었지만 석준경이 날 붙잡았다.

"이제 제발 그만 숨어라."

　좋아한단 애절한 고백이 무색하게 석준경에게선 며칠째 연락이 없었다. 차라리 다행이었다. 혹시나 얼굴을 보거나 목소리라도 들으면 졸지에 거리에 나앉게 될 내 사정에 대해 구구절절 일러바치게 될지도 몰랐다.

　나는 지푸라기라도 잡는 심경으로 핸드폰 주소록을 뒤졌다. 저장된 연락처는 손에 꼽았다. 검사 동료. 상사. 세희. 만난 지 아주 오래된 대학 동창. 그마저도 이 사람은 이런 이유로, 저 사람은 저런 이유로 제하다 보니 마지막엔 딱 한 사람만이 남았다. 석준경. 내 이 엿 같은 사정을 설명할 필요도 없이 날 받아 줄 유일한 사람.

　시간은 잘도 흘렀다. 아주머니가 찾아와 부탁을 한 지도 벌써 일주일이 지났다. 나는 일단 나가겠단 통보부터 했다. 모텔이나 여관을 전전한들 이 한 몸 누일 곳 없겠냐 싶었다. 짐은 아주머니 창고에 잠시 보관하기로 했다. 아주머니께선 연신 미안하다는 사과를 반복하며 정말 갈 곳이 없으면 자기 집에서 머물러도 된다는 말을 덧붙였다. 당연히 거절했다. 호의가 계속되면 권리인 줄 아는 파렴치한은 되기 싫었다.

　그게 평일 대낮, 내가 캐리어 하나를 들고 버스 정류장에 앉아 있게 된 까닭이었다. 검찰청과 법원, 경찰서가 밀집해 있는 이곳은 모텔과 여관을 찾아보기가 힘들었다. 호텔은 하루면 몰라도 여러 날 묵기엔 비용이 너무 셌다.

핸드폰으로 주변 숙박 시설을 검색하는데 변호사 배지를 단 여자 둘이 정류장 안으로 들어섰다.

"이변, 그 얘기 들었니?"

"무슨 얘기?"

"여기 어떤 검사 하나가 모텔에서 나오다 걸렸다잖아."

"야, 요즘 모텔은 그냥 숙박 시설이야, 촌스럽게 그게 무슨 흠이라고."

"한국말은 끝까지 좀 들어. 말로만 듣던 섹검이더라니까. 성 접대받았대."

"정말?"

"너도 웬만하면 모텔 근처에도 가지 마. 괜히 오해받을라."

그녀들은 오지 않는 버스에 짜증을 내더니 도착한 모범택시를 잡아타곤 떠났다. 나는 한창 하던 검색을 중단했다. 살인자 딸로 살아가는 것만 해도 벅찬데 거기다 섹검 딱지까지 보태고 싶진 않았다.

질릴 만큼 많은 사람들과 버스를 구경하는 동안 해가 졌다. 구석에 정리되어 있던 포장마차들이 나와 하나둘 나와 문을 열기 시작했다.

나는 가까운 포장마차로 들어섰다. 안주 몇 개를 주문하곤 소주 반병을 마셨다. 영업이 끝날 때까지 여기서 버티는 것도 나쁘지 않을 것 같았다. 야근을 끝낸 검사들이 우르르 이쪽으로 몰려오는 걸 보기 전까진.

나는 급히 계산을 하고 도망치듯 일어섰다. 겉은 번지르르
해 보여도 말 많고 탈 많은 곳이 법조계였다. 살인자 딸에 알
코올중독자에게 섹검. 파면감이었다.

갈 곳이 없어 무작정 걷다 보니 묘하게 낯익은 건물이 코앞
에 있었다. 건축 사무소 제비꼬리. 회색 시멘트로 마감된 단층
건물은 옥상을 둘러싼 조명 덕분인지 홀로 공중에 떠 있는 것
처럼 보였다. 11시가 다 되어 가는 시간이었다. 그러나 사무실
엔 여전히 불이 켜져 있었다.

또 야근하나 보네.

나는 캐리어를 끌고 건물 근처 돌 벤치에 앉았다. 새삼 천
근만근 무겁게 느껴지는 다리를 잠시나마 쉬게 해 줄 생각이
었다. 그러나 편히 쉬지는 못했다. 혹여나 석준경과 마주치기
라도 할까, 겨우 10분을 앉아 있다 일어났다. 피로했다. 섹검
이 되든 주정뱅이가 되든 아무 곳에나 들어가 잠이나 자자 싶
었다. 밤인데도 가시지 않는 더위는 뇌까지 녹아내리게 하고
있었다.

막 정문을 지나치는데 건물 창가의 불이 차례로 꺼지기 시
작했다. 나는 주차된 차 뒤에 무작정 몸을 숨겼다. 석준경은
제발 좀 숨지 말라 했지만 지금 상황은 거기엔 해당되지 않는
다고 애써 자위했다.

하지만 당황한 내가 미처 인지 못 한 사실이 하나 있었으니
건물 앞에 떡하니 주차되어 있는 이 차의 주인이 바로 석준경
이라는 것이었다.

운전석 앞에 힘없이 쪼그려 앉아 있던 나는 곧 이쪽으로 걸어온 석준경과 딱 맞닥뜨렸다. 숨을 수 있다면 캐리어 안이라도 들어가고 싶었지만 그러기엔 내 몸집이 너무 컸다.

석준경은 돌처럼 미동 없는 나를 보곤 멈칫했다. 그러나 곧 기가 차다는 웃음을 흘렸다.

"이쯤 되면 일부러 그러는 건 아닌가 의심스러운데."

나는 어쩌다 보니 여길 지나가게 됐고 또 어쩌다 보니 거기 앉아 있었던 사람처럼 자연스럽게 일어섰다.

"취해서 잠시 쉬고 있었던 것뿐이야."

되지도 않은 논리로 스스로를 변명하며.

캐리어를 끌고 반대 방향으로 무작정 나가는 내 손을 석준경이 붙잡았다.

"그 짐은 뭐야? 백수가 이 시간에 여기서 왜 그러고 있는 거고."

"당신이랑은 상관없는 일이야."

"왜? 아줌마가 방이라도 빼 달래?"

한시라도 빨리 이곳을 벗어나려던 나는 석준경의 말에 돌아섰다. 설마, 하는 의심은 장난스레 덧그려진 미소에 확신으로 바뀌었다.

"설마 당신……."

"내가 널 너무 과소평가했어. 나보다 노숙하는 걸 더 편하게 생각할 줄이야."

무슨 말을 하든 귀에 안 들어왔다. 나는 석준경이 아주머니를 매수해 나를 내쫓는데 일조했다는 걸 받아들이는 것만으로도 머리가 터질 것 같았다. 왜? 대체 왜? 끊임없이 되울리던 그 물음을 석준경은 알아서 해결해 주었다.

"불안해서 곁에 두고 감시하려고."

"……뭐?"

"난 너 없으면 죽을지도 모르는데 넌 아니니까."

절박하기 그지없는 내용을 무감각한 목소리가 중화시켰다.

"그게 지금 이유가 된다고 생각해?"

나는 그제야 겨우 입을 뗐다. 처음 말을 배우는 아이처럼 발음이 뭉개져 나왔다. 석준경은 방심한 내 손에서 캐리어를 빼앗아 들곤 트렁크에 실었다.

"그보다 더한 짓도 할 수 있어. 저 살자고 아버지도 죽인 새끼가 뭔들 못 하겠어."

나는 반박하지 못했다. 화가 나야 하는데, 이게 뭐하는 짓이냐고, 원래대로 돌려놓으라고 따져야 하는데 그러지 않았다. 석준경은 차를 빙 돌아 조수석 문을 열었다.

"안 타?"

"……."

"지금 넌 갈 데가 없고 네 곁엔 나뿐인데."

나는 더 이상의 대치를 포기하곤 조수석에 올랐다. 그가 손수 설명해 준 불쌍한 내 처지 때문이 아니라 여유로운 척 문에 기대선 와중에도 피아노 치듯 창을 두드리던 그의 긴 손가락 때문에.

검사 시절, 심문을 앞둔 피의자들이 대개 저런 반응을 보이곤 했다. 긴장과 초조, 불안을 줄이기 위한 자연스런 신체 반응이었다. 석준경의 불안의 원인은 나였다. 그 사실 하나가 그의 차에 타게 만들었다.

피로는 순식간에 몰려왔다. 나는 머리를 기대기 무섭게 잠들었다. 더운 공기를 식히는 차가운 에어컨 바람도, 차체를 장악하고 있는 석준경의 체향도 기분 좋았다. 얼마 전까지 서로를 괴롭히지 못해 안달 난 사이라고는 상상할 수 없을 만큼 평온한 분위기였다.

새벽 1시 반이 넘어서야 잠에서 깼다. 회사 앞에서 그를 만난 시간이 11시쯤이었으니까, 여기까지 오는 30분을 빼면 근두 시간을 여기서 잠들어 있었다는 게 된다.

운전석이 비어 있기에 밖을 봤더니 석준경이 빈 화단을 혼자 어슬렁거리고 있었다. 쪼그려 앉아 뭐라고 중얼거리기도 했는데 입 모양이 흰둥아, 였다. 나는 가슴을 덮은 석준경의 재킷을 벗어 쥔 채 차에서 내렸다.

"흰둥아."

"흰둥이가 아니라 흰눈이."

화단을 뚫어져라 살피던 석준경이 날 보곤 일어나 다가왔다.

"깼어? 들어가자."

경비 아저씨를 통해 들었다. 자기 말고도 밥을 챙겨 주는 이가 생겼는데 그게 바로 석준경이라고. 나는 좀 전의 아이 같던 표정은 지워 버린 채 무심하게 캐리어를 꺼내는 석준경을 보며 열아홉 내가 좋아했던 석준경을 떠올렸다. 상처가 많아 위악적으로 굴 수밖에 없었다는 걸 그때의 어린 나는 알지 못했다. 물론 나이가 들어 알게 된 지금도 사람이기에 상처 받는 건 어쩔 수 없지만.

오랜만에 들른 석준경의 집은 여전히 깨끗했다. 천장에 머무는 공기마저 청정기를 걸러 나오는 것마냥 청결하게 느껴졌다.

"여기서 씻어. 난 밖에서 씻으면 돼."

캐리어를 침실로 밀어 넣은 그는 거실로 나갔다. 나는 마다하지 않고 안으로 들어섰다. 모델하우스처럼 빈틈없이 정리된 거실과는 달리 침실은 적당히 흐트러진 채였다. 미처 치우지 못한 듯 바닥으로 흘러내린 이불과 구석에 처박혀 있는 베개가 삭막한 방 안을 사람 사는 곳으로 보이게 했다.

캐리어에서 입을 옷을 미리 꺼내 챙겨 둔 뒤 욕실에 들어가 샤워했다. 머리까지 말린 다음 밖으로 나가자 소파에서 졸던 석준경이 날 반대편 방으로 안내했다.

"불편하면 방 바꾸고."

"됐어. 어차피 집 구하는 대로 나갈 거니까."

"못 구하길 기도해야겠네."

"어?"

"아냐. 잘 자라."

못 들은 척 되물었지만 사실 전부 알아들었다.

나는 맨바닥에 곱게 깔린 이불을 덮고 누웠다. 꽃무늬가 인상적인 이불에선 새것 특유의 인공적인 냄새가 났다. 바스락거리는 촉감이 좋아 잠이 올 만도 한데 나는 한참을 뒤척였다.

그를 맹목적으로 짝사랑했던 그때에는 그가 날 좋아하기만 하면 세상이 전부 내 것인 양 행복할 줄 알았다. 그러나 그가 맹목적으로 날 좋다 말하는 지금도 여전히 나는 겁이 났다.

그는 불안해서 곁에 두고 감시하려고 날 여기 데려다 놨다고 했다. 하지만 진짜 불안한 건 나였다. 나는 그에게 따뜻한 남쪽 나라가 될 수 있을까. 그러지 못한다면 그는 목에 그려진 제비처럼 언제든지 날 떠나 날아갈지도 몰랐다. 그게 내가 그의 고백에 솔직하게 나도 좋아한다 말하지 못하는 이유였다.

버려지는 것보단 버리는 게 덜 아프니까.

늦게나마 잠이 들었다가 동틀 무렵에 깼다. 5시 반. 검사 시절 인이 박인 생활 패턴은 백수가 된 지금도 여전히 그대로였다. 나는 밖으로 나가지 못한 채 어느덧 밝아진 창밖의 하늘만 멍하니 구경하고 있었다. 집주인 역시 일어나 출근 준비를 하는 모양이었다. 문 너머로 거실을 오가는 인기척이 계속해서 들렸다.

슬리퍼 끄는 소리. 텔레비전을 껐다 켜는 소리. 도마가 달그락거리는 소리. 밥솥이 김을 내뿜는 소리. 나는 변태처럼 소리를 따라 움직이는 석준경을 상상하다가 노크 소리에 현실로 돌아왔다.

"자?"

이불을 목 끝까지 올리고 돌아누웠다. 다행인지 불행인지 석준경은 문을 열어 보지 않은 채 출근했다.

"다녀올게."

대답도 없을 나를 향해 상냥하게 인사를 하고선.

나는 문이 닫히는 소리를 듣고도 몇 분을 기다리다 밖으로 나왔다. 아래층이었던 석준경의 집은 우리 집과 구조가 똑같았다.

거실을 가로질러 베란다로 향했다. 오피스텔 앞에 주차되어 있던 석준경의 차가 유연하게 도로로 빠져나가는 게 보였다. 나는 찬 바닥에 주저앉아 점이 되어 사라지는 석준경의 차를 향해 인사했다.

"그래. 조심해서 다녀와."

바쁜 와중에 언제 만든 건지, 부엌 식탁에는 아침밥이 간단하게 차려져 있었다. 계란 프라이와 국을 비롯해 반찬이 몇 가지나 됐는데 초보자의 솜씨로 볼 수 없을 만큼 모양새가 예뻤다. 포스트잇은 냉장고 정면에 붙어 있었다.

확인할 거야. 전부 먹어.

그릇에 밥을 퍼 담곤 앉았다. 아직 따뜻한 국은 간을 하다 만 듯 심심했다. 다른 반찬들도 마찬가지였다. 어떤 건 짜고 어떤 건 너무 달았다. 그나마 멀쩡한 건 계란 프라이뿐이었다.

며칠 전 먹었던 죽이 평범했던 게 기적적일 정도였다.

간도 안 봤나.

나는 모두 한곳에 넣어 버무리면 적당한 맛이 날 음식들을 가리지 않고 먹었다.

식사가 끝난 후엔 식탁을 치우고 설거지를 위해 개수대로 향했다. 텅 빈 개수대는 그릇은커녕 물기 하나 없이 말라 있었다. 왜 음식들의 간이 그 모양일 수밖에 없었는지 이해가 되는 순간이었다. 차려만 놓고 먹지는 않은 거지.

과거의 일을 만회하듯 석준경은 다정했다. 바쁜 출근 시간을 쪼개 백수인 내 밥을 차려 놓고 갈 만큼. 다정도 병인 양 하다는 옛시조가 내 일이 될 거라곤 생각 못 했는데. 다정한 석준경 때문에 오늘도 난 어찌할 바를 몰랐다.

10시가 조금 넘어 집을 나섰다. 석준경이 매수했다는 원룸의 주인아주머니를 만나기 위해서였다. 연락을 하자 아주머니는 마치 내가 오길 알고 있었다는 것마냥 흔쾌히 만남을 수락했는데, 직접 만나 대화를 하고 나서야 그 이유를 알았다.

"이야기 다 듣고 왔어요. 아주머니, 혹시 저 나가라고 한 게 석준경 때문이라면……."

"정말 미안. 근데 내가 석 대표한테 신세를 크게 져서 부탁을 거절할 수가 있어야지. 석 대표가 우리 딸 성추행하던 변태놈 잡아 줬잖아. 그때 얼마나 고맙던지. 이번 일도 무작정 검사님 내쫓으라고 했으면 내가 허락 안 했어. 근데 검사님이랑 석 대표…… 지금 검사님 석 대표 집에 가 있지?"

석준경에게 대체 어떤 말을 들었는지 아주머니는 봄바람 난 옆집 처녀 소문을 전할 때처럼 야릇한 표정이었다. 나는 당황해 해명부터 했다.

"그게 갈 데가 없어서……."

"둘이 잘 어울려. 잘 해 봐."

"아뇨. 제가 찾아온 건 혹시 원룸 비었으면."

"그게 아직 있겠어? 냉큼 다른 사람 세쥐 버렸지. 그나저나 우리 석 대표 돗자리 깔아도 되겠네."

"네?"

"오늘 아침에 검사님이 나 찾아올 거라 그러더라고. 근데 봐. 진짜 왔잖아?"

결국 난 더운 날씨에 나선 보람도 없이 빈손으로 되돌아와야 했다. 버스에서 내려 오피스텔로 가는 내내 헛웃음이 샜다. 내가 아주머니를 찾아갈 것까지 예상하고 미리 차단을 한 석준경 때문이었다. 이걸 집요하다고 무서워해야 할지. 날 그렇게까지 곁에 두고 싶어 한다는 사실에 감동해야 할지.

입구를 통과하는데 그늘에서 부채질을 하고 있던 경비 아저씨와 마주쳤다. 아저씨는 날 보더니 손부터 흔들었다.

"검사님, 오랜만이네. 오늘도 고양이 보러 왔어?"

"그게……."

나는 석준경의 집에서 잠시 신세 지게 됐다는 말을 어떤 식으로 설명해야 할지 몰라 그냥 '네' 했다. 아저씨는 잠깐만 있어 보라며 경비실에 들어가더니 막대 아이스크림 두 개를 가지고 나왔다.

"덥지. 일단 이거부터 먹어."

"감사합니다."

"근데 검사님 그 얘기 들었어?"

"어떤?"

"검사님 다음에 601호 들어온 세입자 말이야. 그 아가씨 그렇게 안 봤는데 완전 돌아이더구만, 돌아이."

첫날부터 뭐 물이 잘 안 나오네. 방음이 잘 안 되네. 새시도 낡아서 에어컨 틀면 전기세가 폭탄이겠네. 하면서 집주인한테 그렇게 지랄, 아니 난리를 쳤대잖어.

나는 집을 보러 와 마음에 든다고 꼭 계약하고 싶다며 수줍게 웃던 여자를 떠올렸다. 급하게 나가는 만큼 집주인에게 폐를 끼치고 싶지 않아 최대한 괜찮아 보이는 사람을 고르려고 노력했었다. 그런데.

"오죽하면 김 씨가 전세금 그냥 빼 주고 내쫓았잖아. 그렇게 싫으면 계약 파기하자고. 아주 난리도 아니었어, 여기 주민 회장까지 나와 가지고 글쎄 머리끄댕이까지 잡았다니까."

대체 내 사람 보는 눈은 어디서부터 어디까지 잘못된 걸까.

나 때문에 고생했을 집주인 김 씨 아저씨께 죄송스런 마음을 감출 수 없었다. 그러나 그 와중에도 다른 궁금증이 생겼는데 세입자가 나간 그 집이 지금 어떤 상태이냐 하는 것이었다.

"혹시 그 집 아직 비었나요?"

"그럼. 아주 김 씨가 질려 가지고. 당분간 세입자는 꼴도 보기 싫대. 검사님 같은 사람 아니면 안 받겠다고 그러잖어. 근데 어디 검사님 같은 사람이 흔한가."

나는 아저씨에게 감사하단 인사를 하고는 정원으로 달려갔다. 아이고, 고양이가 그렇게 보고 싶은 거야? 뒤에서 아저씨의 웃음소리가 들렸다. 벤치에 앉자마자 주인아저씨께 전화했다.

─이게 누구야? 이 검사 아냐?

잘해 줬더니 진상을 떠넘기고 간 세입자를 아저씨는 악의 없이 받아 주었다. 나는 죄송하단 말과 함께 사정을 설명했다.

"혹시 그 계약, 제가 다시 할 수 없을까요?"

답을 하기 전 아저씨는 그 여자를 세입자로 들이면서 겪었던 심적, 신체적 고통에 대해 한 시간가량 토로했다. 아무래도 재계약은 힘들겠구나, 반쯤 포기했을 때였다. 긴 한숨을 내쉰 아저씨가 결심한 듯 물었다.

─또 안 그럴 거지? 아무리 이 검사라도 이번 계약은 칼같이 할 겨. 또 빨리 빼 달라고 하면 안 돼?

감사하다고 몇 번을 인사한 뒤에야 전화를 끊었다. 계약서는 추후 다시 약속을 잡아 쓰기로 했다. 나는 때마침 날 보러 나온 흰눈이와 조금 놀아 주다 집으로 향했다. 매사에 무관심한 석준경은 다행히 윗집 여자의 행적까진 알진 못했다.

엘리베이터를 타고 5층을 눌렀다. 석준경의 집에 가까워질수록 기분이 이상해졌다. 걱정거리가 사라져 홀가분해야 하는데, 무언갈 잃어버리곤 기억하지 못하는 사람처럼 마음 한구석이 찝찝했다.

집에 도착해 도어록을 풀었다. 날 여기로 데리고 오던 밤 그는 비밀번호와 함께 출처를 알려 주었다.

"어머니 기일이야."

그의 어머니의 기일은 그의 아버지의 기일이기도 했다. 매일 이 문을 열고 들어오면서 석준경은 어떤 생각을 했을까. 나는 고사리손으로 선뜩한 칼날을 쥐었던 아홉 살의 그를 덧그리며 문을 열었다. 차가운 바람이 기다렸다는 듯 안에서 쏟아져 나왔다. 내가 에어컨을 안 끄고 나왔었나. 누진세가 붙어 폭탄을 맞을지도 모르는 전기세를 걱정하며 현관 문턱을 넘었다.

"어딜 그렇게 바쁘게 돌아다녀? 아침부터."

회사에 있어야 할 석준경이 거실 벽에 기대서 있었다. 놀라 뒷걸음질 치던 나는 현관 너머 허공을 내디뎠다. 중심을 잃기 무섭게 그가 날 당겨 안았다. 나는 놀란 가슴을 애써 가라앉히곤 서둘러 그에게서 벗어났다.

"그러는 당신은 왜 여기 있어? 회사는?"

"점심시간이잖아."

"그래서?"

회사 점심시간과 그가 여기 있는 이유가 어떤 상관관계를 가지고 있는지 나로서는 이해할 수가 없었다. 석준경은 답답하다는 듯 나를 부엌으로 데리고 갔다. 4인용 식탁엔 고급 용기로 된 도시락이 겹쳐진 채 놓여 있었다.

"회사 식구들 거 사는 김에 네 것도 샀어."

그는 손수 도시락 뚜껑을 열고 젓가락까지 세팅해 주었다. 오전 내내 더위를 먹고 돌아다닌 탓에 배는 고프지 않았지만 성의를 생각해 앉았다.

"고마워. 잘 먹을게. 당신은?"

"먹었어."

그럼 곧 돌아가겠거니 생각했다. 그러나 석준경은 맞은편 의자를 빼 앉았다. 나는 먹기 좋게 썰린 스테이크를 씹다 말고 그를 보았다.

"안 가?"

"꺼져 줬음 좋겠어? 그럼 가고."

반박할 말이 없었다.

"맘대로 해."

나는 입을 닥치고 얌전히 저작 운동을 반복했다. 내리깐 얼굴로 석준경의 시선이 집요하게 쏟아졌다. 감옥에 갇힌 죄수도 이보다는 마음 편하게 밥을 먹지 싶었다.

"아주머니는 잘 만나고 왔어?"

하마터면 마시던 물을 도로 뱉을 뻔했다. 나는 사레를 참느라 그렁그렁해진 눈으로 석준경을 올려다보았다.

"찾아갈 거라 예상은 했었는데 설마 오늘일 거라곤. 부지런하네, 이묵주."

"칭찬 고마워."

재밌다는 듯 그는 웃었다. 그러나 굳이 서운한 기색을 숨기지는 않았다. 나는 집을 구했다는 말을 해야 하나 말아야 하나 망설였다. 따지고 보면 망설일 필요가 없는 일인데도 그랬다.

석준경은 내가 밥을 다 먹을 때까지 자리를 지켰다. 나는 결국 집 문제에 대해선 단 한마디도 하지 못했다. 그는 간식 창고와 냉장고에 있는 과일의 종류를 일러 주곤 부엌을 나섰다. 멍청히 앉아 있는 것도 뭐해서 거실까지 따라 나와 배웅했다.

"그냥 개나 고양이라고 생각해."

문을 열며 그는 대뜸 말했다.

"너 버림받은 개나 고양이 그냥 못 지나치잖아. 나도 딱 그만큼만 생각해 줘."

키스는 찰나였다. 따뜻한 체온이 볼에 닿기 무섭게 그는 밖으로 사라졌다. 나는 도어록이 잠긴 걸 확인하고 들어와 식탁을 치웠다. 설거지를 해야지 고무장갑을 꼈다가, 아 도시락이니 분리수거하면 되겠구나 장갑을 다시 벗었다가, 일단 음식물 쓰레기통을 들고 와야 하니 다용도실에 갔다가 거기 주저앉았다. 세탁기 유리에 비친 새빨간 얼굴을 보고 있자니 기가 찼다. 서른이 넘은 나이에 고작 볼 뽀뽀 하나에. 아주 가관이었다.

아무 생각 없이 소파에 누워 있다 책이나 읽을까 하고 서재로 향했다. 이 집의 여러 장소 중에서 석준경이란 사람을 가장 잘 알 수 있는 공간이 바로 서재였다.

문을 열고 들어서면 정면엔 책상이, 출입구를 제외한 세 군데의 벽엔 원목으로 만든 책장이 둘러싸여 있었다. 반은 진짜 책이었고 반은 프라모델과 모형들이었다. 종종 앙증맞은 레고가 섞여 있기도 했다.

투명한 유리 장엔 그 흔한 지문 하나 없었다. 집이 주인 닮아 비인간적이라고 하던 백승우의 그 말이 틀린 감상은 아니었다.

책상 모서리에는 가장 최근에 만든 건물 모형이 자릴 잡고 있었다. 과잉 청구에 열이 받은 내가 발로 밟아 부서뜨렸던 그 모형이었다. 모형은 크기만 키우면 누구든지 당장 들어가 살아도 될 만큼 섬세했다. 철제 테라스부터 시작해서 정원의 나무 하나까지, 사람의 손에서 어떻게 이런 게 만들어질 수 있는지 상상이 가질 않을 만큼 현실적이었다.

지갑을 발견한 건 우연이었다. 처음엔 낯이 익다 생각했고, 다음 순간 이 지갑이 얼마 전 노숙자에게 기부했던 내 것과 똑같다는 걸 깨달았다. 몇 번을 망설이다 안을 확인했다. 당시엔 미처 빼지 못했던 소지품들이 고스란히 들어 있었다. 내 것이 맞았다.

현금 82,000원. 고등학교 시절 만들고 바꾸지 않아 촌스러운 주민등록증. 카페에서 받아 두고 쓰지 않은 쿠폰, 마지막으로 너무 오래되어 너덜너덜해진 사진 한 장. 무려 10년이 훌쩍 넘은 사진이었다.

세희가 자랑하며 가족 앨범을 보여 주던 날. 나는, 그녀가 자리를 비운 사이 사진 하나를 몰래 빼 주머니에 넣었다. 그건 내 생애 최초의 도둑질이자 최후의 도둑질이었다.

세희와 석준경이 나란히 붙어 찍은 사진이었는데 집에 돌아와 확인하고 보니 밝게 웃고 있는 세희완 달리 석준경은 세상 다 산 노인처럼 심드렁한 얼굴을 하고 있다는 걸 깨달았다. 게다가 초점까지 나가 있었다. 왜 하필 이걸 가져온 거냐고, 내 손을 탓하면서도 지갑을 새로 살 때마다 부적처럼 숨겨 넣고 다녔었다.

이것마저 함께 줘 버렸단 걸 뒤늦게 알고 얼마나 후회했는지 모른다. 그런데 이걸 왜 석준경이.

나는 그가 그날 내가 도로로 뛰어들기 훨씬 전부터 날 따라다녔음을 알아차렸다. 노숙자에게 지갑을 기부할 때부터. 아니 어쩌면 식당에 들어가 푸드 파이터처럼 음식을 구겨 넣던 때부터? 그것도 아니라면 귀신같은 얼굴로 검찰청을 나설 때부터였을지도 모르겠다.

지갑을 그대로 둔 채 사진만 빼내 나왔다. 정작 가지러 들어간 책에는 눈길도 주지 않은 채였다. 석준경은 이 사진을 봤을까. 너 같은 건 이제 관심 없다는 듯 굴면서 10여 년이 넘게 제 사진을 꽂고 다니는 날 뭐라고 생각했을까.

이제 와 체면 차릴 건 없다고 생각하면서도 쪽팔렸다. 온갖 걸 적어 둔 일기장을 누군가에게 들킨 기분이었다. 부엌으로 가 냉수를 몇 컵이나 들이켰다. 내 열사병을 걱정한 석준경이 틀어 놓은 에어컨은 발이 시릴 만큼 찬 공기를 뿜어냈고 찬물을 머금은 입안은 시렸지만 달아오른 열은 쉽게 가라앉지 않았다.

저녁때쯤 장을 봐 왔다. 반강제로 끌려오긴 했지만 그에게 신세를 지고 있음은 부인할 수 없는 사실이었다. 두 번을 얻어먹었으면 한 번은 갚아야 마음이 편했다. 편모슬하, 그것도 어머니가 일을 했던 탓에 어렸을 때부터 집안일을 도맡아 했던 나는 밥 한 끼쯤이야 부끄럽지 않을 정도로 차릴 수 있었다.

〈오늘 일찍 들어갈 거야, 뭐 먹고 싶은 거 있어?〉

그의 메시지가 도착한 것이 3시. 그리고 난 4시쯤 답했다.

〈그런 거 없어.〉

그러나 8시가 되도록 석준경은 나타나질 않았다. 오랜만에 끓인 찌개는 식어 가고 접시에 담아 놓은 반찬이 메말라 갔다.

혹시 무슨 사고라도 난 건 아닐까.

걱정이 됐지만 전화는 하지 못했다. 나는 내 발보다 한참 큰 석준경의 슬리퍼를 끌고 밖으로 나섰다. 이건 흰눈이를 보기 위한 거지, 석준경을 마중 나온 건 아니라고 스스로를 세뇌시키면서. 그러나 흰눈이와 놀아 주는 와중에도 눈은 자꾸만 오피스텔 너머 도로로 향했다.

9시.

검둥이가 나타나자 흰눈이는 뒤도 돌아보지 않고 자리를 떴다. 검둥이는 얼마 전 알게 된 까만 고양이에게 경비 아저씨가 지어 준 이름이었다.

10시, 경비 아저씨의 야간 순찰이 시작됐다.

"흰눈이 보러 나왔어? 아무리 검사님이라도 밤엔 위험하니까 이것만 먹고 들어가. 알았지?"

아저씨는 수박 몇 조각을 일회용 접시에 내어 주며 몇 번이나 당부했다.

주머니가 허전해 더듬고 나서야 핸드폰을 집에 놔두고 왔다는 걸 알았다. 조금만 더, 조금만 더 하다 보니 거기서 30분이 더 흘렀다. 나는 기다리는 데 특출 난 재능이 있는 게 분명했다. 그게 아니라면 어떻게 아무것도 하지 않은 채 이다지도 잘 버틸 수 있을까.

자리에서 일어난 것은 모기 때문이었다. 발목 주변에서만 서너 번 헌혈을 한 나는 더는 참지 못하고 정원을 나왔다. 마치 짠 것처럼 석준경의 차가 오피스텔 안으로 들어섰다. 나는 우뚝 멈춰 섰다. 머릿속에선 알은체를 해야 할지 아니면 어디 숨어 있다 조금이라도 늦게 들어가는 게 나을지 쓸데라곤 없는 저울질이 시작되었다.

그러나 그는 이미 나를 본 모양이었다. 주차를 끝내기 무섭게 차에서 내려 내게 다가왔다.

"여기서 뭐 해? 설마 나 기다렸어?"

"아니. 흰눈이 보러."

나는 잘 만들어진 인공지능 로봇처럼 기계적으로 답했다. 그는 웃었다.

"장난이야. 뭘 그렇게 정색해. 야근한다고 메시지 보냈는데 기다릴 바보가 어딨냐."

그 바보가 바로 나라는 사실을 나는 말할 수 없었다. 우리는 나란히 엘리베이터를 탔다. 밝은 곳에 들어서자 모기의 습격은 눈에 띄게 티가 났다. 석준경의 시선이 슬리퍼에서 종아리로 올라왔다.

"약 발라. 흉져."

"괜찮아."

"싫으면 내가 발라 주고."

"바를게."

"말은 잘 듣네."

그는 혼잣말처럼 중얼거렸다. 나는 반바지라 숨기지도 못하는 다리를 다른 다리로 가리려 애쓰며 거울을 봤다. 거울 속의 거울, 그 안의 석준경이 있었다. 뾰족한 눈가가 피로에 젖은 고양이처럼 나른하게 풀려 있었다.

"저녁은 먹었어?"

"어."

거짓말이 술술 나왔다. 가끔 내 앞에서 거짓 증언을 하는 피의자나 그 가족들을 보면서 어떻게 사람이 저렇게 뻔뻔할 수 있나, 기함한 적이 있었는데 지금 내가 딱 그 짝이었다. 순

간을 모면하기 위해 미래는 생각지 못하는 단순함도 엇비슷했
다.

집으로 들어온 나는 식탁 앞에 선 석준경을 보고 그제야 아
차 싶었다. 이렇게 늦을 거라곤 예상 못 했던 터라 식탁엔 여
전히 저녁이 차려진 상태였다. 마주 보고 놓인 두 벌의 수저가
화룡점정이었다. 당장 방구석으로 도망가 나오고 싶지 않았지
만 눈을 질끈 감고 식탁을 치우기 시작했다.

"핸드폰 두고 가서 야근하는 줄 몰랐어."

무슨 말인지도 모른 채 지껄이며 수저를 걷어 내는 나를 석
준경이 막았다. 놀림 당할 걸 생각하니 민망함에 뺨이 다 달아
올랐는데, 그는 말없이 나를 식탁에 눌러 앉혔다.

"밥 먹자. 안 그래도 배고팠어."

손을 씻은 석준경은 찌개를 데우고 밥을 퍼 식탁에 놓았다.
나는 배터리가 나간 불량 로봇처럼 여전히 의자에 앉은 채였
다.

"이렇게 허술한데 피의자 심문은 어떻게 했어."

희고 긴 손가락으로 젓가락을 쥐며 석준경은 말했다. 매끈
한 입매가 기분 좋게 올라가 있었다. 당신 앞이라 이 모양이라
는 대꾸는 하지 않았다. 나는 물을 많이 넣었는지 진밥을 떠먹
으며 툭 쏘았다.

"쪽팔리니까 그만 비웃어."

"지금 내가 비웃는 걸로 보여?"

"그럼 아니야?"

"백수 생활 하더니 범죄심리학 기초도 잊어버리셨어. 우리 검사님."

그는 수저를 놓고 나를 똑바로 보았다. 그리곤 눈에 힘을 빼더니 입꼬리를 비틀어 표정을 바꾸었다.

"이게 비웃는 거. 그리고 이건."

이번엔 조금 전과 같은 표정이었다. 얼굴 근육에 긴장이 풀려 편안해 보이는. 나는 그게 무얼 뜻하는지 이해하자마자 밥그릇으로 눈을 내리깔았다. 그는 달콤하게 말했다.

"좋아서 웃는 거야. 너 때문에, 좋아서."

난 아무렇지 않은 척 표정을 관리하곤 민망함을 숨기려 또 거짓말을 했다.

"난 당신 싫어."

그는 여전히 웃는 낯이었다.

"알아. 계속 싫어해."

"그리고 범죄자들은 그딴 표정 안 지어."

"범죄자들은 연애 안 해?"

"검사랑 연애를 왜 해?"

"난 너랑 연애할 건데. 그리고."

잊었어? 나도 범죄자잖아.

❖　　　❖　　　❖

두 번째 소식입니다. 10년이 넘도록 이어진 아버지의 가정 폭력이 결국 한 가정을 파멸로 이끌었습니다. 경찰은 지난 8일 서인구의 한 단독주택에서 아들 이 모군을 존속 살인으로 검거했습니다. 올해 열아홉인 이 모군은 술에 취해 들어온 아버지가 어머니를 폭행하자…… 경찰은 정당방위…….

텔레비전에서 뭐라 지껄이던 말건 석준경은 제 일에 몰두했다. 날카로운 연필 끝이 텅 빈 종이 위를 망설임 없이 내달렸다. 브라운관에선 자료 화면으로 사건 현장이 재생됐다. 몸싸움으로 어질러진 거실. 모자이크 처리되었음에도 바닥엔 붉은 핏자국이 선연했다.

보는 사람은 물론 사건을 맡은 검사의 마음도 편치 않은 케이스였다. 나 역시 늘 딜레마였다. 죽어 마땅한 사람을 죽여도 벌은 받아야 하는가. 어디까지가 정당방위이고 어디까지가 아닌가. 죽이려는 아버지와 살려는 어머니 사이에서 아들은 어떻게 해야 최선이었는가.

"복직 안 해?"

리모컨을 찾아 채널을 돌리는데 그가 물었다. 눈은 여전히 종이 위에 둔 채였다.

"모르겠어."

"뭘."

"복직해 봤자 같은 일 또 터질 게 뻔한데. 살인자 딸을 누가 믿겠어."

사람들은 검사 이묵주로 내가 했던 일들보다 살인자 이규식

303

이 했던 일을 더 많이 기억했다. 대체 그 망할 놈의 꼬리표는 언제쯤 뗄 수 있을까. 죽을 때? 암은 엄마가 아니라 그 인간이 걸려 뒈졌어야 했는데.

그는 내 앞으로 수령된 보험금을 탐냈지만 단 한 푼도 손에 쥘 수 없었다. 보험사는 내가 성인이 될 때까지 일정 금액만 연금 형태로 지급된다고 설명했다. 한 달에 한 번 돈이 입금되는 날마다 그는 나를 찾아와 협박과 애원을 반복했다. 노동을 해 번 돈을 카지노로 유명한 청양시에서 모두 잃었던 어느 날엔 술에 잔뜩 취해 식칼을 내 목에 들이댄 적도 있었다.

"내가 딸년이라고 못 죽일 것 같아?"

나는 죽이라고 목을 내밀었다.

"내가 죽으면 누가 제일 먼저 의심받을 것 같은데?"

형사가 찾아와 그를 데려간 건 그로부터 일주일 뒤, 나는 뉴스에서 '수안동 일가족 방화 살인 사건'의 범인으로 그 인간과 재회했다.

"그럴 줄 모르고 검사한 건가."

"뭐?"

"내가 아는 이묵주는 그렇게 긍정적인 인간이 아니거든."

석준경은 혼잣말하듯 내뱉곤 다시 스케치를 이어 갔다. 뼈

대만 있던 건물에 서서히 살이 차올랐다. 소파에 앉은 나는 내 앞바닥에 자리 잡은 동그란 뒤통수를 조용히 내려다봤다. 위로인지 욕인지 알 수 없는 말을 가만히 되새기고 있자니 문득 그런 생각이 들었다.

"내가 아는 당신도 그렇게 긍정적인 인간은 아닌데."

창을 만들어 내던 펜이 모서리에서 멈췄다.

"선택은 두 가지였어. 죽이거나 죽임 당하는 것. 나 같아도 그랬을 거야. 그것도 당신보다 훨씬 일찍. 쓰레기한테 미안해하느라 시간 낭비하기엔 돌아가신 어머님께 죄송하지 않아?"

어떻게 살려 낸 아들인데.

뱉어 놓고 보니 간지러워 방으로 도망쳐 들어가려는데 팔이 붙잡혔다. 가까스로 중심을 잡고 선 날 올려다보는 시선이 따가웠다.

"지금 네 말은 그럼 내가 잘했다는 거야?"

"어."

"사람이 죽었는데?"

"당신이 살았잖아."

법 앞에 만인이 평등하다고 선서한 나는 아이러니하게도 사람의 생명엔 경중이 있다고 믿게 됐다. 검사 일을 하며 갖가지 사람들을 피해자, 피의자로 만나게 된 이후로 그 믿음은 더 굳건해졌다.

세상엔 죽어 마땅한 사람들이 존재했다. 아내의 목숨보다 보험금을 더 중요하게 생각했던, 그 빌어먹을 돈 때문에 타인을 파리처럼 죽였던 내 아버지나, 어린 아들을 수 년간 폭행하고 아내를 죽인 석준경의 아버지 같은. 본인의 삶이 타인의 죽음과 직결된 이들은 내 기준엔 살아 있을 가치가 없는 사람들이었다. 농담을 보태자면 마시는 공기조차 아까운.

내 아버지란 인간은 구속된 지 5년여 만에 자살로 생을 마감했다. 피해자 가족들과 홀로 남은 내가 겪어 왔고 또 겪어야 하는 고통에 비하면 참으로 사치스런 죽음이었다. 석준경의 아버지도 마찬가지였다. 심근경색이라니. 석준경과 그의 어머니가 수 년간 겪었던 아픔과 견주는 게 억울할 정도로 허무한 끝이었다.

그렇게 죽어 버릴 거면 좀 더 일찍 죽어 주시지. 불쌍한 아내 숨통 틀어막지 말고, 어린 아들 손에 피 묻히지 말고. 그랬다면.

"너 검사된 거 보셨으면 어머님이 되게 좋아하셨을 텐데."

아무 말 없이 날 바라보기만 하던 석준경이 불현듯 작게 속삭였다. 멍청히 그 말을 곱씹던 나는 뒤늦게 그 뜻을 깨닫곤 가슴이 내려앉았다.

"자랑 못 하셔서 어떡하나."

그는 창백한 낯으로 얄궂게 웃었다. 나는 일그러지는 표정을 애써 누른 채 그를 마주했다. 열린 창으로 들이친 바람에 탁자 위 연필이 바닥으로 굴러떨어졌다. 나는 그걸 줍는다는 핑계로 고개를 숙이곤 말을 돌렸다.

"사진 보니까 당신 어머니 판박이던데, 나도 그래?"

아무렇지 않게 들리도록 노력한 것이 무색하게 목소리는 잔뜩 잠겨 나왔다. 스치듯 바라본 석준경의 얼굴에 어느덧 웃음이 사라져 있었다. 나는 황급히 연필을 제자리에 올려 두곤 일어섰다. 평소완 다르게 허둥지둥거리는 나를 그는 손쉽게 끌어당겨 품에 안았다.

나는 벗어나려고 가슴을 밀어내다가 가까이서 본 그의 얼굴에 반항을 멈추었다. 암흑천지에서 한 줄기 빛을 발견한 사람마냥 애절한 눈. 시체처럼 굳어 있던 눈동자에 기적처럼 꽃이 피어 있었다.

"어. 판박이야. 머리카락 한 올부터 발끝까지 전부."

어깨를 붙잡은 차가운 손과는 달리 맞닿은 가슴은 뜨거웠다. 샴쌍둥이처럼 마주 안고 나서야 나는 깨달았다.

반쪽의 사과를 먹고도 아이는 잘 자랄 수 있었다. 나머지 반쪽을 채워 줄 다른 이가 있었다면 훨씬 더 수월하게 자랐겠지만.

덕분에 다른 반을 찾았으니 됐어.

천둥소리에 잠에서 깼다. 태풍이 온다던 날이 오늘이었나. 나는 눈을 비비며 핸드폰으로 시간을 확인했다. 새벽 3시였다.

커튼으로 가려진 창밖으로 거대한 빛이 내리꽂히고 있었다. 방 안이 순간적으로 밝아졌다 다시 어두워졌다. 물을 먹을 겸 일어났고 스위치를 누르다 정전이라는 걸 알았다. 나는 어둠에 시야가 익숙해지길 기다려 밖으로 나왔다.

거실은 되레 환한 편이었다. 천둥과 번개가 번갈아 칠 때마다 사이키 조명을 켜 놓은 것처럼 눈이 부셨다. 나는 핸드폰 불빛을 길잡이 삼아 냉장고를 찾곤 물을 마셨다.

석준경의 목소리는 침실을 넘어 흘러나왔다. 집중하지 않으면 들리지 않을 정도로 아주 작아서 천둥소리엔 묻혔다가 주변이 고요해지면 다시 들리는 식이었다. 그리고 그 소린 잠꼬대겠지, 여기곤 돌아가려 할 때쯤 젖은 흐느낌으로 바뀌었다.

고민은 5초를 넘기지 않았다. 나는 바닥에 붙은 듯 떨어지려 하지 않는 발을 돌려 침실로 향했다. 소릴 죽여 문고리를 돌리고 안으로 들어섰다. 석준경은 대형 사이즈의 침대 구석에 기다란 몸을 새우처럼 말고 있었다. 나보다 한 뼘은 더 큰 그가 연약해 보였던 건 기분 탓이었을 것이다.

나는 방 안에 깔린 어둠을 헤치고 걸어가 잠든 석준경의 앞에 섰다. 그저 흐느낌이라 치부했던 소리에는 간간히 말이 섞여 나왔다. 잘못했어요, 다신 안 그럴게요. 아이처럼 빌던 그는 다음 순간 고개를 저으며 괴로워했다. 아니야. 난 당신과 달라. 마지막엔 한 단어만을 끊임없이 반복했다. 엄마. 엄마. 그리고 다시 또,

"엄마."

그의 꿈속이 눈에 선했다. 그는 여전히 죽은 엄마를 끌어안고 울고 있을 것이다. 아버지에게 칼을 꽂은 자신을 괴물이라 생각하며 고통스러워하고 있을 것이다. 꿈이길 바라면서, 진짜 꿈속이라는 것도 모른 채 끊임없이 울고, 울고, 또 울면서.

나도 그랬다. 죽어 가는 어머니를 끌어안은 채 아버지를 죽였다는 죄책감에 괴로워하는 그와 반대로 아버지가 죽인 사람들에게 둘러싸여 끊임없이 목을 졸린다는 게 달랐지만.

나는 침대에 올라가 차가워진 석준경의 손을 잡아 줘었다. 잘게 떨리던 손가락은 기다렸다는 듯 내 손에 엉켜 들었다. 거세고 필사적인 손길이었다. 마치 내 손을 놓으면 죽기라도 하는 사람처럼.

흐느낌은 어느덧 멈췄지만 석준경은 여전히 내 손을 놓지 않았다. 나는 억지로 그를 떼어 내는 대신 마주 보고 누웠다. 석준경이 깨어 있었다면, 그리고 지금이 낮이었다면 절대 할 수 없었을 대담한 짓이었다.

창백하게 젖은 그의 얼굴은 아이처럼 순했다.

나는 잡히지 않은 다른 손으로 그의 뺨에 흐른 눈물을 닦아 냈다. 주위가 조용해 보니 창을 흔들던 천둥과 번개는 어느덧 멈춘 듯 비가 쏟아지고 있었다. 열린 방문 너머로 밝은 빛이 들이쳤다. 정전이 끝났다.

언제 어느 때고 효험을 발휘하던 검사 시절 기상 습관은 어째서인지 그날따라 맥을 못 췄다. 나는 얼굴로 쏟아지는 묘한 기척에 눈을 떴고 코앞에서 날 보고 있는 석준경을 맞닥뜨리곤 혼란에 빠졌다. 잠결에 이것도 꿈인가 생각하다가 아침 안개가 물러나듯 어제 새벽 일이 떠올랐다.

일어나려고 했으나 붙잡힌 손 때문에 그럴 수 없었다. 어떤

말을 먼저 꺼내야 할지, 어떻게 해야 이 상황을 최대한 빨리,
별 트러블 없이 벗어날 수 있을지 생각했지만 돌처럼 굳은 머
리는 미동이 없었다. 본의 아니게 누운 채 눈만 깜빡이는 날
응시하던 석준경의 무표정한 얼굴에 물감 퍼지듯 서서히 미소
가 번졌다. 비웃음은 아니네. 상황을 회피하는 방식으로 나는
석준경이 했던 말을 되새겼다.

"범죄자들은 연애 안 해?"
"검사랑 연애를 왜 해?"
"난 너랑 연애할 건데."

잡혔던 손이 풀렸다. 안도보단 허전함에 재빨리 손을 숨기
려 했을 때였다. 머뭇거리듯 다가온 팔이 나를 급히 당겨 안았
다.
"너일 줄 알았어."
석준경은 아이처럼 내 목에 얼굴을 파묻곤 중얼거렸다. 목
각 인형처럼 굳어 있던 나는 나보다 배는 너른 등을 아주 천천
히 마주 안았다.
"그래. 나야."

13
진짜와 가짜

우리는 꽤 긴 시간 동안 그렇게 서로를 안고 있었다. 눈꺼풀에 남아 있던 잠이 완전히 달아나고 맞붙은 몸이 적나라하게 의식되기 시작했지만 어떻게 벗어나야 할지 몰라 손가락 하나 까딱하지 못했다. 그의 핸드폰이 울리지 않았다면 아마 그 후로 30분은 더 그러고 있었을 것이다.

"안 받아?"

"알람이야."

허리를 휘감은 팔은 여전히 풀릴 생각을 하지 않았다. 겹쳐진 다리가 더 깊숙이 엉키기 전에 나는 그의 가슴을 밀어냈다.

"출근해."

"안 해도 되는데."

석준경은 아쉬운 듯 떨어졌다. 나는 못 들은 척 침대 밖으로 내려서 도망치듯 방으로 향했다. 심호흡으로 마음을 진정시키고 이번엔 욕실로 갔다. 씻는 데에만 집중하려고 했으나 짧은 시각 몸에 새겨진 그의 촉감은 쉽사리 지워지지 않았다. 단단한 팔. 엉키던 무릎. 길고 예쁜 목. 거기서 나던 좋은 냄새.

정신을 빼놓는 바람에 비누칠을 몇 번이나 했다. 머리를 말리고 밖으로 나왔을 땐 석준경은 이미 출근 준비를 반쯤 끝낸 후였다.

"5분만 더 참고 문 열려고 했어."

"난 원래 목욕 오래해."

거실 소파에 앉아 텔레비전을 켰다. 뉴스를 보는 척하며 석준경을 관찰했다. 그는 먼저 냉장고에서 주스를 꺼내 한 잔 마셨다. 아침밥인 것 같았다. 그리곤 드레스 룸으로 가 옷을 갈아입고 나왔다. 바지는 제대로 입었지만 셔츠 단추는 잠그지 않은 채였다. 여름에도 굳이 긴팔 셔츠를 고수하는 건, 그가 에어컨 없는 곳은 다닐 일이 없다는 뜻이었다.

보지도 않고 단추를 잠그는데도 밀려 잠기거나 잘못 잠기는 곳은 없었다. 셔츠를 완벽하게 정리한 그는 이번엔 다시 침실로 갔다. 몇 초 지나지 않아 방 밖으로 나온 그의 손에는 시계가 들려 있었다. 남자치곤 예쁜 손가락이 셔츠 소매를 걷어 시계를 채우는 걸 홀린 듯 구경하고 있더랬다.

오늘 처음 보는 디자인의 시계였다. 희고 반듯한 팔목엔 은빛의 시계가 매우 잘 어울렸다. 석준경이 시계와 만년필을 좋아한다는 건 고등학교 시절 세희에게 익히 들어 알고 있었다.

"이번엔 엄마 아빠 돈으로 오빠 생일 선물 샀는데 대학만 가
봐. 내 돈으로 한정판 시계랑 만년필 사 줄 거야. 그것도 무지 비싼
거."

혹시 저것도 세희가 사 준 걸까.

"갖고 싶어?"

어느새 내 앞에 다가온 석준경이 물었다. 무슨 소린지 몰라
나는 얼빠진 소리를 냈다.

"뭘?"

"이거."

석준경은 채웠던 시계를 다시 풀어 내밀었다. 그게 그렇게
보였을 수도 있구나, 나는 시선을 거두고 부정했다.

"아니."

그러나 그는 내 손을 붙잡곤 시계를 끼워 넣었다. 나는 당
황했다. 아니 갖고 싶은 게 아니라. 주절주절 나온 말은 끝이
뚝 잘렸다. 당신을 훔쳐보느라 그랬다고, 출처가 궁금해 더 뚫
어져라 쳐다보았노라고는 말할 순 없는 노릇이었다.

석준경은 잠금쇠를 채우곤 내 팔목을 돌려 확인했다. 그에
게 맞춘 시계는 내겐 영 헐거웠다.

"좀 줄여야겠네."

다시 풀 줄 알았건만 그는 시계는 내버려 둔 채 현관으로

향했다.

"안 가져가?"

나는 생전 처음 보는 시계의 잠금쇠를 풀 줄 몰라 낑낑거리며 그를 따라갔다. 그는 구두를 신고는 돌아섰다.

"이제 네 거야."

"뭐?"

"다녀올게."

잠을 설친 탓인지 까칠한 얼굴이 훅 다가왔다. 얼마 전 당했던 볼 키스가 반사적으로 떠올랐다. 하지만 그뿐이었다. 나는 피하지 않았다. 그의 입술은 뺨에 닿기 직전에 멈춰 섰다.

"안 피해?"

"피해야 돼?"

긴장 때문에 허리에서 목까지 모든 근육이 뻣뻣하게 경직된 주제에 나는 아무렇지 않은 척했다. 그는 설핏 웃었다. 그러자 뺨에 보조개가 팼다.

"아니."

볼 가까이 있던 입술은 방향을 틀어 내 입술에 안착했다.

"오늘은 일찍 올게."

"그래."

필사적으로 방어했던 표정은 석준경이 나가기 무섭게 와르르 무너졌다. 나는 현관 거울에 비친 내 모습을 확인하곤 죽고 싶어졌다. 귀는 고사하고 티셔츠 위로 드러난 목까지 새빨갛게 달아올라 있었다. 불행히도 석준경은 색맹이 아니었다.

나사 하나가 빠진 상태로 부엌으로 터덜터덜 들어왔다. 식탁에서 그가 마시다만 오렌지 주스를 한 모금 들이켜다가 발견했다.

차 키. 지금쯤 그의 주머니에 있어야 할 물건이었다. 완벽주의자인 석준경도 빈틈은 있구나. 지금 내려가면 따라잡을 수도 있겠단 생각에 열쇠를 들고 복도로 나섰다. 엘리베이터가 도착했다는 알림음을 듣곤 그가 되돌아왔나 싶어 걸음을 빨리했다. 하지만 복도 중간에서 날 보고 선 사람은 양손에 마트 봉투를 든 세희였다.

"네가 왜 그 집에서 나와?"

충격으로 굳은 얼굴을 하고 세희는 물었다. 알고 싶지 않은 진실을 접한 사람마냥 동공이 커져 있었다. 나 역시 놀라긴 마찬가지였다. 나는 멀뚱히 그 자리에 얼어붙은 채 아무것도 하지 못했다.

"대답해. 이묵주 네가 왜 그 집에서 나오냐고 묻잖아."

소프라노 뺨치는 평소의 말투와는 달리 세희의 목소리는 잔잔했다. 그러나 그게 태풍 전의 고요에 불과하다는 걸 나는 알고 있었다. 어찌나 힘을 줬는지 봉투를 쥔 그녀의 양손이 새빨갰다.

나는 주제를 모르고 피어오르는 동정과 죄책감부터 밟아 죽였다. 세희가 듣고 싶어 하는 해명이나 변명은 묻어 둔 채 다른 말을 했다.

"내가 왜 여기 있을 것 같은데?"

가면처럼 굳어 있던 세희의 표정은 그 순간 와장창 무너져 내렸다. 동아줄마냥 쥐고 있던 봉투들도 함께 곤두박질쳤다. 그녀는 연지처럼 붉은 입술을 파르르 떨더니 울먹이기 시작했다.

"어떻게 네가 그래? 어떻게 네가. 내가 오빠 좋아하는 거 뻔히 알고 있었으면서. 내가 준경 오빠 얼마나 좋아하는지 다른 사람을 몰라도 묵주 넌……."

"너도 알고 있었잖아."

"뭐?"

"내가 석준경 좋아하는 거."

내가 한 말에 내 가슴이 덜컥 내려앉았다. 그에게 여지라곤 없이 차였던 12년 전 이후로 단 한 번도 입 밖으로 내지 않았던 말이었다.

"12년 전에도, 그리고 지금도. 알고 있잖아."

"아니. 나는 지금 네가 무슨 말을 하는지 잘……."

"그럼 다시 말해 줄게. 나 석준경 좋아해. 네가 좋아하기 훨씬 전부터 좋아했고, 지금도 그래."

듣기 싫다는 듯 고개를 젓던 세희는 동작을 멈추고 날 노려보았다. 인형처럼 커다란 눈에 맺혀 있던 눈물이 무게를 이기지 못하고 아래로 떨어져 내렸다.

"나쁜 년."

나는 멀찍이 떨어진 그녀의 앞으로 다가가 섰다. 증오인지 연민인지 배신인지 알 수 없는 눈빛으로 날 노려보고 있는 그녀의 오른손을 잡아 내 뺨에 갖다 댔다.

"때릴래? 맞아 줄게."

"싫어!"

세희는 바퀴벌레라도 닿은 것처럼 내 손을 떨쳐 냈다. 그리곤 바닥에 떨어진 봉투를 잡아 쥐더니 내 가슴팍에 던지듯 떠밀었다.

"이래서 난 이묵주 네가 싫어. 진짜 싫어. 죽을 만큼 싫어!"

여태까지 싫었고 앞으로도 계속 싫어할 거야! 뾰족한 하이힐로 벌레를 죽이듯 발을 동동 구르던 세희는 나 같은 건 꼴도 보기 싫다는 듯 급하게 돌아섰다. 그러나 몇 걸음 가지도 못한 채 힘없이 멈춰 서야 했다. 복도 끝에 선 석준경 때문이었다.

놀란 나는 가슴에 안아 든 봉투를 떨어뜨릴 뻔했다.

뒷모습이었기에 세희의 표정은 보이지 않았다. 하지만 몇 가지는 짐작할 수 있었다. 많이 놀랐겠지. 원망스러울 거고, 미울 거고, 아플 거고, 그럼에도 여전히 좋아하는 자신이 등신같이 느껴질지도. 내가 그랬듯이.

"세희야."

"나쁜 놈."

"미……."

"사과하지 마. 구질구질해서 내가 정떨어진 거니까. 가스총 사 줄 때부터 알아봤어."

세희는 우는지 웃는지 모를 목소리로 말하곤 도착한 엘리베이터 속으로 사라졌다. 조용해진 복도엔 석준경과 나만이 남았다.

뒤늦게 내가 한 고백이 떠올라 황급히 돌아섰다. 문을 열곤 도망치듯 들어섰지만 석준경은 그런 날 금세 따라잡았다.

"너 아까 한 말⋯⋯."

"나 집 구했어."

여전히 그를 등진 채 나는 말했다. 목덜미에 닿은 그의 시선이 차가워지는 게 느껴졌다.

"그게 지금 무슨 소리야?"

"말 그대로야. 언제까지고 여기 신세 질 순 없잖아."

"이묵주."

화를 억누른 석준경이 내 어깨를 돌려세웠다. 나는 대체 언제 해야 하나 망설이던 말을 했다.

"윗집이야."

"뭐?"

"601호. 당신 윗집."

그는 귀신에라도 홀린 듯한 얼굴이었다. 나는 애써 침착한 척 덧붙였다.

"도망가지 말라며."

그래서 윗집⋯⋯.

말없이 바라보기만 하는 그가 부담스러워 주절주절 잇던 말은 모조리 그의 입술 안으로 삼켜졌다. 갑작스런 입맞춤에 놀란 내 품에서 봉투가 쏟아져 내렸다. 파스타 면과 브로콜리, 당근이나 복숭아 같은 게 차례로 굴러 나왔다.

신발장 한편으로 몰린 나는 넘어지지 않기 위해 그의 어깨를 붙잡았다. 키스는 잘 익은 자두를 깨문 것마냥 부드럽고 달았다. 처음엔 놀라 도망치기만 하던 내 혀를 그는 집요하게 쫓아와 옭아맸다.

　나는 용기를 내 눈을 떴다가 반대편 현관 거울에 비친 내 얼굴을 보고 다급히 감았다. 몽롱하게 달뜬 표정으로 그에게 매달려 있는 내가 어색하고 부끄러웠다.

　"미안해."

　입술을 뗀 그는 한숨처럼 말했다. 사람 눈을 너무 뚫어져라 쳐다봐 문제였던 이가 날 보지도 못한 채 시선을 비키고선.

　"무서워서 그랬어. 그때 넌 너무 필사적이었으니까."

　나는 12년 전 석준경의 행동도, 그리고 지금 그의 사과도 완벽히 이해하진 못했다. 아마 앞으로도 그럴지 모른다. 다만 확신했던 것은 나에 대한 그의 마음과 다시 밀어내고, 도망가고, 거짓을 말하면 영원히 그렇게 살 수밖에 없을 거라는 믿음뿐이었다.

　백 마디의 말보다 한 번의 행동이 나을 때가 있다. 무슨 말을 해야 할지 모를 때. 말을 하는 게 되레 오해만 증폭시키는 것 같을 때. 하고 싶은 말이 너무 무겁거나 아플 때. 마음을 표현하기엔 어휘력이 무진장 달릴 때.

　그러니까 바로 지금.

　나는 발꿈치를 들어 석준경의 목을 끌어안았다. 놀랐는지 몸을 굳힌 그는 곧 고개를 숙여 나를 마주 안았다. 헐거운 시계가 팔목 위까지 올라가며 찰랑, 쇳소리를 냈다. 가벼워진 내 마음처럼.

어질러진 현관은 함께 치웠다. 발에 밟혔는지 찌그러진 통조림과 먼지 묻은 과일을 보자 세희가 떠올라 마음이 좋지 않았다. 어떤 생각으로 이걸 사 왔을지 알았기에 더욱 그랬다. 한숨을 쉬는 날 꿰뚫어 본 석준경이 멍든 복숭아를 봉투 안으로 넣으며 내 머리를 헤집었다.

"네 걱정이나 해. 잊었어? 내가 가스총 사 준 거."

출근을 하지 않겠다고 버티던 석준경은 사무소의 전화를 받고 나서야 마지못해 집을 나섰다. 몇 번이고 뒤를 돌아보기에 베란다에 나가 손을 흔들어 줬다. 똑같은 배웅인데도 며칠 전과는 완전히 달랐다. 천국과 지옥 차이쯤 될까. 사람의 마음이 이렇게나 간사했다.

외출 준비를 하고 주인아저씨를 만나러 갔다. 근처 부동산에서 계약서를 나눠 가지면서 그는 문득 떠올랐다는 듯 물었다.

"근데 이 검사 석 대표랑 같이 산다며? 집이 왜 필요해?"

원룸 주인아주머니에게서 출발한 소문은 열 정거장을 지나 아저씨에게까지 도달해 있었다.

"결혼은 언제 해? 하면 나도 꼭 초대해야 돼. 내가 세탁기쯤은 사 준다."

그것도 몸집을 몇 배나 부풀린 채로.

집으로 돌아오며 청소 업체와 이삿짐센터에 각각 전화를 했다. 다행히 빈 날짜가 있어 청소는 사흘 뒤, 이사는 일주일 뒤로 예약했다.

오피스텔로 돌아오자마자 601호로 향했다. 아저씨가 알려준 비밀번호로 도어록을 풀곤 들어섰다.

가구와 가전제품이 빠져 썰렁한 집 안은 내가 살던 때와 전혀 변한 게 없었다. 벽지와 바닥, 전등까지 모든 게 그대로였다. 나는 베란다로 나가 창을 열어젖혔다. 며칠 동안 무겁게 고여 있던 공기가 미지근한 바람에 서서히 밀려 나갔다.

처음 이사 왔을 때는 이 집 아래에 석준경이 살고 있다는 걸 몰랐고, 떠날 때는 다시 돌아오리라는 걸 몰랐다. 그와 이렇게나 얽히게 될 거라곤, 더불어 그 얽힌 끈에 스스로 발목을 묶게 될 줄도 몰랐다.

석준경의 집으로 내려오는 길에 전화가 왔다. 세희였다. 여보세요. 몇 번이나 물었지만 수화기 너머 세희는 아무 말도 없었다.

5분 간격으로 같은 일이 반복됐다. 서너 번 참고 기다리던 나는 다섯 번째에 이르러 먼저 물었다.

"너 술 마셨지? 지금 어디야?"

전화는 먼저 끊겼다.

한 시간을 기다렸으나 그게 마지막이었다. 혹시나 싶어 전화를 해 보았지만 지금은 받을 수 없다는 여자의 말만 반복될 뿐이었다.

머리를 뒤채는 찜찜함을 애써 떨치곤 집을 나왔다. 원룸 주인아주머니에게 가구가 보관된 창고 열쇠를 받기 위해서였다. 신세 진 게 죄송해 소박하지만 점심도 사 드리려 했다. 그러나 아주머니는 벼룩의 간은 빼먹어도 백수 돈은 빼먹는 게 아니라며 기어코 계산을 했다.

"진짜 검사 그만두는 거야? 묵주 씨 같은 사람이 그만두면 어떤 사람이 검사해?"

그만두었다는 말도, 이제 와 복직할 거라는 대답도 할 수 없어 그저 웃고 말았다.

〈미안. 일찍 들어가려고 했는데 일이 밀렸어.〉

내가 전화를 못 받을 걸 고려한 석준경은 점심때쯤 야근을 한다는 메시지를 보냈다. 그래. 알았어. 수고해. 세 가지 중 어떤 대답을 해야 가장 자연스러울까 고민하다가 그냥 세 단어를 모조리 찍어 보냈다. 바빴던 모양인지 답은 한 시간이 지나서 왔다.

〈보고 싶다.〉

나는 답했다.

〈난 아직 그 정도는 아니야.〉

전송이 완료되자마자 말풍선이 떴다.

〈믿어 줄게.〉
〈저녁 거르지 말고 이따 봐.〉

자상하기 짝이 없는 대화를 눈으로 직접 확인해도 여전히 실감은 나지 않았다. 그가 정말 나를 좋아한다고 이야기한 게 맞나. 내가 그를 좋아한다고 고백한 게 맞나. 가까이 가면 갈수록 서로에게 상처만 잔뜩 입히던 우리가 언제 이렇게…….

나는 대화가 끝난 메시지 창을 끄지도 못한 채 눈을 감았다 떴다. 다행히 꿈은 아니었다.

❀　　·　　❀　　　　❀

초저녁, 캔 맥주를 사러 들린 편의점 골목 구석에 세희는 쪼그려 앉아 있었다. 한 손에는 마시다만 소주병 하나를 든 채 엄마를 놓쳐 버린 아이처럼 망연자실한 표정으로. 주변에는 낯선 남자 둘이 서 있었는데, 세희를 발견하지 못하고 지나치려던 나는 그들 발 사이의 핑크색 하이힐을 보곤 멈칫 걸음을 멈췄다.

"혼자서 마시지 말고 우리랑 마시자. 아가씨."

"우리가 꽤 부자거든. 갖고 싶은 거 있으면 다 사 줄 수도 있어."

세희는 삐딱하게 두 사람을 올려다보며 웃었다.

"진짜요?"

그들에겐 미소로 보였겠지만 내 눈엔 조소였다. 그녀가 걸치고 있는 옷과 가방, 구두만 해도 차 한 대 값이었다. 갖고 싶은 걸 다 사 주겠다는 아저씨들을 따라가기엔 세희는 부족한 게 없었다. 그러나 무시할 거란 예상과 다르게 그녀는 자리를 털고 일어났다.

"안 그래도 심심하고 배고팠는데."

남자들은 기다렸다는 듯 세희의 곁으로 바투 붙어 섰다. 투박한 손들이 부축한답시고 그녀의 허리춤이나 어깨로 기어 올라왔다.

표정 없는 세희를 보며 나는 어째서인지 그날을 떠올렸다. 12년 전, 석준경에게 차였던 날. 청승맞게 홀로 비를 맞고 있다 수작 거는 남자들을 무작정 따라나섰던 어린 나. 어리석은 짓이라는 걸 알았지만, 끓어오르는 자기 파괴의 욕구는 사리 분별을 할 수 있는 이성을 날려 놓았다.

고작 2년을 좋아했던 나도 그랬는데 12년을 좋아한 세희의 기분은 지금 어떨까.

"너 가까이서 보니까 되게 예쁘다."

"맞아. 연예인 해도 되겠는데?"

"우리 술 마시지 말고 그냥 저기, 저기 가는 건 어때?"

"어디?"

"저기. 저거."

남자의 손가락이 가리킨 곳은 근처의 모텔이었다. 취기가
오르는지 몽롱하던 세희의 표정이 순간 꽃잎 일그러지듯 구겨
졌다.

"셋이서 어때?"

"우리 진짜 잘해. 게다가 셋이 하면 돈도 두 배로⋯⋯."

지켜보는 건 거기까지였다. 나는 걸어가 세희와 남자들 사
이에 섰다. 벌레라도 붙은 듯 그들의 손을 쳐 내던 세희가 날
보곤 눈을 동그랗게 떴다.

"종일 전화해 놓고 정작 거니까 왜 안 받아?"

다짜고짜 물었다. 잠시 당황하던 세희는 이내 대꾸했다.

"내 마음이야."

"나 괴롭히려고 그런 거였다면 미안한데 전혀 안 괴로웠
어."

"내가 애야? 고작 전화질 좀 한다고 괴로워할 미친년이 어
딨니?"

"그럼 왜 했는데?"

세희는 고집스런 아이처럼 날 노려보았다. 나는 말없이 세
희의 시선을 받아 냈다. 우리가 하는 양을 지켜보던 남자가 더
는 못 참겠다는 듯 끼어들었다.

"누구야? 친구야?"

"아니, 친구는 무⋯⋯."

"네. 그런데요?"

정색을 하고 반박하던 세희는 그렇단 내 말에 입을 다물었다. 그들은 속닥거리더니 만면 가득 가증스런 미소를 만들었다.

"그래? 잘됐네. 그럼 같이 가. 짝도 맞고."

"어딜요?"

"어디긴 저기."

"모텔 말입니까?"

섹스에 미친 것처럼 굴던 남자는 정작 내 물음엔 소스라치게 놀라며 쉬쉬거렸다.

"아니 사람들도 있는데 그렇게 크게 말하면."

"성매매가 불법인 건 아시나 보네요."

"뭐?"

"경찰 부르겠습니다."

마법의 단어였다. 영국 신사처럼 다정을 연기하던 남자는 경찰이란 단어에 시정잡배처럼 눈을 까뒤집었다.

"이게 미쳤나. 어디서 경찰을 부르긴 불러? 먼저 꼬신 건 내가 아니라 이년이라고. 가만 보니 수상해. 두 꽃뱀 년이 짜고 우리 돈 뜯어내려는 거 아니야?"

같은 사건이 없진 않긴 했다. 대개 가출 청소년들이 이용하는 수법인데 남자애들이 여자애들에게 남자를 꼬드기게 하곤, 남자가 목욕한 틈을 타 방으로 난입. 남자를 협박해 돈을 뜯어내는 경우였다. 피해를 당해도 쪽팔려 신고하지 못하는 이가 태반이었다. 이런 변태들은 그런 애들한테 걸려서 돈 잃고, 자존심도 잃고, 얻어터지고, 경찰한테 덜미까지 잡혀 개망신당해야 하는데.

112를 누르는 나를 저지한 사람은 세희였다.

"미쳤니? 우리 아빠 알면 골치 아파져."

히스테릭하게 중얼거린 그녀는 끼고 있던 클러치 속에서,

"우리가 꽃뱀이면 아저씨들은 방울뱀이야?"

가스총을 꺼내 겨누었다.

상황은 싱거우리만치 쉽게 일단락되었다. 두 남자는 미친년이 무서워서 피하냐, 더러워서 피한다는 걸 노골적으로 어필하며 사라졌다. 처음엔 경보에 불과했던 걸음은 코너를 돌자 달리기로 바뀌었다. 쓸데가 있겠나 싶었던 가스총이 이런 데쓰일 거라곤 세희도 나도, 그리고 선물한 석준경도 예상하지 못했다.

세희는 꺼낼 때 그랬던 것처럼 자연스럽게 가스총을 가방에 넣곤 편의점으로 들어갔다. 나는 조용히 그 뒤를 따랐다. 세희는 편의점 주류 코너에서 소주를 고르고 있었다. 나는 캔 맥주를 몇 개 꺼냈다.

"뭐야? 여기까지 나 따라온 거야?"

"아니. 맥주 사러 온 거야."

우리는 카운터에 차례로 서서 계산을 했다. 대학생쯤 돼 보이는 아르바이트생 남자애가 세희를 향해 신분증을 보여 줄 수 있냐고 물었다. 세희가 미성년자로 보였다기보단 세희의 신상을 알고 싶었던 것 같았다.

327

"없는데요."

"아, 그럼⋯⋯."

"술 못 사나요?"

앞선 상황들로 인해 세희는 한껏 짜증이 치민 상태였다. 이런 결과는 예상치 못한 듯 남자애는 당황스러워했다. 세희가 다시 가스총을 꺼내기 전에 그녀가 살 물건들을 내가 살 물건에 합쳤다.

"같이 계산해 주세요."

필요 없었겠지만 민망해할까 봐 알아서 신분증도 보여 줬다. 계산이 끝나자 세희는 제 물건만 쏙 빼 들고 문을 나섰다. 봉투를 챙겨 들고 나갔을 땐 그녀는 이미 소주를 병째 들이켜는 중이었다. 나는 세희의 입에서 반강제로 소주병을 떼어 냈다.

"시위는 석준경 앞에 가서 해."

"아니. 묵주 너한테 해야지. 그래야 착한 네가 죄책감 느껴서 우리 오빠 포기하지."

여유롭던 얼굴은 그때를 기점으로 일그러지기 시작했다.

"전화도 그래서 한 거야. 울고불고 매달리면 네 마음 흔들릴까 봐."

하지만 질리도록 내게 전화를 걸었던 세희는 단 한 번도 그 말을 꺼낸 적이 없었다. 나는 왜 그러지 않았냐는 물음 대신 말없이 그녀를 지켜봤다. 그녀는 눈싸움하듯 나를 한참이나 쏘아보더니 무너지듯 주저앉았다.

"너 포기 안 할 거잖아. 내가 그런다고 너 포기 안 할 거잖아."

긴 머리카락 사이로 떨어진 눈물이 아스팔트를 적셔 놓았다. 타인을 상처 입히는 일은 곧 나를 상처 입히는 일이었다. 타인을 아프게 하면 나 역시 아팠다. 그게 사람이었다. 그걸 모르거나 모른 척하면 괴물이 되는 거고. 그럼에도 불구하고 나는 세희를 상처 입힐 수밖에 없었다.

"어. 나, 포기 안 할 거야."

미안하다는 사과는 하지 않았다. 나는 세희의 곁에 쪼그리고 앉았다. 반이 빈 소주병은 치워 버리고 맥주를 따 내밀었다.

"그러니까 울고 매달리고 욕하려면 해."

세희는 마스카라가 번져 엉망이 된 얼굴로 기막히다는 듯 웃었다.

"이래서 난 똑똑한 것들이 싫어."

혼자 가겠다는 걸 택시를 태워 집까지 데려다주고 왔다. 고작 맥주 두 캔에 취한 세희는 술주정과 구토의 콤보로 날 정신없게 만들었다.

"야. 이묵주."

열린 대문으로 들어서던 그녀가 막 돌아서는 나를 혀 꼬부라진 소리로 불렀다.

"너 진짜 나쁜 년인 거 알지?"

택시를 타고 여기까지 오는 내내 했던 말을 세희는 또다시 반복했다. 나는 귀찮아 고개를 끄덕여 주곤 택시 뒷좌석 문을 열었다.

"야, 이묵주!"

그녀가 또다시 날 불렀다. 이번엔 진짜 마지막이라는 생각으로 돌아봤다.

"미안해."

"뭐?"

혹시 잘못 들었나 싶어 되물었지만 세희는 뒤도 돌아보지 않고 대문 안으로 사라졌다. 바람에 휘둘린 철제 대문이 쾅 소리를 내며 닫혔다. 돌계단을 올라가다 넘어졌는지 악 소리가 담을 넘어왔다.

택시를 타고 돌아오며 그녀에게 전화했다. 여섯 번 만에 통화는 성공했다.

—샤워하다 나왔잖아. 지금 너 아침 일 복수하는…….

"고마워."

대답은 한 박자 늦게 나왔다.

—그렇게 고마우면 지금이라도 우리 오빠 나한테 넘겨줄래?

빈말일 게 뻔해 나는 그저 웃었다. 세희는 '나쁜 년, 이래서 너랑은 친구 안 해' 하곤 전화를 툭 끊었다.

처음 만났던 그날부터 지금까지 그녀와 나는 진짜 '친구'는 아니었다. 하지만 이제는 '진짜' 친구가 될 수 있을지도 모르겠다.

깜빡 졸고 일어났을 땐 다행히도 집에 도착하기 전이었다. 시간을 확인할 겸 핸드폰을 보자 부재중 전화가 여덟 통이나 와 있었다.

발신자는 예상대로 석준경. 잠이 덜 깬 상태로 통화 버튼을 눌렀다. 수화음이 한 번 울리기도 전에 그는 전화를 받았다. 피로와 걱정이 뒤섞인 음성이었다.

—왜 이렇게 전활 안 받아?

"잠시 졸았어. 미안."

—지금 집 아닌 거 같은데? 밖이야?

"어."

—어디? 밤중에 무슨 볼일인데?

"그냥."

더 캐묻고 싶은 기색이 역력해 보였으나 그는 거기서 질문을 멈췄다. 때마침 신호에 걸린 택시가 정차했다. 하필이면 석준경의 건축 사무소 근처였다. 차창 밖으로 환하게 빛나는 건물을 잠시 보던 나는 충동적으로 물었다.

"아직 회사야?"

—어, 왜?

"나 지금 근천데 들어가도 돼?"

옅은 침묵이 전화를 타고 흘렀다. 나는 그제야 아차 싶어 말을 주워 담으려 했다.

"아냐. 바쁠 텐데 그냥……."

―밖인데, 어디야?

　점점 가까워지는 건물, 언제 나온 건지 그가 문 앞에 서 있었다. 나는 막 출발하려는 택시를 황급히 세우고 도로로 내렸다. 우두커니 선 날 찾아낸 그가 달려왔다.

14
우리의 밤은

매번 겉만 봤지 출입은 처음이었다. 사무실은 탁 트인 평면의 복층으로 석준경의 방은 2층 오른쪽에 있었다.

나는 들어가자마자 당황했는데 이 넓은 사무실에 석준경을 제외하곤 어떤 사람도 보이지 않았기 때문이었다. 텅 빈 데스크를 둘러보는 나를 눈치챈 석준경이 야하게 웃었다.

"왜? 단둘이라서 긴장돼?"

"긴장은 무슨."

어이없다는 듯 받아쳤지만 사실 긴장됐다. 밤의 사무실은 쥐 죽은 듯 조용했다. 그래서 그가 도면을 정리하는 소리, 제도용 자를 꺼내는 소리, 셔츠가 스치는 소리, 한숨 소리까지 모두 들렸다. 보초를 서는 미어캣처럼 신경이 곤두섰다.

"그간 내가 '누구' 한테 정신이 팔리는 바람에 일을 못 했어.

나 커버 치느라 고생한 거 미안해서 다들 퇴근시켰고."

그런 날 아는지 모르는지 그는 사무실 구석의 냉장고에서 레모네이드 한 캔을 꺼내 왔다.

"신 거 싫으면 다른 거 가져다줄게."

"괜찮아."

그가 앞장서고 나는 그 뒤를 따랐다. 방문을 열자 찬바람이 쌩 들이쳤다. 이곳에만 에어컨을 틀어 놓은 모양이었다.

그는 데스크 앞에 자릴 잡고 서서 가져온 도면을 훑기 시작했다. 나는 소파에 앉아 레모네이드를 땄다. 시큼한 냄새가 코끝을 찔렀다.

우리가 입을 다물자 사무실은 좀 더 고요해졌다. 에어컨 돌아가는 소리만 나비의 날갯짓처럼 공기 중을 윙윙 울릴 뿐이었다. 나는 시큼하고 단 레모네이드를 마시며 석준경을 구경했다.

종일 일에 시달린 그는 잔뜩 흐트러진 모양새였다. 출근할 무렵 목 끝까지 채워져 있던 셔츠 단추는 두어 개나 풀린 채였고 머리카락도 부스스 삐쳐 있었다. 피로감에 무겁게 내리깔린 눈꺼풀과 간간히 들리는 한숨. 나는 여느 때의 석준경, 그러니까 '결벽증'이란 단어가 인간으로 태어난다면 바로 그 모습일 것 같은 석준경보다 지금 내 눈앞의 흐트러진 석준경이 훨씬 더 섹시하다고 무심코 생각하곤 그런 생각을 하는 나 자신한테 놀라 정색했다.

술 때문이야. 술 때문이겠지. 하면서도 내 눈은 자꾸만 풀

린 셔츠 틈의 쇄골, 시계를 차지 않아 도드라진 팔목, 여름에
도 타지 않은 하얀 피부와 유난히 붉은 입술에 자꾸만 꽂혔다.
에어컨을 틀어 놨는데도 목이 타 레모네이드를 벌컥벌컥 마셨
다.

"배고파?"

뾰족하게 깎은 연필로 도면 곳곳에 알 수 없는 체크를 하던
석준경이 문득 물었다. 한창 그의 긴 손가락을 따라 시선을 움
직이던 나는 지레 놀라 큰 소릴 냈다.

"아니."

"그럼 목말라?"

"아니."

감정을 억누른 대답은 평소보다 훨씬 더 어색하게 들렸다.
아니나 다를까, 그가 고개를 들어 날 쳐다봤다. 나는 피하면
이상할까 싶어 그 시선을 그대로 맞받고 있다가 뒤늦게 그게
더 이상하다는 걸 깨닫고 그의 어깨 너머 칠판에 눈을 고정했
다.

"술 마셨구나?"

"조금."

"누구랑? 혼자?"

"세희랑."

"찾아왔어?"

"아니. 우연히 만났어."

"그럼 아까 전화 못 받은 건?"

"세희 데려다주느라."

그는 능숙한 조사관처럼 날 취조했고 나는 말 잘 듣는 아이처럼 순순히 대답했다. 그냥 그래야 할 것만 같았다. 궁금증을 해결한 그는 다시 설계도로 관심을 돌렸다. 나는 그 틈을 타 일어났다. 화장실에 가서 세수라도 하고 올 작정이었다. 그런데 왜 항상 타이밍은 이럴 때만 맞아떨어지는 건지. 여태껏 잠잠하던 배가 마치 짜 맞춘 것처럼 앓는 소릴 냈다. 조용하다 못해 적막한 사무실 안에 그 소음은 엄청 크게 들렸다. 연필 긋는 소리가 멈추고 뒤통수로 시선이 쏟아졌다.

석준경은 아주 빨랐다. 연필을 놓고 차 키를 빼내 들더니 책상을 돌아 나와 말했다.

"기다려. 전에 보니까 샐러드랑 모히또 잘 먹는 것 같던데 사다 줄게."

당장의 쪽팔림보다 맛없는 치킨 샐러드와 단맛만 나는 모히또를 또 먹어야 된다는 압박감이 더 컸다. 나는 일단 그를 붙잡아 막았다. 팔을 잡힌 그가 돌아봤다.

"나 그거 싫어해."

"어?"

"나 그거 싫어한다고."

석준경은 어리둥절해했다. 그럴 만도 했다. 싫다는 음식을 굳이 사선 냉장고에 몇 개나 쌓아 놓는 미친 인간이 어디 있단 말인가.

"그럼 왜……."

약간의 술은 사람을 용기 있게 만들었다. 나는 아까 마신 술의 잔 기운을 빌려 맨 정신엔 못 했을 말을 서슴없이 했다.

"당신이 좋아하는 것 같았으니까."

석준경은 지구가 사각형이라고 믿던 옛사람들이 실은 둥글다는 사실을 알았을 때마냥 충격 받은 표정이었다. 할 때는 몰랐는데 막상 뱉고 보니 민망했다. 나는 서둘러 그의 시야에서 벗어났다. 막 책상을 지나치려는데 손이 붙잡혔다.

"뭔가 착각하나 본데."

돌아선 나를 책상에 밀어붙인 그가 날 제 팔 안에 가두었다.

"내가 좋아하는 건 따로 있어."

옅은 피로에 물든 얼굴이 속도를 늦춰 다가왔다. 입술이 맞닿는 순간 나는 등 뒤의 책상 모서리를 꽉 쥐었다. 그의 혀는 아이스크림처럼 부드럽게 입술을 가르고 들어왔다. 나는 그 혀를 받아 내며 방금 마신 것이 토마토 주스가 아니라 레모네이드라는 것에 안도했다.

키스에만 집중하느라 눈을 뜨고 있다는 사실도 깨닫지 못했었다. 그는 뭍으로 나온 붕어처럼 넋 나간 내 두 눈을 손수 감겨 주었다. 세상이 암흑으로 변하자 감각은 더 예민해졌다.

강아지처럼 아랫입술을 물던 그는 어느 순간 깊숙이 혀를 밀어 넣었다. 놀란 나는 숨을 참느라 산소 부족으로 얼굴이 하얗게 질리는 촌극을 벌여야 했다. 당황한 나를 보고 석준경은 아이처럼 웃었는데 나는 자존심이 상해 입술을 떼어 내려 했지만 금방 다시 붙잡혔다.

입술이 엉키며 내는 젖은 소리와 그가 내뱉는 숨소리가 청각을 장악하고, 자잘한 혀의 돌기가 스칠 때마다 느껴지는 쾌감이 손끝을 떨게 만들었다.

연이은 키스에 허우적거리던 나는 어느새 데스크 위로 올라가 앉은 채였다. 나는 팔꿈치에 거치적거리던 것이 그가 만든 모형 하우스라는 걸 깨닫고 아연해졌다.

"잠깐."

"왜."

"떨어지겠어."

유리 상자도 없이 덜컥 놓인 모형은 내가 조금만 몸을 비틀면 넘어갈 정도로 아슬아슬하게 밀려 있었다. 나는 저걸 만드는데 빠르면 보름, 늦으면 한 달이 넘게 걸린다는 석준경의 말을 다시 상기했다.

"일단 치우고……."

조심스레 몸을 일으키려는 나를 석준경은 어깨를 눌러 다시 앉혔다.

"어차피 다 쓴 거야."

그래도. 내가 운을 띄우기 무섭게 그는 급히 입을 맞춰 왔다. 더는 여러 말하기 싫다는 듯 키스가 종전보다 거칠었다. 그 와중에도 내 신경은 모형에 가 있었는데, 그걸 알아챈 석준경은 망설임 없이 모형을 바닥에 밀어 버렸다.

아크릴로 만들어진 빌딩이 바닥과 부딪히며 반 동강 났다. 놀란 내 얼굴을 제 쪽으로 돌려놓으며 그는 웃었다.

"책상에서 해 본 적 있어?"

긴 손가락이 헐렁한 티셔츠 안으로 들어왔다. 차가운 손끝이 뜨거운 배 위에 닿자 나는 소스라쳤다.

"잠깐. 잠깐만."

나는 우연히 포르노 비디오를 보게 된 여고생처럼 얼굴이 새빨개졌다. 양손으로 제 손목을 붙잡고 바둥거리는 나를 석준경은 어린아이 재롱을 보듯 가만히 놔두었다. 잠깐이라고 외친 주제에 진짜 그가 멈추어 버리자 나는 당황했다. 그 상황에서 고작 나온 변명이란 게 바로 이거였다.

"나 땀 흘렸어."

"근데?"

"어?"

"그게 왜?"

마주한 석준경은 놀라우리만큼 평온했다. 섹스 전초전이라기보단 전시회에서 그림을 감상하는 사람 같은 태도였다. 나는 할 말을 잃고 말았다. 이 상황에서 떨리고 흥분하고 어쩔 줄을 모르는 사람은 오로지 나뿐이구나 하는 느낌에 기분이 가라앉았다.

고개를 모로 틀고 미동도 않고 있자니 목덜미로 그의 얼굴이 다가왔다. 입술이 닿으려나 보다, 반사적으로 긴장하는데 막상 부딪친 건 미지근하고 깊은 한숨이었다.

"미안해. 좀 막무가내였지. 흥분하면 컨트롤이 잘 안 돼. 미안."

오싹하리만큼 낮은 목소리였다. 나는 홀린 듯 그를 다시 마주하고 나서야 알아챘다. 아무렇지 않은 게 아니라 아무렇지 않은 척 억누르고 있었을 뿐이라는 걸.

요 며칠 함께 있던 석준경이, 지난 10여 년 동안 본 석준경보다 훨씬 더 많이 웃는 바람에 간과했다. 내가 속마음이 드러나는 걸 병적으로 싫어하는 것처럼 그 역시 감정을 숨기는데 익숙한 사람이었다. 웃고 싶을 때가 아닌 웃어야 할 때 웃고, 울고 싶을 때가 아니라 울어야 할 때 우는. 특수한 경우를 제외하곤 인형처럼 늘 차가운 표정도 그래서였다. 세희는 그가 제집에 왔을 때 나이가 열한 살이었다고 했다. 고작 열한 살, 아이는 다시 시궁창으로 돌아가지 않기 위해 어디까지 할 수 있었을까.

"안 해도 돼."

나는 굳어진 석준경에게 짧게 키스했다. 전혀 뜻밖의 대답이었던지 그가 멍한 눈을 했다.

"내 앞에서까지 안 참아도 된다는 뜻이야."

잔뜩 얼어붙어 있던 그의 입가가 설탕처럼 녹아내렸다. 그는 내가 여태껏 봐 왔던 어느 때보다 환하게 웃었다.

오버 타입의 티셔츠는 허무하리만치 쉽게 말려 올라갔다. 방금까지 몸을 데웠던 열기는 어느덧 사라지고 온몸에 소름이

돋았다. 민망해 시선을 피한답시고 천장을 봤더니 길게 내려온 전등이 날 보고 인사했다. 나는 런웨이에 알몸으로 선 모델처럼 갑자기 부끄러워졌다. 석준경은 그런 내 목에 입술을 붙인 채 등을 껴안아 브래지어를 풀었다.

사무실 책상을 이런 식으로 이용하게 될 거라고는 꿈에도 상상 못 했다. 장소가 무슨 상관이냐 싶다가도 엉덩이에 걸리는 딱딱한 책상의 질감이나 시야에 들어오는 사무용품을 볼 때마다 기분이 요상해졌다. 그중에서도 가장 내 기분을 이상하게 만드는 건 내 앞의 석준경이었다. 그는 흔한 대화 하나 없이 그저 날 만지고, 깨물고, 입 맞추는 데에만 집중했다. 마치 세상에 남은 건 자신과 나 단둘뿐이고, 나와 섹스를 하는 게 최후의 신탁이라도 되는 사람처럼.

에어컨 공기와 긴장에 차게 식었던 몸은 어느 순간 서서히 달아올랐다. 흡혈귀처럼 내 손목을 깨물던 그가 팔꿈치 아래까지 훌쩍 올라간 시계를 보고 드디어 말이란 걸 했다.

"잘 어울려."

"뭐가? 이 꼴로 시계 하나 달랑 찬 게?"

긴장을 깬 본답시고 내뱉은 소린 반이 잠겨 나왔다. 그는 배부른 사자처럼 나른하게 웃으며 내 손끝에 입 맞췄다.

"아니. 내 앞에서 이러고 있는 게."

무슨 말인지 이해하기도 전에 그는 내가 입은 반바지의 허리끈을 풀었다. 좀 더 복잡하고 세게 묶어 놓을 걸 그랬나. 바지를 빼내기 쉽도록 허리를 들면서도 나는 괜히 심술이 치솟았다.

팬티가 드러났다. 나는 쇄골께까지 말려 올라갔던 티셔츠를 허벅지까지 끌어내렸다. 가슴까지 내보인 주제에 그깟 팬티 하나 더 보여 주는 게 새삼 뭐 어떠냐고 누군가는 묻겠지만, 부끄러웠다. 아마 이 뒤엔 이것마저 벗겨질 거란 사실을 알고 있기에 더욱 그랬는지도 모르겠다.

"부끄러워?"

"아니."

"발끝까지 빨개졌는데?"

가리고 싶다 해도 가릴 수 없는 발을 나는 다리를 꼬아 숨겼다. 신처럼 날 내려다보고 있는 석준경을 향해 말했다.

"아니라고 했어."

"그럼?"

"흥분해서."

나는 부러 눈 한 번 깜빡이지 않고 그를 응시했다. 그의 입가에 맺혀 있던 웃음기가 서서히 사라졌다. 전구가 꺼지듯 순식간에 빛이 나가 버린 까만 눈동자를 보며 아차 싶었으나 스위치는 눌러진 후였다. 종전과는 다른 거친 키스가 입술을 집어삼켰다.

나를 책상에 밀어 눕힌 그는 내 위를 타고 올랐다. 미처 정리하지 못한 설계도가 등 뒤에서 구겨졌다. 손에 치인 연필이 바닥으로 굴러떨어지고 제도용 자가 아슬아슬하게 의자 위로 내려앉았다. 그러거나 말거나 그는 내 어깨를 물고 다른 손으론 내 속옷을 벗겨 냈다. 반사적으로 오므라드는 허벅지 사이로 무릎이 파고들었다.

뒤엉킨 다리 위로 흥분한 석준경이 느껴졌다. 땀 한 방울흘릴 것 같은 않은 얼굴과 달리 가슴을 움켜쥔 손은 뜨거웠다. 나는 천장에 달린 새 모빌을 하나둘, 세다가 머릿속이 하얗게 비어 어디까지 세었는지 잊어버리고, 다시 하나둘 세다가 끙끙 앓느라 또 어디까지 세었는지 잊길 반복했다.

골반을 따라 흘러내려 간 그의 손가락은 어느덧 내 다리 사이에 이르렀다. 반사적으로 긴장할 준비를 하는 나를 본 그가다시 혀를 섞어 왔다. 나는 매달리듯 그의 입술을 찾아 고개를꺾었다.

키스로 머리가 느물느물해질 때쯤에야 그는 파고들어 왔다. 나는 바들바들 떨면서 내 왼손에 겹쳐진 그의 오른손을 깍지껴 쥐곤 눈을 감았다. 대체 언제 준비했는지 모를 콘돔 찢는소리와 더운 숨에 젖은 그의 목소리.

"울어도 안 멈춰."

섹스는 순조로웠다. 여태껏 침대에서만 잠자리를 했었던 나는 사무실 책상 위에서도 흥분했다. 아무도 없는데도 불구하고 큰 소리를 내면 안 될 것 같아 처음엔 신음을 눌러 삼키기바빴지만 얼마 가지는 못했다. 스케줄러가 바닥으로 떨어지고, 손에 잡힌 메모지가 구겨져도 더 이상 신경 쓰이지 않았다. 흑백의 새 모빌이 총천연색으로 보이기 시작했을 때쯤 나는 울음을 터뜨렸다.

좋아서.

울어도 멈추지 않겠다고 날 협박했던 석준경은 다정하게 날 안아 달랬다.

"미안. 아파? 울지 마."

그러나 그만두겠다는 말은 절대 하지 않았는데 그걸 깨달은 순간 어이없게 웃음이 터졌다.

엇비슷한 상황이 뒤이어졌다. 나는 울었다 웃었다 그를 끌 어안았다가 밀어냈다가 일곱 살 아이처럼 제멋대로 굴었다. 평소 어리광이라는 걸 모르고 자랐던 내 유년 생활이 무색할 정도였다.

석준경은 선생님처럼 침착하게 날 다루었다. 더는 못 하겠 다고 버티는 날 달래 다시 안게 만들고, 가끔은 부러 난폭하게 굴어 입을 다물게 하기도 했다.

그가 날 일으켜 안아 소파에 앉혔을 때는 새벽 2시. 여전히 모빌에 달린 새는 무지갯빛이었다.

나는 손가락 하나 까딱하기도 싫어 그가 내려놓은 자세 그 대로 웅크리고 앉아 있었다. 석준경은 그런 내게 물을 가져와 먹이고, 배고프지 않느냐 묻고, 환기를 시키고, 사무실 정리를 시작했다. 나는 엉망이 된 내 티셔츠 대신 여분으로 두었던 석 준경의 후드 티를 입었다. 최대치로 낮춰 놓은 에어컨 탓에 긴 팔임에도 전혀 더위는 느끼지 못했다.

어느 정도 진정이 되자 바닥을 구르고 있는 모형의 잔해와 구겨진 설계도가 눈에 들어왔다. 석준경은 망가진 모형은 쓰레기통에, 구겨진 설계도는 따로 챙겼다.

"전부 다시 해야 되는 거 아냐?"

목감기에 걸린 사람처럼 쉰 소리가 나왔다. 그는 별일 아니라는 듯 웃었다.

"밤새면 돼."

그는 새로 인쇄한 설계도를 도면 통에 말아 넣었다. 컴퓨터를 끄고, 열었던 창문을 닫곤, 에어컨 전원을 종료시켰다. 나는 자지도 그렇다고 깨어 있지도 않은 가수면 상태로 점점 가까워지는 석준경을 넋 놓고 쳐다보기만 했다.

"걸을 수 있겠어?"

어, 라고 말했지만 목소리는 나오지 않았다. 두 번 말하기도 귀찮아 그냥 발부터 내디뎠다. 그리곤 개업식에 있는 풍선 인형처럼 아래로 허물어졌다. 간발의 차로 내 허리를 끌어안은 석준경이 상체를 굽혀 내 무릎 뒤로 손을 집어넣었다. 몸이 허공으로 떠올랐다.

민망한 자세였지만 내려가긴 싫었다. 걸을 힘도 없었던 데다 석준경은 따뜻하고, 포근했고, 좋은 냄새가 났다. 나는 조금이나마 무게를 덜어 주려 그의 목에 팔을 감다가 거기 있던 제비와 눈이 마주쳤다. 멀리서 볼 때는 몰랐는데 가까이서 보니 티가 났다. 제비의 날갯죽지에 가려진 기다란 흉터.

"어디서 다쳤어?"

나는 눈을 떼지 못하고 물었다. 사무실의 전등 스위치를 끄며 그는 대답했다.

"아버지가 찔렀어, 열 살 때."

깃털처럼 가벼운 말투였다.

"죽을 줄 알았는데 기어이 살았다고 독한 새끼라더라. 그 독한 새끼 때문에 자기가 죽을 줄은 몰랐겠지."

환히 켜져 있던 전등이 그의 걸음을 따라 하나둘 차례로 꺼졌다. 각양각색의 전등이 모두 꺼지고 이젠 현관 앞, 단 하나의 전등만이 남았다.

"아마 죽을 때 후회했을걸. 그때 좀 더 깊게 찔러서 날……."

나는 석준경의 뺨을 붙잡아 내리곤 키스했다. 달칵. 놀란 그가 스위치를 잘못 눌렀는지 사무실 전체에 불이 들어왔다. 짧은 입맞춤을 끝낸 나는 그에게 속삭였다.

"살아 있길 잘했지. 날 만났잖아. 안 그래?"

그는 소리 내 웃고는 키스를 되돌려 줬다. 길고 진하고 정성스런 키스였다. 살인자 아버지 따윈 비집고 들어올 틈도 없는.

그의 집에 돌아오자마자 고꾸라져 잠이 들었다. 피로에 정신을 잃어 그가 날 데려다 놓은 곳이 여분의 손님방이 아니라 침실이라는 것도 모른 채 숙면했다. 그는 잘 자라는 키스를 마지막으로 방을 나갔다.

점심때쯤 일어났을 땐 곁에 아무도 없었다. 오늘은 토요일이었고 그는 주말과 상관없이 출근했다. 혹시나 하는 마음에 집 안 여기저기를 뒤져 보았다. 아니나 다를까, 그는 서재에 있었다. 의자 등받이에 몸을 기댄 채 죽은 듯이 눈을 감고서. 처음엔 잠든 줄만 알았다. 깨우기도 미안해 소리 죽여 돌아가려 했다. 잠에 취한 목소리가 날 붙잡았다.

"몇 시야?"

나는 문고리를 놓고 되돌아섰다. 석준경은 까칠한 얼굴을 쓸어내리곤 깊게 한숨을 내쉬었다.

"1시 넘었어. 밤새 일한 거야?"

"이제 다 끝났어."

"그럼 나가서 제대로 자."

그는 대답도 없이 잠이 잔뜩 드리운 눈으로 날 쳐다보기만 했다. 나는 괜히 민망해져 밖으로 나왔다. 식탁에 서서 물을 마시고 있자니 발소리가 들렸고, 곧 단단한 팔이 등 뒤에서 날 끌어안았다.

"나도 물."

컵에 따른 물을 건네주려고 한순간 몸이 돌려세워졌다. 입술이 맞닿고 나서도 상황 파악을 못 하다가 혀가 들어오자 정신이 번쩍 들었다. 나는 놀라 놓칠 뻔했던 컵부터 먼저 힘주어 붙잡았다. 흘러넘친 물이 손목을 적시곤 바닥으로 떨어져 내렸다.

온 바닥을 물 범벅으로 만들어 놓은 후에야 나는 그에게서 벗어날 수 있었다.

"피곤해. 좀 자야겠다."

아쉬운 듯 나를 한 번 더 끌어안은 그는 침실로 향했다. 걸음이 바람에 흔들리는 코스모스처럼 위태위태했다. 나는 그가 쓰러지듯 침대에 눕는 걸 확인하고 주저앉았다. 바닥은 쏟은 물로 흥건했고, 떨어뜨리지 않으려 필사적으로 쥐었던 컵은 완전히 뒤집어 들린 채였다.

나는 컵만 식탁에 올려 두곤 바닥은 치우지도 않은 채 그를 따라 들어갔다. 그새 잠든 그의 곁에 나란히 누워 손을 끌어다 잡았다. 악몽을 꾸지 않는다고 보장은 못 하지만 적어도 깨워줄 순 있으니까.

잘 자.

당신의 낮과 밤이 적어도 어제보단 평온하길.

❁　　　❁　　　❁

이삿날은 금세 다가왔다. 석준경은 제가 쉬는 주말로 날짜를 바꾸길 원했지만 이미 잡은 스케줄을 수정할 순 없었다. 게다가 어차피 포장 이사, 딱히 다른 일손이 필요한 것도 아니었다.

가구나 가전제품들도 원래 있던 자리로 돌려놓는 것뿐이었으니 배치를 고민하느라 시간을 쓰지도 않았다. 짐 정리는 점심때쯤 대충 마무리됐다. 나머지는 벽에 못을 박거나 전등을 갈거나 옷장에 옷을 거는 자잘한 일들이었다.

몇 박스나 되는 책부터 정리하고 어질러진 거실에 앉아 쉬고 있었다. 벨이 울려 나가 봤더니 인터폰에 석준경의 얼굴이 떠올랐다.

"회사는?"

"조퇴했어."

"바쁘다며?"

"내 회사야."

나랏밥을 먹는 나는 엄두도 못 낼 자유로움이었다. 나는 더 말리거나 캐묻지 않고 문을 열어 줬다. 난장판인 거실을 본 석준경의 뺨이 창백해졌다.

"이사 아침에 끝났다고 하지 않았어?"

"어."

"근데 왜……."

3시가 넘어가는 지금까지 아직도 이 꼴인 거냐고 묻고 싶은 눈이었다. 나는 모른 척 박스 안에서 옷을 꺼냈다. 결벽증인 그의 눈에는 더러워 보이는 게 당연하다고 자기 합리화를 하면서.

속이 터지는지 석준경은 셔츠 단추 하나를 더 풀었다. 단추 두 개가 풀어진 셔츠 사이로 쭉 뻗은 쇄골이 시원하게 드러났다. 나는 거기 사는 제비가 오늘도 안녕한지 확인한 다음, 겹쳐진 블라우스를 차곡차곡 쌓았다.

"이것도 옷이야?"

"어."

박스에 별 표시를 한 건 속옷이라는 의미였다. 잠깐. 말리기도 전에 그는 빠르게 테이프를 뜯어 냈다. 상자가 열리더니 가지런히 정리된 속옷이 모습을 드러냈다.

검사라는 직업 때문에 옷을 입는데 한계가 있었던 나는 그 스트레스를 속옷을 사다 모으는데 퍼부었다. 실용성과는 상관없이 예쁘다 싶은 건 일단 사고 보았다. 빨강, 검정, 보라 등 색깔은 기본이거니와 홑겹부터 레이스, 시스루까지 소재와 디자인도 다양했다. 슬립도 한자리 차지했다. 부드러운 감촉이 좋아 사 놓은 게 열 벌이 넘었다. 하지만 정작 입는 건 누드 톤의 민무늬 브라와 무채색 파자마뿐, 다시 말하면 이 상자 속 속옷의 70%는 소장용이라는 소리였다. 석준경은 그런 인과 관계 따윈 전혀 모르겠지만.

"이건 내가 정리할게."

나는 빠르게 뚜껑을 덮고 도망치듯 침실로 들어갔다. 서랍 앞에 박스를 던지듯 내려놓곤 신중하지 못한 자신을 자책하고 있었다. 어느새 따라 들어온 석준경이 내 허리를 더듬었다.

"난 보라색이 맘에 드는데, 지금 입어 주면 안 되나?"

그날 나는 에어컨을 설치하지 않은 상태로 종일 움직여 더위를 먹은 상태였다. 날은 덥고, 짜증은 나고, 놀리는 그가 얄미운데 당하고 있기만은 싫어서. 그래서.

"파란색은 어때?"

입고 있던 박스 티를 뒤집어 입고 있는 속옷을 보여 주는 미친 짓거리를 했다. 안타깝게도 석준경은 눈 한 번 깜빡이지 않았다. 내 가슴을 빤히 보더니 손가락으로 골반께를 가리켰다.

"바지는 안 벗어? 난 뭐든 조화를 중요하게 생각하는 사람이라."

전의를 상실한 나는 헛웃음을 흘리며 팔을 내렸다. 어깨까지 올라갔던 티셔츠는 미끄러지듯 제자리로 돌아왔다. 속옷박스는 발로 밀어 치운 채 방을 나섰다. 성큼 나를 앞지른 그가 문을 가로막았다.

"흥분시켜 놓은 건 해결하고 가셔야죠, 검사님."

냉방이 안 돼 30도가 육박하는 방 안에서 우리는 뒤엉켰다. 러닝머신을 뛴 것처럼 가슴이 터질 듯 부풀고 머리카락이 땀으로 젖어 들었다. 날카로운 턱 끝에 맺힌 땀방울을 올려다보며 나는 그도 땀이란 걸 흘리는구나, 당연한 사실을 새삼 신기해했다.

욕실에 들어가 냉수로 샤워를 했다. 석준경은 이왕 할 거같이하자며 쓸데없는 고집을 부렸지만 내가 거부했다. 거실에 앉아 드라이어로 머리를 말리고 있자니 허리에 타월만 두른 석준경이 밖으로 나왔다.

"노출증이야?"

"갈아입을 옷이 없어서."

그는 시위하듯 부러 내 앞을 지나다녔다. 좀 전에 봤던 알몸, 여기서 다시 본들 뭐가 다르겠냐며 무시했지만 본능적으로 눈이 갔다. 하루 종일 책상에 앉아 일하는데도 길고 곧은 척추와 머리를 털어 낼 때마다 드러나는 양 날개 뼈, 타월 위로 아슬아슬하게 드러낸 골반을 보고 있자니 집중이 되질 않았다.

하는 수 없이 나는 아래층 그의 집으로 내려왔다. 드레스룸으로 들어가 색깔과 종류, 디자인별로 정리된 옷들 중에서 가장 편해 보이는 걸 대충 빼내 들었다. 백화점도 이 정도로 깔끔 떨진 않겠다. 한 치의 어긋남도 없이 열 맞춰 걸린 옷들을 보며 나는 혀를 내둘렀다.

돌아와 내민 옷을 그는 군말 없이 받아 입었다. 나는 그의 몸이 하나씩 가려질 때마다 묘한 서운함이 느껴져 당황했는데 내가 이렇게 남자의 알몸을 좋아하는지 그날 처음 알았다.

오후가 되자 온도는 낮아졌다. 바람도 미약하게나마 불기 시작했다. 그러나 섹스로 기운을 뺀 나는 방전 상태였다. 석준경의 옷을 가져다 바친 걸 마지막으론 소파에 앉아 꼼짝도 하지 않았다. 반면 그는 쉬지 않고 움직였다.

상자 속의 옷을 꺼내 드레스 룸에 가져다 걸고, 미처 정리하지 못했던 서류들을 책장에 종류별로 꽂았다. 각종 전자 제품의 코드를 연결하고, 전등을 갈고, 무선 공유기를 설치했으며 노트북을 부팅시켜 확인했다.

청소기를 꺼내 거실을 미는 석준경을 마지막으로 나는 잠에 빠졌다. 한 시간 정도 잤을까. 일어났을 땐 모든 게 무서우리만큼 깨끗하게 정리되어 있었다. 심지어는 대충 놓아 뒀던 텔레비전 옆 다육이 화분 여섯 개까지 가지런히 열이 맞춰진 채였다. 손으로 얼굴을 쓸어 잠을 떨쳐 내곤 일어섰다. 다시 샤워를 한 모양인지 그가 욕실에서 나왔다. 내가 가져다준 옷이 아닌 다른 옷을 입고 있었는데 그새 내려가 새로 가져온 것 같았다.

다용도실에서 세탁기 돌아가는 소리가 났다.

"빨래도 했어?"

"어. 내 옷도 넣었는데 마르면 그냥 여기 놔둬."

냉장고에서 생수를 꺼내 든 석준경이 곁에 주저앉았다. 몸에서 레몬 향기가 풍겼다. 바디 샴푸 냄새였다.

"근데 너 손버릇 있더라."

"뭐가?"

"이거."

그는 반이 접힌 사진을 내밀었다. 그의 서재에서 발견했던 내 지갑, 거기서 다시 꺼내 온 사진이었다.

"어디서 뺐어?"

"아까 서류 정리하다가."

"당신이야말로 내 지갑 가져간 거 왜 말 안 했어?"

"가져간 게 아니라 버린 거 주운 거야."

반박할 말이 없었다. 나는 노숙자에게 지갑을 줬고, 그걸 다시 가져온 건 그였으니까. 나는 그의 손에서 사진을 빼앗으려 했다. 그러나 그가 팔을 들어 올리는 바람에 실패했다.

"열아홉 이후론 우리 집에 들른 적 없으니까 그전인가?"

그는 범죄를 추리하는 형사처럼 캐물었다. 알면서 왜 물어.

나는 퉁명스럽게 대꾸했다. 그는 알아서 내 손에 사진을 내려
놓았다.

"내가 그렇게 좋았나?"

"눈이 썩었던 거지."

"뭐?"

나는 다 들었는데도 불구하고 되묻는 그를 무시한 채 테이
블 유리 안에 사진을 끼워 넣었다. 석준경은 항의하듯 나를 노
려보다가 졌다는 듯 웃었다. 나는 그가 반쯤 마시고 내려 둔
생수를 마저 마셨다. 시원한 물이 들어가자 남아 있던 졸음이
달아났다.

"이건 왜 안 넣어 놨어?"

산만함을 못 참는 석준경이 탁자 아래 놓아둔 스크랩북을
꺼내 들었다. 말리려 했지만 타이밍이 늦어 그만뒀다. 만든 지
10여 년이 지난 스크랩북은 귀퉁이가 닳고 색이 바랬다. 짜증
반 호기심 반으로 스크랩북을 펼쳐 보던 그의 표정에 순간 복
잡한 감정이 스쳐 지나갔다. 고개를 빼 그가 보고 있는 페이지
를 확인했다.

단순 방화인가. 살인인가. 수안동 일가족 방화 살인 사건.
죽이려고 했던 건 아니다. 단지 화가 났을 뿐. 이규식의 고백.

사건과 관련된 신문 기사란 기사는 모두 모아 놓은 스크랩
북이었다. 그걸 굳이 지금껏 가지고 있는 이유는, 그들을 잊지

않기 위함이었다. 아무 죄도 없이 한순간에 죽어야 했던 사람들. 나는 석준경의 손에서 스크랩북을 가져와 덮었다.

"배고파. 내려가서 밥이나 먹자."

분위기가 심각해지는 게 싫어 말을 돌리며 일어났다. 그가 내 허리를 안아 당겼다. 마침 그가 앉은 소파 앞을 지나던 나는 비틀거리다 그의 허벅지 위에 주저앉고 말았다.

"검사까지 됐으면 이제 이분들은 그만 놓아 드리는 게 어때?"

휘청거리는 날 힘주어 끌어안으며 석준경은 말했다.

"그리고 날 잡아."

15
사랑도 아니면서

    에어컨을 설치해 줄 기사분이 오기 전까진 석준경의 집에서
지냈다. 나는 손님방을 탈출해 침실에 입성하는 영광을 누렸
다. 그러나 같이 잘 시간은 별로 없었는데, 일이 밀린 그가 거
의 서재나 거실에 살다시피 했기 때문이었다.

    사흘 만에 에어컨을 설치하고 나흘째 되던 날 아침, 나는
일찍부터 외출 준비를 했다. 가지고 있던 옷들 중 검은색의 정
장을 차려입곤 시외버스를 탔다. 오늘은 수안동 방화 살인 사
건 피해자들의 기일이었다.

    어릴 적 뭣도 모르고 기일 날 찾아갔다 유족과 맞닥뜨리는
바람에 진탕 욕만 얻어먹고 쫓겨난 적이 있다. 태어나 처음 맞
아 본 소주 벼락은 더운 여름에도 살이 떨릴 만큼 차가웠다.
그 이후론 기일을 피해 가기 시작했는데, 가족의 심기를 거스

르지 않는다는 명목이었지만 실은 두려웠다. 여전히 날 아버지 보듯 하는 그들을 만나는 것이.

가족은 납골당 한 칸에 함께 모셔져 있었다. 시들지 않은 생화와 메모지들이 주변을 장식한 가운데 내 시선이 머문 곳은 생전 그들의 가족사진이었다.

당시 유치원생에 불과했던 남자아이는 살아 있다면 올해 스무 살이 넘었을 것이다. 나는 첫해엔 색연필을 그다음 해엔 축구공을, 그리고 오늘은 시계를 선물했다. 아는 사람에게 줄 거라고 석준경의 도움을 받아 산 것이었다.

그날 이후론 모든 게 죄송했다. 그 인간의 딸이라 죄송했고, 웃어서 죄송했고, 울어서 죄송했고, 나이를 먹어 죄송했고, 밥이 넘어가 죄송했고, 숨을 쉬고 있어 죄송했다. 죽지 못해 살았고 사는 게 지옥이었다. 행복하지 않았기에 죄책감을 덜 느꼈었다. 그런데 요즘은 행복해서 문제였다. 웃는 일이 늘어났고 석준경과 함께 있으면 그들은 생각조차 나지 않을 때가 많았다. 그래서.

"죄송합니다. 너무 죄송한데 저⋯⋯."

"이제 그만 죄송해도 돼요."

이곳에 올 때마다 밥 먹듯이 하던 사과는 어깨를 타 넘어온 음성에 반 토막이 났다. 나는 바짝 얼어서 뒤를 돌아보았다가 그보다 더 얼어붙었다.

"귀신이라도 보는 얼굴이네, 아가씨."

10여 년 전이 지났음에도 나는 단번에 그녀를 알아보았다.

이제 마흔쯤 되어 보이는 세련된 차림의 여자는 언젠가 내가 이곳에서 만났던 고인의 동생이었다.

나는 황급히 허리부터 굽혔다.

"안녕하세요."

"누가 매년 이렇게 왔다 가나. 대충 짐작은 했었는데, 직접 확인하고 싶었어요."

숙였던 고개를 나는 차마 들 수가 없었다. 언젠가 들었던 그들의 곡소리가 이명처럼 귀를 찔러 댔다. 그녀는 가져온 꽃다발을 조심스레 바닥에 내려놓았다.

"우리 언니가 세상에서 제일 싫어하는 게 꽃이었어요. 꽃가루 알레르기가 있었거든. 근데 죽은 사람이 꽃가루 알레르기가 있을 턱이 없으니 그냥 사 와요. 난 꽃이 좋으니까."

"죄송합니다."

기껏 나온 말이라는 게 또 그것뿐이었다. 자꾸만 바닥으로 기우는 얼굴 위로 시선이 쏟아졌다. 긴장을 숨기느라 나는 주먹을 움켜쥐었다.

"검사가 되었다면서요?"

"네?"

놀라 고개를 들자마자 눈이 마주쳤다. 생각보다 편안해 보이는 표정이라 놀랄 새도 없이 그녀는 말했다.

"정신병자처럼 들릴지 모르겠지만 몇 년 전까지 그쪽 뒷조사를 좀 했었어요. 한날한시에 우리 언니, 조카, 형부 죽여 놓은 인간 딸이 얼마나 잘 사나 궁금했거든. 하고 많은 직업 중

에 검사가 됐다는 소릴 듣고 얼마나 놀랐던지. 우리 때문인가
요?"

그렇다고도 아니라고도 대답할 수 없었다. 난 그저 벗어나
고 싶었던 것뿐이었다. 살인자 딸이라는 지긋지긋한 주홍글씨
에서. 그 애비에 그 딸년이라는 소릴 더 이상 듣고 싶지 않았
다. 내 죄는 그 사람의 딸로 태어난 것밖에 없는데.

그녀는 묵묵부답인 나를 재촉하지 않고 유리문 안의 가족사
진을 응시했다.

"정신을 차리니까 보이더군요. 내가 그 인간이랑 다를 게
뭔가. 잘못을 한 사람은 따로 있는데, 그 딸이 무슨 죄라고. 그
걸 인정하는데 12년이 걸렸네요."

나이치곤 고운 손은 사진 속 사람들을 오래도록 매만졌다.
그녀는 다시 날 돌아보았다. 그리곤 아주 천천히 웃어 보였다.

"이 정도 했으면 됐어. 그러니까…… 이제, 그만 와도 돼요."

정중히 인사를 건넨 나는 먼저 납골당을 나왔다. 시린 눈에
고이는 눈물을 참아 내느라 얼마 되지도 않는 거리를 몇 번이
고 멈추었다 다시 걸어야 했다. 그녀가 선물하듯 건넨 꽃다발
때문이었다.

"혹시 몰라서 하나 더 샀는데, 꽃 좋아해요?"

태어나 처음 받은 꽃이었다. 타인에게.

시내에 도착한 나는 택시를 타고 검찰청에서 내렸다. 살갑게 돌봐 줬더니 사직서를 내고 외동딸의 남자를 빼앗은 나를 검사장은 여전히 챙겼다.

─얼굴 잊어버리겠어, 나와서 차나 한잔해.

오랜만에 만난 검사장은 조금 피곤해 보였다.

"그동안 어떻게 지냈어?"

"덕분에 잘 지냈습니다. 세희는, 어때요?"

"말도 마. 아주 사춘기 때보다 더 하다네. 차였으니 그럴 만도 하지."

예상치 못한 대답에 나는 흠칫 놀랐다. 그는 내 표정이 굳는 걸 보더니 허허 소리 내 웃었다.

"다 들었어. 준경이랑 사귀게 됐다며. 혹시나 죄책감 같은 걸 가지고 있다면 그럴 필요 없어. 자네 아니어도 세희는 차였을 거야. 뭐 이번이 준경이한테 처음 차이는 것도 아니고, 곧 정신 차리겠지."

죄송하다는 말을 해야 하나, 감사하다는 말을 해야 하나 망설이다 그만 타이밍을 놓치고 말았다.

근데 준경이 그놈 생각보다 더 괜찮은 놈이야. 성격이 까탈스러워서 그렇지. 직장 좋지. 얼굴 그만하면 잘났지. 키 크지. 나름 섬세하고 다정해. 혼자 산 지 오래라 요리도 꽤 하고 청소는 뭐 말할 필요도 없고. 그는 자식 자랑하는 팔불출 부모

처럼 석준경의 장점에 대해 늘어놓다가 문득 떠올랐다는 듯이
물어왔다.

"잠깐, 그래서 복직은 언제 할 건가?"

"가을 때쯤 할까 싶습니다."

"그래. 잘 생각했어. 소문이야 이제 완전히 소강된 상태니
까."

"아뇨. 밝히고 복직할 생각입니다."

"뭐라고?"

"어떤 식으로든 알리고 그 후에 복직이든 퇴직이든 하겠습
니다."

그는 뭐하러 그렇게까지 하느냐고 한 시간 동안 나를 설득
했다. 그러나 나는 고집을 꺾지 않았다.

"잘못하면 정말 그만둬야 할 수도 있어. 그래도 괜찮나."

"어차피 언젠가는 그만둬야 하겠죠."

이젠 청 내에서 내 아버지에 대해 모르는 사람은 없었다.
소문은 불씨와 같아서 지금은 사그라졌다 해도 언제 바람을
맞고 타올라 날 집어삼킬지 몰랐다. 지금 내가 할 수 있는 최
선의 선택은 이것뿐이었다. 직접 불을 붙여 꺼지길 기다리는
것. 재가 되고 나면 뭐든 보이겠지.

그는 언론사 기자의 명함 하나를 내밀었다. 친구의 딸이라
고 했다. 적어도 인터뷰를 왜곡하진 않을 거라고. 지난번에 현
창열 의원 일로 준경이랑 너 고생시킨 빚을 갚는 거니 부담 갖
지 말란 말도 덧붙였다.

검찰청을 나왔을 땐 햇볕이 가장 뜨겁다는 오후 2시였다. 배는 고프지 않았지만 뭐라도 입에 넣지 않으면 쓰러질 것 같았다.

　근처 도넛 가게에서 커피와 간단한 도넛을 주문해 먹었다. 에어컨 바람에 넋을 놓고 있는 동안 직장인 몇몇이 도넛을 포장해 갔다. 습관처럼 석준경이 생각났다. 옆 검사실 수사관과 모르는 여자 둘, 새내기 회사원으로 보이는 남자 하나가 각각 도넛 세트 혹은 커피와 샌드위치를 주문해 포장해 가는 걸 보면서도 계속 망설였다. 오버로 보이진 않을까. 막상 사 갔는데 석준경은 없으면 어떡하지. 나는 각가지 경우의 수를 생각하다 마침내 메시지를 보냈다. 모든 건 그의 대답에 따르기로 했다.

　지금 사무실이야?

　〈어, 왜.〉

　커피 사 갈까?

　액정을 응시한 채로 초조하게 탁자만 두드리고 있자니 벨이 울렸다. 당황한 나는 통화를 누른다는 게 실수로 종료 버튼을 눌러 버렸다. 전화는 끊어지기 무섭게 다시 왔다.

　"여보세요."

　─와.

　"어?"

수화기 건너편에서 패턴 디자인 어떻게 됐어? 하고 있어요. 조감도는? 낯익은 목소리 여러 개가 섞여 들렸다.

—안 사 와도 되니까, 그냥 와.

그 말을 마지막으로 전화는 끊겼다. 나는 바쁜데 괜히 귀찮게 했나, 뜸 들이다 결국 카운터 앞에 섰다.

"도넛 세 상자랑 커피 열 잔이요."

택시를 타고 사무소 앞에서 내렸다. 거기까진 괜찮았는데 문을 열기엔 손이 모자랐다. 도넛과 커피, 게다가 꽃다발까지 한꺼번에 들고 있자니 총체적 난국이 따로 없었다. 하는 수 없이 꽃다발을 바닥에 내려놓고 커피와 도넛을 나눠 드는데 화단 저쪽에서 익숙한 실루엣이 다가왔다.

"혹시나 했는데 진짜 이 검사님이네. 준경이 만나러 왔어요?"

"안녕하세요."

고영민 씨는 인사하는 내 양손에서 도넛과 커피부터 받아 들었다. 그리고는 먼지 하나 없이 매끈한 문을 발로 밀어 열며 웃었다.

"뭐해요. 들어가요."

"야. 석준경. 네 님 오셨다!"

사무실에 들어서자마자 고영민 씨는 큰 소리로 외쳤다. 덕분에 곳곳에 퍼져 있던 사람들의 시선이 한꺼번에 내게로 몰렸다. 나는 꽃다발을 든 채 전봇대처럼 굳어 버렸다. 의지와는 상관없이 얼굴이 달아오르기 시작했다. 재판에서 개망신을 당해도 이것보단 당황하지 않았을 것이다. 아무 죄 없는 고영민 씨가 미워질 정도였다. 몇 분이 지난 후에야 가까스로 페이스를 찾고 인사를 할 수 있었는데 마침 석준경의 방에서 나온 다미 씨 덕분이었다.

"어? 검사님, 완전 오랜만이에요!"

"네. 안녕하세요."

"저도 안녕하세요. 어디서 봤나 했더니 그때 그 검사님이셨구나."

사무실 전반에 걸쳐 있던 침묵은 그렇게 깨졌다. 고영민 씨와 다미 씨를 포함해 사무소 직원은 여섯 명이었는데 반은 석준경의 집에서 봤던 아는 얼굴, 반은 모르는 얼굴이었다.

"어, 열 잔이나 사 오셨네. 근데 준경이 이 자식은 왜 안 나와?"

고영민 씨는 내가 하나 더 먹어야겠다며 열 잔의 커피 중 두 개를 미리 빼 들었다.

"근데, 검사님이라니. 제가 아는 그 검사 맞아요?"

"그럼 그거 말고 다른 검사가 또 있어?"

"아니 저는 그냥."

"왜? 검사가 너무 예뻐서 놀랐냐?"

"대표님 애인이라면서요."

"어라? 이 자식 봐라? 안 예쁘다는 소린 안 하네?"

당황해 빨개진 남자애의 어깨를 치며 고영민 씨는 배를 잡

고 웃었다. 얘는 쓸데없이 솔직한 게 탈이라니까. 언젠가 그와
함께 꽐라가 됐었던 수찬 씨도 함께 웃었다. 다미 씨가 도넛
하나를 내밀며 사과했다.

"죄송해요. 원래 이래요."

나는 아니라고 도넛을 받아 들면서도 시선은 굳게 닫힌 석
준경의 방에 가 있었다. 오라고 그렇게 단언하더니 머리카락
한 올 내비치지 않는 그가 괘씸해지려 하고 있었다. 그게 티가
났다 보다. 도넛 두 개를 겹쳐 먹던 다미 씨가 커피 한 잔과 뜯
지 않은 도넛 한 박스를 건네며 눈짓했다.

"들어가 보세요."

나는 감사하다는 인사를 하곤 그의 방으로 향했다. 노크를
해도 답이 없어 그냥 열고 들어가는데, 화를 억누른 듯한 목소
리가 걸음을 멈추게 했다.

"동선을 그렇게 바꾸는 건 불가능합니다."

엘리베이터가 어떻고, 계단이 어떻고, 수직이니 수평이니,
나는 이해하지 못할 단어들이 여럿 오갔다. 짜증이 한껏 치솟
아 오른 얼굴과는 달리 통화를 하는 내내 석준경의 어조는 평
이했다. 대화는 몇 분 지나지 않아 끝이 났다. 전화를 끊자마
자 그는 핸드폰을 책상에 던지듯 놓고 한숨 쉬듯 욕을 내뱉었
다.

나는 그제야 다가가 책상에 커피와 도넛을 내려놓았다. 두
통이 온 듯 머리를 짚고 있던 그가 뒤늦게 날 확인하곤 눈을
동그랗게 떴다.

"미안. 언제 왔어?"

굳어 있던 뺨이 나를 보자 솜사탕 녹듯 사르르 풀렸다. 무딘 나를 설레게 하는 건 바로 이런 것들이었다. 다른 무엇도 아닌 나 때문에 반응하는 그를 볼 때. 나는 그를 따라 느슨해지는 입가를 애써 붙들어 맸다.

"바쁜데, 괜히 왔나 봐."

"설마 너 볼 시간 없을까."

커피와 도넛은 제쳐 둔 그는 곁에 선 내 허리부터 끌어안았다.

"그냥 오랬더니."

"야, 전화는 해 봤어? 뭐라……."

미처 떨어질 새도 없이 문은 벌컥 열렸다. 빨대를 꽂은 아메리카노를 입에 물고 들이닥친 고영민 씨는 그 자세 그대로 뒷걸음질 쳐 방을 나갔다.

"아, 미안. 진짜 미안해요. 내가 요즘 이렇게 정신이 오락가락한다니까. 하하하."

전화는 몇 초 뒤에 왔다. 벗어나려는 나를 놔주지 않던 석준경은 마지못해 핸드폰을 들었다.

"구조 안 바꿀 거야. 어."

금세 통화를 끝낸 그가 어이가 없다는 듯 웃었다.

"이럴 거면 아까 대답 듣고 나가지."

통화 시간 2초. 꺼지기 직전의 핸드폰 액정엔 아까 뒷걸음질 쳐 나가던 고영민 씨의 이름이 떠 있었다.

퇴근 때까지 기다렸다 같이 가자는 석준경을 마다한 채 사무실을 나섰다. 그는 작업을 멈추고 따라 나왔다.

"어, 벌써 가요?"

"네. 바쁜데 제가 방해했죠?"

"아뇨, 아뇨."

덕분에 간식도 먹고 호강했다며 다들 손사래 쳤다. 어째서 메마르고 까다로운 석준경과 함께 일할 수 있는지 이해가 될 만큼 좋은 사람들이었다.

"근데 검사님 이사하셨어요?"

작별 인사를 하다 말고 다미 씨가 물었다.

"전엔 분명히 대표님 윗집이라고 들었는데 얼마 전인가. 근처 원룸에 검사님 들어가는 거 봤거든요."

"아, 잠깐 거기 살다가 다시 돌아왔어요."

"그렇구나."

"그럼 집들이해야죠."

불쑥 끼어든 사람은 고영민 씨였다. 여태껏 그를 말리던 다미 씨마저 맞장구치면서 일이 커지고 말았다.

"맞아요. 집들이해요. 지난번엔 취해서 제대로 이야기도 못 했잖아요."

"이번 주말이면 우리 프로젝트도 대충 마무리될 것 같은데, 어때요?"

"집들이는 무슨."

들뜬 그들은 아랑곳없이 석준경은 매몰찼다.

"묵주 바빠. 주말엔 각자……."

"그럼 토요일 저녁에 오세요."

당황한 듯 날 보는 그가 느껴졌다. 어째서 쓸데없이 일을 벌이냐는 시선이었다. 나는 모른 척 웃었다. 석준경이라는 거대한 벽을 넘은 사무실 사람들은 눈에 띄게 기뻐했다. 우리 집 집들이가 뭐 그리 특별할 게 있다고 좋아하는지 모를 만큼 열렬한 반응이었다.

상황을 진정시킬 겸 이만 가겠다, 인사했다. 그는 기다렸다는 듯 따라붙었다.

"데려다주고 올게."

"택시 타고 가면 돼."

"내가 택시라고 생각해."

"맞아요. 타고 가세요. 형 아침부터 지금까지 꼼짝도 안 해서 좀 움직여야 돼요."

난 무슨 마네킹인 줄. 손을 흔드는 사람들에게 다시 한 번 고개를 숙이곤 밖으로 나왔다.

그의 차에 올라탔을 땐 그야말로 아무 생각이 없어진 상태였다. 그저 사무실에 들러 커피와 도넛을 전해 주고 나온 것뿐인데, 등산을 하고 난 뒤처럼 몸이 축 처졌다.

"웬 꽃이야?"

미동 없는 내게 안전벨트를 채우던 그가 꽃다발을 가리켰다. 애지중지 들고 와선, 애지중지 챙겨 나오더니, 애지중지 모시는 것이 묘하게 수상쩍었나 보다.

"선물 받았어."

앞뒤를 자르고 툭 던진 대답에 잘 나가던 차가 우뚝 멈췄다.

"누구한테?"

"있어. 엄청 고마운 사람."

사실대로 말해도 되는 걸 나는 굳이 얼버무렸다. 질투하는 석준경을 구경하는 건 흔한 일이 아니었다. 그는 더 캐묻고 싶은 기색이 역력해 보였으나 추리고 추려 단 한 가지만을 더 물었다.

"설마, 그 시계도."

"맞아."

그때 그러지 말 것을. 나는 얼마 가지 않아 후회했다. 분명 사거리로 가야 할 차가 웬 언덕 쪽으로 빠질 때부터 이상하다고 생각은 했다. 하지만 그건 아주 잠시, 지름길이겠거니 곧 신경을 껐다.

그러나 차는 언덕길을 오르고 올라 커브를 돌고 또 돌더니 웬 으슥한 저수지 근처에 도착했다. 보이는 거라곤 무성한 산과 나무, 그리고 물뿐인 범죄 영화에서 범인이 시신을 유기할 때 자주 등장하는 장소 비슷했다.

"집까지는 참으려고 그랬는데."

"뭘……"

안전벨트를 풀어 젖힌 그가 입을 맞춰 왔다. 내 품에서 꽃다발을 가로채 뒷좌석에 먼저 옮겨 놓은 후였다.

처음엔 짧은 입맞춤이었던 키스는,

"잠깐만. 왜 갑자기."

간간히 나오는 내 말을 먹고 점점 더 진득하게 변했다. 나는 이유 묻기를 포기하고 키스에 응했다.

쉴 틈을 주지 않는 키스였다. 처음엔 넋 놓고 있던 나는 어느새 그의 양팔을 부둥켜 잡았는데, 그렇게라도 하지 않으면 숨이 막혀 죽을 것 같아서였다. 키스로 죽는 사람은 없겠지만.

"납골당은 잘 다녀왔어?"

오랜 키스 후 숨을 고르느라 정신없는 날 보며 석준경은 물었다. 고양이처럼 매끈한 눈동자에 장난기가 가득했다. 나는 그가 모든 걸 다 알고서 나를 떠보았다는 걸 알아챘다. 어이없음 둘째치고 쪽팔렸다. 내 머리 위에 올라앉아 있는 줄도 모르고 귀엽니 어쩌니 좋아했던 내가 바보 같았다. 나는 화내기를 포기하곤 매가리 없이 좌석에 기댔다.

"난 한 번 본 건 잘 안 잊어. 오늘이 기일이던데."

그는 아무렇지 않게 내 행동을 유추한 이유를 설명했다.

"고속버스까지 예매하면서 네가 갈 데가 어딨겠어. 일가친척이라곤 없는 고아가."

나는 기가 막혀 웃었다. 석준경이 본 거라곤 이삿짐을 정리하던 날 잠깐 펼쳤던 스크랩북뿐이었다. 몇 초도 안 되는 그사이에 날짜를 외웠다는 것도 신기한데, 내가 예매한 고속버스 표를 보고 납골당까지 유추했다는 게 놀라웠다. 나는 진심으로 말했다.

"검사는 나 말고 당신이 했어야 하는데."

"네 일이니까 그런 거야. 다른 사람한텐 관심 없어."

그는 구겨진 내 옷과 머리카락을 정리해 주곤 사이드브레이크를 풀었다. 차는 올라왔던 언덕길을 부드럽게 내려갔다. 에어컨 바람이 답답해 연 창에서 희미하게 물비린내가 풍겼다. 저수지 때문이었다.

"내년엔 나랑 같이 가."

그는 말했다. 동정이나 걱정 같은 여타의 감정이 섞이지 않는 그저 권유였다.

"아니."

나는 거절했다. 그가 돌아봤다. 차가워 보이는 뺨에 내 립스틱이 약간 번져 있었다.

내 옷과 머리는 정리해 주면서 제 뺨에 묻은 립스틱은 모르는 남자. 검사 애인 뒤를 캐는, 검사보다 더 검사 같은 남자. 고작 납골당 같이 가지 않겠다는 내 말 하나에 무너지려는 얼굴을 애써 가리고 웃는 남자.

나는 그 남자의 흰 뺨에 묻은 립스틱을 손가락으로 지우며 웃었다.

"이젠 안 갈 거야."

❁　　　❁　　　❁

인터뷰는 두 시간여 만에 끝났다. 이제 기자 생활 5년 차라는 그녀는 객관적인 사실만을 담백하게 질문했다. 심하게 내게 감정이입을 하거나 불쌍하다는 듯 동정 어린 시선을 보냈다면 아무리 무감각한 나라도 모든 걸 털어놓긴 힘들었을 것이다.

그녀는 편집장의 승인이 날지 안 날지도 모르고, 설사 승인이 난다 해도 신문 구석 자리에 겨우 몇 줄일지도 모른다며 미안해했다. 나는 만나 준 것만으로 고마우니 부담 갖지 않으셔도 된다고 손사래 쳤다. 진심이었다. 모르는 이에게 꽁꽁 숨겨두었던 내 과거를 털어놓는 것만으로도 마음은 한결 가벼워졌다.

돌아오는 길엔 평소와 다른 버스를 탔다. 마트에 들러 장을 보기 위해서였다. 이것저것 정리를 하다 보니 멀기만 하던 토요일은 금세 다가왔다. 예의를 차린답시고 검사 동료나 선후배의 집들이에 초대만 받았지 직접 하는 건 처음이라 얼떨떨했다. 석준경은 몇 번이나 전화 걸어 진짜 할 거냐고, 피곤하고 귀찮으면 굳이 안 해도 된다며 끊임없이 날 설득했다.

"할 거야. 7시까지 오면 된다고 전해 줘."

—그럼 점심때쯤 내가 갈게.

"왜?"

—왜긴 왜겠어.

"안 도와줘도 돼. 무슨 잔칫상 차리는 것도 아니고."

—보고 싶어서.

"뭐?"

—넌 나 안 보고 싶어?

말문이 막혀 입을 다물었다. 오늘 아침까지 같이 있었던 사람의 입에서 나올 거라고는 생각지도 않은 말이었다.

—왜 대답이 없어? 안 보고 싶나 보네.

실망을 가장한 목소리가 핸드폰을 타 넘어왔다. 실은 보고 싶었다. 같은 침대에 누워 자야 할 때조차 눈을 감기 싫을 만큼. 그러나 낯간지러운 걸 싫어하는 난 항상 마음과는 다른 말만 내뱉었다. 어, 안 보고 싶어. 아침에 얼굴 본 지 몇 시간 됐다고 벌써 보고 싶어?

진실을 말하기에 핸드폰은 참 좋은 수단이다. 얼굴을 보지 않아도 된다는 이유 하나만으로 민망함과 부끄러움은 제쳐 두고 체면 차리느라 못 했던 말을 할 수 있는 용기가 생겼다.

"보고 싶어."

일하던 중이었는지 작게 오가던 대화가 순간 뚝 끊겼다. 일단 내뱉긴 했으나 그다음 반응까진 미처 준비 못 했던 나는 그를 따라 침묵했다. 때마침 내려야 할 정류장을 알리는 안내 방송이 들렸다. 이번 정류장은 JC마트입니다. 내리실 분은…….

"내려야 돼. 이따 봐."

서둘러 전화를 끊었다. 도망치듯 버스에서 내려서기 무섭게 더운 공기가 온몸을 휘감았다. 들은 사람도 없건만 나는 홀로 민망해하며 재빨리 마트 안으로 걸어 들어갔다.

내 요리 실력은 평범 그 자체였다. 레시피를 보면 곧잘 따라 하긴 했는데 그게 다였다. 여러모로 메인 요리는 시켜 먹는 게 나을 것 같아 제외하고, 과일이나 간식 위주로 장을 봤다. 맥주와 소주, 음료수를 사고 안주로 먹을 과자와 더우니 아이스크림 종류. 석준경하고는 어울리지 않는 싸구려 와인도 몇 병 샀다.

처음엔 반도 안 찼던 카트 안은 식료품까지 넣다 보니 넘칠 지경이 되었다. 바퀴가 낡은 탓인가. 비었을 때도 운전하기 어려웠던 카트는 무게가 나가자 제어하기가 더 힘들어졌다. 내 의지와는 상관없이 바퀴가 이리 갔다 저리 갔다 했다.

음주운전이 따로 없네.

자꾸만 왼쪽으로 휘어지는 걸 간신히 오른쪽으로 끌어당기고 있었다. 불현듯 끼어든 누군가가 카트 손잡이를 잡아 제자리로 당겨 줬다. 방금 전 애먹이던 게 거짓말처럼 카트는 순식간에 중앙으로 돌아왔다.

"감사합니……."

진심을 담아 인사하던 나는 곧 선행의 주인공을 확인하고 말을 멈췄다. 더위를 먹어서 헛것을 보는 건가, 의심하는 나를 아는지 모르는지 석준경은 카트를 제 앞으로 끌어당기곤 무덤덤히 말했다.

"장 다 봤지? 점심부터 먹자."

물건을 카운터에 올리는 사이 먼저 나간 그는 멋대로 계산을 했다. 당황해 저를 쳐다보는 내 눈길을 무시한 채 계산된 물건을 옮겨 담는 손길이 신속하고 정확했다.

"쓰고 싶으니까 쓰는 거야. 키스하고 싶을 때 하듯이."

부러 야한 목소리로 속삭이는 얼굴이 배우처럼 뻔뻔스러웠다. 나는 스치듯 귓불에 닿은 입술에 놀라 옆으로 떨어졌다. 그사이 그는 벌써 카트를 끌고 무빙워크로 향하고 있었다. 애인인가 봐. 좋겠다. 옆에서 계산 중이던 여자애들이 석준경과 나를 번갈아 흘깃거렸다. 민망해 못 들은 척하며 재빨리 그를 따라갔다.

푸드코트는 5층에 있었다. 나는 석준경을 앉혀 놓은 채 점심을 사 왔다. 떡볶이나 순대, 김밥과 튀김, 팥빙수 같은 분식류였다. 밥을 먹었으면 좋았겠지만 이곳의 밥맛은 안 먹느니만 못 했다.

그는 군말 없이 뭐든 잘 먹었다. 그걸 잠자코 보고 있자니 괜히 웃음이 나왔다. 주름 하나 없는 셔츠 차림으로 김밥과 순대를 먹고 있는 석준경은 그를 짝사랑하던 10대 시절에도 차마 상상하지 못했던 모습이었다. 이질적이었지만 예상외로 또 어울리는 맛이 있었다.

점심을 먹은 그는 사무실로 돌아가지 않고 나를 차에 태워 집으로 향했다. 남은 일은 내일 두 배로 하면 된다고 했다.

"어제 야근 빼먹으면서 그 소리 했던 것 같은데."

"그럼 너 두고 밤새 도면이랑 뒹굴어야겠어?"

휴일 밤낮없이 일하던 워커홀릭 석준경은 나를 만나 게을러졌다. 휴직을 하지 않았다면 나 역시 그랬을지도. 아니. 그랬을 거다.

그는 식료품 상자를 든 채로 우리 집 도어록을 알아서 풀고

375

들어갔다. 오늘 먹을 것과 놔둘 것, 냉장고에 보관할 것과 창고에 넣을 것. 식재료를 정리하는 것도 그의 몫이었다. 처음엔 놔두라고 말렸지만 매번 겪다 보니 편해서 내버려 뒀다. 우렁 각시가 남자로 태어난다면 석준경 같지 않았을까 싶다.

사무소 사람들이 오기로 한 7시까지는 시간이 꽤 많이 남았다. 나는 탄산수에 유자차를 탄 야매 유자에이드를 두 잔 만들어 탁자 앞에 앉았다. 정리를 끝낸 석준경이 곁에 앉으며 물었다.

"기자는 만났어?"

"어."

"기사는 나갈 수 있대?"

"장담 못 한대."

"검사 잘리면 뭐할 거야?"

"변호사."

"그것도 망하면?"

"어째 내가 망하길 바라는 것 같다? 당신?"

나는 짜증을 숨기지 않았다. 설마. 그는 빨대로 유자에이드를 휘휘 젓고는 웃었다.

"그냥, 얼마나 바닥을 쳐야 나한테 기댈지 궁금해서."

석준경은 무조건 혼자 해결해야 직성이 풀리는 나를 못마땅해했다. 이번 일도 마찬가지였다. 아버지로 인해 세상의 시선이 얼마나 무서운지 어렸을 때부터 겪었던 그는 내가 이규식의 딸이라는 걸 공식적으로 밝히지 않기를 바랐다.

"대다수의 사람들은 자기보다 잘난 걸 못 견뎌 해. 내 살 파먹으라고 바다에 뛰어드는 것 그 이상, 그 이하도 아닐 수 있어. 그래도 할래?"

나는 빨대를 빼 그의 왼손등에 유자에이드를 몇 방울 떨어뜨렸다.

"걱정 마. 거지 되기 전에 거머리처럼 달라붙을 테니까."

고개를 숙여 그의 손등의 유자에이드를 핥았다. 날 내려다보는 눈동자가 눈에 띄게 짙어지는 게 느껴졌다. 스킨십에 있어 결벽에 가깝던 나는 석준경을 만나고 다른 의미로 더티해졌다. 당신도 그럴까.

키스는 유자차 맛이 났다.

❋   ❋   ❋

정확히 6시 50분에 초인종은 울렸다. 양손에 집들이 선물을 잔뜩 안고 들어온 그들은 제집처럼 부엌을 오가는 석준경을 보곤 역시 그럴 줄 알았다는 반응을 했다.

"일찍 퇴근한다 그럴 때부터 내가 알아봤어."

"요즘 대표님 관심사가 검사님밖에 더 있어요? 뻔하지."

상은 어느 정도 차려진 후였다. 메인 메뉴는 각각의 음식점에서 배달시키고 간단한 안주는 석준경과 내가 만들었다. 그

래 봤자 토마토에 치즈를 올린 카프레제 샐러드와 골뱅이 무
침 종류였다.

별다르게 구경할 것도 없건만 다들 여기저기 살피기 바빴
다. 나는 음료수와 술을 냉장고에서 꺼내면서도 계속 현관문
을 응시했다. 수저를 놓던 석준경이 다가왔다.

"더 올 사람 있어?"

"어, 뭐."

말이 끝나기 무섭게 벨이 울렸다. 나는 경보하듯 현관으로
갔다. 문을 열자 평소보다 더 화려하게 꾸민 세희가 제 몸만
한 쇼핑백을 내밀었다.

"차가 밀렸어."

"오늘 한산하던데?"

"내가 밀렸다면 밀린 거야."

세희를 확인한 그는 놀란 눈치였으나 이내 미소 지었다.

"어서 와."

"오빠 보러 온 거 아냐."

"알아."

그녀가 합류하면서부터 어디서 많이 본 광경이 펼쳐졌다.
원래 있던 한 명이 빠지고 인원수가 늘어난 것만 빼면 그때,
그러니까 석준경의 집에서 백승우의 드라마를 함께 보던 날과
똑같은 그림이었다.

배가 고팠는지 처음엔 음식을 먹기 바빴던 사무소 사람들은
어느 정도 식욕이 충족되자 술을 마시기 시작했다. 술이 가장

약한 사람은 이번에 새로 들어온 막내 인턴이었다. 취한 그는 가장 먼저 석준경을 가리켰다.

"처음엔 진짜 사람으로 안 보였어요. 악마가 따로 없었는데. 근데 요즘은 좀 사람 같아."

"야, 그래도 우리 준경이가 그 정도는 아니지. 악마는 너무하고, 음…… 소시오패스 정도?"

"우리 오빠가 왜 소시오패스예요? 이렇게 잘난 소시오패스가 어딨어?"

석준경은 악마에 소시오패스 소릴 들어도 여전히 웃는 얼굴이었다. 그게 더 무섭다고, 인턴은 울먹였다. 볼이 빨개진 다미 씨가 어이없다는 듯 코웃음 쳤다. 야, 네가 더 무서워.

배경 음악으로 틀어 둔 텔레비전에선 드라마가 끝나고 한 주의 이모저모를 전하는 대한민국 핫 클릭이 막 시작되었다. 다들 관심도 없다가 백승우, 라는 이름이 나오기 무섭게 뒤를 돌아봤다.

백승우, 최지연 씨의 결혼 소식이 화제입니다. 몇 달 전, 교제 사실을 밝혔던 두 사람이 이번엔 결혼 소식을 들고 우리를 찾아왔는데요. 두 사람은…….

석준경과 나, 백승우의 관계를 모르는 인턴을 제외한 모두가 날 쳐다봤다. 나는 석준경을 먹이려고 샀던 싸구려 와인의 코르크를 따 흔들었다.

"와인 마실래요?"

다들 음미할 것도 없는 와인을 음미하는 사이 뉴스는 연예에서 정치로 주제를 바꾸었다.

한국당 현창열 의원의 아들인 현동우 씨가 음주운전 혐의로 입건됐습니다. 현 씨는 음주운전으로 길 가던 행인을 친 후 도주 끝에 경찰에 붙잡혔는데요. 다행히 피해자의 생명엔 지장이 없으나 현창열 의원의 재선에 빨간불이 켜진 상태입니다. 한편 일선에선 현동우 씨의 성추행 혐의에 대해서도 논란이 일고 있는데요. 현창열 의원 측은 억측이라고 억울해하고 있는 입장입니다만 일선 경찰에 따르면 비슷한 일이……

쓰레기. 국개의원. 아들 교육을 판타지로 시켰나. 음주운전하는 인간들은 사형시켜야 돼. 갖가지 욕설들이 난무했다. 곁에 앉은 석준경이 빈 컵을 내려놓으며 작게 웃었다.

"싸구려치곤 맛있네. 한 잔 더 줘."

모자란 음식을 새로 주문하려는 참에 전화는 왔다. 연락처에서 진즉에 삭제된 번호였지만 잘난 내 머리는 여전히 기억하고 있었다. 백승우였다. 나는 일단 다용실로 자리부터 이동했다.

—나 결혼해.

여보세요라는 말을 하기도 전에 백승우는 말했다. 나는 대답했다.

"그래. 축하해."

—재미없게. 놀라는 척이라도 좀 해 주지.

"그래? 축하해."

어조만 바꿔 같은 말을 반복했다. 가벼운 웃음소리가 수화기 너머에서 들려왔다.

—못 본 사이 재밌어졌는데? 누나?

"할 말 다 했으면 끊는다."

—아니. 아직 다 안 했어.

핸드폰에 집중하느라 누가 다가오는 것도 몰랐다. 허리를 감싸 안는 팔에 놀라 돌아보았을 땐 이미 석준경이 핸드폰을 빼앗아 든 후였다. 나는 바람을 핀 것도 아닌데 괜히 찔려 뺨이 창백해졌다. 그는 무표정한 얼굴로 핸드폰을 스피커 모드로 바꾸었다.

—석준경이랑은 어떻게 됐어?

결혼하는 마당에 왜 그게 궁금한 건지 모르겠으나 백승우는 물었다. 두통과 후회가 동시에 밀려왔다. 전화받지 말걸. 왜 받아선 이 사단을 만든 걸까.

어쩔 줄 몰라 하는 나를 응시한 채로 석준경은 핸드폰을 귀에 가져갔다.

"이묵주가 흥분하면 어떤 얼굴을 하는지 아냐고 물었었나?"

화낸 기색이라곤 보이지 않는 저음의 목소리에 언젠가의 일이 오버랩됐다. 백승우와 석준경, 두 사람을 놔둔 채 홀로 집으로 들어갔던 날. 내가 여전히 석준경을 좋아하고 있다는 걸 깨달았던 그날. 미처 잠그지도 못했던 현관문 안에서 들었던 대화.

"다른 건 당신이 먼저였을지 몰라도, 키스하고 섹스는 내가 먼저야. 모르지? 이묵주가 흥분하면 어떤 얼굴을 하는지. 이쯤 되면 스페어가 진짜보다 낫지 않아?"

백승우는 침묵했다. 석준경은 날 향해 그림처럼 환히 웃으며 말했다.

"아주 잘 알아. 매일 지겹게 보니까. 결혼 축하한다. 스페어."

전화를 끊은 그는 석상이 된 내 손에 손수 핸드폰을 쥐여 주었다. 어떤 말을 해도 변명처럼 들릴 것 같아 나는 입을 다물었다.

"잘못한 건 알아?"

"어."

그는 다가와 내 턱을 들어 올렸다.

"그럼 키스해."

자정이 지나자 하나둘 이성을 놓기 시작했다. 모자라다며 시켜 놓은 배달 음식은 포장도 뜯지 못한 채 식탁에 방치됐다. 거실 바닥과 일체가 된 이들을 보며 석준경과 나는 잠깐 고민했다. 하나하나 집으로 돌려보내야 하나, 아니면 여기서 재워

야 하나. 다미 씨나 세희는 깨워 보내는 게 낫지 않겠나 싶다
가도 집까지 데려다줄 것이 아니면 여기서 재우는 게 훨씬 안
전할 것 같았다.

먼저 세희의 집으로 전화해 오늘은 일이 있어 나와 함께 자
겠노라 알렸다. 다미 씨는 독립한 터라 따로 연락할 곳은 없었
다. 나는 석준경의 도움을 받아 두 사람을 내 침실로 옮겼다.
가는 도중에 속이 안 좋은지 구역질을 해 대는 세희 때문에 화
장실을 몇 번이나 들락거려야 했다.

나머지 남자들을 석준경은 제집에 데려가길 원했다. 엘리베
이터에 구겨 넣으면 어떻게든 들어갈 거라면서. 나는 그냥 거
실에서 재우자 설득했다. 그는 마지못해 수긍했다. 본인도 여
기서 밤을 샌다는 전제하에서였다.

어질러진 거실 탁자를 옆으로 치워 두고 그들을 한곳에 몰
았다. 발을 끌어 조심스레 옆으로 옮기려는데 잠꼬대 중인 인
턴이 날 끌어안았다. 고영민 씨를 소파에 올리던 석준경이 황
급히 다가와 날 뜯어냈다. 힘없이 굴러간 인턴 남자애는 탁자
다리에 이마를 박았다. 대표님 미워요. 나만 미워해. 나는 날
품에 가둔 석준경에게 물었다.

"혹시 노동 착취해?"

"쟤가 내 노동력을 착취하는 거겠지."

에어컨 바람에 감기라도 들까, 여름 이불을 가져왔다. 석준
경은 뭐하러 그렇게까지 하냐며 툴툴거렸지만 직접 이불을 받
아 덮어 주는 친절함을 보였다. 머리까지 덮어 버렸다는 게 흠

이었지만.

대충 정리가 끝났을 땐 새벽 3시가 훌쩍 넘어 있었다. 침실과 거실을 모두 점령당한 나는 베란다로 피신해 나왔다. 이것 저것 뒤치다꺼리를 하는 동안 술은 모두 깼다. 창을 열고 쪼그려 앉아 있자니 석준경이 와인 한 병을 들고 나왔다.

"또 마시게?"

"얼마 마시지도 못했어."

우리는 술을 나눠 마셨다. 잔 없이 병에 입을 대고. 알코올 중독자 모임이라고 불려도 손색없을 광경이었다.

"요즘은 담배 안 피워?"

영민 씨와 수찬 씨가 담배를 피우러 몇 번이나 밖으로 나가는 동안 석준경은 꼼짝을 하지 않았다. 그의 집에서도 마찬가지였다. 담배는커녕 라이터도 보지 못했다.

"끊었어."

"언제?"

"네가 나 받아 준 후부터."

더 맛있는 게 생겼는데 굳이 찾아 피울 필요를 못 느껴서. 그는 야릇하게 웃으며 얼굴을 가져왔다. 나는 일부러 고개를 틀어 피했다.

"뒤에 사람들 있어."

"아까는 사람들 없어서 키스했나?"

그는 와인을 한 모금 마시고 장난스레 빈정거렸다. 취기가 올라서인지 뺨이 볼 터치를 한 것처럼 빨개져 있었다.

"여기서 이야기하면 아래층에선 다 들리는 거 알아?"

이 오피스텔 방음 처리가 쥐약이거든. 뜬금없이 소음에 대해 말하기에 무슨 이야기인가 했다.

"백승우랑 통화하는 거 우연히 들은 적 있어. 아, 알고도 계속 듣고 있었으니 우연은 아닌가."

석준경은 나를 보며 한 번 웃었다. 새초롬한 눈꼬리가 반으로 훌쩍 접혔다. 나는 기억 저편에 밀려 있던 어느 날 밤을 겨우 떠올렸다. 아마 석준경이 내게 전하라 한 돈을 가져간 것 때문에 열이 받아 전화로 싸우던 날이었을 거다.

"그때부터 지금까지 쭉 궁금한 게 하나 있는데."

"뭔데?"

"뭐라고 대답했어?"

서론과 본론은 뺀 결론만을 담은 물음이었지만 나는 금세 이해했다.

"우리 사귈까."

싸우던 와중에 뜬금없이 고백을 받아 당황했고, 생각보다 기쁘지 않아 의아했었다. 그래서 나는.

"미안한데 내가 진짜 좋아하는 사람은……."

나는 그때와 똑같은 어조, 똑같은 말을 석준경에게 했다. 그는 말이 끝나기도 전에 입을 맞춰 왔다. 혀끝에서 느껴지는 싸구려 와인 냄새. 나는 눈을 감은 채 그를 끌어안았다.

사랑이 아니라고 생각했다. 난 네 사랑이 아니라고.

사랑이 되어선 안 된다고 생각했다. 네가 내 사랑이 되어선 안 된다고.

그러나 부정하고 또 부정하고 또 부정해도 결국은,

"좋아해요."

"알아. 근데 난 너 싫어. 미안하다."

어쩌면 처음부터 나는 널.

"준경아 좋아해. 난 소문 상관없으니까 너만 괜찮으면."

"미안한데 내가 진짜 좋아하는 사람은 따로 있어요."

사랑이었어. 그게.

사랑이더라.

❀   ❀   ❀

현직 검사인 이묵주 씨의 인터뷰가 화제가 되고 있습니다. 청해 지방검찰청 형사1부에 재직 중인 이묵주 검사는 일주일 전 산호

일보의 지면을 통해 본인이 12년 전 방화로 일가족의 목숨을 앗아 갔던 피의자 이규식의 딸이라고 밝혔습니다. 지면 한 면에 해당할 만큼 긴 인터뷰에는 그녀의 가족사와 어째서 검사직을 택했는지에 대해……피해자분들에 대한 사죄와……살인범의 딸이 현직 검사로 일하고 있다는 사실에 시민들의 의견은 찬반으로 팽팽하게 대립하고 있는 상태이며 검찰청은 아직까지 별다른…….

—fin

에필로그
blind

검사가 이렇게나 바쁘고, 이렇게 술을 많이 마시며, 이렇게나 정신없고 별의별 걸 다 해야 하는 직업이라는 걸 묵주와 사귀게 된 지 1년이 넘은 지금 준경은 새삼스레 깨닫고 있는 중이었다.

"또 술이야?"

"미안. 부검 참관한 날은 안 마시면 잠이 안 와."

새벽 1시가 넘어 귀가한 묵주는 술 냄새를 풀풀 풍기며 풀린 눈으로 웃었다. 준경은 비틀거리는 그녀를 부축해 침실로 데려갔다. 서당 개 3년이면 풍월을 읊는다고, 검사 동거인 생활 6개월 만에 준경은 묵주의 상태만 보고도 피해자가 어떤 식으로 죽었는지 대충 짐작할 수 있게 되었다.

맨 정신으로 귀가하면 양호, 약간 취했으나 이성이 있는 상태면 중간, 만취에 실성한 사람처럼 웃고 들어오면 그땐 심각한 거다. 아이가 죽었거나, 부모를 죽였거나, 피의자가 상종 못 할 인간쓰레기거나 동시에 피해자일 때. 여러 명이 한 번에 죽거나 연쇄살인일 경우에는 얼굴 보기도 힘들다. 이번엔 또 누가 어떤 이유로 죽어 나갔을까.

궁금하지만 묻지 않는다. 집으로 돌아와서까지 묵주가 일에 시달리는 건 보고 싶지 않았다.

그냥 자도 될 텐데 묵주는 굳이 일어나 욕실로 들어갔다. 집은 안 치워도 제 몸만은 늘 깨끗이 씻었다. 가끔은 한 시간이 넘어도 안 나올 때가 있었는데 그땐 열이면 열, 욕조에 앉아 졸고 있었다. 그럼 준경은 묵주를 깨워 수건으로 몸을 닦아 주고 머리까지 말려 주는 수고스러운 짓을 해야 했다.

사귀기 전엔 몰랐다. 이렇게 손에 많이 갈 거라곤. 애완동물 하나를 거둬 키우는 기분이었다.

준경은 서재 대신 거실 탁자에 일을 가져와 하기 시작했다. 욕실에 들어간 묵주를 감시하기 위해서였다. 겨우 얻게 된 애인을 다음 날 익사체로 발견하긴 싫었다.

묵주는 30분 만에 밖으로 나왔다. 그리고는 거실에 있는 준경은 거들떠보지도 않고 침실로 들어갔다. 준경은 하던 일을 그만두고 묵주를 따라갔다. 그사이 그녀는 죽은 듯 곯아떨어져 있었다. 복직한 이후론 늘 이 패턴이었다. 준경은 묵주를 자르지 않고 고이 복직시킨 검찰청을 원망하며 침대에 올랐다. 섹스 리스를 넘어선 이묵주 리스로 인한 결핍 상태. 요즘 석준경은 늘 이묵주가 고팠다.

아침에 일어났더니 침대 옆은 이미 비어 있었다. 처지는 몸을 이끌고 밖으로 나가자 이미 머리부터 발끝까지 세팅을 마친 묵주가 토스트를 물고 있었다.

"벌써 나가?"

"어. 바빠서. 먼저 갈게."

무정한 이묵주는 손 키스 한 번 없이 집을 나섰다. 준경은 식탁에 앉아 덩그러니 토스트를 씹다가 욕실로 들어갔다. 한참 뒤에야 깨달았다. 오늘은 10월 28일. 제 생일이었다.

딱히 생일을 챙긴다거나 하는 타입은 아니었지만 서운하긴 했다. 다른 사람은 모두 잊어버려도 넌 챙겨 줘야 하는 거 아닌가. 묘하게 저기압으로 회사에 출근한 준경은 애인도 잊어버린 제 생일을 스스로 챙기기 위해 인터넷 쇼핑몰에서 한정판 시계부터 구매했다. 정확히 세 달치 월급을 꼴아박았다. 그럼에도 허기는 사라지지 않았다. 당연했다. 성욕이 소비욕으로 채워질 리가.

밀린 일에 애써 몰두하려 했지만 책상이 걸림돌이었다. 요즘 준경은 사무실 데스크 앞에만 앉으면 불온한 상상에 시달렸다. 묵주와의 첫 섹스를 바로 여기서 했기 때문이었다. 가느다란 몸이나 젖은 숨소리. 달콤한 향기가 나던 이묵주의 몸을 떠올리며 준경은 시공 계획서를 검토했다. 사무실에서 섹스를 하면 안 되는 이유는 공중도덕에 어긋나기 때문이기도 하지만 일의 능률을 떨어뜨리기 때문이다. 일은 사무실에서 섹스는 집에서. 준경은 1년 전 여기서 묵주를 안았던 선택을 지금에서야 후회했다.

점심시간을 앞두고 사무실 문이 벌컥 열리더니 머리에 고깔모자를 쓴 영민이 케이크를 들고 들어왔다.

"생일 축하합니다. 생일 축하합니다. 사랑하는 우리 준경이……."

그 뒤로 수찬을 비롯한 사무실 직원들이 따라 들어와 노래를 함께 불렀다. 준경은 일어나 심드렁하게 촛불을 껐다.

"감사합니다."

"전혀 감사하지 않은 표정인데?"

"아냐. 감사해."

케이크를 썰어 나눠 먹었다. 점심은 비싼 곳에서 준경이 샀다. 가는 눈으로 의심스러운 듯 준경을 보고 있던 영민은 사무실에 도착하자마자 기어이 물었다.

"너 묵주 씨랑 싸웠냐?"

"아니."

"아니긴 뭐가 아니야. 네가 이묵주 검사님 말고 기분 더러울 일이 어딨어?"

"왜 없어. 지금도 내 앞에 있는데?"

준경은 턱짓으로 영민을 가리켰다. 어리둥절하던 영민은 이내 그 의미를 깨닫고 뒷목을 잡았다.

"태헌이 말이 맞아. 넌 악마야."

핸드폰을 확인했지만 여전히 전화도 메시지도 없었다. 눈코 뜰 새 없이 바쁘니 그러려니 하다가도 한 번씩 속에서 울컥울컥 뭔가가 치고 올라왔다. 12년 전 저 아니면 죽을 것 같은 얼굴을 하던 이묵주는 이젠 찾아보기 힘들었다. 더 많이 좋아하는 쪽이 지는 거라던데, 요즘 준경은 묵주에게 열이면 열 모두 졌다.

저녁때쯤 검찰청으로 찾아갔다. 생일인데 그래도 밥은 함께 먹어야지 싶어서였다. 출발하기 전 메시지를 보냈다.

〈오늘도 야근이지? 저녁 먹자.〉

검찰청에 도착할 때까지 답은 오지 않았다.

생일도 까먹은 주제에 메시지도, 전화도 없는 못된 애인이건만 화보다는 걱정이 앞섰다. 또 식음을 전폐하고 서류만 붙들고 있는 건 아니겠지. 이왕 온 김에 로비에 앉아 좀 기다려보기로 했다. 자판기에서 음료수를 뽑아 의자에 앉았다.

작년 여름 시작한 리모델링은 겨울을 앞두고 모두 끝났다. 면벽 수행을 하게 했던 의자들은 아쉽지만 모두 로비 바깥쪽 전면 유리창을 향하게 만들어 놓았다. 전체적으로 어두워 보이던 천장 조명은 밝게, 바닥의 타일은 적당히 무늬를 넣어 채도를 높였다. 너무 가벼워 보이면 권위가 떨어질지도 모른다는 검찰청의 의견을 반영한 결과였다.

"야, 근데 이묵주 진짜 독하지 않냐?"

"걔 독한 거 하루 이틀이야?"

"아니. 나 같으면 아버지 일 밝히지도 못했어. 그냥 사표 썼다."

"그러니까 걔가 지능적이라는 거야. 언론에 터뜨리면 청에서 자르겠냐고. 부당 해고라는 걸 만천하에 공개하는 꼴인데."

복직한 지가 벌써 1년이 다 되어 가건만 아직까지 검사들 사이에서 이묵주는 핫한 존재였다. 저쪽으로 에둘러 갔으면 좋았을 걸, 그들은 하필 준경이 앉은 자리를 지나쳐 걸었다. 준경은 긴 다리를 내밀어 트랩을 만들었다. 앞은 안 보고 이묵주 뒷담화 까기에 열중이던 검사 하나가 그의 발끝에 걸려들었다. 중심을 잃고 넘어진 검사의 품에서 한 무더기의 서류가 쏟아졌다. 준경은 모른 척 일어나 종이 모으는 걸 도와줬다.

"감사합니다."

"야, 그러니까 내가 앞 좀 보고 다니랬지."

"쪽팔리니까 그만해라."

얼굴이 벌게진 남자는 창피함에 도망치기 바빴다. 그가 저만치 사라지고 나서야 준경은 의자 뒤쪽에 서류 한 장이 떨어져 있는 걸 발견했다. 쓰레기통에 처박을까 하다가 고소장을 잃어버려 사표를 냈다는 모 검사가 떠올라, 의자 구석으로 툭 밀어 넣기만 했다. 지능이 있으면 어디서 떨어뜨렸는지는 기억은 하겠지.

한 시간을 더 기다렸지만 허탕이었다. 메시지가 와서 봤더니 세희였다.

〈오빠, 생일 축하해. 아무리 미워도 축하할 건 축하해야지.〉

그래 고맙다.

짧게 답을 보내곤 일어섰다. 여행 중이라 외국에 있는 세희에게도 받는 축하를 같이 사는 묵주에겐 왜 이렇게 받기 힘든 건지. 자조하며 주차장에 갔더니 어떤 여자가 제 차 앞에서 안절부절못하고 있었다.

"무슨 일입니까?"

"아, 저기 차 주인이세요? 제가 주차하다가 잘못해서 범퍼를 좀…… 어, 혹시 준경이? 맞지? 건축학과 석준경."

죄송하다며 연신 고개를 숙이던 여자는 반갑다는 듯 만면에 웃음을 띠웠다. 준경은 한참이나 기억을 더듬은 후에 알았다. 그녀가 제가 사귀었던 여자들 중 하나였다는 걸.

"오랜만이네요, 선배."

아는 사이에 이것저것 따지는 것도 귀찮고 무엇보다 자세히 보면 티도 나지 않을 흠이라 신경 쓰지 말라고 했다. 그녀는 고맙다며 다른 제안을 했다.

"나 지금 우리 과 애들 만나러 가는 길인데, 시간 있으면 너도 갈래?"

다른 때 같았으면 단박에 거절했을 제안을 굳이 허락했던 것은 기분이 좋지 않기 때문이었다. 생일날 사무실에 처박혀 도면만 붙잡고 있으면 회사 식구들이 절 가만두지 않을 게 분명했기 때문이기도 했다.

"이게 몇 년 만이야."

"준경이 넌 더 멋있어졌다?"

검찰청 근처의 한 술집에서 만난 동기와 선후배들은 갑자기 나타난 준경을 보고 반색했다. 졸업 이후 동창회나 과 행사에도 두문불출하던 준경이었다. 특히 여자들의 기분은 눈에 띄게 고조되었는데 그것도 잠깐, 그의 손가락에 있는 반지를 보곤 다들 실망을 감추지 못했다.

"너 설마 결혼했니?"

"아직. 언젠간 하겠죠."

받아 줄지는 모르겠지만.

사람들과 있으면 기분이 나아질 줄 알았는데 그 반대였다. 술을 마시고 떠들수록 상태는 더 나빠졌다. 주위가 워낙 시끄럽고 핸드폰은 진동으로 바꿔 둔 지 오래라 준경은 미처 확인하지 못했다. 그토록 기다리고 있던 묵주에게서 벌써 몇 번째 전화가 오고 있었음에도.

"근데 너 오늘 생일 맞지?"

몇 년 만에 만난 여 선배는 용케도 준경의 생일을 기억했다. 준경보다 주변의 사람들이 더 놀라워했다.

"너 그걸 여태 기억하고 있었어? 대단하다."

조촐한 생일 파티가 이어졌다. 그래 봤자 생일 케이크를 자르고 술을 마시는 것에 불과했지만.

준경은 그들이 따라 주는 술을 모두 받아 마셨다. 모임이 끝났을 무렵에는 이성이 반쯤 마비된 상태였다.

대리 기사를 불러 갈 생각이었으나 여 선배가 그를 붙잡았다.

"나 술 안 마셨어. 데려다줄게."

이도 저도 귀찮았던 준경은 군말 없이 그녀의 차에 올라탔다.

"너 이쪽에서 유명하더라?"

"그래요?"

"이번에도 계약 하나 따냈다며?"

"운이 좋았어요."

시답잖은 대화를 하는 가운데 집에 도착했다. 묵주의 오피스텔 1년 계약이 끝난 올여름, 준경도 함께 계약을 마무리했다. 둘은 직장과 적당히 가까운 거리에 있는 단독주택으로 이사했다. 덕분에 준경은 제멋대로 집을 리모델링할 수 있었다. 묵주는 돌봐 주던 고양이를 데려오고 싶어 했지만 공사가 끝났을 땐 두 마리 모두 자취를 감춘 뒤였다. 혹시나 해를 당한 건 아닌가 그녀는 사흘 밤낮을 걱정했다. 준경도 마음이 좋지 않았다. 그들을 발견한 곳은 전혀 예상외의 장소였다.

"나 좋다고 자꾸 따라오길래. 동물들도 이쁜 건 알아? 그치?"

생애 첫 독립 기념 집들이에서 세희는 그들을 캔디와 테리

우스라고 사람들에게 소개했다.

안전벨트를 풀며 시계를 보자 벌써 새벽 2시가 훌쩍 넘어 있었다. 준경은 고맙다는 인사를 하고 차에서 내렸다. 그녀가 따라 내렸다.

"우와. 집 좋다. 혼자 살기엔 너무 큰데?"

"같이 살아요. 여자 친구랑."

"그럴 줄 알았어. 오늘 재밌었어. 다음에도 나오면 안 돼?"

"생각해 볼게요."

"죽어도 온다는 말은 안 하는 것 봐."

"조심해서 가요."

인사를 하며 돌아서는 준경의 볼에 그녀는 막무가내로 입을 맞췄다. 불쾌감을 표할 겨를도 없었다.

"첫사랑 만난 기념이야. 갈게."

이 정도는 외국에선 인사니까 괜찮지? 제멋대로 한국을 외국으로 만들어 버린 그녀는 그 길로 차를 빼곤 가 버렸다. 준경은 뺨에 묻은 립스틱을 손으로 닦아 내곤 대문을 열었다. 과 모임에 참석할 일은, 앞으로도 영원히 없을 것 같았다.

창 너머로 불이 켜진 걸 보고 묵주가 돌아왔음을 알았다. 오늘 역시 뻗어 자고 있을 거란 예상과 다르게 그녀는 소파에 앉아 텔레비전을 보고 있었다. 정확히 말하자면 그저 응시하고 있는 것에 가까웠다.

"늦었네?"

"어. 언제 왔어?"

"아까. 전화는 왜 안 받았어?"

"그건 내가 할 말인데."

"핸드폰을 두고 갔어."

하루 종일 연락이 안 됐던 이유가 따로 있었다니. 바닥을 기던 기분이 조금 나아졌다. 준경은 핸드폰을 꺼내 확인했다. 부재중 전화가 다섯 통, 전부 묵주에게서 와 있었다. 옷을 갈아입으려 지나치는 길에 문득 부엌 식탁에 시선이 머물렀다. 초를 꽂지 않은 케이크와 와인이 앙증맞게 세팅되어 있었다.

"미리 축하 못 해 줘서 미안. 내가 요즘……."

"알아. 너 바쁜 거. 생일이 뭐 별거라고."

준경은 케이크 위의 크림을 손가락으로 한입 찍어 먹었다. 점심때도 케이크, 저녁때도 케이크, 아무리 묵주가 사다 놓은 거라고는 해도 조금 질렸다.

"케이크는 됐고. 다른 거 받고 싶은데."

술을 핑계 삼아 묵주에게 다가가 앉았다. 뺨을 감싸 쥐고 입술을 가져갔다. 묵주는 잠자코 키스를 받았다. 그런데 어쩐지 표정이 굳어 있었다. 준경은 입술을 삼키다 말고 고개를 들었다.

"뭐 기분 나쁜 일 있어?"

"아니."

"내가 기다리게 해서?"

"아냐."

"지금이라도 케이크에 초 꽂아?"

"이미 하고 온 것 같은데 뭐."

누가 봐도 화난 것 같은 얼굴로 묵주는 아니라는 말만 반복했다. 그러더니 먼저 일어나 침실로 들어가 버렸다. 걸음걸이가 자못 신경질적이었다. 홀로 남은 준경은 어리둥절할 뿐이었다. 알코올 때문에 머리가 둔하게 돌아간다고 해도 이건 도무지.

화를 내야 할 사람은 나잖아? 이묵주.

열린 테라스 창에서 서늘한 바람이 들이쳤다. 늦가을에 굳이 창이 열려 있던 이유를 취한 준경은 미처 눈치채지 못했다. 그게 잘못이라면 잘못이었다.

❂　　　❂　　　❂

준경을 마주치기 싫어 이른 새벽부터 출근했건만 도무지 일이 손에 잡히지 않았다. 책상에 앉자마자 작성하기 시작한 사건 보고서는 아직도 서론을 벗어나지 못하고 있었다. 머릿속에선 어제 준경을 데려다주던 여자와 그녀가 그의 뺨에 입을 맞추던 장면이 계속해서 리와인드되었다.

준경은 저와 헤어졌으면 헤어졌지 바람 필 사람은 아니었다. 분명 오해가 있었을 것이다. 그걸 알면서도 머리와 마음이 따로 놀았다.

어제 미처 전해 주지 못했던 생일 선물을 묵주는 기어이 검찰청까지 들고 왔다. 큰마음 먹고 산 고급 슈트였다. 셔츠와

타이 두 개, 커프스까지 사는 데 몇 달치 월급을 퍼부었다. 욱한 마음에 쓰레기통에 버리려다가도 매달 나갈 카드값 때문에 그러지 못했다.

술 냄새가 났는데 누구랑 마셨을까. 사무실엔 불이 꺼져 있었으니 아닐 거고. 그 여자랑? 근데 그 여자는 운전을 하고 왔잖아. 그럼 술은 입에도 안 댔다는 건데.

직업병으로 인한 추리가 쓸데없는 데에 발동했다. 애초에 그의 생일을 기억했다면. 핸드폰을 집에 두고 오지 않았더라면. 그는 술을 마시지도 않았을 것이고 어쨌거나 그 여자를 만났을 일 같은 건 애초에 없었을지도 모르는데. 그러니까 잘잘못을 따지자면 원인은 전부 저한테 있었다. 그런데도.

화가 났다.

석준경은 모른다. 미안해 죽을 지경인 어제의 내가 무슨 짓까지 계획했었는지. 묵주는 키보드에서 손을 놓고 얼굴을 감쌌다.

"검사님?"

급한 마음에 구매했던 이벤트 속옷은 아무래도 그냥 버려야겠다. 꼴도 보기 싫었다.

"검사님?"

"네?"

"안색이 안 좋은데, 무슨 일 있으세요?"

출근한 이후부터 몇 시간이 지난 지금까지 한 문단을 벗어나지 못한 보고서를 보곤 수사관이 물었다.

"아뇨. 아무것도."

묵주는 웃으며 고개를 저었다.

"옆방은 난리 났나 봐요."

"왜요?"

"소장이 몇 장 빈대요. 정원부터 화장실까지 죄다 뒤지고 있어요."

그러게 사람이 맘보를 곱게 써야지. 고소해 죽겠다는 듯 수사관은 신나 했다. 묵주는 같이 즐거워할 틈도 없었다. 핸드폰을 들었다 놨다 몇 번을 반복했다. 그러나 전화는 고사하고 메시지도 보내지 못했다.

화났겠지. 화났을 거야. 그냥 어젯밤에 바로 물어볼걸.

그간 했던 연애가 아무리 연애 같지 않았다 하더라도 이렇게 스스로가 찌질하게 느껴진 적은 없었는데.

석준경은 이묵주를 찌질하게 만들었다. 아마 내가 더 좋아해서 그런 모양이라고 묵주는 애써 자위하며 보고서에 난 오타를 눌러 지웠다.

하루 종일 실수투성이였다. 그리고 그 실수를 메우는 데 그만큼 시간을 썼다. 점심밥이 모래알 같았다. 아침에 쓰던 보고서를 퇴근 시간이 다 돼서야 끝낸 묵주는 다시금 핸드폰을 꺼내 들었다.

〈나 오늘 야근해.〉

고민 끝에 메시지를 남겼다. 답은 오지 않았다. 여전히 신경은 미동 없는 핸드폰에 쏟은 상태로 이번엔 캐비닛을 열었다. 지층처럼 켜켜이 쌓인 서류 뭉치를 꺼내 하나씩 검토하기 시작했다.

"검사님 피곤해 보이는데 적당히 하시고 들어가세요."

"조금만 더 보구요. 먼저 들어가세요."

"네. 그럼 전 이만 가 보겠습니다."

코피가 터지도록 일해 봤자 야근 수당이나 휴일 수당 같은 건 나오지 않았다. 하지만 밀린 일을 처리하려면 자진해 할 수밖에 없었다. 산처럼 쌓인 서류를 읽다 보면 가끔은 제 직업이 검사인지 속독가인지 헷갈릴 때도 있었다.

공소장 작성을 끝냈을 땐 10시가 넘어 있었다. 로비를 통과하는데 의자 한구석에 선물처럼 준경이 앉아 있었다. 피로해 보이는 얼굴을 확인하자 가슴이 쿵 했다.

"메시지 못 봤어?"

"봤어. 그래서 데리러 온 거야."

차에 타고 나서도 묵주는 말이 없었다. 준경의 입장에서 보면 이유도 없이 가시를 세운 게 되는데 그걸 어디서부터 어떻게 풀어야 할지 몰랐다. 더불어 그 여자의 볼 키스에 대해서 어떤 식으로 물어야 하는지도.

이것저것 말만 고르던 참에 준경의 손목시계가 눈에 띄었다. 시계 수집이 취미인 준경의 손목시계는 심심하면 바뀌었다. 시계에 대해선 문외한인 묵주는 뭐가 뭔지 구분조차 잘 못했지만 지금 이 순간 한 가지는 확신할 수 있었다. 오늘 준경이 찬 시계는 새 제품이었다. 여태껏 단 한 번도 찬 걸 본 적이 없는.

"시계 샀어?"

"어, 선물 받았어."

생일과 그 여자와 선물로 받았다는 고가의 시계. 묵주의 머릿속에선 새로운 시나리오의 아귀가 딱딱 맞아떨어졌다. 그나마 나아졌던 기분이 급격한 하강 곡선을 그리며 추락하기 시작했다. 반면 준경은 타이밍을 놓쳐 당황하는 중이었다. 묵주가 누구한테? 라고 물으면 나한테, 라고 대답하려 그랬는데. 그녀는 더 묻지 않고 눈을 감아 버렸다.

아무것도 아니라곤 했지만 무슨 일이 있는 게 분명했다. 그것도 저한테 관련된 일. 답답함에 준경은 크게 한숨을 내쉬었다. 이유를 묻고 싶었으나 지금 물었다간 다투게 될 것 같아 일단 참았다. 맘에 걸리는 일은 설사 그게 누구라도 짚고 넘어가는 석준경이 어쩌다 이렇게 인내심이 늘어 버렸는지 이묵주는 모르겠지. 준경은 쓰게 웃었다.

집에 도착한 묵주는 곧장 욕실에 들어갔다. 그리곤 씻고 나오자마자 다시 서재에 처박혔다. 2층 욕실에서 씻고 내려온 준경은 거실이나 침실 어디에도 묵주가 없다는 걸 깨닫곤 서재의 문을 두드렸다.

"나 들어간다."

그나마 문은 잠그지 않아 다행이었다.

눈빛 한 번쯤은 줄 법도 한데 묵주는 책상에 앉아 고집스레 노트북만 노려보고 있었다. 준경은 젖은 머리를 타월로 닦아 내며 등 뒤로 가 섰다.

"하루 종일 일하고도 또 일이야?"

타월은 머리에 올려놓곤 요즘 들어 더 야윈 것 같은 어깨를 양손으로 붙잡았다. 아무리 자세가 바른 사람이라도 종일 책상 앞에 있다 보면 목이나 어깨 부근이 뭉치기 마련이었다. 뭐 준경은 근육을 풀어 준다기보단 다른 데에 더 관심이 있었지만 어쨌든 시작은 그런 이유였다.

날개 뼈 가운데를 꾹꾹 누르던 손은 어느덧 가느다란 목덜미에 이르렀다. 부드럽게 안으로 미끄러져 들어가는 손을 묵주가 툭 쳐 냈다. 졸지에 내쳐진 준경의 표정이 굳어졌다. 짜증을 내려다가도 모니터에 비친 묵주의 얼굴을 보자 그럴 수가 없었다. 제가 내치고는 제가 더 놀란 눈. 준경은 화를 누르고 애써 목소리를 부드럽게 냈다.

"어제부터 너 이상한데 대체 뭐 때문이야?"

"그냥 좀 피곤해서 그래."

"아냐. 너 나한테 화난 거 있어."

"그런 거 없어."

묵주는 전에 없이 고집을 부렸다. 차고 넘칠 것 같던 준경의 인내도 거기서 바닥났다.

"그래, 그럼. 난 가서 잔다."

뒤도 돌아보지 않고 서재를 나왔다. 여태껏 그렇게 노력해도 절 보지 않았던 묵주의 시선이 등 뒤로 따라붙는 게 느껴졌다. 순간 늪에라도 빠진 듯 발이 떨어지지 않았지만 무시하고 침실로 가 엎어졌다.

사귄 지 벌써 1년. 그래, 이제 슬슬 싸울 때도 됐어. 체념하면서도 속이 쓰렸다. 준경은 자꾸만 서재로 향하는 마음을 막느라 이불을 뒤집어썼다. 곧 죽어도 오지 않는 잠을 억지로 청하는 동안에도 머릿속엔 그 생각 하나뿐이었다.

대체, 내가 뭘 잘못했지?

묵주는 묵주 나름대로 서재에서 머리를 싸맸다. 노트북 앞에 앉아 있었지만 일을 하는 게 아니라 하는 척하고 있었을 뿐이었다. 아까 화난 게 뭐냐고 물었을 때 그냥 말할 걸 그랬다. 어제 우연히 봤는데 그 여자 누구냐고. 시계도 혹시 그 여자가 선물해 준 거냐고.

그러나 쓸데없이 높은 자존심은 석준경 앞에서 유독 하늘을 치고 올랐다. 찌질하고 유치한 모습은 보이기 싫었다. 그 찌질하고 유치한 이유 때문에 준경을 상처 주고 있다는 걸 알면서도.

최악이다. 이묵주.

스스로를 벌주듯 묵주는 밤새 일을 했다. 정신을 차렸을 땐 책상에 고꾸라져 자고 있었다. 새벽 6시. 쥐가 난 팔을 빼내며 일어나자 얇은 담요가 어깨에서 떨어져 내렸다. 제가 가져다 덮은 게 아니었으니 누구의 작품인지는 뻔했다.

말하자. 전부. 자존심이 밥 먹여 주는 것도 아니고 좀 찌질해 보이면 어때.

한숨을 쉰 묵주는 준경이 있을 침실로 향했다. 그러나 침대는 들고 난 흔적도 없이 깨끗이 정리되어 있었다. 포스트잇은 냉장고에서 발견했다.

〈먼저 출근한다.〉

적당히 구워진 식빵과 잼, 샐러드를 보며 묵주는 이마를 짚었다. 이 와중에 준경이 갈아 놓고 간 녹즙을 마시면서도 머릿속엔 그 생각 하나뿐이었다.

화났을까? 화났겠지?

❖   ❖   ❖

커피가 쏟아졌다. 처음엔 그조차도 모르고 있었는데 자료를 건네주던 수사관의 고함 소리에 피가 흐르고 있다는 걸 깨달았다.

"검사님, 어제도 밤 새셨죠?"

"아, 일이 바빠서요."

"이러다 쓰러지시면 어떡합니까. 오늘은 일찍 들어가 쉬세요!"

곧장 병원에 들렀다 돌아가라는 걸 마다하고 아침 회의에 참석했다. 차라리 야단을 맞았으면 마음이 편했을 텐데, 넋이 나간 묵주를 보고 부장은 걱정부터 했다.

"얼굴이 왜 그래? 일도 몸 생각하면서 해야지."

질보다 양으로 승부하는 건 너무 구식이지 않느냐고 동기 검사 하나가 빈정거렸다. 묵주는 어제 수사관으로부터 들었던 소식을 지금 써먹기로 했다.

"소장은 찾았어? 누군 그거 잃어버려서 사직했다던데?"

피의자 조사는 두 시간 동안 진행되었다. 평소에도 냉정하게, 비인간적이다 싶을 정도로 조사를 진행하는 묵주는 오늘따라 유독 날을 세웠다.

"그래서, 지금 아내가 바람을 피웠다는 의심만으로 폭행하신 겁니까."

"의심이 아니라 진짜 폈다니까. 그런 년은 죽어도 싸. 어디 여편네가."

"죽이려고 때리셨단 뜻인가요?"

"아니, 나는……."

"존대하세요. 친구 아닙니다."

조사를 끝내자마자 기분도 좋지 않은 상태에서 살겠다고 억지로 점심을 먹었다. 그게 화근이었다. 묵주는 거나하게 체했다. 구토나 약으로는 듣지 않아 결국 병원까지 가야 했다. 링거를 맞고 나서야 체증은 가라앉았다. 이대로 청으로 돌아가 봤자 수사관이나 다른 이들에게 민폐만 끼칠 뿐이라 하는 수 없이 조퇴했다.

택시를 탔다. 집에 가려면 준경의 사무실을 지나쳐야 했는데, 사과도 할 겸 급하게 차에서 내렸다. 그러나 묵주는 기껏 사 든 도넛과 커피를 전하지도 못한 채 돌아서야 했다. 사무실 앞에 낯선 차 한 대가 서 있었다. 클라이언트나 거래처려니 여겼지만 운전석에서 내리는 여자의 얼굴을 보는 순간 모든 게 퍼즐 짜 맞춰지듯 떠올랐다. 준경의 생일. 낯선 차. 그 여자. 그리고 볼 키스.

유리로 된 자동문이 열리더니 준경이 나타났다. 찰나 눈이 마주쳤지만 무시한 채 택시를 잡아탔다. 우연이 세 번 겹치면 필연이라고 하던데. 지나친 과대망상이라고 스스로를 달래면서도 일말의 가능성을 무시하지 못해 묵주는 상처 받았다. 기껏 가라앉았던 속이 다시 뒤집히기 시작했다.

집에 도착해 다시 토하고, 약을 먹고, 씻고, 소파에 우두커니 앉아 시간을 보냈다. 핸드폰으로 준경의 전화가 몇 번이나 왔지만 받지 않았다. 지금 그의 목소리를 들으면 미친 소릴 지껄일 것 같아서였다.

약 때문인가. 졸음이 몰려왔다. 침실로 들어가려던 참에 현관문 열리는 소리가 들렸다. 다시 본 준경은 화가 머리끝까지 난 얼굴이었다.

"아까 왜 그냥 갔어?"

"바빠 보이길래."

"또 거짓말하지."

묵주는 준경이 왜 이렇게 화가 났는지 이해할 수가 없었다.

진짜 화를 낼 사람은 나 아닌가.

"검찰청에 전화했더니 너 아파서 조퇴했다던데. 왜 말 안했어?"

"체한 게 뭐 별거라고."

"이묵주."

"어지러워. 나 잘래."

화가 난 준경은 낯설었다. 이것저것 따지고 싶은 마음은 굴뚝같았지만 그럴 힘도 없어 그저 피하고만 싶었다. 맥없이 등을 돌리는 묵주의 팔을 준경이 잡아챘다.

"말을 해."

"뭘?"

"왜 화났는지 말을 해야……."

"신경 안 써도 돼."

"신경 쓰이게 만들잖아. 네가!"

결국 큰 소리가 났다. 묵주는 불현듯 서러워졌다. 뜨거운 덩어리가 목 끝까지 치고 올랐다. 이거 놓으라고 팔을 비틀었다. 이 와중에도 준경의 팔목에 걸린 시계가 신경 쓰인다는 게 웃겼다.

"아파. 놓으라니까."

"말해. 사람 미치게 만들지 말고."

"미치게 만드는 건 너야! 석준경!"

묵주는 처음으로 소리쳤다.

"그 여자 누구야?"

"여자?"

"네 생일날 우리 집 앞에서 네 볼에 키스한 그 여자. 시계도 그 여자가 사 줬어? 회사까지 부르는 걸 보면 보통 사이 아닌가 봐?"

침착하려 노력했지만 퓨즈는 이미 나간 후였다. 의부증 환자가 따로 없네, 자조하면서도 제어가 되질 않았다. 묵주는 울고 싶었다. 화가 나서. 쪽팔려서. 억울해서. 서러워서.

"왜 사람을 등신 만들어. 왜 이렇게……."

독기로 가득했던 얼굴은 금세 무너져 내렸다. 준경은 한동안 입을 열지 못했다. 묵주가 쏟아 내는 말들을 이해하는데 시간이 꽤 걸렸기 때문이다.

그러니까 이 모든 게.

준경은 비식 튀어나오려는 웃음을 가까스로 참아 냈다. 여태껏 마음 고생한 것이 무색할 정도로 기분이 들떴다. 실시간으로 상처 받고 있는 눈앞의 연인에게 미안하다면 이러면 안 됐다. 안 되는데.

준경은 어느새 바닥에 주저앉은 묵주의 앞에 마주 앉았다. 묵주는 무릎에 얼굴을 박은 채 미동이 없었다.

"이묵주."

"……."

"묵주야."

"내 이름 부르지 마."

"검사님."

"장난칠 기분……."

짜증스레 고개를 드는 순간 입술이 맞닿았다. 이 상황에 무
슨 키스야. 묵주는 준경의 가슴을 쳤다. 그러나 반항한 의미도
없이 양손은 쉽게 붙잡혔다. 짧지도 길지도 않은 키스였다. 혀
는 넣지도 않은 채 입술만 삼키던 준경은 이내 부드럽게 떨어
져 나갔다.

"그냥 선배야."

"너는 그냥 선배랑……."

"생일날 애인한테 바람맞아 꿀꿀하던 참에 과 사람들 만나
서 술 마셨어. 데려다준다기에 탔는데, 변명 같지만 일방적으
로 당한 거야. 네 식대로 말하자면 성추행. 사과받았고 앞으로
는 만날 일 없을 거야. 오늘은 어찌 알고 찾아왔는지 리모델링
맡기고 싶다는 거 거절했고. 아, 시계는 내가 나한테 선물한
거."

1000만 원이 넘는 걸 나 말고 누가 사 주겠어? 준경은 시계
를 찬 팔목을 보란 듯이 흔들었다.

준경만 쳐다보고 있던 묵주는 울어야 할지 웃어야 할지 몰
라 고개를 떨궜다. 바람을 핀 게 아니라니 다행이긴 한데, 이
모든 게 제 삽질이라는 걸 깨닫고 나자 쥐구멍에라도 숨고 싶
어졌다. 나는 그것도 모르고. 오해하고 짜증 내고. 사과를 해
야 하는데 차마 입이 떨어지지 않아 입술만 꾹 깨물었다.

"미안. 오해하게 해서. 다음부터 처신 잘할게."

준경은 그걸 모두 아는 사람처럼 먼저 사과해 왔다. 묵주는

411

조심스레 고개를 들어 올렸다. 여전히 시선은 저 먼 바닥을 향한 채였다.

"나도 미안."

이것저것 잘못한 게 많아 뒷말은 그냥 삼켰다. 준경은 따지지 않고 묵주의 뺨을 잡아 절 보게 했다.

"나 쓰레기 취급한 건 어떻게 보상할 거야?"

묵주는 얼굴이 잡힌 채로 입 맞췄다. 말보다 행동이 빠르다는 점. 석준경이 이묵주를 좋아하는 사소한 이유들 중에 하나였다.

생일 선물이랍시고 사 두었던 슈트를 이틀 만에 갖다 바쳤다. 준경은 좋아했다. 그리곤 그 셔츠를 묵주가 입길 원했다. 평소 같았다면 씨알도 먹히지 않았을 소원이건만, 지은 죄가 있어 묵주는 잠자코 그가 원하는 바를 들어줬다.

세트로 사 왔던 넥타이 중 하나는 손목을, 다른 하나는 시야를 가리는데 썼다. 손목이 묶일 때만 해도 아무 생각이 없었는데 눈앞이 깜깜해지자 가슴이 뛰기 시작했다. 긴장감에 괜히 숨이 가빠지는 것 같아 묵주는 깊게 한숨을 내쉬었다.

"둘 중 하나만 하면 안 돼? 손목을 풀어 주든가, 아니면……."

"안 돼."

준경은 천천히 다가왔다. 침대 끝에 앉아 있던 묵주는 인기척과 향기로 그가 있는 방향을 가늠했다. 정면이었다.

"나쁜 짓 안 해. 기분 좋을 거야."

"그걸 당신이 어떻게 장담해."

"아까는 너라더니."

"꼬투리 잡지 말고."

"생일 선물이라며. 줬다 뺏을 거야?"

목소리도 향기도 달콤했다. 묵주는 혀 아래 고이는 침을 삼켰다. 아무렇지 않은 척 담담히 말했다.

"오늘이 처음이자 마지막이야."

그러나 긴장으로 달아오른 뺨이나 귀는 숨길 수 없었다.

확실히 다르긴 했다. 눈만 가렸을 뿐인데 느껴지는 게 달랐다. 준경은 오랜 시간 정성 들여 애무했다. 온 감각이 촉각에 몰린 묵주는 그의 혀나 손가락이 닿을 때마다 흐느꼈다. 준경은 그 숨마저 예뻤다. 머리끝부터 발끝까지 씹어 먹고 싶다는 말은 이런데 쓰는가 보았다. 좋아서 혼자 웃었다.

칼처럼 반듯한 주름이 잡혀 있던 셔츠는 어느덧 엉망으로 구겨졌다. 시트도 함께였다. 준경은 초도 꽂지 못한 채 냉장고에 처박혀 있던 케이크를 꺼내 왔다. 기척이 사라진 틈을 타 숨을 고르고 있던 묵주는 달콤한 향기에 고개를 틀었다. 이상했다. 조금 전까진 음식 냄새를 맡기만 해도 비위가 상했는데 불현듯 허기가 몰려왔다.

"뭐 가져왔어?"

"케이크."

준경은 케이크를 한 스푼 떠 묵주에게 먹이려다 멈칫했다.

묵주는 입을 벌린 채로 어리둥절했다.

"왜 안 줘?"

"너 체했잖아."

"괜찮아."

"내가 안 괜찮아."

"배고프단 말이야."

답지 않게 떼를 쓰는 묵주를 보는 준경의 표정이 조금 변했다.

"그럼 한입만이야."

묵주는 인형처럼 고분고분 고개를 끄덕이곤 다시 입술을 벌렸다. 준경은 가져온 티스푼은 놓아둔 채 손가락으로 케이크를 찍어 밀어 넣었다. 입안을 침범한 손가락에 묵주는 잠시 당황했다. 그러나 이내 조심스레 생크림을 핥았다.

"맛있어?"

묵주의 입가에 묻은 크림을 닦아 내며 준경은 웃었다. 그리곤 이번엔 제 입에 케이크를 한 스푼 떠 넣었다. 아쉬운 듯 입술을 핥는 묵주에게 입을 맞추곤 크림을 밀어 넣었다. 묵주는 기다렸다는 듯 혀를 감아 왔다. 케이크는 맛있었다. 아니 석준경은.

묵주는 뜨거웠다. 준경은 뇌가 다 흐물거리며 녹는 기분이었다. 근래 본의 아닌 금욕 생활을 전부 보상받는다 싶을 정도의 쾌감. 묵주도 같을지 궁금했는데 울음 섞인 신음만으론 성이 안 찼다. 준경은 그녀의 가린 두 눈에 입 맞추고 천천히 타이를 풀었다. 머리카락 사이를 파고든 손가락에 흠칫 몸을 떤 묵주는 곧 시야가 환해지는 걸 느끼곤 눈을 가늘게 떴다.

"어때?"

흥분으로 잔뜩 이지러진 눈가를 한 준경이 낮은 목소리로 물었다. 묵주는 준경의 새카만 눈동자를 마주 보며 조그맣게 흐느꼈다.

"좋아."

❁   ❁   ❁

눈을 떠도, 눈을 감아도 난 너밖에 안 보여.

BLIND FOR LOVE

작가 후기

   아이들이 가진 사과가 허기를 채우기에 턱없이 부족하다면 나머지는 선뜻 내어 줄 수 있는 어른들의 세상이 되길. 사과 먹고 자라 훨훨 날아갔던 제비가 돌아와 예쁜 꽃씨를 나눠 드릴지도 모르니까.

   읽어 주셔서 감사합니다.

─김제이 올림.